Du même auteur, chez le même éditeur :

Drenaï :
Légende – édition collector
Druss la Légende
La Légende de Marche-Mort
Waylander – édition collector
Waylander II : Dans le Royaume du Loup
Waylander III : Le Héros dans l'Ombre
Le Roi sur le Seuil
La Quête des héros perdus
Les Guerriers de l'hiver
Loup Blanc

Rigante :
1. *L'Épée de l'Orage*
2. *Le Faucon de Minuit*
3. *Le Cœur de Corbeau*
4. *Le Cavalier de l'Orage*

Jon Shannow :
1. *Le Loup dans l'ombre*
2. *L'Ultime Sentinelle*
3. *Pierre de sang*

Troie :
1. *Le Seigneur de l'Arc d'Argent*
2. *Le Bouclier du Tonnerre*
3. *La Chute des rois*

Romans isolés :
Dark Moon
L'Étoile du Matin
L'Écho du Grand Chant

Chez Milady, en poche :

Drenaï :
Légende
Druss la Légende
Waylander
Le Roi sur le Seuil

Chez d'autres éditeurs :

Le Lion de Macédoine (cycle)
Renégats

www.bragelonne.fr

David Gemmell

Le Loup dans l'ombre

Jon Shannow – tome 1

Traduit de l'anglais (Grande-Bretagne) par Rosalie Guillaume

Bragelonne

Collection dirigée par Stéphane Marsan et Alain Névant

AVERTISSEMENT

Les citations de la Bible ont été reprises pour la plus grande partie dans la version de Louis Segond (éditions Maison de la Bible), la plus classique et la plus connue en France. Mais dans certains cas précis, quand le contexte l'exigeait, nous avons utilisé la traduction de la Bible du Semeur, qui convenait mieux.

Titre original : *Wolf In Shadow*

Publié précédemment sous le titre : *L'Homme de Jérusalem*
1re édition : février 2002
2e tirage : octobre 2007
3e tirage : juin 2008

2e édition : janvier 2010

Illustration de couverture :
Didier Graffet

ISBN : 978-2-35294-366-2

Bragelonne
35, rue de la Bienfaisance – 75008 Paris

E-mail : info@bragelonne.fr
Site Internet : http://www.bragelonne.fr

Ce roman est dédié à la mémoire de « Dame » Woodford,
qui croyait à l'amour, au courage et à l'amitié, et qui a fait
comprendre le vrai sens de ces mots à tous ceux qui l'ont connue.
Dormez bien, ma dame.

Et à Ethel Osborne, sa sœur,
pour toute une vie d'amour et d'attention.

REMERCIEMENTS

Rien ne se crée à partir du vide. Je suis reconnaissant à tous ceux qui m'ont aidé à écrire *Le Loup dans l'ombre.* Mes remerciements à Elisabeth Reeves, mon éditrice, pour m'avoir tiré du brouillard ; à Peter Austin, pour le chef de convoi ; et à Jean Maund, Stella Graham, Tom Taylor, Ross Lempriere, Ivan Kellham et Tony Fenelon pour leur assistance sans prix.
Merci aussi à Jeremy Wells, pour sa loyauté et son amitié dans un monde qui comprend rarement ces concepts.

Prologue

Le Grand Prêtre se détourna du cadavre et plongea ses mains ensanglantées dans une coupe d'argent pleine d'eau parfumée. Le sang tourbillonna autour des pétales de rose qui flottaient à la surface, les assombrissant peu à peu. L'eau prit l'aspect luisant de l'huile. Un jeune acolyte s'agenouilla devant le roi, les mains tendues. Le souverain se pencha et posa dans ses paumes une grande pierre veinée de rayures noires. L'acolyte s'approcha du corps et plaça celle-ci dans la blessure béante d'où le cœur de la jeune fille avait été arraché. Le minerai scintilla, la partie dorée brillant comme une lanterne. Les veines noires devinrent aussi fines que des fils d'araignée. L'acolyte souleva la pierre, l'essuya avec un morceau de soie et la rendit au roi. Puis il recula.

Un deuxième acolyte s'approcha du Grand Prêtre et fit une révérence. Tenant la cape rouge de cérémonie, il la leva au-dessus de la tête chauve du religieux.

Le roi claqua deux fois des mains. Des serviteurs enlevèrent la dépouille de la jeune fille de l'autel de marbre et l'emportèrent.

— Qu'en est-il, Achnazzar ? demanda le roi.

— Comme vous l'avez vu, mon seigneur, le niveau de Perceptions Extra-sensorielles de cette jeune fille était très élevé. Son essence nourrira beaucoup de Pierres avant de se dissiper.

— La mort d'un cochon suffit à nourrir une Pierre, prêtre ! Tu sais ce que je demande.

Le roi jeta un regard pénétrant à Achnazzar. Le prêtre chauve s'inclina, les yeux rivés sur le sol en marbre.

— Les présages sont pour la plupart favorables, sire.

— Pour la plupart ? Regarde-moi !

Achnazzar leva la tête, se préparant à rencontrer les yeux brûlants du Seigneur Satanique. Le prêtre voulut se détourner, mais le regard mauvais d'Abaddon l'hypnotisa.

— Explique-toi !

— Seigneur, l'invasion devrait se dérouler sans encombre au printemps. Mais il y a des dangers. Pas très grands, ajouta-t-il à la hâte.

— De quelle région viennent-ils ?

Achnazzar, trempé de sueur, s'humecta les lèvres avec la langue.

— Il ne s'agit pas d'une région, mon seigneur, mais de trois hommes.

— Leurs noms ?

— Un seul d'entre eux a été identifié. Les autres restent cachés, mais nous les trouverons. Celui que nous connaissons s'appelle Jon Shannow.

— Shannow ? Je n'ai jamais entendu ce nom. A-t-il des gens sous ses ordres ? Est-ce un chef de Brigands ?

— Non, mon seigneur, il est seul.

— Dans ce cas, comment pourrait-il être un danger pour les Enfants de l'Enfer ?

— Pas pour eux, mon seigneur. Pour vous.

— Tu estimes qu'il y a une différence ?

Achnazzar pâlit.

— Non, mon seigneur. Je voulais seulement dire que le danger vous concerne directement – en tant que personne.

— Je n'ai jamais entendu parler de Shannow. Pourquoi me menacerait-il ?

— Nous n'en sommes pas sûrs, sire, mais nous savons qu'il adore l'ancien dieu mort.

— Un chrétien ? cria Abaddon. Essaiera-t-il de me tuer à force d'amour ?

— Non, mon seigneur, je parlais de l'ancien dieu obscur. C'est un tueur de Brigands, un homme à la violence imprévisible. Nous pensons même qu'il est un peu fou.

— Comment se manifeste sa folie, à part sa stupidité religieuse ?

— C'est un errant. Il cherche une cité qui a cessé d'exister pendant la Sainte Armageddon.

— Laquelle ?

— Jérusalem, mon seigneur.

Abaddon ricana et se radossa à son trône.

— Cette ville a été détruite par un raz-de-marée il y a trois cents ans. Un front d'eau de mille pieds de haut a noyé cet endroit pestilentiel, marquant le début du règne du Maître et la fin de Jéhovah. Qu'est-ce que Shannow espère trouver à Jérusalem ?

— Nous l'ignorons, seigneur.

— Pourquoi est-il un danger pour moi ?

— Tous les voyants sont d'accord : sa ligne de vie rencontre la vôtre. Vos karmas sont liés. Il en va de même pour les deux autres. Shannow a croisé ou croisera le chemin de deux hommes capables de vous nuire. Nous ne les avons pas encore identifiés, mais nous le ferons. Pour le moment, ils apparaissent comme des ombres derrière l'Homme de Jérusalem.

— Shannow doit mourir, et vite ! Où est-il en ce moment ?

— À plusieurs mois d'ici, au sud, près du village de Rivervale. Nous avons quelqu'un là-bas, un agent appelé Fletcher. Je le ferai prévenir.

— Tiens-moi au courant, prêtre.

Achnazzar recula. Abaddon se leva de son trône d'ébène et approcha de la grande fenêtre cintrée, son regard embrassant la Nouvelle Babylone. L'armée des Enfants de l'Enfer se rassemblait sur une plaine, au sud de la ville, pour les raids de la Fête du Sang. L'hiver venu, les nouveaux fusils seraient distribués, et les Enfants de l'Enfer se prépareraient à la guerre du printemps. Dix mille hommes envahiraient le Sud et l'Ouest sous la bannière d'Abaddon et remettraient le monde nouveau entre les mains du dernier survivant de la Chute.

Et l'on aurait voulu qu'il ait peur d'un fou ?

Abaddon leva les bras.

— Je t'attends, Homme de Jérusalem !

Chapitre premier

Le cavalier s'arrêta au sommet d'une colline et regarda les plaines qui s'étendaient devant lui. Elles étaient désertes.

Aucun signe de Jérusalem. Pas de voie obscure incrustée de diamants. Mais Jérusalem n'était-elle pas toujours plus loin, l'appelant dans ses rêves, le défiant de la trouver sur la route noire semblable à un cordon ombilical ?

Sa déception fut temporaire. Il leva les yeux vers les montagnes lointaines, grises et spectrales. Peut-être y trouverait-il un signe ? Ou le chemin était-il obscurci par la poussière des siècles accumulés et recouvert par les herbes envahissantes de l'histoire ?

Il chassa ses doutes. Si la ville existait, Jon Shannow la trouverait. Enlevant son chapeau en cuir à large bord, il essuya la sueur de son visage. Midi approchait. Il descendit de cheval. Son hongre gris acier ne broncha pas jusqu'à ce qu'il passe les rênes par-dessus sa tête. Puis l'animal tendit le cou et brouta. L'homme ouvrit une sacoche de selle, en tira son antique Bible, s'assit et feuilleta les pages aux tranches dorées.

« Saül dit à David : Tu ne peux pas aller te battre avec ce Philistin, car tu es un enfant, et il est un homme de guerre dès sa jeunesse. »

Shannow se sentit désolé pour Goliath. Le malheureux avait tout contre lui. Ce géant courageux, prêt à affronter n'importe quel guerrier, s'était trouvé face à un enfant sans épée ni armure. S'il avait gagné, on se serait moqué de lui. Shannow ferma la Bible et la remit soigneusement à sa place.

— Il est temps de partir, dit-il au hongre.

Il remonta en selle.

Ils descendirent lentement de la colline, le cavalier surveillant les rochers, les arbres, les buissons et les arbrisseaux. Ils débouchèrent dans la fraîcheur de la vallée. Shannow tira sur les rênes, se tourna vers le nord et inspira profondément.

Un lapin jaillit des broussailles, effrayant le hongre. Shannow vit la créature disparaître dans les sous-bois. Il rabattit le chien de son revolver à canon long et le remit dans l'étui qui battait à sa hanche. Il n'avait aucun souvenir de l'avoir sorti. Le résultat d'années d'aventures : des mains rapides, un œil sûr et un corps réagissant indépendamment de l'esprit.

Cela n'était pas toujours une bonne chose. Shannow n'oublierait jamais le regard stupéfait de l'enfant quand la balle lui avait transpercé le cœur. Ni la manière dont son corps s'était écroulé.

Ce jour-là, il avait rencontré trois Brigands. Le premier avait tué son cheval sous lui pendant que les deux autres l'attaquaient, la hache et le couteau au poing. Il les avait éliminés en quelques secondes.

Sentant un mouvement derrière lui, il avait pivoté et tiré. L'enfant était mort sans un cri.

Dieu lui pardonnerait-il jamais ?

Pourquoi le ferait-il, alors que Jon était incapable de se pardonner lui-même ?

— Tu as bien fait de perdre, Goliath, dit-il.

Le vent tourna, apportant avec lui une odeur de lard frit qui fit gargouiller l'estomac de Shannow. Il poussa son cheval vers la droite. Un peu plus loin, la piste s'ouvrait sur un étroit sentier menant à un pré et à une ferme à la façade de pierre. Devant le bâtiment s'étendait un jardin potager. Derrière, un enclos abritait plusieurs chevaux.

Il n'y avait pas de palissade. Les fenêtres de la maison étaient grandes ouvertes. À gauche du bâtiment, les arbres arrivaient à vingt pieds du mur, ne laissant aucun espace pour repousser les Brigands. Shannow s'assit, sidéré, et regarda cette demeure invraisemblable. Puis il vit un enfant chargé d'un seau sortir de la grange, derrière l'enclos. De la maison, une femme vint à sa rencontre et ébouriffa gentiment sa tignasse blonde.

Shannow examina les champs et les prés pour voir s'il y avait un homme. Quand il fut certain que non, il poussa son hongre vers le bâtiment. Dès que le jeune garçon s'aperçut de son arrivée, il courut se réfugier dans la maison.

Donna Taybard paniqua en voyant le cavalier. Elle essaya de se contrôler, puis décrocha la lourde arbalète du mur. Glissant son pied dans l'étrier en bronze, elle tira sur la corde, mais ne réussit pas à encocher le carreau.

— Aide-moi, Éric !

Le jeune garçon joignit ses efforts à ceux de sa mère. À deux, ils armèrent l'arbalète. La femme mit en place un carreau et sortit sous le porche. Le cavalier s'était arrêté à dix mètres à peine de la maison. La peur de Donna augmenta quand elle vit le visage émacié de l'homme et ses yeux profondément enfoncés à demi cachés par son chapeau. Elle n'avait jamais rencontré de Brigand, mais si on lui avait demandé d'en imaginer un, il aurait été à l'image cauchemardesque de cet inconnu. Elle leva l'arbalète, calant la crosse contre sa hanche.

— Passez votre chemin, dit-elle. J'ai prévenu Fletcher que nous ne partirons pas. Rien ne nous y obligera !

Le cavalier ne bougea pas. Puis il enleva son chapeau. Ses cheveux noirs striés d'argent lui arrivaient aux épaules ; une marque blanche à deux branches ornait sa barbe noire au niveau du menton.

— Je suis un étranger, ma dame. Je ne connais pas Fletcher et je ne suis pas là pour vous faire du mal. Mais j'ai senti l'odeur de votre lard. Je voudrais vous en acheter un peu. J'ai des pièces de Barta, et…

— Laissez-nous tranquille ! cria Donna.

L'arbalète glissa et sa paume heurta la détente. Le carreau jaillit, passa au-dessus du cavalier et retomba près de la barrière de l'enclos. Shannow avança, descendit de cheval et ramassa le projectile. Laissant le hongre sur place, il retourna vers la maison à grands pas.

Donna lâcha l'arbalète et serra Éric dans ses bras. Le jeune garçon tremblait, mais il brandit tout de même un couteau de cuisine. Donna le lui prit et attendit que l'homme approche.

Il enleva son manteau de cuir et le posa sur son avant-bras.

Donna vit alors les revolvers accrochés à sa ceinture.

— Ne tuez pas mon petit!

— Heureusement pour vous, ma dame, je disais la vérité : je ne vous veux aucun mal. Me vendrez-vous un peu de lard ?

Ramassant l'arbalète, il encocha le carreau.

— Vous sentiriez-vous mieux si vous gardiez cette arme avec vous ?

— Vraiment, vous n'appartenez pas au Comité ?

— Je suis un étranger.

— Le repas sera bientôt prêt. Joignez-vous à nous si vous le souhaitez.

Shannow s'agenouilla devant l'enfant.

— Puis-je entrer ?

— Comme si je pouvais vous en empêcher! s'écria le garçon.

— Il suffit d'un mot.

— Vraiment ?

— J'ai beaucoup de défauts, mais je ne suis pas un menteur.

— Alors, vous pouvez venir.

Shannow avança vers la maison, l'enfant sur les talons. Il gravit les marches du porche et entra. La pièce était spacieuse et bien conçue. Un foyer de pierre blanche contenait un fourneau à bois et un four en fer. Au milieu de la salle trônait une table élégamment sculptée. Contre un mur, un vaisselier en bois débordait de plats en faïence et de chopes en céramique.

— Mon père a sculpté la table, dit le garçon. C'est un menuisier accompli, le meilleur de Rivervale. Les gens apprécient beaucoup son travail. Il a aussi fabriqué le fauteuil, après avoir lui-même tanné le cuir.

Shannow se fit un devoir d'admirer le fauteuil en cuir, mais il observait du coin de l'œil la jeune femme blonde et menue pendant qu'elle mettait la table.

— Merci de m'avoir laissé entrer, dit-il.

Elle sourit pour la première fois, puis s'essuya les mains sur son tablier en toile.

— Je m'appelle Donna Taybard, dit-elle, lui tendant la main.

Il la prit et lui baisa délicatement les doigts.

— Jon Shannow, ma dame. Un voyageur en terre étrangère.

— Soyez le bienvenu, Jon Shannow. Avec le lard, nous avons des pommes de terre et de la menthe. Le repas sera prêt dans moins d'une heure.

Shannow s'approcha de l'entrée, où était fixé un portemanteau. Il défit son ceinturon et l'accrocha à côté de son manteau. Se tournant vers la femme, il s'aperçut que la peur ne l'avait pas entièrement quittée.

— Ne craignez rien, maîtresse Taybard. Un voyageur doit pouvoir se protéger. Cela ne change rien à ma promesse. Ce n'est peut-être pas le cas de tous les hommes, mais quand j'ai donné ma parole, je la tiens.

— Nous n'avons pas beaucoup d'armes à feu à Rivervale, maître Shannow. Cette terre est… ou du moins, était, paisible. Si vous voulez vous laver avant de manger, il y a une pompe derrière la maison.

— Avez-vous une hache, ma dame ?

— Oui. Dans la remise à bois.

— Dans ce cas, je travaillerai pour gagner mon repas. Excusez-moi.

Il sortit dans la lumière pâlissante du crépuscule. Après avoir dessellé le hongre, il le conduisit dans l'enclos et le lâcha avec les trois autres chevaux. Ensuite il posa sa selle et ses sacoches devant le porche, puis alla chercher la hache.

Il passa près d'une heure à tailler des bûches. Son labeur terminé, il enleva sa chemise et se lava à la pompe. La lune était déjà levée quand Donna Taybard l'appela. Elle et l'enfant étaient assis à un bout de la table. Elle avait mis son assiette à l'autre extrémité. Shannow changea de place pour être face à la porte.

— Puis-je dire les actions de grâce, maîtresse Taybard ? (La femme hocha la tête.) Dieu des armées, acceptez nos remerciements pour cette nourriture. Bénissez cette demeure et ceux qui y vivent. Amen.

— Vous êtes fidèle aux anciennes croyances, maître Shannow ? demanda Donna.

— Anciennes, maîtresse Taybard ? Elles sont nouvelles pour moi. Mais il est vrai qu'elles remontent loin dans le passé, et qu'elles restent un mystère dans un monde fait de rêves brisés.

— Je vous en prie, pas de « maîtresse », cela me donne l'impression d'être vieille ! Appelez-moi Donna. Et voilà Éric, mon fils.

Shannow fit un signe de tête à Éric et lui sourit. Mais le garçon détourna le regard et continua à manger. L'étranger barbu l'effrayait, même s'il essayait de ne pas le montrer. Il regarda les armes accrochées à la porte.

— Ce sont des revolvers ? demanda-t-il.

— Oui, dit Shannow. Je les ai depuis dix-sept ans, mais ils sont beaucoup plus anciens.

— Fabriquez-vous votre poudre ?

— Oui. J'ai des moules pour les balles et plusieurs centaines d'amorces.

— Avez-vous tué des gens avec ?

— Éric ! cria sa mère. Ce n'est pas une question à poser à un invité. Surtout pas pendant le repas !

Ils finirent de manger en silence. Puis Shannow aida la jeune femme à défaire la table. Derrière la maison, dans une petite pièce, se trouvait une pompe à eau. Ils lavèrent la vaisselle ensemble. Donna était mal à l'aise dans cet espace confiné. Elle lâcha une assiette, qui se brisa en mille morceaux.

— Je vous en prie, ne craignez rien, dit Shannow, se baissant pour ramasser les débris.

— Je vous fais confiance, maître Shannow. Mais il m'est déjà arrivé de me tromper...

—Je dormirai dehors, et je serai parti au matin. Merci pour le repas.

—Non, dit Donna, un peu trop vite. Vous pouvez dormir dans le fauteuil. Depuis le départ de Tomas, Éric et moi couchons dans la pièce de derrière.

—Et maître Taybard ?

—Il est parti depuis dix jours. J'espère qu'il reviendra vite, parce que je m'inquiète pour lui.

—Voulez-vous que je le recherche ? Il a peut-être fait une chute de cheval.

—Il conduisait notre chariot... Restez et faites-nous la conversation, maître Shannow. Il y a si longtemps que nous n'avons pas eu de visiteurs ! Vous nous raconterez les nouvelles de... D'où venez-vous, au fait ?

—Du sud-est, à travers les prairies. Avant, je suis resté deux ans en mer. Je commerçais avec les Camps de Glace, au-delà de la Bordure du Volcan.

—On dit que c'est le bord du monde !

—Je crois que c'est là que commence l'Enfer. On aperçoit à des lieues à la ronde les feux qui illuminent l'horizon.

Donna regagna la pièce principale. Éric bâillait à s'en décrocher la mâchoire. Sa mère lui ordonna d'aller au lit. Il protesta, comme tous les enfants, mais il ne tarda pas à obéir, laissant la porte de la chambre entrebâillée.

Shannow prit place dans le fauteuil et étendit ses longues jambes devant le fourneau. Ses yeux brûlaient de fatigue.

—Pourquoi voyagez-vous, maître Shannow ? demanda Donna, assise en face de lui sur le tapis en peau de chèvre.

—Je cherche un rêve. Une cité sur une colline.

—J'ai entendu parler de villes, au sud...

—Des villages, même si certains sont assez grands ! Non, ma ville existe depuis des temps immémoriaux. Elle a été bâtie, détruite et rebâtie il a des milliers d'années. Son nom est Jérusalem. Une route y conduit. Noire, elle est incrustée de diamants qui brillent dans la nuit.

—La cité de la Bible ?

— Oui.

— Elle n'est pas dans le secteur, maître Shannow. Pourquoi la cherchez-vous ?

— On m'a posé cette question plus d'une fois. Je suis incapable d'y répondre. C'est un besoin, peut-être une obsession... Quand la terre a basculé et que les océans ont débordé, tout est devenu chaos. Alors, nous avons perdu notre passé. Nous ignorons d'où nous venons et où nous allons. À Jérusalem, il y aura des réponses. Mon âme y trouvera la paix.

— Voyager ainsi est très dangereux, maître Shannow. Surtout dans les contrées sauvages, au-delà de Rivervale.

— Ces terres ne sont pas sauvages, ma dame. Au moins, pas pour un homme informé des mœurs de ses habitants. La sauvagerie des hommes entraîne celle du pays. Mais les gens me connaissent. Ils me dérangent rarement.

— Êtes-vous un homme de guerre ?

— Non, un homme que les fauteurs de troubles préfèrent éviter.

— Vous jouez sur les mots.

— Je suis quelqu'un qui aime la paix.

— Mon mari aussi était un homme de paix.

— Était ?

— Il est mort, murmura Donna. Il a été assassiné.

— Par les Brigands ?

— Non, par le Comité. Il...

— Non ! cria Éric sur le seuil de la chambre. Il est vivant ! Il reviendra à la maison ! J'en suis sûr !

Donna Taybard courut vers son fils et le serra contre elle. Puis elle le ramena dans la chambre. Resté seul, Shannow sortit. On ne voyait aucune étoile dans le ciel, mais la lune brillait entre deux nuages. Jon se gratta le crâne et sentit dans ses cheveux la saleté et la poussière du chemin. Il retira son justaucorps de laine et sa tunique et se lava dans un tonneau d'eau propre.

Donna sortit sur le porche et le regarda. Ses épaules étaient très larges par rapport à l'étroitesse de sa taille et de ses hanches. Elle passa à côté de lui, se dirigeant vers le ruisseau, au pied de la colline. Elle retira ses vêtements et se baigna, frottant des feuilles de menthe sur son corps.

Quand elle revint dans la maison, Jon Shannow dormait sur le fauteuil, ses armes à la ceinture. Elle se glissa dans la chambre d'Éric et ferma la porte. Au bruit de la clé dans la serrure, Shannow ouvrit les yeux et sourit.

Où iras-tu demain, Jon ?

Où pourrait-il aller, sinon à Jérusalem ?

Shannow se réveilla peu après l'aube et écouta les bruits matinaux. Assoiffé, il alla boire un gobelet d'eau dans la pièce à la pompe, puis se regarda dans un miroir encadré de pin doré accroché à la porte. Ses yeux d'un bleu sombre étaient profondément enfoncés dans leurs orbites, et il avait un visage triangulaire en dépit de sa mâchoire carrée. Comme il l'avait craint, ses cheveux grisonnaient et sa barbe, encore noire sur les joues, arborait une marque blanche fourchue sur le menton.

Il vida son gobelet, sortit, fouilla dans ses sacoches, trouva son rasoir et l'affûta quelques minutes. Revenu dans la pièce au miroir, il se rasa. Donna Taybard le trouva en train d'essayer de se couper les cheveux.

— Asseyez-vous sous le porche, maître Shannow, dit-elle, amusée. J'attends des amis aujourd'hui. Il est de mon devoir de vous rendre présentable !

Avec une paire de ciseaux et un peigne en corne, elle démêla et coupa sa tignasse, le félicitant de l'absence de poux.

— Je me déplace trop vite pour eux ! Et je me baigne aussi souvent que possible.

Elle recula pour admirer le résultat de ses efforts.

— C'est assez court à votre goût ?

Il se passa une main dans les cheveux et eut un sourire presque enfantin.

— C'est parfait, maîtresse Taybard… Donna. Merci. Vous avez dit que vous attendiez de la visite ?

— Oui. Des voisins, qui viennent fêter la Moisson avec nous. C'était convenu avant la… disparition… de Tomas. Je leur ai dit de passer tout de même… J'aurais aimé qu'ils m'aident contre le Comité, mais je doute qu'ils le fassent. Ils ont leurs propres problèmes. Si vous voulez rester pour la fête, vous êtes le bienvenu. Il y aura du lard grillé, et j'ai fait des gâteaux.

— Merci, je serai content d'y assister…

— Une seule chose, maître Shannow : ne portez pas vos armes. Nous sommes encore, en principe, une communauté paisible.

— Comme vous le désirez. Éric dort toujours ?

— Non, il ramasse du bois pour le feu. Puis il ira traire les vaches.

— Avez-vous des problèmes avec les loups ou les lions ?

— Le Comité a tué le dernier lion cet hiver, et les loups ont changé de territoire. Ils sont partis vers les hautes terres. Ils font parfois des incursions en hiver, mais ce n'est pas un problème majeur.

— La vie est paisible, ici…, souffla Shannow.

Il se leva et fit tomber des petits cheveux de sa chemise.

— Elle l'était… Quand mon père était Prester… Maintenant, c'est Fletcher. Nous refusons de lui donner le titre de Prester, et il n'aime pas ça.

— Vous avez dit hier soir que votre époux était mort. Est-ce une angoisse, ou la réalité ?

Donna posa les mains sur le chambranle de la porte.

— J'ai un don pour voir les choses lointaines, maître Shannow. Je l'avais enfant, et il ne m'a pas quittée. En ce moment, je vois Éric dans le pré. Il a fini de ramasser le bois et il est monté sur un grand pin. Il joue à être un chasseur émérite. Oui, maître Shannow, mon mari est mort. Il a été tué par Fletcher. Il y avait trois hommes avec lui : le grand Bard, et deux autres dont j'ignore le nom. Le corps de Tomas a été enterré à la hâte dans un arroyo.

— Fletcher désire vos terres ?

— Et moi ! C'est un homme habitué à obtenir ce qu'il veut.

— Peut-être sera-t-il gentil avec vous ?

— Croyez-vous que je supporterais de partager la couche de l'assassin de mon époux ?

Shannow haussa les épaules.

— C'est un monde difficile, Donna. Dans certains villages, les femmes ne sont pas autorisées à avoir un seul époux. Elles sont une propriété commune. Dans d'autres régions, il n'est pas extraordinaire de tuer pour ce qu'on désire. Ce qu'un homme peut prendre et garder lui appartient de droit.

— Pas à Rivervale. Pas encore...

— Bonne chance, Donna. Je souhaite que vous trouviez quelqu'un pour tenir tête à Fletcher. Sinon, j'espère qu'il vous traitera bien...

Elle entra dans la maison sans rien ajouter.

Un peu plus tard, Éric revint, traînant une charrette pleine de bois mort. Menu, les cheveux si blonds qu'ils étaient presque blancs, l'enfant avait un visage sérieux et des yeux tristes.

Il dépassa Shannow sans parler.

Jon se dirigea vers l'enclos, où le hongre gris acier trotta dans sa direction pour lui fourrer son museau dans la main. Il y avait de l'herbe dans l'enclos, mais Shannow aurait préféré lui donner de l'avoine. L'animal galopait des lieues sans effort. Quand il mangeait du grain, il était infatigable. Cinq ans plus tôt, Jon avait gagné deux mille pièces de Barta en trois courses. Mais le hongre était désormais trop vieux pour de tels exploits.

Shannow retourna à ses sacoches et en sortit une cartouchière en cuir huilé.

Tirant le revolver de gauche de son étui, il dégagea le barillet. Le posant devant lui sur le porche, il passa un chiffon huilé sur le canon et nettoya le mécanisme de la détente. Le revolver, long de neuf pouces, pesait plusieurs livres, mais Shannow était depuis longtemps habitué à son poids. Il vérifia le barillet puis le remit en place. Ensuite, il rangea l'arme dans son étui. Le revolver de droite, deux pouces plus court, était en cuivre avec des plaques en ivoire poli, et pas en noyer. Le revolver le plus court était le plus précis. L'autre avait tendance à dévier sur la gauche et ne servait pas à grand-chose, sauf pour tirer de près. Shannow le nettoya consciencieusement. Levant la tête, il vit qu'Éric ne quittait pas l'arme des yeux.

— Allez-vous tirer ? demanda le garçon.

— Je n'ai pas de cible, dit Shannow.

— Fait-il beaucoup de bruit ?

— Oui. Et la poudre sent aussi mauvais que le Diable. Tu n'as jamais entendu un coup de revolver ?

— Une fois, quand le Prester a tué un lion, mais j'avais cinq ans. Maître Fletcher en a un, et plusieurs membres du Comité ont des fusils. Ils sont plus puissants que les hommes de guerre !

— Tu aimes bien maître Fletcher, Éric ?

— Il a toujours été gentil avec moi. C'est un homme bon ! Il est Prester, maintenant.

— Dans ce cas, pourquoi ta mère a-t-elle peur de lui et de son Comité ?

— Une lubie de femme... Maître Fletcher et mon père se sont disputés. Fletcher disait que le menuisier devrait habiter à Rivervale même, là où on a besoin de son travail. Le Comité a voté sur la question. Maître Fletcher voulait acheter la ferme, mais Père a refusé. J'ignore pourquoi. Cela m'aurait plu de vivre à Rivervale ! Maître Fletcher apprécie beaucoup ma mère. Il me l'a dit. Je l'aime bien.

— Et ton père, l'appréciait... l'apprécie-t-il aussi ?

— Père n'aime pas les gens. De temps en temps, il est content de moi, quand j'ai bien travaillé ou que je l'ai aidé sans rien laisser tomber.

— Est-il le seul menuisier de Rivervale ?

— Il l'était, mais un des hommes de maître Fletcher prétend l'être aussi. Mon père se moque de lui. Il dit que cet homme croit qu'une cheville est une partie du corps humain, et rien d'autre !

Shannow sourit. Le garçon avait l'air plus jeune quand il était détendu.

— Êtes-vous un homme de guerre, maître Shannow ?

— Non, Éric. Comme je l'ai dit hier, je suis un homme de paix.

— Pourtant, vous avez des revolvers...

— Je traverse des terres hostiles. J'en ai besoin.

Deux chariots apparurent en haut de la colline.

— Sans doute la famille Janus et les McGraven, dit Éric.

Shannow rangea ses revolvers dans leur étui, entra dans la maison et accrocha son ceinturon au crochet de la porte.

— Vos invités approchent, dit-il à Donna. Puis-je vous être utile ?

— Aidez donc Éric à préparer les feux pour griller la viande.

Les chariots continuèrent à arriver au fil de la matinée. Il y en eut bientôt une vingtaine dans le pâturage. Shannow n'était pas à l'aise au milieu de cinquante personnes. Il se réfugia dans la grange pour y trouver un peu de solitude. À l'intérieur, deux jeunes gens se tenaient la main.

— Désolé de vous déranger, dit-il, prêt à repartir.

— Cela ne fait rien, fit le jeune homme. Je m'appelle Stefan Janus, et voici Susan McGraven.

Shannow leur serra la main et sortit.

Son hongre trotta vers lui quand il passa à côté de l'enclos. Il lui caressa le cou.

— C'est presque le moment de partir, dit-il.

Une voix de femme retentit.

— Susan ! Où es-tu ?

— J'arrive ! répondit la jeune fille.

Le jeune homme de la grange rejoignit Shannow. Il était grand et blond, avec des yeux sérieux et un visage intelligent.

— Vous resterez quelque temps à Rivervale ?

— Non. Je suis un voyageur.

— Qui n'aime pas la foule, dit Janus.

— Exact…

— Vous la trouverez moins hostile quand vous connaîtrez tout le monde. Venez, je vais vous présenter quelques amis.

Shannow le suivit. Il serra d'innombrables mains et entendit quantité de noms qu'il ne retint pas. Mais le jeune homme avait raison : il se sentit vite plus à l'aise.

— Que faites-vous dans la vie, maître Shannow ? demanda un fermier robuste du nom d'Evanson.

— Maître Shannow cherche une cité, dit Donna en les rejoignant. Il est historien.

— Vraiment ? lança Evanson d'une voix neutre. Comment allez-vous, Donna ? Des nouvelles de Tomas ?

— Non. Anne est avec vous ?

— Hélas, non. Elle est restée avec Ash Burry. Sa femme est malade.

Shannow s'éloigna discrètement. Des enfants jouaient près de l'enclos. Il s'assit sur le porche pour les regarder. Les gens d'ici étaient très différents de ceux du Sud. Bien nourris et en bonne santé, ils riaient tout le temps. Ailleurs, dans les contrées écumées par les Brigands, ils avaient toujours des regards inquiets. Shannow se sentait un étranger parmi les habitants de Rivervale.

Au début de l'après-midi, six cavaliers descendirent de la colline. Jon revint dans la salle principale de la ferme et les observa par une fenêtre. Donna Taybard les vit également et avança vers eux, suivie par une dizaine de voisins.

Les cavaliers tirèrent sur les rênes de leurs montures. Un homme de grande taille portant une chemise de laine blanche descendit de cheval. Il avait une trentaine d'années. Les cheveux noirs coupés court, son visage hâlé était avenant.

— Bien le bonjour, Donna, dit-il.

— Vous de même, maître Fletcher.

— Je suis content que vous preniez du bon temps. Des nouvelles de Tomas ?

— J'ai l'intention d'aller dans l'arroyo où vous l'avez abandonné et de mettre son nom sur sa tombe.

L'homme s'empourpra.

— J'ignore de quoi vous parlez.

— Partez, Saül. Je ne veux pas de vous ici.

— Donna, il est dangereux de vivre si près des terres sauvages ! Daniel Cade a été vu à quatre lieues au sud ! Vous devez venir vous installer à Rivervale.

— C'est mon foyer et je resterai ici.

— Je suis désolé, mais je dois insister. Le Comité a voté.

Vous serez dédommagée pour la maison. Une demeure confortable a été préparée pour Éric et vous. Ne rendez pas les choses plus difficiles. Tous vos amis sont d'accord pour vous aider à emballer vos affaires.

Donna dévisagea ses voisins. Evanson détourna les yeux, et beaucoup d'autres regardèrent leurs pieds. Seul Stefan Janus s'interposa.

— Pourquoi devrait-elle partir si elle ne le souhaite pas ?

Saül Fletcher l'ignora et se rapprocha de Donna.

— Votre refus est absurde, Donna. Le Comité a le droit d'édicter des lois pour protéger son peuple. Vous devez partir. Et vous partirez ! Immédiatement !

Il se tourna vers un homme gigantesque monté sur un grand hongre noir.

— Bard, aide Donna à préparer ses paquets.

L'homme allait descendre de cheval quand Jon Shannow sortit et se campa sous le porche. Bard se rassit sur sa selle et tous les regards se tournèrent vers Jon, qui portait maintenant ses revolvers. Il observa les six cavaliers. Il avait déjà vu des gens de leur acabit : des risque-tout, des Brigands, des fauteurs de troubles. Tous avaient le même air de cruauté et d'arrogance impitoyable.

— Si maîtresse Taybard souhaite rester, il n'est pas nécessaire d'en discuter davantage.

— Qui êtes-vous, maître ? demanda Fletcher sans quitter les revolvers du regard.

Shannow l'ignora. Il se tourna vers les autres cavaliers et reconnut deux d'entre eux.

— Comment vas-tu, Miles ? Et toi, Pope ? Vous voilà bien loin d'Allion !

Les deux hommes ne répondirent pas.

— Je vous ai demandé qui vous étiez, dit Fletcher, la main posée sur la crosse en noyer du fusil à silex à deux coups accroché à sa ceinture.

— C'est l'Homme de Jérusalem, dit Miles.

Fletcher se raidit.

— J'ai entendu parler de vous ! Vous êtes un tueur et un fauteur de troubles. Nous n'acceptons pas les gens comme vous à Rivervale.

— Non ? dit doucement Shannow. J'avais cru comprendre que vous ne reculiez pas devant un meurtre. Et vos amis Miles et Pope écumaient la région avec Cade il y a seulement un an.

— C'est un mensonge !

— Comme vous voulez, maître Fletcher. Je n'ai ni le temps ni l'envie de me disputer avec vous. Vous pouvez partir.

— Un seul mot, Saül, et je lui rabattrai son caquet ! cria Bard.

— Oui. Donnez-lui votre autorisation, maître Fletcher, dit Shannow.

— Pour l'amour de Dieu, ne faites pas ça ! cria Miles. Vous ne l'avez jamais vu à l'œuvre !

Fletcher, qui n'était pas idiot, entendit de la terreur dans la voix de Miles. Prudent, il remonta rapidement en selle.

— Trop d'innocents souffriraient d'un affrontement, dit-il. Mais nous nous retrouverons.

— Je l'espère, souffla Shannow.

Il regarda les cavaliers quitter la cour de la ferme.

Puis il étudia les voisins. Leurs manières amicales avaient disparu, remplacées par la peur et l'hostilité. Seul le jeune Janus s'approcha de lui.

— Merci, maître Shannow. J'espère que vous ne souffrirez pas de votre bonté.

— Si cela arrivait, je ne serais pas le seul à en pâtir, Stefan.

Jon rentra dans la maison.

Le dernier chariot partit peu avant le crépuscule.

Donna trouva son invité assis dans le fauteuil.

— Vous n'auriez pas dû faire cela pour moi, déclara-t-elle, mais je vous en suis reconnaissante.

Éric entra sur les talons de sa mère.

— Que voulais-tu dire en parlant de la tombe de mon père ?

— Je suis désolée, Éric, c'est la vérité. Fletcher l'a fait tuer.

— C'est un mensonge ! Tu le détestais, et je te déteste !

L'enfant sortit en trombe de la maison.

— Éric ! Éric ! cria Donna.

Puis elle fondit en larmes.

Shannow la prit dans ses bras. Il ne savait que dire pour la réconforter. Et Jérusalem semblait si loin…

Assis à la table en pin, Shannow regardait Donna. Agenouillée devant le fourneau à bois, elle raclait les cendres. C'était une belle femme. Il comprenait pourquoi Fletcher la désirait. Son visage était à la fois énergique et élégant, avec une bouche faite pour le rire. Et elle ne manquait pas de caractère.

— Le don de voir les choses à distance vous est venu comment ?

— Je l'ignore. Mon père pensait que c'était la Pierre, mais je ne suis pas sûre.

— La Pierre ?

— Le Prester l'appelait la « Pierre de Daniel ». Elle venait des Terres Maudites. Quand on la prenait, elle brillait comme le soleil sur la glace. Elle était chaude. J'ai beaucoup joué avec elle quand j'étais enfant.

— Pourquoi pensait-il que la Pierre était à l'origine de votre don ?

Elle se frotta les mains pour faire tomber les cendres et s'assit.

— Croyez-vous à la magie, maître Shannow ?

— Non.

— Dans ce cas, vous ne pouvez pas comprendre la Pierre. Quand mon père s'en servait, il guérissait les malades. Les blessures se fermaient en quelques secondes, sans laisser de cicatrice. Il est devenu Prester en partie grâce à elle.

— Pourquoi ce nom, la Pierre de Daniel ?

— Je l'ignore. Un jour, elle a refusé de briller. Elle est toujours dans l'ancienne maison de mon père, où Fletcher habite maintenant. Ash Burry m'a raconté qu'il manipule souvent la Pierre, mais je sais qu'elle ne fonctionnera plus jamais. Le Prester m'a dit que son pouvoir l'avait quittée définitivement.

— Mais vous avez gardé vos dons.

— Je ne peux ni guérir ni prédire l'avenir, ni pratiquer la magie. Seulement voir à distance ceux qui me sont chers.

Donna mit du petit bois dans le fourneau et l'alluma. Quand le feu ronfla dans le foyer, elle ferma la porte en fer et se tourna vers Shannow.

— Puis-je vous poser une question ?

— Bien sûr.

— Pourquoi avoir risqué votre vie avec ces hommes ?

— Ce n'était pas un bien grand risque, ma dame. Il y avait un seul ennemi.

— Je ne comprends pas.

— Dans un groupe, il y a toujours un chef. S'il est battu, les autres ne comptent pas. Fletcher n'était pas prêt à mourir.

— Vous l'étiez ?

— Nous mourrons tous un jour ou l'autre, Donna. J'ai été content de payer en retour votre hospitalité. Fletcher changera peut-être de plans en ce qui vous concerne. Je l'espère.

— Mais vous n'y croyez pas.

— Non.

— Avez-vous déjà été marié, maître Shannow ?

— Il se fait tard… Éric ne devrait pas tarder à rentrer. Pouvez-vous le voir ?

— Je suis désolée. Vous ai-je offensé ?

— Non, ma dame. Je suis le seul responsable de mon désarroi. Vous n'y êtes pour rien. Pouvez-vous voir votre fils ?

Elle ferma les yeux.

— Ô Dieu, dit-elle. Ils l'ont capturé !

— Qui ?

— Bard et quelques autres.

— Où sont-ils ?

— Ils galopent vers le nord-ouest, en direction du village. Ils l'ont blessé ! Il a le visage en sang.

Shannow prit les mains de Donna entre les siennes.

— Je le trouverai et je le ramènerai. Faites-moi confiance.

Jon sortit de la maison, sella le hongre et galopa vers le nord. Il prit garde de ne pas être trop visible en passant au sommet des collines, mais avança tout de même à une vitesse inhabituelle. Il n'avait pas demandé à Donna combien d'hommes accompagnaient Bard, mais peu importait. Contre deux ou vingt adversaires, son plan serait le même.

Il sortit de la forêt au-dessus de la troupe de maraudeurs et s'arrêta. Il y avait cinq hommes, Bard compris, mais pas trace de Fletcher. Éric gisait en travers de la selle du géant. Shannow inspira à fond pour se calmer, les mains tremblantes. En vain.

Les mots de la Bible explosèrent dans son esprit.

« David dit à Saül : Ton serviteur faisait paître les brebis de son père. Et quand un lion ou un ours venait en enlever une du troupeau… »

Shannow descendit la colline et s'arrêta devant les cavaliers. Miles et Pope étaient en tête, arbalètes prêtes. Shannow leva les mains, de la fumée et des flammes sortant de son revolver de droite. Pope tomba de sa selle. L'arme de gauche tira une fraction de seconde plus tard et Miles s'écroula, la moitié du visage emportée par le projectile.

— Descends, Bard, ordonna Shannow. (L'homme obéit.) À plat ventre, et broute l'herbe comme l'âne que tu es !

Bard releva la tête.

— Par l'Enfer…

Le revolver de gauche de Shannow cracha du feu. L'oreille droite de Bard disparut dans un flot de sang. Il hurla puis baissa la tête et arracha de grandes touffes d'herbe avec ses dents. Les deux autres cavaliers, pétrifiés, gardèrent les mains loin de leurs armes.

Shannow se tourna vers les deux hommes, puis vers les cadavres.

— « Je courais après lui, je le frappais, et j'arrachais la brebis de sa gueule. S'il se dressait contre moi, je le saisissais par la gorge, je le frappais, et je le tuais. »

Les deux cavaliers se regardèrent en silence. Ils savaient que l'Homme de Jérusalem était fou. Aucun d'eux n'avait envie de rejoindre ses camarades sur l'herbe, qu'ils soient morts ou vivants.

Shannow poussa son cheval vers eux.

Ils détournèrent les yeux.

— Mettez vos amis sur leur monture et enterrez-les. Ne croisez jamais plus mon chemin, ou je vous éliminerai comme on coupe le bois sec de l'arbre de vie. Allez récupérer vos morts.

Il fit pivoter son cheval, leur tournant le dos, certain qu'ils ne l'attaqueraient pas. Ils mirent pied à terre et hissèrent les cadavres en travers de leur selle.

— Lève-toi et regarde-moi, Homme de Gath, dit Shannow à Bard.

Bard se remit debout et croisa le regard de Shannow. Devant ces yeux brillants de fanatisme, il baissa la tête, puis sursauta en entendant un « clic » métallique. Relevant la tête, il vit que Shannow avait désarmé ses revolvers avant de les rengainer.

— La colère m'a quitté, Bard. Tu vivras. Pour le moment…

Le géant était assez près de Shannow pour l'attaquer, mais il en fut incapable. Ses épaules s'affaissèrent. Jon lui jeta un regard ironique. Bard s'empourpra.

Éric gémit et s'agita sur le cheval du géant.

Shannow le souleva de la selle et le ramena chez lui.

Donna Taybard resta plus d'une heure près de son fils. Le garçon était secoué par son aventure. Quand il avait repris conscience, il avait vu Jon Shannow et deux cadavres. L'odeur de la mort flottait dans l'air et Bard tremblait de peur. Éric n'aurait pas imaginé que Shannow puisse être aussi menaçant. Il était revenu en selle derrière son sauveur, les mains sur la crosse des revolvers. Pendant le trajet, Éric avait sans cesse revu les deux cadavres. Un à qui il manquait la moitié du visage, l'autre avec un trou dans le dos d'où sortaient des fragments d'os.

Contrecoup logique de la peur, l'enfant se sentait somnolent.

— Pourquoi ont-ils tué mon père ?

— Je l'ignore, Éric, mentit Donna. Ce sont de mauvais hommes.

— Maître Fletcher m'avait toujours paru si gentil…

— Je sais. Dors maintenant. Je serai dans l'autre pièce.

— Mère, maître Shannow me fait peur. Les hommes qui m'ont capturé disaient qu'il était fou et qu'il avait tué plus de gens que la peste. D'après eux, il prétend être un homme du Christ, mais tous les véritables adorateurs du Christ l'évitent.

— Pourtant, il t'a ramené à la maison, Éric. Et nous avons toujours notre ferme.

— Ne me laisse pas seul, Mère.

— Ne t'inquiète pas. Repose-toi.

Elle se pencha et l'embrassa. Puis, emportant la lampe à huile, elle quitta la pièce. Le garçon s'endormit avant qu'elle ferme la porte.

Assis dans le fauteuil, Shannow regardait le plafond. Donna posa la lampe en cuivre sur la table et ajouta du bois dans le feu. Le regard de Shannow rencontra le sien. Ses yeux brillaient anormalement.

— Tout va bien, maître Shannow ?

— « Vanité des vanités, dit l'Ecclésiaste, vanité des vanités, tout est vanité. Quel avantage revient-il à l'homme de toute la peine qu'il se donne sous le soleil ? »

— Je suis désolée, dit Donna, posant une main sur celle de l'homme. Je n'ai pas compris.

Il eut un pauvre sourire. Ses yeux perdirent leur étrange lueur, mais la fatigue s'afficha sur ses traits.

— Non, c'est moi qui vous dois des excuses, Donna Taybard. J'ai amené la mort dans votre foyer.

— Vous m'avez rendu mon fils !

— Pour combien de temps ? J'ai toujours été le caillou dans la mare… J'éclabousse la surface et je fais naître des vaguelettes autour de moi, mais ensuite ? La mare redevient comme elle était. Je suis incapable de vous protéger du Comité. Je ne change rien au mal qui règne sur notre monde. Au contraire, je crois que j'en rajoute.

Elle lui serra la main.

— Il n'y a aucune méchanceté en vous, maître Shannow. Croyez-moi, je sens ce genre de choses ! Quand vous êtes arrivé, j'ai eu peur, mais depuis, j'ai appris à vous connaître. Vous n'avez pas tenté de profiter de ma situation. Au contraire, vous avez risqué votre vie pour Éric.

— Cela ne signifie pas grand-chose. Ma vie n'est pas assez précieuse pour que j'y sois particulièrement attaché. J'ai vu des choses qui auraient détruit l'âme d'autres hommes : les cannibales, les sauvages, l'esclavage et le meurtre gratuit. J'ai voyagé longtemps et loin, Donna. Je suis fatigué.

» L'été dernier, j'ai abattu trois hommes. J'avais juré de ne plus jamais tuer. J'ai été embauché pour débarrasser plusieurs villages des Brigands et des fauteurs de troubles. J'ai réussi. Puis les yeux de ceux qui m'avaient demandé de venir se sont remplis de crainte. Ils avaient hâte que je m'en aille. Ils n'ont pas dit : « Merci, maître Shannow. Restez avec nous pour cultiver la terre. » Ni : « Nous sommes vos amis. Nous ne vous oublierons jamais. » Non. Ils m'ont donné des pièces de Barta et ont demandé quand je comptais partir.

» Après mon départ, les Brigands reviennent toujours. La mare se calme, les vaguelettes cessent.

Donna se leva et lui tendit la main.

— Mon pauvre Jon, murmura-t-elle. Viens avec moi.

Elle le conduisit dans sa chambre, au fond de la maison. Dans l'obscurité, elle le déshabilla, retira ses propres vêtements, ouvrit les couvertures du grand lit et s'y glissa non sans quelque hésitation. Alors qu'elle s'attendait à un déchaînement de passion, il la caressa avec une étonnante douceur. Elle lui passa un bras autour du cou et attira sa tête vers elle. Leurs lèvres se touchèrent. Il gémit, puis il laissa libre cours à ses instincts.

C'était un amant inexpérimenté et presque maladroit. Tout le contraire de Tomas le menuisier. Pourtant, Donna Taybard trouva avec lui une satisfaction qui allait au-delà de la simple technique, car il donnait tout de lui-même et ne gardait aucun secret. À la fin, il pleura, ses larmes inondant le visage de sa compagne.

Elle lui caressa le front, lui murmura des mots tendres et apaisants et s'avisa qu'elle avait dit les mêmes à Éric, une heure plus tôt.

Comme l'enfant, Shannow s'endormit.

Donna sortit sur le porche et se lava avec un baquet d'eau fraîche. Puis elle marcha jusqu'à l'enclos, contente de savourer la fraîcheur de la nuit.

Les gens la considéreraient comme une femme de mauvaise vie s'ils savaient qu'elle avait couché avec un homme si vite après la disparition de son époux. Mais elle ne se sentait pas salie, loin de là. Elle avait le sentiment de revenir d'un long voyage et d'avoir retrouvé ses amis et sa famille. Cette nuit, le Comité ne l'effrayait pas. Tout était harmonieux.

Le hongre de Shannow approcha d'elle et mit le museau dans sa main. Donna lui caressa le cou. Elle aurait aimé qu'il ait des ailes pour l'emmener au-delà des collines, dans les nuages. Son père lui avait raconté les légendes des Anciens au sujet d'un cheval ailé et du héros qui parcourait le monde sur son dos, tuant les démons.

Le Vieux John avait tenu les démons loin de Rivervale. Quand la communauté reconnaissante avait voulu le nommer chef, il avait opté pour le titre de Prester. Personne ne connaissait la signification du mot, à part lui. Quand on lui posait la question, il répondait par un sourire. Le Prester John avait créé une force militaire disciplinée et fait installer des brasiers d'alarme au sommet de toutes les collines. Les Brigands apprirent bientôt à éviter les terres de Rivervale. Dans les contrées sauvages, au milieu des loups et des lions, le nouveau monde vivait une naissance difficile et sanglante. Mais à Rivervale, la paix régnait.

Hélas, le Prester n'était qu'un mortel. Il avait gouverné pendant quarante ans. Mais sa force l'avait abandonné, et sa sagesse aussi, car il avait autorisé des gens comme Fletcher, Bard et Enas à intégrer le Comité.

Tomas avait raconté à Donna que le Prester était mort le cœur brisé : les derniers jours, ses yeux s'étaient dessillés et il avait compris quel genre d'hommes le remplacerait. On disait même qu'il avait essayé de chasser Fletcher, qui l'avait assassiné dans sa propre maison. C'était impossible à prouver, mais tous les gens des environs refusaient d'appeler Fletcher « Prester ». Et Rivervale revenait peu à peu à la sauvagerie des terres environnantes.

Fletcher avait recruté des étrangers pour travailler à sa mine de charbon. Certains étaient des hommes brutaux habitués aux manières des terres sauvages. Fletcher les avait tous promus. Un jour de l'automne précédent, les gens de Rivervale avaient ouvert les yeux sur une nouvelle réalité.

Able Jarret, un petit fermier, fut pendu par Fletcher et quatre de ses hommes, qui l'accusaient de s'être associé aux Brigands. Un vieux vagabond fut exécuté en même temps. Les fermiers, les propriétaires terriens et les autres citoyens se réunirent et parlèrent des moyens de combattre le Comité. Puis Cleon Layner, un des chefs du groupe, fut battu à mort derrière sa maison. Les réunions cessèrent.

Les quarante ans de travail du Prester John avaient été réduits à néant en moins de trois saisons.

Donna claqua des mains. Le hongre partit au trot. Si Shannow avait le sentiment d'être un caillou dans la mare, qu'avait éprouvé John avant de mourir ?

Elle compara mentalement le visage émacié et barbu de Shannow à celui du Prester. Le vieil homme était plus dur que Jon, et donc moins dangereux. Mais son père aurait apprécié beaucoup de choses chez lui.

— Vous me manquez, Prester, murmura-t-elle, se souvenant des chevaux ailés et des héros de ses récits.

Chapitre 2

Pendant plusieurs jours, la petite ferme ne reçut pas de visiteur. Le Comité ne lança pas de représailles. Shannow occupa son temps à aider Donna et Éric à moissonner le grain et à ramasser les fruits du verger, à côté du pré ouest. Vers la fin de l'après-midi, il faisait le tour des collines et des bois qui entouraient la ferme, s'assurant que personne ne s'en approchait.

La nuit, il attendait que Donna l'invite à la rejoindre au lit. Chaque fois, il réagissait comme si elle lui faisait un cadeau inespéré.

Le cinquième jour, un cavalier arriva peu après midi. Donna reconnut la démarche de la mule d'Ash Burry avant d'avoir identifié la silhouette bien en chair du fidèle.

— Il vous plaira, Jon, dit-elle. Il suit aussi les anciennes croyances. Il y a plusieurs fidèles à Rivervale.

Shannow regarda le grand type corpulent descendre de cheval. Il avait des cheveux noirs ondulés, un visage ouvert et amical.

Burry ouvrit les bras pour serrer Donna contre lui.

— Salutations, Donna. Que la paix divine règne sur votre foyer.

Tournant la tête vers Shannow, il lui tendit la main. Jon la serra. L'homme avait la peau douce et une poignée de main molle.

— Salutations à vous, mon frère, dit-il avec l'ombre d'un sourire.

— Ne restons pas au soleil ! lança Donna. Entrons. J'ai du jus de pomme frais.

Shannow resta dehors quelques minutes, sondant l'horizon, avant de les rejoindre.

— Toujours aucun signe de Tomas, je suppose ? dit Burry. Vous devez être très inquiète, Donna.

— Il est mort, Ash. Fletcher l'a tué.

Burry détourna le regard.

— Voilà de durs propos, Donna. J'ai entendu parler de vos accusations. On dit qu'elles ne sont pas fondées. Comment pourriez-vous en être sûre ?

— Vous me connaissez depuis toujours, Ash. Vous savez que je ne mens pas. J'ai le don de voir à distance ceux qui me sont chers. Je l'ai vu mourir.

— Je suis informé de votre don. Mais vous avez vu jadis l'ancien Prester mort au fond d'un canyon. Pourtant, il était vivant.

— Oui, mais je l'ai cru mort parce qu'il avait fait une chute terrible. Et il était *vraiment* dans le canyon.

— Tous les dons ne sont pas des cadeaux du Tout-Puissant, Donna. Je ne peux croire que Saül Fletcher ait fait une chose pareille.

— Il a pendu Able Jarret et un pauvre vagabond.

— Able trafiquait avec les Brigands. C'était une décision du Comité. J'ai beau ne pas apprécier qu'on prenne la vie de quelqu'un, cet acte était en accord avec la loi de Rivervale établie par le Prester John.

— Je n'ai pas souvenir qu'il ait fait pendre un homme de la région !

Shannow tira une chaise près de la fenêtre et s'assit à califourchon, face au fidèle, les bras croisés sur le dossier.

— Maître Ash, puis-je vous demander la raison de votre visite ?

— Mon nom est Burry, maître, Ashley Burry. Je suis un ami de longue date de la famille du Prester. J'ai baptisé Donna il y a de nombreuses années. Même si elle n'est pas pratiquante, je la considère comme ma filleule.

— Une visite purement amicale ?

— J'espère qu'elles le sont toutes, et que tous ceux qui me connaissent les considèrent ainsi.

— J'en suis persuadé, maître Burry, dit Shannow, souriant. Mais vous avez fait une longue chevauchée par une journée si chaude...

— Ce qui signifie ?

— Que vous avez quelque chose à dire à maîtresse Taybard. Préférez-vous que je vous laisse seul avec elle ?

Burry sourit pour dissimuler son embarras. Ses yeux rencontrèrent ceux de Shannow. Ils échangèrent un regard entendu.

— Merci de votre franchise, maître Shannow. Il serait courtois de nous laisser en tête à tête.

Après le départ de Shannow, Burry et Donna restèrent silencieux quelques instants. Le fidèle remplit sa tasse de jus de pomme et fit le tour de la pièce, examinant un mobilier qu'il avait déjà vu de nombreuses fois.

— Alors, Ash ?

— Il parle bien, Donna, mais c'est un Brigand connu. Pourquoi l'avez-vous autorisé à rester chez vous ?

— Il pratique la même foi que vous, Ash.

— Non, c'est un blasphème ! Je ne tue pas aveuglément !

— Il a sauvé mon fils.

— Ce n'est pas ce qu'on raconte. Bard et ses compagnons ont trouvé le gamin, qui s'était perdu. Ils vous le ramenaient quand Shannow les a attaqués et a tué Pope et Miles.

— C'est absurde ! Mon fils a été battu et capturé dans le pré du nord. Bard et sa troupe étaient à mi-chemin de Rivervale quand Shannow les a rattrapés. Cela s'est passé le jour où Fletcher a essayé de me faire partir de force de ma ferme. Êtes-vous aveugle, Ash ?

— Cet homme est un tueur. On dit qu'il a l'esprit dérangé.

— L'avez-vous trouvé fou ?

— Ce n'est pas la question. Il est calme maintenant, mais il a terrifié Bard et les autres. Savez-vous qu'il a arraché une oreille à Bard d'un coup de feu ?

— Dommage que cela n'ait pas été sa tête !

— Donna ! cria Burry, choqué. Je pense que cet homme est possédé et que ses pouvoirs maléfiques affectent votre jugement. Saül m'a parlé de vous. Je sais qu'il vous tient en amitié. Il n'a pas d'épouse et il ferait un père excellent pour Éric.

Donna éclata de rire.

— Vous parlez de jugements, Ash, puis vous me conseillez d'épouser l'homme qui a probablement assassiné mon père et *certainement* tué mon mari ! Passons à autre chose : comment va Sara ?

— Bien, mais elle s'inquiète pour vous, comme nous tous. Le Comité a rendu sa sentence pour Shannow. Ces hommes ont l'intention de le pendre.

— Je vais préparer un peu de nourriture pour vous, Ash. Pendant ce temps, je veux que vous alliez trouver Jon et que vous parliez avec lui.

— Que pourrais-je lui dire ?

— Vous évoquerez votre dieu. Lui, au moins, sera capable de comprendre.

— Vous vous moquez de moi, Donna…

— Pas intentionnellement, Ash. Allez lui parler.

Burry secoua la tête et se leva. Dehors, il trouva Shannow. Assis sous le soleil, sur un rocher blanc, il surveillait les collines. Il portait les revolvers qui avaient brutalement assassiné Pope et Miles, et Dieu seul savait combien d'autres.

— Puis-je me joindre à vous, maître Shannow ?

— Bien entendu.

— Quand quitterez-vous Rivervale ?

— Bientôt, maître Burry.

— Quand, exactement ?

— Je l'ignore.

— Que cherchez-vous ici ?

— Il ne me manque rien, maître Burry…

— On dit que vous êtes en quête de Jérusalem.

— C'est exact.

— Pourquoi ?

— Pour avoir la réponse à mes questions. Et avoir enfin satisfaction.

— Le Livre répond à toutes les questions...

Shannow sourit.

— Je l'ai lu de nombreuses fois, maître Burry. Mais il ne parle pas de revolvers. Il y a douze ans, j'ai vu une image qui n'était pas peinte. Elle ressemblait à un moment de la vie figé dans le temps. C'était une ville, mais je n'ai pas compris tout de suite, car on la voyait depuis le ciel. Il n'y a rien de tel dans la Bible, maître Burry. J'ai rencontré un vieil homme qui possédait un livre spécial, très ancien. Il y avait dedans des dessins de machines avec des roues et des leviers, et des sièges à l'intérieur. Les gens voyageaient dedans, sans avoir besoin de chevaux. Pourquoi ces choses ne sont-elles pas dans la Bible ? Le vieillard m'a dit avoir vu un jour une image d'une machine en métal capable de voler. Pourquoi cela n'est-il pas rapporté dans les Écritures ?

— Tout y est indiqué ! Souvenez-vous qu'Élie est monté au ciel dans un chariot de feu. Le Livre parle aussi d'êtres angéliques qui volent dans des machines étranges.

— Mais aucune mention des revolvers.

— Quelle importance ? Nous savons que le Christ a dit à ses disciples que la fin du monde était proche, et nous savons aussi qu'elle a eu lieu. Les océans ont débordé et le monde a été détruit. Mon ami, nous vivons la Fin des Temps.

— Le Livre ne dit-il pas aussi que ces temps sont ceux de l'Antéchrist ? Que les hommes souhaiteront ne jamais être nés, et que la peste et la mort rôderont sur les terres ?

— Oui. Et c'est arrivé !

— Et qu'une nouvelle Jérusalem serait bâtie ?

— Oui.

— J'ai l'intention de la trouver.

— Seuls les serviteurs de Dieu trouveront Jérusalem. Croyez-vous sincèrement servir le Tout-Puissant ?

— Non, maître Burry, mais j'essaie, et je continuerai à essayer. On m'a enseigné que le monde était jeune. Le Christ est mort il y a trois cents ans et sa mort a provoqué le débordement des océans. Pourtant, j'ai vu des preuves que l'Ère Noire de notre monde a duré plus longtemps que cela. Certains pensent que le Seigneur est mort il y a deux mille cinq cents ans…

— Des hérétiques, affirma Ash Burry.

— Je suis d'accord avec vous, mais je me demande parfois s'ils ne sont pas plus près de la vérité que nous. J'ai vu d'anciennes cartes qui ne montrent pas Israël, ni la Judée, ni Babylone, ni même Rome. Elles portent des noms que le Livre ne mentionne pas. J'ai besoin de savoir, maître Burry.

— Pourquoi ? N'avons-nous pas juré de ne pas chercher de signes ou de présages ?

— Pourtant, quand les nuages s'assombrissent, nous revêtons nos cirés…

— Oui, maître Shannow. Mais qu'importe si l'Ère Noire, après la mort de notre Seigneur, a été longue ou courte ? Nous sommes là, maintenant. Quelle importance si des machines volaient autrefois ? Elles ne le font plus. L'Ecclésiaste dit : « Il n'y a rien de nouveau sous le soleil. » Tout ce qui a été un jour sera de nouveau.

— Avez-vous déjà entendu parler de l'Angleterre, maître Burry ?

— Un pays du temps de l'Ère Noire, je crois. Il a préservé le Livre.

— Savez-vous où il pourrait être ?

— Non. Pourquoi est-ce important à vos yeux ?

— J'ai vu un jour une feuille de papier où était imprimé un vers : « Ici fut construite Jérusalem, sur le sol accueillant de la verte Angleterre. »

— Puis-je vous donner un conseil, maître Shannow ?

— Pourquoi pas ? La plupart des gens ne se gênent pas…

— Quittez ce lieu. Continuez votre quête. Si vous restez, vous attirerez la mort et le désespoir sur cette maison. Le Comité a décidé que vous étiez un Brigand et un fauteur de troubles. Ces membres vous feront pendre.

— Quand j'étais enfant, maître Burry, mes parents construisirent une maison pour eux, mon frère et moi, sur la rive d'une magnifique rivière. La terre était riche mais sauvage. Mon père l'a domptée. Elle nous a donné des moissons en abondance et de la nourriture pour le bétail. Puis des hommes sont venus. Ils voulaient des terres fertiles. Ils ont tué mon père, et violé ma mère avant de lui couper la gorge. J'ai été blessé par un coup de lance. Mon frère m'a traîné jusqu'à la rivière et nous l'avons traversée à la nage. Puis nous avons demandé refuge dans une ferme voisine. Le propriétaire, qui avait déjà quatre fils, nous a recueillis. Personne n'a rien tenté contre les meurtriers de nos parents. C'était ainsi que les choses se passaient…

— Votre histoire est hélas banale, reconnut Burry. Mais les temps changent.

— Les hommes les font changer… Mais je n'ai pas fini mon récit. Mon frère et moi avons été élevés pour croire à l'amour et au pardon. Nous avons essayé. Hélas, les mêmes pillards, devenus gras et encore plus forts, décidèrent qu'ils voulaient davantage de terres. Une nuit, ils attaquèrent notre nouveau foyer. Mon frère en tua un avec une hache, et moi un autre avec un antique mousquet. Cela ne les empêcha pas de l'emporter. Mon frère et moi, avons fui sur un vieil étalon. Mon frère a perdu la foi à ce moment. La mienne s'est renforcée. Deux ans plus tard, je suis retourné à la ferme et j'ai mis les Brigands à mort.

» Depuis, j'ai tué beaucoup de gens. Mais je n'ai jamais volé, triché ou menti. Et je n'ai pas transgressé le Commandement qui interdit de commettre un meurtre de sang-froid. Je ne suis pas un Brigand, je fais la guerre contre le mal. Les honnêtes gens ne risquent rien. Seuls les infidèles ont lieu de me craindre, maître Burry. Ou ceux qui les servent.

— Qu'est-il arrivé à votre frère, maître Shannow ? A-t-il retrouvé la foi ?

— Nous avons tous les deux appris la haine. La mienne était dirigée contre les Brigands et les marchands de mort. Mon frère a fini par mépriser les gens de la région parce qu'ils n'osaient rien faire et laissaient les Brigands prospérer. Non, maître Burry, il n'a pas retrouvé la foi.

— Vous êtes amer, maître Shannow.

— C'est exact. Pourtant, je reste satisfait de ce que je suis. Je ne compromets pas mes principes. Vous, maître Burry, un saint homme, vous venez dans cette demeure défendre des meurtriers. Vous vous alliez aux infidèles. Fletcher a tué l'époux de maîtresse Taybard. Ses hommes sont une horde d'assassins. Vous restez tranquillement assis, comme la chèvre de la Bible, et la mort vous guette !

— Que signifient vos paroles ? Vous racontez n'importe quoi, maître Shannow !

— Vraiment ?

— Expliquez-vous !

Jon sourit.

— Trois hommes sont cachés dans les arbres, au nord. Sont-ils venus avec vous ?

— Non. Mais vous n'ignorez pas que cinquante pièces de Barta seront versées à celui qui ramènera le corps d'un Brigand.

— J'aurais dû livrer les cadavres à Rivervale, dit Shannow. Pope et Miles étaient tous deux des meurtriers. Ils ont tué une famille de nomades à Sertace il y a deux ans. Ils faisaient partie de la bande de Cade quand il écumait le Sud-Ouest.

— Je ne vous crois pas, maître Shannow.

— Cela vaut mieux pour votre conscience, maître Burry.

Le repas se déroula en silence. Burry partit peu après. Éric ne dit rien, mais il alla s'enfermer dans sa chambre.

— Je suis inquiète à son sujet, dit Donna en débarrassant la table avec Shannow.

— Il me craint, Donna. Je ne l'en blâme pas.

— Il ne mange rien, et il fait des cauchemars.

— Votre ami Burry a raison, je devrais partir. Mais j'ai peur pour vous. Quand je serai parti, Fletcher reviendra.

— Alors, ne partez pas, Jon. Restez avec nous.

— Vous ne comprenez pas le danger ! Je ne suis plus un homme, mais un sac de pièces de Barta pour ceux qui estiment pouvoir m'affronter. En ce moment, trois gaillards, dans les collines, essaient de trouver le courage de venir me capturer.

— Je ne veux pas que vous partiez, dit Donna.

Il lui effleura la joue.

— Je partage votre sentiment, mais je sais trop bien ce qui est nécessaire.

Il se leva et approcha de la chambre d'Éric. Il frappa à la porte. Pas de réponse. Il toqua de nouveau.

— Oui ?

— C'est Jon Shannow. Puis-je entrer ?

Une pause.

— D'accord.

Éric était allongé sur son lit, face à la porte. Il leva les yeux et vit que Shannow portait une chemise de son père. Il ne l'avait pas remarqué jusque-là.

— Puis-je m'asseoir, Éric ?

— Faites ce que vous voulez. Je suis incapable de vous en empêcher.

Shannow s'assit à califourchon sur une chaise.

— Veux-tu que nous parlions ?

— De quoi ?

— Je l'ignore, Éric. Je sais seulement que tu es perturbé. Veux-tu parler de ton père ? de Fletcher ? de moi ?

— Je suppose que Mère préférerait que je ne sois pas là. Comme ça, elle pourrait être avec vous tout le temps !

— Elle ne m'a rien dit de tel.

— Maître Burry ne vous aime pas, et moi non plus.

— Parfois, je suis de l'avis de la majorité : je ne m'aime pas moi-même…

— Tout se passait bien jusqu'à ce que vous arriviez, dit Éric, les larmes aux yeux. Ma mère et moi, nous nous entendions bien. Elle dormait ici, avec moi, et je n'avais pas de mauvais rêves. Maître Fletcher était mon ami. Les choses semblaient en ordre.

— Je serai bientôt parti. Les vaguelettes s'effacent sur la mare. Tout redevient comme avant.

— Ça ne sera plus jamais pareil !

— Tu es très avisé, Éric. La vie change, pas toujours pour le mieux. La force d'un homme se reconnaît à la manière dont il s'accommode des changements. Je pense que tu t'en tireras bien, car tu es plus fort que tu le crois.

— Mais je ne pourrai pas les empêcher de nous prendre notre maison.

— Non.

— Maître Fletcher forcera ma mère à vivre avec lui ?

— Oui, dit Shannow, tentant de chasser cette idée de son esprit.

— Il vaudrait mieux que vous restiez quelque temps, maître Shannow.

— Peut-être... Ce serait bien que nous soyons amis, Éric.

— Je ne veux pas être votre ami.

— Pourquoi ?

— Parce que vous m'avez pris ma mère. Maintenant, je suis seul.

— Tu n'es pas seul. Mais je n'arriverai pas à t'en convaincre. Pourtant, j'en connais un bout sur la solitude ! Je n'ai jamais eu d'amis. Quand j'avais ton âge, mes parents ont été tués. J'ai été élevé quelque temps par un fermier appelé Claude Vurrow. Puis il a été assassiné aussi. Depuis, je suis seul. Les gens ne m'aiment pas. L'Homme de Jérusalem, l'Ombre, le Brigand-tueur... Où que j'aille, je serai haï et pourchassé, ou utilisé par des hommes « meilleurs » que moi. Voilà la solitude, Éric : parler à un enfant terrorisé et être incapable de le persuader.

» Quand je mourrai, personne ne me pleurera. Ce sera comme si je n'avais jamais existé. Aimerais-tu être aussi solitaire que ça ?

Éric ne dit rien.

Jon sortit de la chambre.

Les trois hommes regardèrent Shannow quitter la ferme à cheval, en direction des forêts de pins. Ils sellèrent leurs poneys et le suivirent.

Jerrik prit la tête, car il avait un fusil à silex à chargement par la gueule, vieux de trente-cinq ans à peine. Une bonne arme. Trois de ses propriétaires avaient perdu la vie pour essayer de le garder. Jerrik l'avait obtenu en paiement d'une dette de jeu, deux ans auparavant. Puis il s'en était servi pour tuer son propriétaire précédent, qui le pourchassait pour le récupérer. Une sorte de justice poétique, selon Jerrik, même s'il n'aurait pas su expliquer pourquoi.

Derrière lui chevauchaient Pearson et Swallow. Des types sur qui il pouvait compter... tant qu'ils seraient pauvres tous les trois. Ils étaient arrivés récemment à Rivervale, et Bard n'avait pas tardé à les repérer. Il les avait recommandés à Fletcher. Ce travail était leur sésame pour entrer au Comité : trouver et tuer l'Homme de Jérusalem !

La petite troupe disposait pour cela du fusil à canon long, une arme redoutable à condition que la cible soit relativement immobile. Swallow était un maître arbalétrier et Pearson excellait au lancer de couteau. À eux trois, ils n'auraient aucun mal à accomplir leur mission.

— Tu crois qu'il a quitté le secteur ? demanda Swallow.

Jerrik fit sentir son mépris en ne répondant pas à la question. Pearson sourit, découvrant des dents cassées.

— Il n'a pas de sacoches, dit-il.

— Pourquoi ne pas attendre qu'il revienne pour l'attaquer ? demanda Swallow.

— Et s'il se pointe à la nuit tombée ? lança Jerrik.

Swallow se tut. Plus jeune que ses deux compagnons, il brûlait du désir d'être respecté. Pourtant, chaque fois qu'il parlait, il se ridiculisait. Pearson lui flanqua une claque sur l'épaule et lui sourit. Il savait ce que le jeune homme blond pensait. Il connaissait le fond de son problème : Swallow était trop stupide pour comprendre qu'il était stupide ! Malgré tout, Pearson l'aimait bien, parce qu'ils se ressemblaient sur beaucoup de points. Tous deux détestaient la compagnie des femmes et adoraient le sentiment de pouvoir qu'ils éprouvaient à tenir la vie de quelqu'un entre leurs mains, avant de le tuer. Seule différence, Swallow aimait tuer des hommes, alors que Pearson préférait de loin torturer et assassiner des femmes.

Jerrik ne leur ressemblait pas. Il ne prenait aucun plaisir particulier à tuer, mais il n'hésitait jamais à le faire. Pour lui, c'était une corvée comme une autre. Regarder Pearson et Swallow « travailler » l'ennuyait, et les cris l'empêchaient de dormir. Jerrik approchait de la cinquantaine. Il estimait qu'il était temps de se ranger et d'élever des enfants. Il avait repéré une ferme à Rivervale, et la jeune veuve qui la possédait. Avec les pièces de Barta qu'il recevrait pour l'Homme de Jérusalem, il se ferait faire des vêtements de laine et la courtiserait. Elle serait obligée de le prendre au sérieux, car il appartiendrait au Comité...

Le trio suivit la piste de Shannow dans la forêt de conifères. Le crépuscule approchait quand ils repérèrent son feu de camp.

Ils descendirent de cheval et attachèrent leurs bêtes. Puis ils rampèrent dans le sous-bois, s'approchant du petit foyer. À cinquante pieds du feu, Jerrik vit la silhouette de l'Homme de Jérusalem, assis contre un arbre, le chapeau à large bord cachant son visage.

— Parfait, murmura Jerrik. Reste assis à réfléchir !

Il s'accroupit, arma son fusil et fit signe à Pearson et à Swallow d'encercler la cible, prêts à foncer sur le camp quand Jerrik aurait tiré le coup fatal. Les deux hommes disparurent au milieu des arbres.

Jerrik arma le fusil et se prépara à tirer. Il visa la silhouette assise.

Quelque chose de froid se posa sur sa tempe.

Puis sa tête explosa.

Au bruit du coup de feu, Pearson écrasa la détente de son arbalète. Le carreau jaillit dans la clairière, traversant le manteau de Shannow. Swallow sauta par-dessus le feu de camp. Son couteau suivit le carreau de Pearson. Le manteau tomba du buisson, entraînant avec lui le chapeau. Swallow en resta bouche bée. Puis quelque chose le frappa dans le dos. Un trou de la taille d'un poing apparut dans sa poitrine. Il mourut avant de toucher le sol.

Pearson recula. Il courut jusqu'à son poney, le détacha, sauta en selle et lança l'animal au galop. Mais un coup de feu retentit, et Pearson reconnut le bruit d'enfer du fusil de Jerrik.

Le cheval s'écroula, projetant son cavalier dans les airs. Pearson atterrit le dos contre un arbre, fit une roulade et se releva, un couteau à la main.

— Montrez-vous ! cria-t-il.

L'Homme de Jérusalem sortit du bosquet où il s'était caché. Il tenait son fameux revolver à crosse d'ivoire.

— Inutile de me tuer, dit Pearson, les yeux rivés sur l'arme. Je partirai, et je ne reviendrai pas, je vous le promets.

— Qui t'envoie ?

— Fletcher.

— Qui d'autre a-t-il lancé à mes trousses ?

— Personne. Nous ne pensions pas devoir être plus de trois.

— Quel est ton nom ?

— Pourquoi ?

— Pour l'écrire sur ta tombe. Il serait inconvenant de ne pas le faire.

— Alan Pearson, dit l'homme, lâchant le couteau.

— Et les autres ?

— Al Jerrik et Zephus Swallow.

— Tourne-toi, maître Pearson.

Pearson ferma les yeux et obéit.

Il n'entendit pas le coup qui le tua.

Jon Shannow entrait dans la cour quand la lune émergea de son écrin de nuages. Il conduisait deux poneys par la bride, un fusil à canon long accroché à sa selle. Donna l'attendait sous le porche, vêtue d'un chemisier de belle laine blanche et d'une jupe rouge tissée à la main. Elle s'était brossé les cheveux, qui semblaient d'un blond presque blanc sous les rayons de la lune. Shannow la salua de la main et mena les poneys dans l'enclos. Puis il retira la selle de son hongre et l'étrilla.

Donna le rejoignit et lui prit le bras. Il se pencha et lui donna un petit baiser.

—Tout va bien, Jon ?

—Oui.

—Tu sembles bien pensif.

—Avec toi, je comprends quelque chose qui m'a longtemps échappé…

Il lui prit la main et l'embrassa doucement.

—Laquelle ?

—C'est une citation du Livre.

—Dis-la-moi.

—« En effet, supposons que je parle les langues des hommes et même celles des anges : si je n'ai pas l'amour, je ne suis rien de plus qu'une trompette claironnante ou une cymbale bruyante.

» Supposons que j'aie le don de prophétie, que je comprenne tous les mystères et que je possède toute la connaissance ; supposons même que j'aie, dans toute sa plénitude, la foi qui peut transporter les montagnes : si je n'ai pas l'amour, je ne suis rien. » Ce n'est pas tout, mais il me faudrait le Livre pour te lire la suite.

—C'est splendide, Jon. Qui l'a écrit ?

—Un homme appelé Paul.

—Pour une femme ?

—Non. Pour tout le monde. Comment va Éric ?

—Il a été perturbé quand il a entendu les coups de feu.

—Il n'y avait aucun danger, Donna. Nous avons plusieurs jours devant nous avant que quelqu'un comprenne qu'ils ont échoué.

—Tu as l'air fatigué, Jon. Viens te reposer.

—Chaque mort m'affaiblit, ma dame. Mais ils continuent à venir à moi…

Elle le conduisit dans la maison. Il s'assit dans le fauteuil, la tête renversée. Elle lui retira ses bottes, puis posa sur lui une couverture.

—Dors bien, Jon. Que tes rêves soient paisibles.

Elle l'embrassa et se dirigea vers sa chambre. La porte de celle d'Éric s'ouvrit. Le jeune garçon en sortit, les yeux encore lourds de sommeil.

— Est-il revenu, Mère ?

— Oui. Il va bien.

— A-t-il tué tous les hommes ?

— Je suppose, Éric. Retourne te coucher.

— Viens avec moi.

Donna l'accompagna jusqu'à son lit. Elle s'allongea à côté de lui et il s'endormit en quelques minutes.

Mais la jeune femme ne trouva pas le sommeil. Dans l'autre pièce dormait un homme qui en avait tué cinq en quelques jours. Un homme qui vivait aux frontières de la folie, en quête d'un impossible rêve. Il cherchait une ville qui n'existait plus dans un pays que personne ne connaissait, pour trouver un dieu en qui peu de gens croyaient encore.

Et il l'aimait. Du moins le croyait-il, ce qui était la même chose pour un homme, Donna le savait. Il était pris au piège, forcé de rester, attirant la mort comme un aimant, incapable de fuir ou de se cacher. Il perdrait. Pas de Jérusalem pour Jon Shannow, et pas de foyer avec Donna Taybard. Le Comité l'éliminerait, et Donna serait la maîtresse de Fletcher jusqu'à ce qu'il se lasse d'elle. Pourtant, elle ne pouvait se résoudre à renvoyer Jon Shannow. Elle ferma les yeux et le vit, endormi dans le fauteuil, une expression paisible sur le visage, presque enfantin à la lueur de la lampe à huile.

Donna rouvrit les yeux, souhaitant une fois de plus que le Prester soit toujours en vie. Il savait toujours quoi faire. Avant que les années lui dérobent ses facultés, il avait pu lire dans le cœur des hommes et des femmes. Mais il n'était plus. Elle pensa au dieu farouche de Shannow et à celui d'Ash Burry, doux et aimant. Elle ne comprenait pas comment ils pouvaient croire adorer le même.

Ils étaient aussi dissemblables que deux hommes pouvaient l'être, et leurs dieux aussi.

— Êtes-vous là, Dieu de Shannow ? murmura-t-elle. M'entendez-vous ? Que faites-vous à cet homme ? Pourquoi êtes-vous si dur avec lui ? Aidez-le, je vous en prie.

Éric s'agita et marmonna. Elle l'embrassa, puis remonta les couvertures sous son menton. Le garçon ouvrit des yeux bouffis de sommeil.

— Je t'aime, Mère. Pour de bon !

— Je t'aime aussi, Éric. Plus que tout.

— Père ne m'aimait pas.

— Bien sûr que si, murmura Donna.

Mais son fils s'était rendormi.

Shannow se réveilla une heure avant l'aube. Il ouvrit la porte de la chambre de Donna. Le lit n'était pas défait. Il sourit tristement, puis il alla dans la pièce de la pompe et regarda une fois de plus son reflet.

— *Quo vadis*, Shannow ? demanda-t-il à l'homme gris et austère qu'il découvrit dans le miroir.

Il se raidit en entendant des bruits de sabots dans la cour. Il vérifia ses revolvers et sortit par la porte de derrière, se dissimulant dans l'ombre des murs pour faire le tour de la maison. Devant, il vit cinq chariots tirés par des bœufs. Près de l'abreuvoir, un homme de grande taille descendit de son cheval noir.

— Bonjour, dit Shannow, en rengainant ses revolvers.

— Nous autorisez-vous à faire boire nos animaux ? demanda l'homme.

À l'est, le soleil illuminait les pics. Shannow vit que le type, solidement bâti, avait une trentaine d'années. Il portait une veste de voyage en cuir noir et un chapeau orné d'une plume de paon.

— Oui, si vous remplissez ensuite l'abreuvoir en puisant de l'eau au puits qui est un peu plus loin. Quel est le but de votre voyage ?

— Le nord-ouest, à travers les montagnes.

— Les Terres Maudites ? demanda Shannow. Personne n'y va. J'ai rencontré un homme qui en venait. Il avait perdu ses cheveux, et son corps était une masse d'ulcères qui refusaient de guérir.

— Nous ne croyons pas que ce soit la faute de la terre. Toutes les maladies cessent, un jour ou l'autre.

— L'homme dont je vous parle disait que les rochers brillaient dans la nuit, et qu'on ne trouvait aucun animal sur ces terres.

— Mon ami, j'ai entendu parler de lézards géants, de forteresses volantes et de châteaux dans les nuages. Mais je n'en ai encore vu aucun ! La terre est la terre et j'en ai assez des Brigands. Daniel Cade a repris ses raids. Je rêve des montagnes lointaines, où aucun bandit n'osera aller. J'ai aussi rencontré un homme qui en revenait, ou qui le prétendait. À l'en croire, l'herbe était verte et les daims plus nombreux et plus grands qu'ailleurs. Il a affirmé avoir vu des pommes aussi grosses que des melons, et, au loin, une cité pareille à nulle autre. Je veux voir cette ville !

— Moi aussi, j'aimerais la voir…

— Eh bien, trouvez-vous un chariot et voyagez avec nous ! Je suppose que ces revolvers ne sont pas de simples ornements ?

— Je n'ai pas de chariot, maître, et pas assez de pièces de Barta pour en acheter un. De plus, j'ai des obligations ici…

L'homme sourit.

— Voilà pourquoi j'aimerais que vous veniez avec nous. Je ne veux pas de gens douteux à Avalon. Vous semblez être un homme sûr. Avez-vous une famille ?

— Oui.

— Vendez votre ferme et suivez-nous ! Il y aura des terres disponibles à notre arrivée.

Shannow le laissa abreuver ses bœufs et entra dans la maison. Donna était réveillée et l'attendait près de la porte ouverte.

— Tu as entendu ? demanda Jon.

— Oui. Les Terres Maudites.

— Qu'en penses-tu ?

— Je n'ai pas envie que tu partes. Mais si tu décides d'y aller, nous viendrons avec toi, si tu veux de nous.

Il ouvrit les bras et l'attira contre lui, plein d'une joie débordante. Derrière lui, l'homme de la caravane se racla la gorge. Shannow se tourna vers lui.

— Je m'appelle Cornélius Griffin. J'ai peut-être une proposition à vous faire.

— Entrez, maître Griffin, dit Donna. Je suis Donna Taybard, et voilà mon époux, Jon.

— Ravi de vous rencontrer, maîtresse Taybard.

— Vous avez parlé d'une proposition, rappela Shannow.

— Une des familles de notre groupe n'a pas envie de se lancer dans un voyage dangereux. Elle serait peut-être d'accord pour vous céder son chariot et ses provisions en échange de votre ferme. Plus une certaine somme en pièces de Barta, si cette idée vous agrée…

Jon Shannow entra dans la rue principale de Rivervale sur son hongre gris, son manteau de cuir claquant contre les flancs du cheval. Près de la route, les maisons construites trente ou quarante ans plus tôt étaient surtout en bois. Sur les collines, au-dessus de la mine de charbon, les plus récentes étaient en pierre et en bois poli. Shannow dépassa le moulin et traversa le pont, ignorant les regards des travailleurs et des curieux. Des enfants jouaient dans une rue latérale. Un aboiement fit sursauter son cheval, mais Jon continua. Il tira sur les rênes de sa monture à l'approche de la taverne.

Descendant de cheval, il attacha les rênes à un poteau et entra dans l'établissement. Une vingtaine d'hommes étaient assis à des tables ou debout au bar. Bard était du nombre, un bandage autour de la tête. Fletcher se tenait à côté de lui. Les deux hommes regardèrent Shannow, bouche bée.

Un silence de mort tomba sur la salle.

— Maître Fletcher, je suis venu vous dire que maîtresse Taybard a cédé sa ferme à une famille de Ferns Crossing, un village à deux mois de voyage au sud. Elle a signé un acte de vente qui devrait satisfaire le Comité.

— Pourquoi me raconter cela, maître Shannow ? demanda Fletcher, conscient que les gens l'observaient, et que nombre d'entre eux étaient des hommes intègres.

— Parce que vous êtes un meurtrier et un Brigand, maître Fletcher. Mais vous seriez avisé de ne pas tuer cette famille sous prétexte qu'elle a volé la ferme.

— Comment osez-vous ?

— J'ose parce que c'est la vérité, et que la vérité sera toujours votre ennemie. J'ignore combien de temps les gens de Rivervale vous supporteront. Mais s'ils ont un peu de bon sens, ça ne durera pas !

— Ne croyez pas que vous sortirez d'ici vivant, Shannow, dit Fletcher. Vous êtes un Brigand !

— Jerrik, Swallow et Pearson sont morts. Avant de crever, Pearson m'a dit que vous lui aviez proposé une place au Comité. Je m'étonne que vous fassiez des offres pareilles à un tueur de femmes !

— Abattez-le ! cria Fletcher.

Shannow plongea pour éviter un carreau d'arbalète. Il tira. Un homme tituba et tomba.

Fletcher sortit un revolver. Une balle effleura le col du manteau de Shannow. Son revolver de droite cracha du feu. Fletcher tomba, les mains sur le ventre. Un deuxième coup lui traversa le cœur. Bard courut vers la porte de derrière. Shannow le laissa partir. Mais l'homme se tourna et tira, logeant une balle dans le bois à côté du visage de Jon. Des éclats lui déchirèrent la joue.

Il logea deux balles dans la gorge du géant, qui tomba raide mort.

Shannow se releva et regarda autour de lui.

— Je m'appelle Jon Shannow, et je n'ai jamais été un Brigand.

Il se tourna et sortit. Une balle siffla près de lui. Il pivota sur lui-même et tira. Un homme jaillit de derrière l'abreuvoir, se tenant l'épaule. De l'autre main, il brandissait un revolver. Shannow lui tira de nouveau dessus. L'homme tomba sans un bruit. Un fusil tira d'une fenêtre, de l'autre côté de la rue, arrachant le chapeau de Jon. Il riposta, mais ne toucha rien.

Il remonta en selle et lança le hongre au galop.

Plusieurs hommes essayèrent de lui barrer le chemin. Le cheval fonça dans le tas, leur faisant mordre la poussière. Shannow passa le pont et galopa vers l'ouest pour rejoindre Donna et Éric…

… et trouver la route de Jérusalem.

Chapitre 3

Cornélius Griffin pivota sur sa selle et regarda les bœufs gravir péniblement la pente raide. Le premier des dix-sept chariots avait atteint la crête. Les autres peinaient le long de la pente.

Griffin était fatigué. La poussière volcanique lui brûlait les yeux. Il étudia le terrain. À cette hauteur il était à bonne distance. Aussi loin que la vue portait, le sable volcanique noir s'étendait d'un sommet déchiqueté à un autre.

Ils voyageaient depuis cinq semaines après s'être joints à la caravane de douze chariots de Jacob Madden, au nord de Rivervale. Depuis, ils n'avaient vu ni cavaliers ni Brigands. Pourtant, Griffin se méfiait. Il avait plusieurs cartes de la région dans ses sacoches. Leurs indications concordaient rarement, mais elles étaient toutes d'accord sur un point. Au-delà de l'étendue de lave vivait une bande de Brigands de la pire espèce : des mangeurs de chair humaine.

Griffin avait essayé de préparer au pire les gens de sa caravane. Aucune famille n'avait été autorisée à partir si elle ne possédait pas au moins un fusil ou un revolver. Il y avait actuellement plus de vingt armes dans le convoi, assez pour repousser n'importe quel raid de Brigands.

Cornélius Griffin était un homme prudent et, comme il s'en vantait souvent, un excellent chef de convoi. C'était le troisième qu'il organisait en onze ans. Il avait survécu à la sécheresse, à la peste, aux attaques de Brigands, aux tempêtes et à une inondation. Les gens disaient qu'il était chanceux. Mais lui savait que la chance était le résultat d'une bonne réflexion et d'un travail acharné. Chacun des chariots de vingt-deux pieds de long équipés d'une roue et d'un axe de rechange accrochés derrière les hayons transportait soixante livres de farine, trois sacs de sel, quatre-vingts livres de viande séchée, trente livres de fruits secs et six tonneaux d'eau. Deux chariots contenaient des marchandises réservées aux échanges commerciaux : des marteaux, des clous, des couteaux, des lames de scie, des pioches, des couvertures et des vêtements. Griffin se targuait de ne rien laisser au hasard.

Les colons qui voyageaient sous ses ordres étaient durs et intrépides. Malgré ses manières bourrues, Griffin les aimait tous. Des gens de bien, forts, courageux, loyaux et prêts à tout risquer pour réaliser leurs rêves de lendemains meilleurs.

Griffin regarda le chariot des Taybard s'attaquer à la pente. La femme, Donna, l'intriguait. Elle était à la fois dure comme de l'acier et douce comme de la soie, un contraste fascinant. Le chef de convoi se laissait rarement aller aux élans du cœur, mais si Donna Taybard avait été libre, il aurait volontiers transgressé ses propres règles. Le fils, Éric, courait à côté des bœufs, les faisant avancer avec une badine. Un garçon calme, mais Griffin l'aimait bien. Rapide et intelligent, il apprenait vite. L'homme était une autre affaire…

Griffin avait toujours su évaluer les gens. C'était vital pour un chef. Mais la personnalité de Jon Taybard lui échappait, même s'il avait deviné qu'il utilisait un nom d'emprunt. La relation entre Éric et lui était tendue. Le garçon l'évitait autant que possible, sauf aux repas. Mais Taybard savait s'y prendre avec les chevaux et ne rechignait jamais devant les tâches que lui confiait Griffin.

Le chariot des Taybard arriva au sommet de la colline, suivi par celui du vieux savant Peacock. L'homme était si maladroit que son véhicule s'arrêta à mi-pente. Griffin le rejoignit et sauta sur le siège du conducteur, laissant son cheval courir à son gré.

— Vous n'apprendrez donc jamais, Ethan ? dit-il en prenant les rênes et le fouet de l'homme.

Il fit claquer la lanière de cuir au-dessus des oreilles du bœuf de tête. L'animal avança et le chariot s'ébranla.

— Vous êtes sûr de ne pas savoir lire, Cornélius ? demanda Peacock.

— Pourquoi vous mentirais-je, érudit ?

— Je vous demande cela parce que cet imbécile de Phelps m'exaspère prodigieusement ! Je le soupçonne de lire seulement les parties qui confirment son opinion.

— J'ai vu Taybard avec une Bible, dit Griffin. Demandez-lui.

Le chariot dépassa le sommet de la colline. Griffin grimpa sur le marchepied et siffla son cheval. L'étalon alezan arriva aussitôt.

Griffin remonta en selle.

Le chariot de Maggie Ames fut le deuxième à s'arrêter au milieu de la pente, une roue arrière coincée par un rocher. Griffin descendit de cheval et délogea le rocher. Un sourire éblouissant le récompensa. Il la salua et s'éloigna. Maggie était une jeune veuve, donc une femme dangereuse.

Tout l'après-midi, le convoi s'échina sur la pente poussiéreuse. Les bœufs étaient fatigués. Griffin partit en éclaireur pour trouver un endroit où dresser le camp.

Il n'y avait pas d'eau dans le secteur. Il ordonna aux chariots de s'arrêter sur une butte, au-dessus de la plaine, à l'ombre d'une falaise impressionnante. Griffin enleva la selle de son alezan et l'étrilla. Puis il remplit d'eau son chapeau en cuir et fit boire l'animal.

Dans le camp, chacun s'occupait de ses bêtes, essuyant la poussière des naseaux des bœufs et les abreuvant. En voyage, les animaux étaient plus que des bêtes de trait. Ils représentaient la survie.

Le cocher de Griffin, un vieil homme taciturne appelé Burke, avait allumé un feu et faisait cuire un ragoût à l'odeur peu appétissante. Griffin s'assit en face de l'homme.

— Encore une longue journée, dit-il.

Burke grogna.

— Ce sera pire demain.

— Je sais.

— Nous ne tirerons pas grand-chose de plus de ces bêtes. Elles ont besoin d'au moins une semaine de repos et de bons pâturages.

— Tu as vu de l'herbe quelque part, aujourd'hui, Jim ? demanda Griffin, sarcastique.

— N'empêche, elles en ont *besoin.*

— D'après la carte, nous devrions trouver des prairies dans les trois prochains jours.

— De quelle carte s'agit-il ?

— Celle de Cardigan. Elle me paraît la plus fiable.

— Ouais... C'est bien le type qui a rencontré les mangeurs d'humains ? Ils ont fait rôtir vivant ses compagnons, c'est ça ?

— C'est ce qu'il a dit. Parle moins fort, Jim !

Burke montra la silhouette corpulente d'Aaron Phelps, le spécialiste des arcanes, qui approchait du chariot de Peacock.

— Il ferait un bon repas pour ces Brigands !

— Cardigan est passé par ici il y a vingt ans. Pourquoi ces Brigands seraient-ils toujours là ? La plupart des fauteurs de troubles sont des nomades.

— Je suppose que tu as raison, Cornélius, dit Burke. Mais nous devrions tout de même envoyer Phelps en avant-garde. Il nourrirait une tribu entière !

— Je préférerais t'y envoyer, Jimmy. Tu les dégoûterais à tout jamais de la chair humaine. Depuis cinq ans que je te connais, tu n'as pas pris un bain !

— L'eau donne des rides, dit Burke. Je me souviens de ça, quand j'étais jeune. L'eau vous ratatine !

Griffin prit le bol de ragoût que lui tendit Burke. Le goût était encore pire que l'odeur, mais il mangea, terminant le repas par du pain et du sel.

— Je me demande comment tu arrives à préparer des plats aussi mauvais...

Burke sourit.

— Je n'ai pas les ingrédients qu'il faudrait. Mais si tu me donnais Phelps...

Griffin se leva. Roux et de grande taille, il paraissait plus que ses trente-deux ans. Il avait de larges épaules et un début de bedaine en dépit des talents culinaires limités de Burke.

Il se promena entre les chariots, discutant avec les familles réunies autour des feux. Il ignora Phelps et Peacock, qui se disputaient comme d'habitude. Il s'arrêta près du chariot des Taybard.

— Je voudrais vous parler, maître Taybard.

Jon Shannow posa son assiette et se leva, suivant Griffin sur la piste. Le chef de convoi et lui s'assirent sur des rochers, face à face.

— Les jours à venir pourraient être difficiles, maître Taybard, annonça Griffin.

— De quelle manière ?

— Il y a quelques années, cette région était infestée de Brigands. Quand nous arriverons dans la plaine, nous devrions trouver de l'eau et de l'herbe. Nous serons obligés de nous arrêter une semaine, au moins. Pendant ce temps, nous serons peut-être attaqués.

— Comment puis-je vous aider ?

— Vous n'êtes pas un fermier, maître Taybard. J'ai le sentiment que vous seriez plutôt un chasseur. J'aimerais que vous vous chargiez des reconnaissances.

Shannow haussa les épaules.

— Pourquoi pas ?

Griffin remarqua que son interlocuteur n'avait pas demandé qui étaient ces Brigands, ni de quelles armes ils disposaient.

— Vous êtes un homme étrange, maître Taybard.

— Mon nom n'est pas Taybard, mais Shannow.

— J'ai entendu parler de vous, Shannow. Mais je vous appellerai Taybard tant que vous ferez partie de notre convoi.

— Comme vous voulez.

— Pourquoi m'avez-vous révélé votre identité ?

— Je n'aime pas mentir.

— La plupart des gens mentent pourtant sans problèmes. Mais vous n'êtes pas un homme ordinaire. On m'a rapporté le travail que vous avez fait à Allion.

— Il n'a servi à rien. Les Brigands sont revenus dès que j'ai eu tourné le dos.

— Là n'est pas la question.

— Que voulez-vous dire ?

— Vous avez montré le chemin aux habitants. À eux de le suivre ! Les gens d'Allion ont été stupides : on ne jette pas le balai quand on a fini de nettoyer une pièce !

Shannow sourit. Griffin s'aperçut qu'il se détendait.

— Êtes-vous un lecteur de la Bible, maître Griffin ?

Le chef de convoi sourit à son tour.

— Je dis aux gens que je ne sais pas lire. En fait, j'ai étudié le Livre. Il y a beaucoup de choses sensées dedans. Mais je ne suis pas croyant, et je doute que Jérusalem existe.

— Un homme doit avoir un but dans la vie, même si c'est trouver une cité qui n'existe pas.

— Vous devriez parler à Peacock. Il a des milliers de documents sur l'Ère Noire. Maintenant que sa vue baisse, il a besoin d'aide pour les étudier.

Griffin se leva, mais Shannow l'arrêta d'un geste.

— Je voulais vous remercier de m'avoir accueilli si bien.

— Ce n'est rien, maître Shannow. Je ne suis pas un faible, et je ne crains ni les ombres, ni les réputations comme la vôtre. Je vous demanderai seulement de réfléchir à une chose : pourquoi chercher Jérusalem ? Vous avez une bonne épouse et un fils qui auront besoin de vous à la maison. Où qu'elle soit !

Shannow ne répondit pas. Griffin retourna près des chariots. Jon resta où il était, perdu dans ses pensées. Vers minuit, Donna le trouva assis sous les étoiles et s'installa près de lui, un bras autour de sa taille.

— Tu es troublé, Jon ?

— Non. Je pensais au passé.

— Le Prester disait : « Le passé est mort, l'avenir n'est pas encore né. Nous avons seulement le présent, et nous le traitons mal. »

— Je n'ai rien fait pour te mériter, ma dame. Mais je remercie le Seigneur tous les jours de t'avoir rencontrée.

— Que voulait maître Griffin ? demanda-t-elle, embarrassée par ses paroles.

— Il souhaite que je parte en reconnaissance demain.

— Pourquoi toi ? Tu ne connais pas ce territoire.

— Pourquoi pas moi, Donna ?

— Ce sera dangereux ?

— Je l'ignore. Peut-être.

— Jon ! J'aimerais parfois que tu apprennes à mentir un peu !

Shannow quitta le convoi une heure après l'aube. Quand les chariots furent hors de vue, il sortit sa Bible et l'ouvrit au hasard.

« Car je vais créer de nouveaux cieux et une nouvelle terre. On ne se rappellera plus les choses passées, elles ne reviendront plus à l'esprit. »

Il ferma le Livre et le remit dans sa sacoche. Puis il partit au petit galop vers le nord, traversant l'étendue de sable volcanique noir.

Depuis des semaines, il écoutait les querelles mesquines des deux lettrés, Phelps et Peacock. Il en avait retiré quelques réflexions utiles, mais les deux hommes lui rappelaient les paroles de Salomon : « Car avec beaucoup de sagesse on a beaucoup de chagrin, et celui qui augmente sa science augmente sa douleur. »

Le soir précédent, ils avaient polémiqué pendant plus d'une heure sur le sens du mot « train ». Phelps disait qu'il s'agissait d'un moyen de locomotion mécanique de l'Ère Noire, alors que Peacock maintenait que c'était un terme générique s'appliquant à un groupe de véhicules, par exemple un convoi de chariots. Phelps soutenait avoir jadis possédé un livre qui expliquait le fonctionnement des trains. Peacock répliqua en lui montrant un texte ancien qui parlait de lapins et de chats qui s'habillaient pour dîner avec un rat.

— Qu'est-ce que ça à voir avec ce qui nous intéresse ? demanda Phelps, son visage gras rougissant de colère.

— Beaucoup de livres de l'Ère Noire ne disent pas la vérité. Les gens de cette époque aimaient mentir. À moins que vous croyiez *vraiment* qu'il existait un village habité par des lapins en costume?

—Vieil idiot! cria Phelps. Il est aisé de voir quels ouvrages sont de la fiction. Le livre sur les trains était vrai.

—Comment le savez-vous? Parce qu'il était plausible? J'ai vu un jour une image d'un homme, la tête couverte d'un bol en verre et brandissant une épée. D'après le texte, il marchait sur la lune.

—Encore une fiction! Et ça ne prouve rien, dit Phelps.

Ils continuèrent comme ça. Shannow trouvait que leur dispute n'avait pas de sens.

Pris à part, ils étaient convaincants. Phelps soutenait que l'Ère Noire avait duré environ mille ans, et que la science avait produit pendant ce temps des merveilles comme les trains et les machines volantes, ainsi que les revolvers et des armes plus puissantes. Peacock, convaincu que l'Ère Noire avait duré moins de cent ans, citait la promesse du Christ à ses disciples selon laquelle certains d'entre eux seraient encore en vie quand la fin surviendrait.

—Si cette promesse était fausse, disait-il, la Bible entière devrait être tenue pour une fiction de l'Ère Noire.

Shannow penchait pour l'interprétation biblique de Peacock, mais il trouvait Phelps plus ouvert et plus curieux.

Il se força à oublier les arguments fumeux des deux érudits, se concentrant sur la piste. Devant lui, le sable volcanique cédait la place à une pente couverte d'herbe et ombragée par des arbres. Au sommet de la colline, il s'arrêta et regarda la vallée où couraient des rivières scintillantes.

Il étudia le terrain un long moment: aucun signe de vie, pas d'habitations humaines en vue. Il descendit prudemment de l'autre côté de la colline, suivant une piste de daims qui menait à une grande mare d'eau limpide. Le sol, autour de la mare, était couvert de traces d'animaux de toutes sortes: des daims, des moutons, des chèvres, des buffles et même des lions et des ours. Près de la mare se dressait un grand pin. Dix pieds au-dessus du sol, Jon vit les marques de griffes dans l'écorce qui délimitaient le territoire de l'ours brun. Animaux raisonnables, les ours ne se battaient pas entre eux, se contentant de marquer les arbres. Quand un mâle arrivait, il se dressait sur ses pattes arrière et griffait l'écorce. S'il la rayait plus haut que l'ours précédent, ce dernier partait dès qu'il avait constaté que son adversaire était plus grand et plus fort. Si le nouvel ours ne parvenait pas à dépasser son prédécesseur, il quittait le territoire et se lançait à la recherche d'un autre. Shannow aimait cette idée. Mais même dans ce domaine, un peu d'astuce ne faisait pas de mal.

Pendant son séjour à Allion, Jon avait vu un ours de petite taille s'approprier un territoire immense. Sorti d'hibernation au milieu de l'hiver, il avait grimpé sur la neige accumulée contre les troncs, les marquant trois pieds plus haut que les autres. Shannow avait trouvé cet ours bien sympathique.

Il examina les alentours de la mare, puis repartit vers les chariots par un chemin différent. Au sommet d'une butte, il sentit la fumée d'un feu de bois et s'arrêta, sondant l'horizon. Le vent venait de l'est. Il fit avancer son cheval au pas à travers les arbres.

L'odeur devint plus forte. Shannow descendit de sa monture et l'attacha à un arbre. Puis il continua à pied à travers les buissons et les arbustes. Arrivé près d'une clairière, il entendit des gens parler dans une langue qu'il ne connaissait pas, même si certains mots lui rappelaient quelque chose. Il se mit à plat ventre et s'approcha, attendant que le bruit du vent dans les feuilles couvre celui de ses mouvements. Au bout de quelques minutes, il déboucha à la lisière de la clairière et regarda entre les feuilles. Sept hommes étaient assis autour d'un grand feu. Presque nus, ils portaient sur le corps des marques de peinture bleues et jaunes. À côté d'un des hommes gisait un pied humain coupé. Jon sentit de la sueur lui couler dans les yeux. Puis un des hommes se leva et avança vers lui. Il s'arrêta à quelques pas de sa position, écarta son pagne en peau de daim et urina contre un arbre.

Par la trouée dans le cercle de campeurs, Shannow vit les restes d'un corps humain embroché au-dessus du feu.

Écœuré, il détourna le regard. De l'autre côté du camp, deux prisonniers étaient attachés près d'un arbre. Des enfants de l'âge d'Éric. Ils portaient des tuniques en peau de daim ornées de motifs complexes et leurs cheveux noirs étaient tressés. Tous deux étaient en état de choc, les yeux écarquillés et le visage inexpressif. Shannow s'obligea à examiner le cadavre. C'était aussi celui d'un enfant. La colère monta en lui. Ses yeux brillèrent comme ceux d'un animal sauvage.

Il lutta pour contenir sa fureur, mais elle le submergea. Il avança, ses mains cherchant instinctivement la crosse de ses revolvers, et entra dans la clairière. Les hommes se levèrent en le voyant. Ils tirèrent des couteaux et des hachettes de leurs ceintures de corde et de peau. Shannow leva ses revolvers.

— « C'est de l'Éternel des armées que viendra le châtiment, avec des tonnerres, des tremblements de terre et un bruit formidable… »

Il appuya sur la détente de ses armes. Deux hommes s'écroulèrent. Les cinq autres chargèrent en hurlant. Deux d'entre eux tombèrent, l'un une balle à travers la tête et l'autre en se tenant le ventre. Un troisième arriva près de Jon. Il leva sa hachette, visant la tête. Shannow bloqua le coup du bras droit et lui fourra son revolver de gauche sous le menton. Quand il fit feu, le sommet du crâne de l'homme explosa.

Une massue atteignit Jon à la tempe. Il tira en tombant et fit exploser le genou d'un homme. Un couteau s'abattit sur lui. Jon roula sur le côté, fit feu et toucha son agresseur à la poitrine. Son assaillant s'écroula sur lui. Il se dégagea du cadavre et se remit péniblement debout. L'homme au genou fracassé s'éloignait en rampant.

— « … Et un bruit formidable, avec l'ouragan et la tempête, et avec la flamme d'un feu dévorant. »

Le cannibale leva les mains pour se protéger le visage. Shannow tira. Les balles traversèrent les mains tendues et le visage caché derrière.

Shannow tomba à genoux. Sa tête le lançait et il voyait trouble. Il inspira à fond, essayant de contrôler sa nausée. Quelque chose bougea sur sa droite. Il pointa son revolver et entendit un enfant crier.

— Tout va bien, dit Shannow, étourdi. Je ne vous ferai pas de mal. « Laissez venir à moi les petits enfants. » Donnez-moi une minute...

Il s'assit et se palpa le crâne. Du sang coulait sur son visage et sur sa chemise. Il rengaina ses revolvers et rampa vers les deux enfants. Puis il coupa leurs liens.

Le plus grand s'enfuit dès que les cordes tombèrent, mais l'autre leva la main et toucha le visage de Shannow là où coulait le sang. Jon essaya de lui sourire, mais l'univers tournoya autour de lui.

— Pars, petit. Tu me comprends ? Pars !

Shannow tenta de se lever, mais il retomba lourdement. Il rampa, arriva près d'une petite mare d'eau fraîche et regarda son sang couler dans l'eau et partir au fil du courant. Il trouva cela amusant et lâcha un petit rire.

— « Il me dirige près des eaux paisibles. Il restaure mon âme. »

L'enfant le rejoignit et tira sur sa manche.

— D'autres arrivent !

Shannow ferma les yeux, essayant de se concentrer.

— D'autres Carns arrivent ! Partez ! cria l'enfant.

Shannow dégaina ses revolvers, retira les barillets et en sortit deux chargés de sa poche pour les remplacer. Puis il remit les axes d'extracteurs en place et rengaina ses armes.

— Qu'ils viennent ! dit-il.

— Non. Beaucoup de Carns, dit le gamin, levant les mains à plusieurs reprises.

Dix, vingt, trente, quarante...

— J'ai compris, petit. Aide-moi à me lever.

Le gamin fit de son mieux, mais Shannow était grand et lourd. Ils avancèrent lentement. Des cris de colère retentirent. Shannow entendit des hommes foncer à travers le sous-bois. Il essaya d'aller plus vite, mais il tomba, entraînant l'enfant avec lui.

Il se remit debout avec difficulté et continua en titubant. Un corps aux rayures bleues et jaunes jaillit des buissons. Shannow leva la main et tira. Le guerrier disparut dans le sous-bois.

Le jeune garçon courut jusqu'au cheval de Shannow et le détacha. Puis il sauta en selle. Jon s'accrocha au pommeau et se hissa derrière l'enfant.

Le hongre partit au galop quand trois hommes débouchèrent de la forêt. Shannow vacilla, mais l'enfant tendit la main derrière lui et l'empêcha de tomber.

Il rengaina ses revolvers et bascula en avant contre le dos du gamin, qui jeta un coup d'œil derrière lui. Les Carns avaient abandonné la poursuite et retournaient dans la forêt.

Le jeune garçon glissa les doigts dans la ceinture de Shannow pour le maintenir en selle.

Ce ne fut pas facile, mais Selah était fort. Et il devait la vie à cet homme.

Donna Taybard cria. Éric tira sur les rênes et sur le levier du frein. Le chariot s'arrêta. Le jeune garçon sauta par-dessus le dossier du siège du conducteur et les sacs de nourriture.

Sa mère était en larmes.

— Qu'y a-t-il ?

— Shannow ! Oh, mon pauvre Jon !

Cornélius Griffin arriva et mit pied à terre. Après avoir sauté dans le chariot, il s'agenouilla près de la femme qui leva les yeux vers lui.

— Il est mort, dit-elle.

— C'était seulement un cauchemar, maîtresse Taybard.

— Non ! Il a arraché deux enfants aux sauvages. Maintenant, il est enfoui profondément dans la terre !

— Un rêve, insista Griffin, lui posant une main sur l'épaule.

— Vous ne comprenez pas, maître Griffin. J'ai un don. Nous nous dirigeons vers un endroit où il y a deux lacs entourés par des pins. Une tribu qui se peint le corps en bleu et jaune y habite. Shannow a tué un grand nombre d'hommes et s'est enfui avec un enfant. Maintenant, il est mort ! J'en suis sûre !

— Vous avez des dons de Perceptions Extra-sensorielles, Donna ?

— Oui… Non. Je vois à distance ceux qui me sont proches. Shannow est enterré.

Griffin lui tapota l'épaule et descendit du chariot.

— Que se passe-t-il, Cornélius ? demanda Ethan Peacock. Pourquoi nous sommes-nous arrêtés ?

— Maîtresse Taybard a eu un malaise. Nous repartons tout de suite. (Il se tourna vers Éric.) Laisse-la se reposer, petit, et fais avancer tes bœufs.

Il remonta en selle et retourna près de son propre chariot.

— Un problème ? demanda Burke.

— Rien d'important, Jim. Donne-moi mes armes.

Burke monta dans le chariot et ouvrit un coffret en noyer orné de cuivre. Il contenait deux pistolets à silex à deux canons. Burke les arma avec de la poudre qu'il prit dans une corne, puis il récupéra les étuis de selle pendus à un crochet sur le flanc du chariot.

Cornélius Griffin posa les étuis sur son pommeau et y rangea les armes. Puis il partit au petit galop vers le chariot de Madden.

— Des ennuis ? demanda le fermier barbu.

Griffin hocha la tête.

— Confiez les rênes à votre fils et rejoignez-moi en tête du convoi.

Griffin fit pivoter son cheval et avança vers le chariot de tête. Si Donna Taybard avait raison, son convoi était en danger. Il jura, car il savait qu'elle ne se trompait pas.

Madden le rejoignit, monté sur un hongre gris ardoise. Grand et mince, le visage anguleux, il portait une barbe noire taillée court, mais pas de moustache. Sa bouche était mince et sévère et ses yeux sombres profondément enfoncés. Il tenait un fusil au creux du bras gauche et un couteau de chasse à manche de corne pendait à son flanc.

Griffin lui parla des craintes de Donna.

— Vous pensez qu'elle a raison ?

— Oui. Le journal de Cardigan parle des rayures bleues et jaunes.

— Qu'allons-nous faire ?

— Nous n'avons pas le choix, Jacob. Les animaux ont besoin d'herbe et de repos. Nous devons y aller !

— Avons-nous une idée de la taille de cette tribu ?

— Non.

— Je n'aime pas ça, mais je suis avec vous.

— Avertissez les familles. Dites-leur de préparer leurs armes.

Les chariots avancèrent. À la fin de l'après-midi, ils arrivèrent au bout de l'étendue de sable volcanique. Sentant la proximité de l'eau, les bœufs accélérèrent l'allure.

— Retenez-les ! cria Griffin.

Les conducteurs tirèrent sur les freins, mais cela ne servit pas à grand-chose. Les chariots dépassèrent le sommet verdoyant de la colline et s'éparpillèrent dans la plaine, en direction de la rivière et des lacs. Griffin se posta à côté du chariot de tête, examinant les hautes herbes pour détecter des mouvements.

Quand le premier chariot arriva près de l'eau, un corps peint en bleu et jaune bondit sur le siège du conducteur et plongea une dague en silex dans l'épaule grassouillette d'Aaron Phelps. L'érudit frappa son agresseur, lui faisant perdre l'équilibre. Mais d'autres guerriers les entourèrent. Griffin sortit ses pistolets et les arma. Un homme se jeta sur lui, une massue à la main. Griffin lui tira dessus et flanqua un coup de pied à son cheval pour le faire décamper. Le fusil de Madden tonna. Un homme de la tribu tomba, l'échine brisée.

Les autres armes crachèrent le feu, et les guerriers s'enfuirent.

Griffin rejoignit Madden à l'arrière du convoi.

— Qu'en pensez-vous, Jacob ?

— Ils reviendront. Remplissons nos tonneaux et partons.

Deux conducteurs de chariots étaient blessés. Aaron Phelps avait une coupure profonde à l'épaule droite, et le plus jeune fils de Maggie Ames, Mose, avait été atteint à la jambe par une lance. Quatre membres de la tribu étaient morts, d'autres avaient été blessés, mais avaient réussi à rejoindre le sanctuaire des arbres.

Griffin descendit de cheval près d'un cadavre.

— Regardez-moi ces dents ! dit Jacob Madden. Elles ont été limées pour en faire des crocs pointus.

Ethan Peacock approcha de Griffin et regarda le cadavre aux rayures bleues et jaunes.

— Et des idiots comme Phelps attendent qu'on soit d'accord avec leurs théories sur l'Ère Noire, dit-il. Pouvez-vous vous représenter cette créature pilotant une machine volante ? Elle est à peine humaine !

— Ethan, ce n'est pas le moment de discuter ! Remplissez vos tonneaux.

Griffin alla voir Phelps. Donna Taybard luttait pour enrayer son hémorragie.

— Il lui faut des points de suture, Donna. Je vais chercher une aiguille et du fil.

— Je vais mourir, dit Phelps. Je le sais !

— Non, dit Griffin, mais pendant un sacré bout de temps, la douleur vous fera paraître la mort préférable !

— Reviendront-ils ? demanda Donna.

— Tout dépend de la taille de leur tribu. Je m'attends qu'ils fassent au moins une autre tentative. Éric est-il parti chercher de l'eau pour vous ?

— Oui.

Griffin apporta l'aiguille et le fil, les passa à Donna, puis vérifia ses pistolets. Il avait fait feu des quatre canons, mais il ne se rappelait que d'un seul coup. Parfois, l'instinct prenait le pas sur la conscience. Un bien étrange phénomène…

Il confia les pistolets à Burke pour qu'il les charge. Madden avait emmené six hommes qui surveillaient les bois pendant que Griffin supervisait l'approvisionnement en eau.

À l'approche du crépuscule, Il ordonna aux chariots de sortir du bois et de se diriger vers un pré, à l'ouest. Débarrassés de leur harnais, les bœufs furent installés dans un enclos délimité par des cordes.

Madden organisa des tours de garde à la périphérie du camp. Puis les voyageurs s'installèrent pour la nuit, attendant la prochaine attaque.

Les rêves de Shannow étaient pleins de sang et de feu. Monté sur un squelette de cheval, il avançait dans un désert semé de tombes.

Il arriva devant une ville de marbre blanc. Ses portes dorées brillaient tant qu'il en avait mal aux yeux.

—Laissez-moi entrer, dit-il.

—Aucune bête n'a le droit de pénétrer en ces lieux, répondit une voix.

—Je ne suis pas une bête.

—Qu'êtes-vous donc?

Shannow regarda ses mains et s'aperçut qu'elles étaient grises, noires et écailleuses comme la peau d'un serpent. La tête endolorie, il leva un bras pour toucher sa plaie.

—Laissez-moi entrer. Je suis blessé.

—Aucune bête n'est autorisée à entrer dans la ville.

Shannow hurla quand sa main effleura son front: des cornes y poussaient, longues et pointues. Le sang qui en coulait siffla et grésilla en touchant le sol.

—Dites-moi au moins si cette cité est Jérusalem.

—Il n'y a aucun Brigand à tuer ici, Shannow. Passez votre chemin.

—Je n'ai nulle part où aller.

—Vous avez choisi votre voie. À vous de la suivre.

—Mais j'ai besoin de Jérusalem!

—Revenez quand le loup habitera avec l'agneau, et quand le veau, le lionceau et le bétail qu'on engraisse seront ensemble.

Shannow se réveilla. Il avait été enterré vivant! Quand il cria, un rideau bougea sur sa gauche, de la lumière filtrant de la pièce adjacente. Un homme âgé entra et s'assit à côté de lui.

—Tout va bien. Vous êtes dans le Trou à Fièvre. Ne vous inquiétez pas. Vous serez libre de partir dès que vous vous sentirez assez fort.

Shannow essaya de s'asseoir, mais sa tête le faisait atrocement souffrir. Il porta les mains à son front, craignant d'y trouver des cornes, mais rencontra seulement des bandages.

Dans la petite pièce, à part sa couchette, il y avait seulement un feu qui crépitait dans un foyer de pierres blanches. La chaleur était étouffante.

— Vous aviez la fièvre, dit l'homme. Je vous ai aidé à vous en débarrasser.

Shannow se rallongea sur le lit et s'endormit aussitôt.

Quand il s'éveilla de nouveau, le vieil homme était toujours assis près de lui. Il portait une veste en peau de daim sans ornement et un pantalon en cuir aussi souple que du tissu. S'il était chauve sur le sommet du crâne, les cheveux blancs qui poussaient au-dessus de ses oreilles, bouclés et épais, lui descendaient jusqu'aux épaules. Il avait un visage à l'expression amicale et des dents étonnamment blanches et régulières.

— Qui êtes-vous ? demanda Shannow.

— J'ai depuis longtemps abandonné mon nom. Ici, les gens m'appellent Karitas.

— Je me nomme Shannow. Savez-vous pourquoi je suis dans cet état ?

— Vous avez une fracture du crâne, maître Shannow. Vous avez été très malade. Nous étions tous inquiets pour vous.

— Tous ?

— Le jeune Selah vous a amené ici. Vous lui avez sauvé la vie dans les bois de l'Est.

— Et l'autre garçon ?

— Il n'est pas revenu. Je crains qu'il ait été repris…

— Mes revolvers et mes sacoches ?

— À l'abri. Vos revolvers sont intéressants, si je peux me permettre. Ce sont des copies du Colt 1858. L'original était une bonne arme, pour un revolver.

— Ce sont les meilleurs du monde, maître Karitas.

— Appelez-moi seulement « Karitas ». Oui, je suppose que vous avez raison… Au moins jusqu'à ce que quelqu'un redécouvre les pistolets comme le Smith & Wesson .44 Russian ou le Lüger 1898. Pour ma part, je tiens en grande estime le Browning High Power. Comment vous sentez-vous ?

— Pas bien, reconnut Shannow.

— Vous avez failli mourir, mon ami. La fièvre était très forte, et vous aviez un sacré traumatisme crânien. Je suis surpris que vous soyez resté conscient après le coup.

— Je ne me souviens pas d'avoir été frappé.

— C'est normal… On s'occupe de votre cheval. Nos jeunes gens n'en avaient jamais vu, mais Selah a monté comme un dieu pour vous ramener ici. La preuve qu'il existe bien une mémoire génétique…

— Vous parlez par énigmes.

— Exact. Et je vous fatigue. Reposez-vous. Nous converserons de nouveau demain.

Shannow dériva dans les limbes du sommeil. Quand il s'éveilla, il vit une jeune femme près de son lit. Elle l'aida à boire du bouillon et le lava avec un tissu humide. Karitas revint peu après son départ.

— Je vois que vous vous sentez mieux. Vous avez repris des couleurs.

Le vieil homme cria deux noms. Aussitôt, deux jeunes gens entrèrent dans le Trou à Fièvre.

— Aidez maître Shannow à sortir au soleil. Cela lui fera du bien.

Les jeunes gens soulevèrent Jon et le portèrent hors du trou. Ils l'installèrent sur une couverture, à l'abri d'un grand paravent fait de feuilles entrelacées. Des enfants jouaient non loin de là. Ils s'arrêtèrent pour observer l'étranger. Shannow regarda autour de lui. Il y avait plus de trente huttes et, à droite, un ruisseau coulait sur des pierres bleues et roses.

— C'est beau, n'est-ce pas ? dit Karitas. J'adore cet endroit. S'il n'y avait pas les Carns, ce serait paradisiaque.

— Les Carns ?

— Les cannibales, maître Shannow.

— Je me souviens d'eux…

— C'est triste, en réalité. La faute des Anciens, qui ont pollué la terre et la mer. Les Carns auraient dû mourir. Ils sont venus ici il y a deux cents ans, quand les épidémies ont commencé. Je n'étais pas dans la région, sinon je les aurais avertis de ne pas rester. Les pierres brillaient la nuit. Aucun animal ne survivait dans le secteur. Nous avons toujours un taux élevé de cancers, mais ils affectent principalement le cerveau. Certains malades régressent à un stade d'évolution antérieur. D'autres développent des Perceptions Extra-sensorielles. Et d'autres encore semblent vivre indéfiniment.

Shannow pensa que l'homme était fou. Il ferma les yeux pour lutter contre la douleur à sa tempe.

— Mon cher garçon, pardonnez-moi ! dit Karitas. Ella, va chercher la coca.

Une jeune femme arriva, portant un bol de bois plein d'un liquide foncé.

— Buvez, maître Shannow.

Jon obéit. Le liquide était amer et il s'étouffa presque. Mais en quelques secondes, la douleur disparut.

— Parfait ! Maître Shannow, j'ai pris la liberté d'examiner vos affaires, et j'ai vu que vous étiez un lecteur de la Bible.

— Oui. Et vous ?

— Je l'ai consultée pendant que vous étiez malade. Il y avait longtemps que je n'avais pas vu une Bible. Je ne suis pas étonné qu'elle ait survécu à la Chute. Un best-seller mondial ! Il y avait plus de Bibles que de gens !

— Vous n'êtes pas croyant ?

— Au contraire ! Une personne qui assiste à la mort d'un monde est très très vite convertie.

Shannow se leva.

— Quand vous parlez, je saisis *presque* ce que vous dites. Puis vous dérivez... Vous parlez de Lüger, de Colt, de best-sellers... Je n'y comprends rien.

— Pas étonnant, mon garçon. La Bible ne dit-elle pas : « Car je vais créer de nouveaux cieux et une nouvelle terre. On ne se rappellera plus les choses passées, elles ne reviendront plus à l'esprit » ?

— C'est la première fois que vous dites quelque chose que je comprends entièrement. Qu'est-il arrivé aux chariots ?

— Quels chariots ?

— Je faisais partie d'un convoi.

— Je ne sais rien à son sujet. Mais quand vous serez guéri, vous le rejoindrez.

— Votre nom m'est familier, dit Shannow, mais je n'arrive pas à déterminer pourquoi.

— Karitas. C'est le mot grec pour « charité », mais on le traduit souvent par « amour ». « En effet, supposons que je parle les langues des hommes et même celles des anges : si je n'ai pas de karitas... de charité, d'amour... » Vous vous souvenez ?

— Mon père utilisait ce mot, dit Shannow en souriant. La foi, l'espérance et la karitas. Oui...

— Vous devriez sourire plus souvent, maître Shannow. Cela vous va bien. Pourquoi avez-vous risqué votre vie pour sauver nos petits ?

— Si vous avez besoin d'une réponse, je suis incapable de vous la fournir. Quelque chose en moi ne m'a pas laissé le choix.

— J'ai décidé que je vous aimais bien, maître Shannow. Les enfants vous appellent le Faiseur de Tonnerre et pensent que vous êtes peut-être un dieu. Ils *savent* que j'en suis un. Mais ils estiment que vous êtes celui de la mort.

— Je suis un homme, Karitas. Expliquez-leur.

— La divinité est un cadeau difficile à refuser. Vous ferez partie de leurs légendes jusqu'à la fin des temps : vous avez lancé des éclairs sur les Carns et sauvé leurs princes... Un jour, ils vous adresseront peut-être leurs prières.

— Ce serait un blasphème.

— Seulement si vous les prenez au sérieux. Mais vous n'êtes pas Caligula. Avez-vous faim ?

— Votre bavardage me fait tourner la tête. Depuis combien de temps êtes-vous ici ?

— Dans ce camp-là ? Onze ans environ. Pardonnez mon babil. Je suis un des derniers représentants d'une race disparue. Parfois, ma solitude est colossale. J'ai découvert ici la réponse à des mystères qui intriguent les hommes depuis des milliers d'années. Et je n'ai personne à qui les divulguer. Tout ce que j'ai, c'est cette petite tribu de gens qui étaient autrefois des Esquimaux, et qui sont désormais de la nourriture pour les Carns. Tout ça est très frustrant, maître Shannow.

— D'où venez-vous, Karitas ?

— De Londres.

— Est-ce au nord, au sud ?

— D'après mes calculs, la ville est au nord, enterrée sous des millions de tonnes de glace en attendant d'être redécouverte, dans un autre millénaire.

Shannow se rallongea sur la couverture, laissant le sommeil l'emporter.

Malgré sa folie, Karitas avait organisé le village avec une efficacité remarquable, et il était vénéré par ses habitants. Toujours allongé sur sa couverture, Shannow regardait vivre ses hôtes.

Les huttes, toutes identiques, étaient rectangulaires et construites avec de la boue séchée et des rondins. Leurs toits en pente se composaient de feuilles et d'herbe entrelacées. Des bâtisses solides et sans fioritures. À l'est du village, une grande cabane en rondins contenait les provisions pour l'hiver. À côté se trouvait la réserve de bois, de sept pieds de haut sur quinze de profondeur. Les hivers étaient très rudes dans la plaine.

Sur les collines, Shannow vit des troupeaux de moutons et de chèvres appartenant à la communauté.

La vie était paisible dans le village de Karitas.

Les gens se montraient amicaux. Tous ceux qui passaient à côté de la couverture de Shannow le saluaient et lui souriaient. Ils ne ressemblaient à aucun des êtres rencontrés lors de ses voyages : la peau d'un ton doré foncé, des yeux très écartés presque en amande…

Les femmes, bien faites, étaient généralement plus grandes que les hommes. Plusieurs attendaient un enfant…

On voyait peu de personnes âgées. Mais Shannow apprit plus tard que les huttes des aînés étaient dans le secteur ouest, plus près du ruisseau et abritées des vents du nord par une pente.

Les hommes, plutôt trapus, portaient des armes d'un style étrange, des arcs de corne et des couteaux en silex noir. Jour après jour, Shannow apprit à connaître les villageois, surtout Selah et une jeune fille aux yeux de biche nommée Curopet, qui avait pris l'habitude de s'asseoir à côté de lui et de le regarder en silence. Sa présence le perturbait, mais il ne trouvait pas les mots pour lui dire de partir.

La guérison était très lente. La blessure à sa tempe se cicatrisa en quelques jours, mais le côté gauche de son visage était engourdi, et il n'avait plus autant de force dans la jambe et le bras gauche. S'il essayait de marcher, son pied le trahissait et il trébuchait. Les doigts de sa main gauche picotaient en permanence, et il ne parvenait pas à tenir un objet plus de quelques secondes avant que les muscles de sa main se contractent et que ses doigts s'ouvrent.

Pendant un mois, Karitas vint tous les jours dans sa hutte et lui massa les doigts et le bras. Jon se désespérait. La force avait toujours été sa meilleure alliée. Sans elle, il se sentait sans défense et inutile.

La cinquième semaine, Karitas évoqua ce douloureux sujet.

—Maître Shannow, vous ne vous faites aucun bien. Votre force ne reviendra pas, sauf si vous trouvez le courage de la chercher.

—Je peux à peine lever le bras et ma jambe traîne comme une branche pourrie. Que voulez-vous que je fasse ?

—Vous battre, comme vous avez combattu les Carns. Je ne suis pas médecin, mais je pense que vous avez eu une petite attaque. On appelait ça une thrombose cérébrale. Un caillot de sang dans votre cerveau a affecté votre côté gauche.

—Vous en êtes sûr ?

—À peu près. La même chose est arrivée à mon père.

—Il s'est remis ?

—Non, il est mort. Alité, comme le minable qu'il était.

—Comment puis-je lutter contre ça ?

—Un peu de patience, maître Shannow. Je vous montrerai.

Karitas passait des heures avec lui chaque jour, le forçant à réaliser une série d'exercices. Au début, il s'agissait seulement d'obliger Jon à lever le bras gauche et à l'abaisser dix fois de suite. Il y arriva six fois, et son bras bougea d'à peine huit pouces. Puis

Karitas lui mit dans la main gauche une balle faite de lanières de cuir entrelacées.

— Serrez-la cent fois le matin, et cent fois le soir avant de vous endormir.

— Ça va me prendre la journée !

— Passez-y la journée si nécessaire, mais faites-le !

Tous les après-midi, Karitas obligea son patient à le suivre dans son tour du village, une marche d'environ quatre cents pas.

Les semaines passaient, et l'amélioration de la santé de Shannow était à peine perceptible. Mais Karitas notait les progrès et se réjouissait de chaque quart de pouce gagné en levant le bras. Puis il appelait Selah ou Curopet et demandait à Shannow de répéter le mouvement. Les spectateurs l'encourageaient et le félicitaient, surtout Curopet, qui avait, selon les termes de Karitas, « un faible pour lui ».

Shannow n'était pas dupe des méthodes du vieil homme, mais sa joie était communicative. Il s'exerçait donc de plus en plus chaque jour.

La nuit, allongé sur sa couchette, serrant la balle dans sa main et comptant à haute voix, son esprit dérivait vers Donna et le convoi. Elle lui manquait, mais grâce à son don, elle le voyait et savait qu'il travaillait dur pour retourner près d'elle.

Un matin, pendant leur promenade habituelle, l'Homme de Jérusalem s'arrêta et regarda les collines lointaines. Les arbres étaient encore verts. Au centre du bois, une cascade dorée scintillait sous le soleil.

— C'est très beau, dit Shannow. On croirait un arbre couvert de pièces d'or, attendant qu'un homme vienne les cueillir pour s'enrichir.

— Oui, il y a beaucoup de merveilles à voir en automne, dit doucement Karitas.

— En automne ? Je n'y avais pas pensé… Je suis ici depuis si longtemps…

— Seulement deux mois.

— Je dois partir avant l'hiver, sinon je n'aurai plus de traces à suivre.

— Nous ferons de notre mieux pour vous, maître Shannow.

— Comprenez-moi, mon ami. Je vous suis très reconnaissant, mais mon cœur est ailleurs. Avez-vous aimé une femme ?

— Plus d'une, je le crains ! Mais il n'y a eu personne depuis trente ans. Chines a eu une petite fille la nuit dernière. Quinze bébés cet été ! Pas mal pour ma petite tribu, non ?

— Qui est Chines ?

— La grande avec la marque de naissance sur la tempe.

— Je vois. Elle va bien ?

— Oui. Son mari est déçu… Il voulait un garçon.

— Votre tribu s'en sort très bien, Karitas. Vous êtes un bon chef. Combien de gens y a-t-il ici ?

— En comptant les bébés, quatre-vingt-sept. Non, quatre-vingt-huit, j'oubliais le garçon de Dual.

— Une famille de belle taille…

— Elle serait encore plus grande sans les Carns.

— Font-ils souvent des raids ?

— Ils n'ont jamais attaqué le village. Ils ne veulent pas nous faire partir. Nous sommes une bonne source d'amusement… et de nourriture. En général, ils s'en prennent à ceux qui partent à la chasse.

— Vous ne les détestez pas, Karitas. Chaque fois que vous parlez des Carns, votre visage est mélancolique.

— Ils ne sont pas responsables, Shannow. C'est la faute de la terre. Je sais que vous me tenez pour un menteur, mais quand les Carns sont arrivés, c'était un groupe de fermiers ordinaires. Peut-être l'eau, ou les rochers, ou quelque chose dans l'air… Je l'ignore. Mais au fil des ans, cela les a altérés. Un présent de ma génération. Nous avons toujours été doués pour faire des cadeaux mortels.

— Maintenant que je vous connais mieux, je ne comprends pas pourquoi vous vous obstinez à étayer ces histoires absurdes. Je sais que vous êtes intelligent, et vous savez que je ne suis pas stupide. Pourquoi continuer à raconter n'importe quoi ?

Karitas s'assit sur l'herbe et fit signe à Shannow de le rejoindre.

— Mon cher garçon, je m'obstine parce que c'est la vérité. Toutefois, il est possible que la terre m'ait affecté aussi, et que tout cela soit une illusion. Mais je pense que c'est vrai. Ma mémoire me le confirme. Ceci dit, je suis peut-être fou. Quelle importance ?

— Cela m'importe, à moi. Je vous aime bien, et j'ai une dette envers vous.

— Vous ne me devez rien. Vous avez sauvé Selah. Mais je m'inquiète d'une chose : la direction que prennent vos chariots. Vous avez dit qu'ils allaient vers le nord-ouest ?

— Oui.

— Avaient-ils l'intention de tourner vers l'est ?

— Non, pas que je sache. Pourquoi ?

— Cela n'a sans doute pas d'importance. C'est un pays étrange. Il y a là-bas des gens qui feraient paraître les Carns hospitaliers…

— Voilà qui est aussi dur à avaler qu'une de vos histoires !

Le sourire de Karitas s'effaça.

— Quand j'étais enfant, j'ai entendu une légende à propos d'une prêtresse nommée Cassandre. Elle avait le don de prophétie et disait toujours la vérité. Mais elle était condamnée à n'être crue par personne.

— Désolé, mon ami. J'ai parlé avec rudesse et sans réfléchir.

— Peu importe, maître Shannow. Reprenons notre promenade.

Ils continuèrent dans un silence inconfortable.

La journée était chaude, sous un ciel bleu et un soleil de plomb. Seuls quelques nuages apportaient parfois un peu d'ombre. Shannow se sentait en forme. Karitas s'arrêta devant un tas de pierres et en souleva une de la taille d'un poing.

— Prenez-la dans la main gauche, dit-il. (Shannow obéit.) Portez-la pendant que nous faisons une deuxième fois le tour du village.

— Je n'y arriverai jamais !

— Nous ne le saurons pas à moins d'essayer !

Au bout de quelques pas, le bras gauche de Shannow commença à trembler. De la sueur perla sur son front. Après dix-sept pas, la pierre tomba de ses doigts. Karitas ramassa un bout de branche et le planta dans le sol.

— Voilà votre première marque, maître Shannow. Demain, vous la dépasserez.

Jon se massa le bras.

— Je vous ai mis en colère.

Karitas se tourna vers lui, les yeux scintillant.

— Vous avez raison. J'ai vécu si longtemps et j'ai vu tant de choses que vous ne pouvez pas savoir combien il est exaspérant de ne pas être cru ! Je vais vous dire une chose que vous ne comprendrez pas : j'étais un expert en informatique, et j'ai écrit des livres sur la programmation. Cela fait de moi le plus grand auteur vivant. Et un expert dans une matière totalement sans valeur ! J'ai vécu dans un univers d'avidité, de violence, de luxure et de terreur. Ce monde est mort, et qu'y a-t-il à la place ? La même chose, à une plus petite échelle. Votre refus de me croire me blesse plus que je saurais l'exprimer.

— Repartons de zéro, Karitas, dit Shannow, posant les mains sur les épaules du vieil homme. Vous êtes mon ami, j'ai confiance en vous. Quoi que vous me disiez, je vous jure que je le croirai.

— Voilà un noble sentiment. Cela me suffit.

— Parlez-moi des dangers, à l'Est.

— Ce soir, nous nous assiérons près du feu et nous converserons. Pour le moment, j'ai du travail. Faites encore deux fois le tour du village. Quand vous arriverez en vue de votre hutte, essayez de courir.

Le vieil homme s'éloigna. Curopet approcha timidement, les yeux baissés.

— Allez-vous bien, Faiseur de Tonnerre ?

— De mieux en mieux chaque jour, ma dame.

— Puis-je vous apporter de l'eau ?

— Non. Karitas m'a dit de marcher et de courir.

— Puis-je marcher à côté de vous ?

Shannow la regarda. Elle avait rougi.

— Bien entendu. Cela me ferait plaisir.

Elle était plus grande que la plupart des jeunes femmes du village, et sa chevelure sombre luisait comme si elle avait été huilée. Très mince, elle se déplaçait avec une grâce pleine de sensualité innocente.

— Depuis combien de temps connaissez-vous Karitas ? demanda Jon pour faire la conversation.

— Il a toujours été avec nous. Mon grand-père m'a raconté que Karitas lui a appris à chasser quand il était enfant.

Shannow s'arrêta.

— Votre grand-père ? Karitas ne devait pas être bien vieux à l'époque !

— Karitas a toujours été vieux. C'est un dieu. Mon grand-père disait aussi qu'il avait formé *son* grand-père. C'est un très grand honneur de recevoir son enseignement.

— Peut-être a-t-il existé plusieurs Karitas, avança Shannow.

— Peut-être. Dites-moi, seigneur Faiseur de Tonnerre, vous est-il permis d'avoir des femmes ?

— Permis ? dit Shannow, rougissant. Non, cela ne m'est pas autorisé.

— C'est triste, dit Curopet.

— Oui.

— Est-ce une punition ?

— Non. Je suis marié. J'ai une épouse.

— Une seule ?

— Oui.

— Mais elle n'est pas là.

— Non.

— Je suis là.

— J'en ai conscience. Et je vous remercie de votre… gentillesse, dit Shannow après une pause. Pardonnez-moi, je suis très fatigué. Je voudrais aller dormir.

— Mais vous n'avez pas couru.

— Une autre fois.

Shannow entra dans sa hutte et s'assit, se sentant à la fois idiot et content. Il sortit ses revolvers, les nettoya, vérifia les cartouches et les remit en place. Ces armes étaient les plus fiables qu'il ait jamais vues. Elles s'enrayaient seulement une fois sur vingt. Équilibrées, elles tiraient assez juste, à condition de compenser la tendance à dévier du revolver de gauche. Il vérifia son stock de balles et les compta. Il lui en restait cent soixante-dix. Il avait assez de fulminate pour le double, et de la poudre en conséquence. Karitas entra au moment où il rangeait ses armes dans les sacoches.

— La poudre noire fonctionne bien, dit le vieil homme, mais elle ne brûle pas entièrement. C'est à cause de cela qu'il y a tant de fumée.

— Je la fabrique moi-même. Le salpêtre est le plus difficile à trouver. Le soufre et le charbon ne posent pas de problème.

— Comment vous sentez-vous ?

— Mieux. Demain, je courrai.

— Curopet m'a rapporté votre conversation. Trouvez-vous difficile de parler aux femmes ?

— Oui, reconnut Shannow.

— Essayez d'oublier que ce sont des femmes.

— Ce n'est pas aisé. Curopet est très attirante.

— Vous auriez dû accepter son offre.

— La fornication est un péché, Karitas. J'en ai déjà assez à mon actif...

Karitas haussa les épaules.

— Je n'essaierai pas de vous persuader du contraire. Vous m'avez demandé des détails sur les dangers de l'Est. Bizarrement, la Bible joue un rôle dans cette histoire !

— Une tribu religieuse ?

— Exactement. Mais les Enfants de l'Enfer voient les choses différemment de vous, maître Shannow. Ils affirment que Lucifer a renversé Jéhovah et en veulent pour preuve qu'il n'existe pas de nouvelle Jérusalem. Pour eux, Satan est le Seigneur de ce monde.

— C'est ignoble, murmura Shannow.

— Ils adorent Moloch et jettent leur premier-né au feu. Dans leurs temples, ils pratiquent des sacrifices humains. Leurs rites sont vraiment hors du commun. Tous les étrangers sont considérés comme des ennemis et réduits en esclavage ou brûlés vifs. Ils ont aussi des revolvers et des fusils, maître Shannow. Et ils ont redécouvert la cartouche métallique.

— Je ne comprends pas.

— Pensez à la différence entre vos revolvers et les fusils à silex que vous avez vus. Celle qui existe entre la cartouche métallique et le système d'amorce et de balle est aussi grande.

— Expliquez-moi.

— Je ferai mieux, maître Shannow. Je vous montrerai.

Karitas ouvrit son justaucorps en peau de mouton. Dans un étui noir, il portait une arme d'un modèle que Shannow n'avait jamais vu. Elle avait une crosse noire rectangulaire. Quand Karitas la sortit, Shannow s'aperçut que le corps était également rectangulaire. Karitas lui passa le pistolet.

— Comment le charge-t-on ?

— Appuyez sur le bouton à gauche de la crosse.

Shannow obéit. Un objet rectangulaire noir jaillit de la crosse.

— C'est un chargeur, dit Karitas. Il est rempli de cartouches métalliques. L'arme s'appelle un pistolet automatique. Le cylindre en cuivre, derrière la balle, remplace l'amorce. Il contient de la poudre. Quand le percuteur le frappe, il propulse le projectile hors du canon.

— Comment la balle suivante passe-t-elle dans la culasse ?

— Le ressort du chargeur pousse la cartouche vers le haut. Voilà le miracle de cette arme, maître Shannow : quand on appuie sur la détente, le percuteur fait exploser la poudre, qui propulse la balle. Puis l'onde de choc de l'explosion pousse la douille vers l'arrière. Elle est alors remplacée par une cartouche neuve et éjectée du pistolet. Une petite merveille de mécanique. Simple et superbe !

— Comment s'appelle cette arme ?

— Mon cher ami, c'est un Browning 1911. C'est aussi pour ça que les Carns n'attaquent pas là où je vis.

— Il fonctionne ? s'étonna Shannow.

— Bien entendu ! Il n'arrive pas à la cheville des modèles plus récents de sa série, mais c'était une très bonne arme à son époque.

— Je ne suis toujours pas convaincu. Il paraît difficile à manier et trop compliqué.

— Demain, je vous ferai une démonstration.

— Comment êtes-vous entré en possession de cette arme ?

— Je l'ai prise dans l'Arche, maître Shannow. C'est une des surprises que j'ai en réserve… Avez-vous envie de voir l'Arche de Noé ?

Chapitre 4

Shannow ne parvenait pas à dormir, hanté par des images de Donna Taybard. Il se souvint de la première fois qu'il l'avait vue, devant sa ferme, une arbalète à la main, hardie et délicate à la fois. Puis à la table du repas, triste, songeuse et mélancolique.

Et il la revit dans le grand lit : les yeux brillants, le visage empourpré, le corps si doux…

Des images de Curopet se mêlèrent à celles de Donna. Il gémit et se retourna.

À l'aube, il se sentit fatigué. Il s'habilla rapidement après ses exercices avec la balle de cuir. Sa main gauche était plus forte, mais il était loin d'en avoir retrouvé le plein usage.

Le vent était glacial. Shannow regretta de ne pas avoir mis son manteau en cuir. Karitas l'attendait près du tas de pierres.

— Autant que cette démonstration vous serve à quelque chose, dit-il. Ramassez une pierre de bonne taille avec votre main gauche et portez-la à trente pas environ, sur le sol plat.

Shannow s'exécuta. Quand il revint, son bras était endolori.

— Une autre, dit Karitas.

Il lui fit transporter six pierres et lui demanda de les placer côte à côte. Chacune avait la taille d'un poing humain. Karitas dégaina le Browning et l'arma. Puis il leva la main et tira. Le pistolet émit peu de fumée… et une pierre éclata. Aux pieds de

Karitas gisait un étui en cuivre. Le pistolet était armé et prêt à tirer de nouveau.

—Essayez, mon ami, dit Karitas en tendant l'arme à Shannow par le canon.

L'arme était équilibrée dans la crosse, contrairement aux revolvers, qui avaient tendance à basculer vers l'avant à cause du poids du barillet et des balles.

Jon visa et appuya sur la détente. Un nuage de poussière tourbillonna un pied derrière la pierre. Shannow tira de nouveau. La pierre éclata. Impressionné malgré lui, il essaya de n'en rien laisser paraître.

—Mes revolvers sont aussi précis.

—Je n'en doute pas, mais le Browning peut tirer neuf balles en moins de dix secondes.

—Les Enfants de l'Enfer ont des armes comme celle-ci ?

—Non, Dieu merci. Ils ont des revolvers, comme vous, mais ils les chargent avec des cartouches métalliques. Ce sont des copies d'Adams et de Remington. Leurs armuriers les ont fait évoluer. C'est une technologie assez avancée…

—Pour le moment, ils ne sont pas un problème pour nous… Parlez-moi de l'Arche de Noé. À moins que ce soit encore une plaisanterie ?

—Pas du tout. Nous la verrons au printemps, avec la permission du Gardien.

—Je ne serai plus là au printemps, Karitas.

Le vieil homme reprit le pistolet et le glissa dans son étui.

—Vous récupérez bien, mais vous n'êtes pas encore assez remis pour chevaucher sur de longues distances. De plus, il y a quelque chose que vous devez savoir.

—Quoi ?

—Allons dans votre hutte, et je vous expliquerai.

Quand ils furent installés devant un bon feu, Karitas ouvrit la bourse de cuir qu'il portait à la ceinture et en sortit une pierre ronde qu'il donna à Shannow. Chaude et émettant une lueur dorée, elle était veinée de noir et incrustée de petits éclats argentés.

—Elle est jolie, dit Jon. Mais qu'avez-vous à me dire ?

— Vous tenez votre vie entre vos mains, maître Shannow. C'est une Pierre de guérison. Sur vous, elle a accompli un miracle.

— J'en ai entendu parler. Une Pierre de Daniel ?

— Exact. Elle a pour vous une signification très particulière. En réalité, maître Shannow, vous êtes mort. Quand Selah vous a ramené, vous aviez le crâne éclaté. J'ignore comment vous avez survécu au voyage. Mais la Pierre vous a maintenu en vie et elle continue à le faire. Si vous voyagez hors de sa zone d'influence, vous mourrez.

Shannow lança la Pierre à Karitas.

— Mort ? Alors, pourquoi mon cœur bat-il ? Pourquoi puis-je toujours penser et parler ?

— Dans le Trou à Fièvre, quand votre cœur s'est arrêté, qu'avez-vous éprouvé ?

— Rien. J'ai rêvé que j'étais devant les portes de Jérusalem et qu'on ne voulait pas me laisser entrer. Mais ce n'était qu'un songe. Je refuse de croire que je suis prisonnier de ce village à tout jamais.

— Ce n'est pas le cas... Mais vous devez me faire confiance. Je saurai quand vous aurez rompu le lien et pourrez survivre sans la Pierre. Ayez foi en moi, Jon.

— Mais ma femme...

— Si elle vous aime, elle vous attendra. Vous dites qu'elle a le pouvoir de voir à distance... Concentrez-vous sur la reconstitution de vos forces.

Jour après jour, Shannow s'entraîna. Il coupa du bois, porta de l'eau et faucha de l'herbe pour le bétail. L'automne passa, et l'hiver arriva. Les vents glacials du nord poussèrent la neige contre les huttes. Nuit après nuit, Shannow écoutait Karitas lui raconter les histoires de la naissance du nouveau monde. Il ignorait si le vieil homme disait la vérité et ne s'en souciait plus. Les images étaient trop nombreuses et trop complexes pour son esprit. Il lui semblait être un enfant entendant les légendes que lui racontait son père. Il y croyait... le temps du récit.

Même si Karitas soutenait qu'il était né longtemps avant la Chute du Monde, il ne voulait parler ni de sa société, ni de ses lois ni de son histoire, et refusait de répondre aux questions de Shannow. Bizarrement, cela ajoutait de la crédibilité à ses propos.

— J'aimerais vous raconter tout ça, Jon. Il y a si longtemps que je n'ai pas parlé de l'ancien monde... Mais je crains que l'homme ne recrée les horreurs de cette époque. Je ne veux pas y participer. Nous étions tellement arrogants ! Nous croyions que l'univers nous appartenait. Un jour, la Nature nous a remis à notre place. Le monde a basculé sur son axe. Des raz-de-marée ont inondé les terres. Des cités et des pays entiers ont disparu sous les eaux. Avec les tremblements de terre et les éruptions volcaniques, c'est un miracle que des gens aient survécu.

» Maintenant que j'y réfléchis, je sais que nous avions eu tous les avertissements nécessaires concernant le désastre à venir. Nous aurions dû les prendre au sérieux. Nos propres légendes disaient que le monde avait déjà basculé. La Bible parle du soleil qui se lève à l'ouest et de mers qui débordent. C'est exactement ce qui est arrivé.

— Comment avez-vous survécu ? demanda Shannow.

Karitas sourit.

— Dans un oiseau de fer magique, je volais au-dessus des vagues.

— C'était une question sérieuse !

— Je sais. Mais je ne veux plus parler de cette époque.

— Encore une question, dit Shannow. Elle est importante pour moi.

— Une seule.

— Y avait-il une route noire avec des diamants qui brillaient dans la nuit ?

— Des diamants ? Ah, oui. Toutes les routes en avaient. Pourquoi ?

— Y en avait-il à Jérusalem ?

— Oui. Pourquoi ?

— C'est la ville que je cherche. Si l'Arche de Noé est sur une montagne près d'ici, Jérusalem ne peut pas être bien loin.

— Vous moquez-vous de moi ?

— Non. Je cherche la Ville Sainte.

Karitas se chauffa les mains au-dessus du feu. Tous les hommes avaient besoin d'un rêve, il le savait. Et Shannow plus que les autres.

— Que ferez-vous quand vous l'aurez trouvée ?

— Je poserai des questions, et on me répondra.

— Et après ?

— Je mourrai heureux.

— Vous êtes un type bien. J'espère que vous y arriverez.

— Vous en doutez ?

— Non. Si Jérusalem existe, vous la trouverez. Si elle n'existe pas, vous ne le saurez jamais, car vous essaierez jusqu'à votre mort. C'est dans l'ordre des choses. J'ai la même position au sujet du Paradis. L'important est qu'il existe, pas que je le voie un jour.

— Dans mon rêve, on ne voulait pas me laisser entrer. On m'a dit de revenir quand le loup habiterait avec l'agneau, et quand le veau, le lionceau et le bétail qu'on engraisse seraient ensemble.

— Reposez-vous, Jon. Dormez, et rêvez de nouveau. J'y suis allé une fois. À Jérusalem. Longtemps avant la Chute.

— Était-ce beau ?

Karitas se souvint des rues étroites et étouffantes du vieux quartier, de la puanteur des bazars, de la zone touristique avec ses grands hôtels, ses pickpockets et ses voitures piégées…

— Oui, dit-il. C'était beau. Bonne nuit, Jon.

Assis dans sa cabane, Karitas broyait du noir. Il savait que Shannow ne le croirait jamais. Pourquoi l'aurait-il dû ? Même à l'époque de miracles technologiques, certaines personnes pensaient encore que la terre était plate ou que l'homme avait été créé à partir d'une motte d'argile par un gentil immortel barbu. Shannow, lui, avait une base solide pour sa théorie sur Armageddon : le monde était passé près de la mort.

Les dernières années, il y avait eu nombre de colloques sur les risques d'un holocauste nucléaire. Mais personne n'avait pensé que la Nature se chargerait de remettre à leur place les superpuissances mondiales. Que lui avait dit ce savant, cinq ans après la Chute ?

La Théorie de Chandler ? Karitas avait des notes quelque part, datant du temps où il tenait scrupuleusement un journal. Il gagna la pièce du fond et fouilla dans des coffres en chêne couverts de peaux de castor. Sous un exemplaire jauni et à demi effrité du *Times* de Londres, il trouva sa collection de journaux, avec leurs jaquettes bleues passées. Dessous, il dénicha les feuilles de papier qu'il avait utilisées pendant près de quarante ans. Désormais inutiles, pensa-t-il, se souvenant du jour où son dernier crayon était devenu trop petit pour être taillé. Il oublia les feuilles et chercha dans ses journaux. Il trouva une entrée datant du 16 mai, six ans après la Chute. *Étrange comme la mémoire s'efface au bout de quelques siècles*, se dit-il, amusé. Il lut le passage et se radossa au mur, se souvenant du vieux Webster et de sa perruque mangée aux mites.

Le coupable était la glace des deux pôles, lui avait expliqué Webster. Elle augmentait au rythme de quatre-vingt-quinze mille tonnes par jour, donnant lentement à la Terre la forme d'un ovoïde et déstabilisant sa rotation. Un jour, Jupiter s'aligna avec les autres planètes principales du système solaire. Elles exercèrent leurs forces d'attraction sur la Terre, l'ajoutant à celle du Soleil. Déjà mal assurée sur son axe, la Terre bascula. Les raz-de-marée déferlèrent, semant la mort et instaurant une nouvelle Ère Glaciaire sur la plus grande partie du globe.

Armageddon ? Dieu passant des homélies à l'homicide ?

Peut-être… Mais l'explication préférée de Karitas était l'étonnante anarchie de la Nature.

Cette nuit-là, Jon Shannow rêva de la guerre. Il vit des cavaliers aux casques à cornes attaquer un village de tentes. Ils avaient des épées et des armes à feu. Le bruit des coups de feu était assourdissant quand ils envahirent le village. Les habitants se battirent avec des arcs et des lances, mais l'ennemi les submergea. Les hommes furent sauvagement tués. Les attaquants emmenèrent les jeunes femmes dans la plaine et les violèrent. Ensuite, ils les égorgèrent et les pendirent par les pieds pour faire couler leur sang dans des pichets, qui circulèrent au milieu de la troupe. Le visage maculé de rouge, les hommes buvaient et riaient.

Shannow se réveilla en sueur, sa main gauche prête à saisir la crosse de son revolver. Ce rêve lui donnait la nausée. Il se maudit d'avoir imaginé une telle horreur. Puis il pria en remerciement de la vie et de l'amour. Il espérait que le dieu des armées veillerait sur Donna Taybard, le temps qu'il la retrouve.

La nuit était très sombre et la neige tourbillonnait autour du village.

Shannow se leva et s'enveloppa dans une couverture. Puis il s'approcha du foyer et remua les tisons jusqu'à ce qu'une flamme apparaisse. Il ajouta du petit bois, des bûches, et souffla sur le feu pour le relancer.

Le cauchemar était si affreusement réel !

La tête de Jon le faisait souffrir. Près de la fenêtre, il trouva le pichet en poterie contenant les feuilles de coca laissé par Curopet. Comme d'habitude, elles calmèrent la douleur. Il ouvrit la fenêtre et se pencha, regardant la neige. Il voyait toujours les cavaliers, avec leur casque hérissé de cornes noires pointues et leur plastron portant l'image d'une tête de bouc. Il frissonna et ferma la fenêtre.

— Où es-tu ce soir, Donna ? murmura-t-il.

Cornélius Griffin avait fait beaucoup de choses dans sa vie, et personne ne l'avait jamais pris pour un imbécile. Pourtant, les cavaliers aux casques à cornes le prenaient visiblement pour un bleu.

Après avoir survécu à trois attaques de Carns et à une avalanche qui avait raté de peu un chariot sur la piste, le convoi était arrivé dans une vallée verdoyante flanquée d'impressionnantes montagnes aux sommets couverts de neige.

À l'unanimité, les familles avaient voté pour s'installer dans la vallée. Cornélius Griffin était parti avec Madden et Burke pour marquer une parcelle par famille. Quand la terre fut partagée et le premier bois de construction coupé, les colons s'étaient réveillés par un glacial matin d'automne et avaient vu les cavaliers approcher du village. Ils portaient des casques ornés de cornes de bouc et des revolvers pendaient à leurs ceinturons. Griffin n'en avait jamais vu de semblables.

Griffin alla à leur rencontre. Madden s'assit sur un chariot, son fusil au creux d'un bras. Jimmy Burke était agenouillé près d'un arbre coupé et nettoyait négligemment un fusil à silex.

— Bien le bonjour, dit Griffin.

Le chef du trio, un homme jeune aux yeux sombres, se força à sourire.

— Vous vous installez ici ?

— Pourquoi pas ? Ces terres sont libres.

L'homme hocha la tête.

— Nous cherchons un cavalier nommé Shannow.

— Il est mort, dit Griffin.

— Il est vivant, affirma l'homme.

— Si c'est vrai, je suis étonné. Il a été attaqué par une tribu de cannibales au sud, et il n'est pas revenu.

— Combien êtes-vous ? demanda l'homme.

— Assez nombreux…

— Oui… Nous continuons notre chemin. Nous traversions seulement ce territoire.

Les cavaliers firent tourner bride à leurs chevaux et partirent vers l'est.

Madden rejoignit Griffin.

— Je n'aime pas leur allure. Vous pensez que nous aurons des ennuis ?

— C'est possible…

— Ils m'ont donné des frissons, dit Burke en approchant. Ils m'ont rappelé les cannibales, mais leurs dents sont normales.

— Que conseillez-vous, Griff ? demanda Madden.

— Si ce sont des Brigands, ils reviendront.

— De quoi ont-ils parlé ? demanda Burke.

— Ils cherchaient un type nommé Shannow.

— Qui est-ce ?

— L'Homme de Jérusalem, dit Griffin, mentant par omission.

Il n'avait pas révélé aux colons la véritable identité de Jon Taybard.

—Alors, dit Burke, espérons qu'ils ne le trouveront pas ! Ce n'est pas un type à contrarier pour un rien ! C'est lui qui a tué les Brigands à Allion. Et c'est à cause de lui que Daniel Cade boite : il lui a tiré une balle dans le genou.

—Ne parlez pas de Shannow aux autres, souffla Griffin.

Madden eut le sentiment qu'il n'avait pas tout dit. Mais il lui faisait confiance, et ne posa pas de questions.

Cette nuit-là, peu après minuit, cinquante cavaliers fondirent sur le village. La première ligne heurta le fil tendu en travers des hautes herbes. Les chevaux hennirent quand le fil d'acier leur coupa les jambes. Des hommes furent projetés dans les airs. La deuxième vague s'arrêta avant de toucher le piège. Vingt fusils tonnèrent. Vingt assaillants tombèrent, ainsi que plusieurs chevaux. Une deuxième salve tirée par quinze pistolets faucha d'autres cavaliers. Les survivants s'enfuirent au galop. Les hommes qui avaient été éjectés de leur selle se relevèrent et partirent en courant. Mais ils furent impitoyablement abattus.

Quand le silence revint, Cornélius Griffin rechargea ses armes et gagna le pâturage. Il compta vingt-neuf cadavres. Onze chevaux étaient morts ou agonisants. Madden et les autres colons le rejoignirent et récupérèrent les revolvers des morts.

—Que feront-ils ensuite ? demanda Burke, passant une arme à sa ceinture.

—Regardez-les, dit Griffin. Ils sont tous habillés de la même façon. Comme les armées, dans les livres anciens. Il y a quelque chose de vraiment bizarre dans tout cela. (Il se tourna vers Madden.) Suivez-les à cheval. Ne vous montrez pas, et ne prenez aucun risque. Je veux savoir d'où ils viennent, et combien ils sont.

Donna Taybard approcha de Griffin et lui prit le bras.

—Qui sont-ils, Cornélius ?

—Je l'ignore. Mais ils me font peur.

—Tu penses qu'ils reviendront cette nuit ?

—Non. Mais au cas où ils s'y risqueraient, Jacob nous préviendrait.

— Alors, reviens à la maison. Éric voudra que tu lui racontes tout. Il sera si fier de toi !

Griffin attira la jeune femme contre lui et l'embrassa. Il avait tellement envie de continuer à lui laisser croire que Shannow était mort. Donna et lui s'étaient rapprochés après la disparition de « Taybard ». Griffin s'entendait bien avec Éric et il était souvent invité à manger. Une nuit, il avait déclaré ses intentions à Donna, prévoyant un refus et prêt à attendre qu'elle change d'avis. Mais elle l'avait embrassé et remercié de sa courtoisie.

À ce moment, peu d'hommes auraient été plus heureux que Cornélius Griffin. Les jours suivants, ils s'étaient promenés ensemble, main dans la main sous le clair de lune. Puis Donna précipita les choses, devançant les désirs de Griffin. Elle l'emmena près d'un ruisseau, se tourna vers lui et posa les mains sur ses épaules.

— Je ne suis pas une vierge de quinze ans, dit-elle en délaçant sa robe.

Ils avaient fait l'amour sur l'herbe, à côté du ruisseau.

Depuis, Cornélius Griffin dormait dans le chariot de Donna, au grand dam du vieux Burke, qui n'approuvait pas une conduite aussi désinvolte. Éric s'adaptait bien à son nouveau « père ».

Le chef de convoi lui apprit à tendre des pièges, à suivre le gibier, à connaître le nom des arbres, et à identifier ceux qui poussaient à proximité de l'eau. Ils parlaient d'homme à homme, comme disait Griffin.

— Comment dois-je vous appeler ? demanda un jour Éric.

— Griff.

— Je ne pourrais pas vous appeler Père. Pas encore.

— Cela me plairait, mais ne nous en soucions pas pour l'instant.

— Vous rendrez ma mère heureuse ?

— Je l'espère. Je ferai tout pour ça.

— Mon père n'a jamais pu.

— Ça arrive, parfois.

— Et je ne serai pas cruel avec vous, Griff.

— Cruel ?

— Je l'ai été avec maître Shannow. Pourtant il m'avait sauvé la vie ! Je voudrais ne pas avoir réagi comme ça. Un jour, il m'a dit qu'il était très solitaire et qu'il voulait être mon ami…

Griffin se souvenait de cette conversation pendant qu'il serrait Donna dans ses bras. Il la conduisit vers le chariot couvert de toile, près de leur future maison.

— Donna, je dois te dire quelque chose. Les cavaliers…

— Qu'y a-t-il ? Hésiter ne te ressemble pas.

— Shannow est vivant.

— Non !

— Je crois que oui. Utilise ton don. Essaie de le voir.

— Non, il est mort et on l'a enterré. Je ne veux pas le voir avec des asticots sortant des orbites !

— Je t'en prie, Donna. Sinon, je me demanderai toujours si l'Homme de Jérusalem est à mes trousses.

Elle baissa la tête et ferma les yeux. Aussitôt, elle vit Shannow. Il était dans un village et marchait en boitillant près d'un vieil homme chauve qui lui souriait.

Donna ouvrit les yeux.

— Oui, murmura-t-elle, il est vivant. Oh, Cornélius !

— Bien entendu, je te libère de ton…

— Ne le dis pas, Cornélius ! Je suis enceinte, et je t'aime !

— Mais, lui et toi…

— Il m'a sauvé la vie, et il a secouru Éric. Et il était très seul. Je ne l'aimais pas, mais je ne lui aurais jamais fait cela… Jamais !

— Je sais.

Il la prit dans ses bras.

— Il y a autre chose, Cornélius… Tous les gens qui sont avec Jon vont mourir.

— Je ne comprends pas.

— Je n'en suis pas sûre moi-même. Mais ils sont condamnés. J'ai vu des crânes flotter au-dessus d'eux, et des ombres qui portaient des casques à cornes comme ces cavaliers…

— Ce qui s'est passé aujourd'hui a affecté ton don… Le plus important est que Shannow soit vivant. Et quand il reviendra, il te cherchera.

— Cornélius, il n'acceptera jamais ! Je crois qu'il est un peu fou…

— Je serai prêt.

Le matin suivant, Shannow se leva tôt, en forme malgré sa nuit difficile. Il mit sa chemise en laine et un pull-over tricoté spécialement par Curopet. Il revêtit ensuite son manteau en cuir et passa une paire de gants. Puis il accrocha ses armes à son ceinturon et posa sa selle sur son épaule droite. Enfin, il gagna l'enclos de fortune, étrilla le hongre et le sella.

La journée était claire et ensoleillée. Shannow sortit du village endormi et conduisit le hongre dans les collines, au nord. Il repérait la piste avec soin car le sol était glissant. Après une heure, il trouva un chemin différent et revint au village. Il nourrit le hongre et enleva la selle. Glacé et fatigué jusqu'à la moelle des os, quand il remit la selle dans sa hutte, il se sentait prêt à s'écrouler. Il enleva son manteau, ramassa sa balle de cuir et la serra deux cents fois. Puis il la jeta, se leva, porta la main à son revolver et dégaina. L'arme apparut dans sa main comme par miracle, prête à tirer. Il sourit. Il n'était pas aussi rapide qu'avant, mais il progressait de jour en jour. Le reste suivrait.

Curopet frappa à la porte. Il la fit entrer. Elle lui apportait un bol plein de céréales chaudes et de lait de chèvre. Quand il la remercia, elle lui fit une révérence.

— Je croyais que vous nous aviez quittés, dit-elle doucement, les yeux rivés au sol.

— Pas encore, ma dame. Mais je devrai le faire bientôt.

— Pour aller retrouver votre épouse ?

— Oui.

Elle lui sourit avant de sortir. Il finit son petit déjeuner et attendit Karitas. Le vieil homme arriva peu après, son justaucorps en peau de mouton couvert de neige.

Karitas sourit et s'assit près du feu.

— Avez-vous vu quelque chose pendant votre promenade ?

— Quatre ou cinq daims au nord-est, et une campagne magnifique.

— Comment vous sentez-vous ?

— Fatigué, mais pourtant fort.

— Parfait. Je crois que vous êtes presque rétabli, Jon Shannow. Cette nuit, j'ai entendu quelqu'un crier. Je pense que c'était vous.

— C'est possible, dit Shannow, s'asseyant aussi près du feu. J'ai fait un cauchemar. Des hommes attaquaient un village de tentes. Ils étaient ignobles.

— Avaient-ils des casques à cornes ? demanda Karitas.

— Oui. Comment le savez-vous ?

— J'ai fait le même rêve. C'est la terre, Jon. Elle nous accorde parfois des pouvoirs exceptionnels. Ce n'était pas un songe. Vous avez vu à l'œuvre les Enfants de l'Enfer.

— Dieu merci, ils sont loin d'ici !

— Oui. Mon petit village serait détruit. Nous ne pourrions pas les combattre, même avec les armes de l'Arche.

— Un seul pistolet ne suffirait pas à repousser une bande de Brigands.

— Il y en a plus d'un dans l'Arche, Jon. Je vous les montrerai au printemps.

— Les Enfants de l'Enfer étaient nombreux. Plus de trois cents lors de l'attaque du village.

— J'aimerais qu'ils soient *seulement* trois cents. Nous avons vu une seule colonne, et il y en a plus de vingt. Les excès sexuels des Enfants de l'Enfer entraînent la naissance de nombreux rejetons. Leur tribu grandit vite. Il en a toujours été ainsi : la migration des nations. La surpopulation pousse les gens à envahir les terres de leurs voisins, apportant avec eux la guerre et la mort. Les Enfants de l'Enfer se déplacent. Un jour, ils arriveront ici.

— J'ai du mal à croire que le dieu des armées permette à un tel peuple d'exister, dit Shannow.

— Lisez votre Bible ! Étudiez les Assyriens, les Babyloniens, les Égyptiens et les Grecs. Et même les Romains. Sans parler des Philistins, des Moabites et des Edomites ! Sans le mal, il n'y a pas d'équilibre avec le bien.

— Trop profond pour moi, Karitas… Je suis un homme simple.

— J'aimerais l'être aussi…

Shannow coupa du bois une bonne partie de la journée. Il se servit d'une hache à long manche avec une tête de six livres. Le soir venu, son dos était endolori, mais il sentait que sa force revenait rapidement.

Cette nuit-là, il rêva encore des Enfants de l'Enfer. Cette fois, ils attaquèrent les Carns. Le massacre fut effrayant. Les sauvages aux corps rayés de bleu et de jaune tombèrent sous le feu croisé des fusils. Des centaines moururent. Quelques-uns réussirent à s'échapper dans les bois enneigés.

À minuit, un coup à sa porte réveilla Shannow. Il ouvrit et vit Curopet qui attendait sous le clair de lune, enveloppée dans une couverture.

Shannow fit un pas de côté pour la laisser entrer.

— Qu'y a-t-il, Curopet ?

— Je vais mourir, murmura la jeune fille.

Les traits tendus, elle était au bord des larmes. Shannow s'approcha d'elle.

— Tout le monde meurt, Curopet, dit-il.

— Vous avez vu aussi, Faiseur de Tonnerre ?

— Vu quoi ?

— Les cavaliers qui attaquaient notre village.

— Non. Les Carns ont été attaqués. Cette nuit.

— Oui, les Carns, dit-elle d'une voix sans timbre. J'ai rêvé d'eux il y a deux nuits. Je vais mourir. Pas d'enfants pour Curopet. Pas d'homme dans les longues nuits d'hiver. Nous allons tous mourir.

— C'est absurde ! L'avenir n'est pas fixé. *Nous* accomplissons notre propre destinée, dit Shannow, attirant la jeune fille contre lui.

La couverture glissa de ses épaules et il vit qu'elle était nue, son corps brillant à la lueur dansante du feu.

— Me promettez-vous que je vivrai ?

— Je ne peux pas vous le jurer, mais je vous défendrai au péril de ma vie.

— Vous feriez ça pour moi ?

— Oui.

— Pourtant, je ne suis pas votre épouse.

— Non. Mais vous m'êtes proche. Je n'abandonne pas mes amis quand ils ont besoin de moi.

Curopet se blottit contre lui, les seins appuyés contre son torse nu. Il ferma les yeux et recula.

— Puis-je rester ? demanda-t-elle.

Il acquiesça et gagna sa couchette où ils s'étendirent ensemble. Elle s'endormit, la tête sur sa poitrine. Shannow ne la toucha pas.

Et ne ferma pas l'œil.

Au matin, il fut convoqué dans la cabane de Karitas avec les autres guerriers. Karitas était assis sur un fauteuil haut, le seul du village. Les trente-sept guerriers, y compris Shannow, s'installèrent sur le sol devant lui.

Karitas semblait épuisé. Quand tout le monde fut assis, il parla.

— Cinq de nos femmes dotées de Perceptions Extra-sensorielles ont vu les Enfants de l'Enfer nous attaquer. Nous ne pouvons ni fuir, ni nous cacher. Nos provisions sont là, nos vies sont là. Nous ne pouvons pas non plus nous battre, car ils ont des fusils-tonnerre et ils sont nombreux.

Il se tut, appuyant les mains sur ses genoux, la tête inclinée, les yeux rivés sur le sol.

— Nous allons mourir ? demanda un guerrier robuste, un éclair sauvage dans les yeux.

— On dirait bien, Shonal. J'ignore ce qu'il est possible de faire.

— Combien sont-ils ?

— Trois cents.

— Tous armés de fusils-tonnerre ?

— Oui.

— Pourquoi nous attaqueraient-ils ? demanda un autre homme.

— Ils sont faits comme ça.

— Pourquoi ne pas leur envoyer un émissaire ? suggéra un guerrier. Nous dirons que nous sommes leurs amis. Et nous leur offrirons de partager notre nourriture avec eux...

— Cela ne servirait à rien. Ce sont des tueurs et des buveurs de sang. Ils ont exterminé les Carns. Nous sommes les suivants.

— Trouvons leur camp, dit Shannow. C'est l'hiver. Ils ont sûrement des tentes et des réserves de nourriture. Nous brûlerons leurs abris, détruirons leurs provisions et en tuerons un grand nombre. Peut-être rentreront-ils chez eux jusqu'au printemps.

— Vous nous conduiriez, Faiseur de Tonnerre ?

— Oui, promit l'Homme de Jérusalem.

Les hommes sortirent de la cabane. Soucieux, ils préparèrent leurs armes et dirent au revoir à leurs femmes et à leurs enfants. Shannow resta avec Karitas.

— Merci, dit le vieil homme.

— Vous ne me devez rien, Karitas.

— Je sais que vous me croyez un peu fou, mais je ne suis pas idiot, Jon. Il n'y a aucune chance de vaincre. Votre proposition est noble, mais mon peuple mourra quand même.

— Rien n'est sûr, dit Shannow. Quand j'ai chevauché dans les collines, j'ai vu plusieurs cavernes peu profondes. Réunissez les femmes et les enfants. Qu'ils prennent autant de provisions que possible. Puis emmenez-les dans les collines. Couvrez vos traces du mieux que vous pourrez.

Karitas leva la tête.

— Vous croyez que nous avons une chance ?

— Tout dépend de la nature de l'attaque : invasion ou raid.

— Je peux répondre à cette question. C'est l'époque du rituel de la Fête du Sang, où les guerriers nouvellement promus gagnent leurs galons.

— Vous en savez long à leur sujet, vieil homme.

— C'est exact. Leur chef s'est donné le nom d'Abaddon. Autrefois, je le connaissais bien.

— Un nom venu du Livre, remarqua Shannow. Une obscénité nommée dans l'Apocalypse, le chef des forces démoniaques.

— Oui. Jadis, il s'appelait simplement Lawrence Welby. C'était un homme de loi et une personnalité en vue. Il organisait des fêtes un peu spéciales, avec des jeunes filles nubiles. Il était spirituel, courtois… et adepte du satanisme. Il suivait les enseignements d'un nommé Crowley, qui assurait que : « Faire ce qu'on veut est la totalité de la loi. » Comme moi, il a survécu à la Chute, et comme moi il semble immortel. Il croit être l'Antéchrist.

— Peut-être l'est-il.

— Il avait une épouse en ce temps-là, une femme merveilleuse. Ils étaient comme l'ombre et la lumière. J'étais un peu amoureux d'elle. Et je le suis toujours, pour ce que ça compte.

— Que lui est-il arrivé ?

— Elle est devenue une déesse.

— Abaddon sera-t-il avec les pillards ?

— Non, il restera à Babylone. Ils seront conduits par des officiers expérimentés. Je ne vois pas comment mes quelques guerriers pourraient s'opposer à eux… Avez-vous un plan ?

— Oui. Je préparerai mes armes et je prierai.

— Au moins, vous avez le sens des priorités…

— Ce sont seulement des hommes, Karitas. Ils saignent et ils meurent. Et je ne crois pas que le dieu des armées leur permettra de vaincre.

Quand Shannow se leva pour partir, Karitas l'arrêta. Il sortit la Pierre de sa bourse et l'offrit à son compagnon.

— Sans elle, vous risquez de mourir. Emportez-la avec vous.

— Non, gardez-la ici. Vous aurez peut-être besoin de ses pouvoirs.

— Elle est presque usée, Shannow. Et je refuse de la nourrir.

— Comment nourrit-on une Pierre ?

— Avec du sang et de la mort.

— Ne vous inquiétez pas pour moi. Je survivrai. Contentez-vous d'emmener vos gens dans les collines, et gardez votre pistolet prêt à tirer.

Shannow retourna dans sa hutte et chargea ses trois barillets supplémentaires. Il les mit dans les poches de son grand manteau, puis prit la Bible dans sa sacoche, et l'ouvrit, à Jérémie.

« Ainsi parle l'Éternel : Voici, un peuple vient du pays du septentrion, Une grande nation se lève des extrémités de la terre.

Ils portent l'arc et le javelot ; ils sont cruels, sans miséricorde ; leur voix mugit comme la mer ; ils sont montés sur des chevaux, prêts à combattre comme un seul homme, contre toi, fille de Sion ! »

Shannow ferma les yeux. Au loin, on entendait le tonnerre rouler dans les cieux.

Il se leva et quitta la hutte, sa selle sur l'épaule. Dehors, trente guerriers l'attendaient, les carquois pleins de flèches.

— Je partirai en reconnaissance. Suivez mes traces et attendez-moi quand vous trouverez cette marque.

Il fit le signe de la croix, puis gagna l'enclos.

Shannow prit la direction de l'est. Il ne se retourna pas une fois pour voir si les guerriers le suivaient.

La plaine était exposée aux intempéries. Par endroits, la neige s'accumulait sur plus de dix pieds d'épaisseur. Le hongre contourna les congères et se dirigea vers les hautes terres. Au loin, une ligne d'arbres marquait le territoire des Carns. Shannow avait vu l'attaque du village carn par les Enfants de l'Enfer. Il supposait qu'ils camperaient sur place pour la nuit. S'il avait raison, ils avaient le choix entre deux possibilités : se reposer toute la journée sur les lieux de leur victoire, ou se diriger immédiatement vers le village de Karitas. Dans le premier cas, la petite troupe de Shannow avait une chance de succès. Dans le deuxième, les deux groupes se rencontreraient en terrain découvert et les villageois seraient massacrés.

Le vent soufflait du nord. Shannow frissonna et resserra son manteau autour de lui. Les arbres se rapprochèrent peu à peu.

Un coup de feu retentit. Jon tira sur les rênes et examina les arbres. Il ne vit rien. De toute façon, la distance était trop grande pour que le tir ait été dirigé contre lui. Il continua à avancer avec précaution. D'autres coups de feu résonnèrent dans les bois : les Enfants de l'Enfer pourchassaient les derniers Carns. Shannow sourit. Le premier danger était passé.

Au pied de la dernière colline, avant les bois, il descendit de cheval. Il attacha deux branches en forme de croix et les enfonça dans une congère. La neige fraîche ne recouvrirait pas le signal avant plusieurs heures. Il conduisit le hongre au sommet de la colline, puis dans les bois.

Un guerrier au corps rayé de bleu et de jaune jaillit des buissons. Quand il vit Shannow, il cria et tenta de changer de direction. Un cheval sauta par-dessus les broussailles. Shannow tira au moment où l'animal atterrissait. Le cavalier casqué fut éjecté de sa selle. Jon arma le revolver et attendit, sans s'occuper du Carn effrayé, qui regardait, bouche bée, l'Enfant de l'Enfer mort. Le cavalier était seul. Shannow attacha le hongre à un arbuste et s'approcha du cadavre. Le cavalier avait quinze ans tout au plus. C'était un beau garçon, même avec un trou au milieu du front. Shannow s'agenouilla près de lui et prit son revolver. Comme Karitas l'en avait informé, il était chargé avec des cartouches métalliques. Il ouvrit la bourse pendue à la ceinture du mort. Elle contenait une vingtaine de cartouches. Il les mit dans sa poche, puis fourra l'arme du mort dans sa ceinture. Enfin, il se tourna vers le Carn.

— Vous comprenez ma langue ? demanda Shannow.

L'homme hocha la tête.

— Je suis venu tuer les Enfants de l'Enfer. (L'homme approcha et cracha au visage du mort.) Où est votre camp ?

— Près des grands rochers, dit le sauvage, au nord-est.

Shannow attacha le cheval de l'Enfant de l'Enfer derrière le sien et s'en fut, toujours à pied, guidant les bêtes par les rênes.

À trois reprises, des cavaliers passèrent près de lui. Il trouva les cadavres de deux Carns.

Après une heure, il trouva un chemin en pente qui menait à un vallon abrité. Les Enfants de l'Enfer étaient assis autour de grands feux où cuisait leur repas.

Shannow étudia le secteur quelques minutes, puis retourna sous le couvert des arbres. De temps en temps, un coup de feu le faisait sursauter, mais il retourna à son cheval sans être repéré. Le Carn était parti, après avoir arraché les yeux de l'Enfant de l'Enfer mort. Le jeune homme n'était plus aussi beau, désormais…

Shannow était gelé. Il s'abrita derrière les chevaux et attendit les villageois. Une heure après, il sortit des bois et vit qu'ils s'étaient rassemblés près de la croix. Il se montra et leur fit signe de le rejoindre.

Shonal arriva le premier.

— Ils sont installés ?

— Oui.

— Quand les attaquerons-nous ?

— Après minuit.

Shannow reconnut Selah dans le groupe de guerriers. Il l'appela.

— Tu devrais retourner au village.

— Je suis un homme, Faiseur de Tonnerre.

— Lui aussi, dit Shannow montrant le cadavre.

Au crépuscule, les coups de feu cessèrent. Shannow était sûr qu'il gèlerait à pierre fendre avant longtemps. Les villageois ne semblaient pas souffrir du froid. Jon maudit sa carcasse vieillissante.

La lune se leva dans un ciel clair. Vers minuit, les buissons s'agitèrent. Un guerrier en sortit. Shannow roula sur le sol, revolver braqué sur l'homme.

Un Carn !

Celui-ci s'accroupit près de Shannow.

— Je tue aussi les Enfants de l'Enfer…

Les villageois paniquèrent. Beaucoup sortirent leurs armes. Des arcs se pointèrent sur le nouveau venu.

Shannow rengaina son revolver.

— Soyez le bienvenu, dit-il.

Le Carn mit ses mains devant sa bouche et siffla. D'autres guerriers carns sortirent des fourrés, armés de couteaux et de hachettes. Ils étaient deux fois plus nombreux que les villageois.

— Maintenant, nous tuons les Enfants de l'Enfer !

— Non, dit Shannow. Nous attendons.

— Attendre ? Pourquoi ?

— Trop d'ennemis sont encore réveillés.

— D'accord. Nous ferons ce que vous dites.

Shannow trouvait les dents limées de l'homme déconcertantes. Shonal le rejoignit.

— S'allier aux Carns est mal, murmura-t-il.

Le chef des Carns cracha une injure et porta la main au manche de son couteau.

—Suffit ! dit Shannow. Vous recommencerez votre guerre plus tard. Un ennemi à la fois !

—Je vous suivrai, Faiseur de Tonnerre. Mais cela me retourne l'estomac !

—Il pense sûrement la même chose, Shonal. Patience !

À minuit, Shannow appela les chefs de chaque groupe.

—Ils ont sans doute posté des gardes. S'ils sont disciplinés, ils les changeront bientôt. Nous devons attendre que les sentinelles aient été relevées, puis nous tuerons les nouvelles. Il faudra agir en silence : pas de hurlements ni de cris de guerre. Quand ils commenceront à tirer, fuyez. Les arcs et les couteaux ne valent rien contre des fusils. Vous m'avez compris ? (Les deux chefs hochèrent la tête.) Nous leur volerons autant de chevaux que possible. Shonal, confie ce travail à Selah et aux plus jeunes guerriers. Dis-leur de conduire les animaux vers l'ouest et de nous attendre à une lieue d'ici.

—Que ferons-nous après avoir tué les sentinelles ? demanda Shonal.

—Nous entrerons dans le camp et nous tuerons autant d'hommes que possible pendant leur sommeil. Emparez-vous de leurs revolvers. Vous savez vous en servir ?

Les deux hommes secouèrent la tête. Shannow sortit son arme et arma le chien.

—Faites comme ça. Puis pointez l'arme et appuyez sur la détente. Ici.

—J'ai compris, dit Shonal.

—Moi aussi, murmura le Carn.

—Parfait. Emmenez vos meilleurs guerriers et éliminez les sentinelles. Il y en aura quatre, peut-être six. Quand vous les aurez tuées, revenez ici avec leurs armes.

Le Carn s'éloigna. Shonal se tourna vers Shannow.

—C'est… contre nature, dit-il.

—Je sais.

Le villageois disparut dans l'ombre.

Une longue attente commença. Les nerfs de Shannow étaient tendus à craquer. À chaque instant, il s'attendait à entendre un cri ou un coup de revolver.

Puis le chef des Carns revint.

— Huit hommes, annonça-t-il, brandissant deux revolvers armés.

— Attention ! dit Shannow, détournant les armes de son visage.

Il se leva. Son genou gauche craqua.

— Des os âgés, dit le Carn.

Shannow le foudroya du regard et avança, les guerriers sur les talons. Ils arrivèrent au camp au moment où la lune disparaissait derrière un nuage. Jon s'accroupit au sommet de la butte qui surplombait les huttes, Shonal et le Carn à côté de lui.

— Formez des groupes de six hommes. Ils devront entrer en même temps dans autant de huttes que possible. Les hommes armés de revolvers se cacheront ici, près du ruisseau. Un des Enfants de l'Enfer se réveillera, criera ou tirera. À ce moment, mettez-vous à couvert dans les bois. Ceux qui ont des armes à feu tireront. Mais souvenez-vous : les revolvers n'ont que six coups. Vous avez compris ?

Les deux hommes hochèrent la tête. Shannow leur répéta deux fois la stratégie pour s'assurer qu'ils avaient saisi.

Puis il sortit son couteau de chasse et descendit la colline, les guerriers derrière lui. Ils se séparèrent par groupes de six et entrèrent dans les huttes.

Shannow attendit dehors, examinant les habitations. Des cris étouffés et des bruits de lutte montèrent de plusieurs huttes, mais ils n'étaient pas assez forts pour réveiller les autres Enfants. Les hommes sortirent des cabanes, couverts de sang.

Ils avancèrent d'une hutte à l'autre, semant la mort sur leur passage. Shannow remit son couteau dans son étui et tira ses revolvers. Leur chance ne durerait pas éternellement.

À la seizième hutte, Shannow se sentit prêt à craquer.

Puis le désastre frappa. Un guerrier arma accidentellement le chien d'un revolver pris à l'ennemi alors qu'il avait le doigt sur la détente. Le coup de feu résonna dans tout le camp.

Presque aussitôt, une marée de guerriers jaillit des huttes.

Shannow tira. Des hommes tombèrent en hurlant.

D'autres revolvers crachèrent le feu. Une balle siffla près de la tête de Jon, venant de derrière lui. Il se tourna et vit un Carn qui essayait vainement de réarmer son revolver. Une balle le renversa. Shannow fit feu avec son revolver de gauche. Un guerrier ennemi s'écroula sur le sol, sa tête s'écrasant dans le feu. Ses cheveux s'enflammèrent aussitôt.

— Reculez ! cria Shannow.

Mais sa voix se perdit dans le tonnerre des coups de feu. Il vida ses revolvers sur les Enfants de l'Enfer, les rengaina, sortit les armes prises à l'ennemi et courut vers le ruisseau. Une dizaine de guerriers s'étaient souvenus de ses ordres. Ailleurs dans le camp, les Carns avaient chargé les Enfants de l'Enfer et leur tiraient dessus à bout portant, gênant les troupes de Shannow.

— Battez en retraite dans les bois ! ordonna Jon. (Les hommes continuèrent à tirer dans la foule.) En arrière ! cria Shannow, flanquant une gifle retentissante à l'un des hommes.

Les guerriers obéirent à contrecœur.

Shannow entendit des coups de feu, mais aucun ne l'atteignit. En haut de la butte, il s'adossa à un arbre, haletant. Puis il remit les revolvers de l'ennemi dans sa ceinture, sortit les siens et remplaça les barillets.

Shonal le rejoignit.

— La plupart de nos hommes sont revenus, Faiseur de Tonnerre.

— Et les chevaux ?

— Je n'ai rien vu.

— Si nous n'en avons pas, ils nous rattraperont à mi-chemin du village.

— Selah a certainement fait de son mieux. Ce n'est pas un lâche.

— D'accord, dit Shannow. Faites sortir vos hommes des bois et retournez au village. Si Selah a fait son travail, vous trouverez des chevaux à une lieue d'ici. Dans ce cas, ne rentrez pas directement au village, mais dirigez-vous vers le nord, puis revenez sur vos pas quand vous serez en terrain plus sûr. Essayez de dissimuler vos traces. Et priez pour qu'il neige.

Shonal sourit.

— Beaucoup d'Enfants de l'Enfer sont morts.

— Oui. Mais est-ce suffisant ? Partez, maintenant.

Shannow monta en selle et saisit les rênes. Un Carn, le chef du groupe, sortit de l'ombre.

— Je m'appelle Nadab, dit-il, tendant la main. (Shannow se pencha et saisit le poignet du Carn.) Plus de guerre avec le Peuple du Blé, annonça le Carn.

— Parfait.

— Non, dommage, corrigea l'homme en souriant. Ils ont bon goût.

— Bonne chance, dit Shannow.

— Nous en avons tué beaucoup, Faiseur de Tonnerre. Pensez-vous qu'ils partiront ?

— Non.

— Moi aussi. C'est la fin de tout, pour nous…

— Tout a une fin, dit Shannow. Pourquoi ne pas aller vers l'ouest ?

— Nous ne fuirons pas. Nous sommes le Peuple du Lion et nous nous battrons. Maintenant, nous avons beaucoup de fusils-tonnerre.

Shannow sortit une cartouche de sa poche.

— Les fusils-tonnerre marchent avec ça. Récupérez toutes celles que vous pourrez sur les cadavres. Donnez-moi votre revolver.

Shannow ouvrit le barillet. Il éjecta les douilles, rechargea l'arme et la rendit au Carn.

Il fit tourner bride à son cheval et se dirigea vers l'ouest.

Le Carn le regarda partir. Puis il arma le revolver et retourna dans son village.

Chapitre 5

Shannow galopa vers le sud pendant une heure, puis reprit le chemin du nord-ouest. Il ignorait combien d'Enfants de l'Enfer avaient été tués cette nuit, et s'en fichait. Les muscles endoloris, il était fourbu. Shannow se frotta les yeux et continua à avancer. Autrefois, il aurait pu chevaucher trois jours sans dormir, mais plus maintenant. Après une heure, il somnolait sur sa selle. La neige tombait autour de lui et la température baissait. Devant lui, il vit un bosquet de pins et s'en approcha.

Il descendit de cheval près d'un taillis d'arbrisseaux. Sortant une pelote de ficelle de sa sacoche, il entreprit de les réunir et de les attacher pour se fabriquer un semblant de tente. En bougeant lentement, afin de ne pas trop transpirer, il ramassa des branches et les mêla aux arbrisseaux pour se faire une hutte ronde, ouverte au sommet. Puis il conduisit le cheval à l'intérieur et entassa de la neige sur les branches, jusqu'à ce qu'un « mur » l'entoure. Ensuite, il prépara un feu. Ses doigts étaient engourdis. La neige tombait de plus en plus fort, ajoutant des couches isolantes aux parois de son habitation de fortune. Quand le feu eut pris, il quitta l'abri, ramassa du bois mort et l'entassa devant l'entrée. Au crépuscule, il se sentit assez fort pour se permettre de dormir. Il ajouta trois grosses bûches au feu, s'enveloppa dans ses couvertures et se coucha.

Des coups de feu résonnèrent dans la nuit. Il entrouvrit les yeux, mais les referma aussitôt.

Il dormit quatorze heures, se réveilla et trouva le feu éteint. Mais la neige avait entièrement recouvert son abri. Il était toujours au chaud sous ses couvertures. Il alluma un nouveau feu, s'assit, prit des galettes d'avoine dans sa sacoche et les partagea avec le hongre.

Au milieu de la journée, il reprit la route du village. Quand il arriva, ce fut pour trouver des ruines fumantes.

Il partit vers les collines, revolver à la main.

Tard dans l'après-midi, il atteignit les cavernes et découvrit les cadavres. Le cœur serré, il descendit de cheval. Les femmes et les enfants du Peuple du Blé étaient tous morts. Shannow sentit des larmes lui monter aux yeux. Il recula. Près de l'entrée de la grotte, il reconnut Curopet. Les yeux ouverts, elle regardait le ciel sans le voir. Il s'agenouilla près d'elle et lui ferma les yeux.

— Je suis désolé, ma dame, dit-il.

Il s'éloigna des cadavres et se remit en selle, ramenant le hongre vers la plaine.

Il trouva Karitas cloué à un arbre, les bras écartés. Le vieil homme était encore vivant, mais Shannow ne parvint pas à le libérer, parce que les clous étaient enfoncés trop profondément. Les yeux du vieillard s'ouvrirent et s'emplirent de larmes. Shannow détourna le regard.

— Ils ont tué tous mes petits, murmura-t-il. Ils sont tous morts !

— Je vais trouver un moyen de vous détacher…

— Inutile, je suis fichu. Ils vous cherchaient, Shannow.

— Pourquoi ?

— Ils avaient ordre de vous trouver. Abaddon vous craint. Oh, Jon, ils ont tué tous mes petits !

Shannow sortit son couteau de chasse et tailla le bois autour de la main droite de Karitas, mais il était dur et gelé et ne se laissait pas entamer. Le vieil homme sanglota pitoyablement. Shannow laissa tomber son couteau et mit les mains sur le visage de son ami. Il ne pouvait pas le serrer dans ses bras.

— Jon ?

— Oui ?

— Lisez-moi un passage du Livre.

— Qu'aimeriez-vous entendre ?

— Le Psaume XXII.

Shannow sortit sa Bible, trouva la page et lut :

— « Mon Dieu ! mon Dieu ! pourquoi m'as-tu abandonné, Et t'éloignes-tu sans me secourir, sans écouter mes plaintes… » (Shannow lut jusqu'au verset qui disait :) « Une bande de scélérats rôde autour de moi, Ils ont percé mes mains et mes pieds. Je pourrais compter tous mes os. Eux, ils observent, ils me regardent. »

Il s'arrêta de lire, ses larmes coulant sur les pages.

Karitas ferma les yeux et sa tête s'affaissa. Shannow s'approcha de lui. Le vieil homme reprit brièvement conscience, mais la lueur de la vie quittait lentement son regard. Shannow ramassa sa Bible tombée dans la neige et la nettoya. Revenu auprès du vieil homme, il lut :

— « L'Éternel est mon berger : je ne manquerai de rien. Il me fait reposer dans de verts pâturages, Il me dirige près des eaux paisibles. Il restaure mon âme. Il me conduit dans les sentiers de la justice, à cause de Son nom. Quand je marche dans la vallée de l'ombre de la mort, je ne crains aucun mal, car Tu es avec moi. »

Shannow fut incapable de continuer.

Il cria d'angoisse, sa voix résonnant dans les collines. Puis il tomba à genoux dans la neige et se couvrit le visage des deux mains.

Le crépuscule venu, le jeune Selah le découvrit à demi gelé et presque fou. Il le remit debout et l'emmena dans une petite caverne où il alluma un feu. Après un moment, il s'endormit. Selah fit entrer les chevaux dans la grotte et posa une couverture sur l'Homme de Jérusalem.

Shannow se réveilla dans la nuit. Selah était assis, les yeux rivés sur le feu.

— Où sont les hommes ?

— Tous morts.

— Comment ?

— J'ai pris les chevaux et je les ai emmenés à l'ouest. Shonal et les autres m'ont rejoint et nous sommes partis vers le nord, comme vous nous l'aviez ordonné. Là, nous avons rencontré un autre groupe d'Enfants de l'Enfer. Ils avaient dû se séparer pour attaquer les femmes, au moment où nous investissions leur camp. Ils nous ont rattrapés sur un terrain découvert et leurs fusils ont fait un carnage. J'étais à l'arrière et j'ai fui comme un lâche.

— Mourir est une vaine façon de prouver son courage, Selah.

— Ils nous ont détruits, Faiseur de Tonnerre. Mon peuple entier a disparu.

— Je sais, petit. Il n'existe pas de mots pour soulager ton chagrin.

— Pourquoi nous tuent-ils ? Ils n'ont aucune raison ! Les Carns cherchaient de la nourriture. Pourquoi les Enfants de l'Enfer provoquent-ils tant de douleur ?

— Il n'y a pas de réponse, Selah. Dors un peu, petit. Demain, nous partirons à la recherche de mes gens.

— Vous m'emmènerez avec vous ?

— Si tu le souhaites.

— Nous chasserons les Enfants de l'Enfer ?

— Non... Nous les éviterons.

— Je veux les tuer tous !

— Je te comprends, mais un homme et un gamin ne peuvent pas changer la face du monde. Un jour, ils perdront. Dieu ne leur permettra pas de prospérer.

— Votre dieu n'a pas protégé mon peuple.

— Non, mais il t'a gardé en vie. Et moi aussi...

Shannow s'allongea, les mains sous la tête, et regarda les ombres des flammes danser sur la voûte de la caverne. Il se souvint de l'avertissement de Karitas : les Enfants de l'Enfer le cherchaient. Cela l'intriguait. Qu'avait-il fait pour qu'ils se lancent à ses trousses ? Pourquoi une armée se serait-elle mise à sa recherche ?

Il ferma les yeux et se laissa dériver vers le sommeil. Il rêva qu'il flottait au-dessus d'un grand bâtiment en pierre au milieu d'une cité sombre et désolée.

Des bruits semblables à ceux d'immenses marteaux frappant des enclumes géantes résonnaient dans la nuit. Des foules se déplaçaient et tournaient autour des tavernes et des places. Shannow descendit en flottant vers le bâtiment en pierre et vit des statues de démons cornus et couverts d'écailles à côté d'un escalier menant à des portes en chêne. Il monta les marches, traversa les portes fermées et déboucha dans un hall décoré de statues de dragons et de lézards. Un escalier en colimaçon menait à un observatoire où il découvrit un grand télescope. Des hommes en robes rouges travaillaient avec des plumes d'oie et des parchemins. Shannow flotta près d'eux. Il vit deux gardes devant une autre porte, des fusils en travers de la poitrine. Il les dépassa et entra dans une pièce éclairée par des chandelles rouges.

Un homme étudiait des cartes. Bien de sa personne, des cheveux noirs grisonnant aux tempes, il avait un long nez droit, une bouche sensuelle et des yeux gris pétillant d'humour.

Il portait une chemise blanche, un pantalon gris et des chaussures en peau de serpent. Quand Shannow arriva derrière lui, il se raidit et se leva.

—Soyez le bienvenu, maître *Shannow, dit-il, se retournant pour le regarder.*

Ses yeux étaient ironiques. Shannow frissonna quand un nuage noir s'éleva de l'homme et approcha de lui. Jon recula. Le nuage prit forme : une immense tête bouffie, cornue et couverte d'écailles, et une bouche pleine de crocs. Puis des bras sortirent du nuage et des doigts griffus se tendirent vers lui... Shannow se réfugia dans son corps.

Il se réveilla, trempé de sueur et se leva d'un bond.

Il balaya la caverne du regard. Il y avait seulement le garçon endormi et les deux chevaux. Luttant contre la panique, Jon sortit son revolver de droite de l'étui posé près de sa tête. L'arme était glaciale.

Il se recoucha et ferma les yeux.

Aussitôt, le démon l'attaqua, ses serres le déchirant. Il se réveilla en sursaut, tremblant de peur et se força au calme. Puis il pria longuement. Enfin, il rangea son revolver, croisa les bras et s'endormit.

Il était de nouveau au-dessus du bâtiment en pierre, le démon à ses trousses. Quand il leva les mains, elles brandissaient deux épées étincelantes. Courant vers le démon, il enfonça les lames dans son corps bouffi. Des griffes l'attaquèrent, mais il ne s'en soucia pas, tailladant le monstre. La bête recula. Shannow lut de la peur dans ses yeux rouge sang. Alors, il lui plongea les épées dans la gueule. De la fumée monta des blessures.

Le monstre disparut.

À sa place, il vit le même homme qu'au début, vêtu d'une robe d'un blanc éblouissant.

— Je vous avais sous-estimé, maître Shannow, dit-il.

— Qui êtes-vous ?

— Abaddon. Vous connaissez ce nom.

— Il est dans l'Apocalypse. L'ange de l'abîme. Mais ce n'est pas vous. Vous êtes simplement un homme.

— Qui peut le dire, maître Shannow ? Quand un homme est immortel, n'est-il pas divin ? Je vis depuis trois cent quarante-six ans, grâce au dieu de ce monde.

— Vous servez le Serpent.

— Je sers Celui qui a Vaincu. Pourquoi êtes-vous si obstiné, maître Shannow ? Armageddon est terminée. Où est la nouvelle Jérusalem ? Où le loup habite-t-il avec l'agneau ? Où le lionceau et le bétail qu'on engraisse sont-ils ensemble ? Nulle part, maître Shannow ! Le vieux monde est mort et votre dieu est avec lui. Mon pays prospère ; mes armées vont conquérir le nouveau monde. Et vous ? Un solitaire errant, une ombre dont personne ne veut… Comme votre dieu !

Shannow ne dit rien, conscient qu'il y avait une part de vérité dans ce discours.

— Vous ne trouvez pas vos mots, maître Shannow ? Vous auriez dû écouter le vieux Karitas. Il aurait pu se joindre à moi il y a cent ans, mais il a préféré vivre dans les bois comme un ermite. Il a eu la mort qu'il méritait. Et son peuple misérable a péri avec lui. Vous serez le prochain. À moins que vous décidiez de rejoindre les Enfants de l'Enfer.

— Rien ne pourrait me convaincre de me joindre à vous, dit Shannow.

— Vraiment ? Pas même la vie de Donna Taybard ?

Shannow recula, horrifié. L'homme en blanc éclata de rire.

— Vous n'êtes pas digne de mon inimitié, Shannow ! Un puceron dans l'oreille d'un éléphant ! Laissez-moi, et allez mourir ailleurs !

Il leva une main. Jon fut propulsé en arrière à une vitesse étourdissante.

Il se réveilla en gémissant et prit sa Bible. À la lumière de l'aube, il chercha en vain un passage capable de le soulager du poids qui pesait sur son âme.

Shannow et Selah quittèrent les terres du Peuple du Blé et galopèrent vers le nord à travers une immense plaine. Ils chevauchèrent pendant des semaines, campant dans des endroits abrités, et ne virent aucun signe de vie. Shannow était silencieux et ne réagissait pas à grand-chose. Selah respecta sa solitude. Le soir, le jeune homme le regardait parcourir sa Bible.

L'homme cherchait de l'aide et n'en trouvait aucune.

Une nuit, Shannow posa le Livre et s'allongea pour regarder les étoiles. Les chevaux étaient entravés près du camp, où un petit feu brûlait.

— L'ère des miracles est passée, dit Shannow.

— Je n'ai jamais vu de miracle, lâcha Selah.

Jon s'assit et se frotta le menton. Leurs rations étaient bien maigres depuis une semaine. L'Homme de Jérusalem était hâve et avait les yeux cernés.

— Il y a longtemps, l'Éternel des armées a écarté la mer pour que son peuple puisse traverser. Il a fait jaillir de l'eau des pierres et il a envoyé son ange de la mort contre l'ennemi. À cette époque, quand Ses prophètes faisaient appel à Lui, Il leur accordait des pouvoirs extraordinaires.

— Il est peut-être mort, dit Selah. Ou endormi, ajouta-t-il en voyant le regard réprobateur de Shannow.

— Endormi ? Oui… Curopet est venue me voir et m'a dit qu'elle allait mourir. « Pas d'homme pour Curopet dans les longues nuits d'hiver. » Je voulais la sauver. Lui annoncer :

« Curopet, il a été prouvé que ton cauchemar ne disait pas la vérité. » J'ai tant prié...

Il se tut, regardant ses mains.

— Nous avons fait ce que nous pouvions, dit Selah. Tué beaucoup d'Enfants de l'Enfer...

— Des cailloux dans la mare, marmonna Shannow. Peut-être avait-elle raison. Tout est écrit, et nous avançons dans la vie comme des marionnettes sur un fil.

— Quelle importance, Faiseur de Tonnerre ? Nous ne le saurons jamais.

— C'est important à mes yeux. *Très* important. J'aimerais faire pour mon dieu quelque chose dont je puisse être fier. Mais son visage se détourne de moi et mes prières sont des murmures emportés par le vent.

Shannow s'enveloppa dans ses couvertures et dormit d'un sommeil troublé.

Au milieu de la matinée, ils repérèrent un petit troupeau d'antilopes. Shannow poussa le hongre au galop et tua une jeune femelle. Il descendit de cheval et coupa la gorge de sa proie. Quand le sang se fut écoulé dans la terre, il écorcha et découpa la bête.

Les deux compagnons firent un bon repas.

Deux jours plus tard, ils arrivèrent devant une zone semée de collines boisées.

Au nord s'étendait la chaîne de montagnes la plus haute que Shannow ait jamais vue. Ses sommets atteignaient presque les nuages.

Ces montagnes lui redonnèrent de l'espoir. Il informa Selah qu'il souhaitait les voir de près.

Le visage du garçon perdit toute couleur.

— Impossible d'aller là-bas, murmura-t-il. C'est la mort assurée.

— Que sais-tu de cet endroit ?

— Tous les fantômes s'y rassemblent. Et on y trouve des monstres capables d'avaler une antilope d'une seule bouchée. La terre tremble quand ils se déplacent. Mon père est venu tout près d'ici, il y a des années. Personne ne s'y aventure plus...

— Selah, j'ai voyagé dans de nombreuses contrées. J'ai vu peu de monstres, et ceux que j'ai rencontrés étaient d'origine humaine. J'y vais.

Shannow talonna le hongre et s'éloigna. Selah resta en arrière, le cœur battant la chamade. Shannow lui avait sauvé la vie. Il pensait avoir une dette envers lui et devait la rembourser avant d'être libéré de ses obligations. Pourtant, cette aventure le terrorisait.

Sans se retourner, Shannow fit signe au jeune homme de le suivre. C'était tout ce qu'il fallait à Selah pour se décider. Il lança son cheval au galop et rejoignit le Faiseur de Tonnerre.

Shannow lui sourit et lui flanqua une claque amicale sur l'épaule. La première fois que Selah le voyait sourire depuis des semaines. Était-ce une forme de folie ? L'idée d'affronter le danger et la mort le stimulait-elle ?

Ils suivirent une piste de daims qui serpentait dans les collines, où l'air était frais et sentait les pins et l'herbe nouvelle. Un lion rugit. Selah l'imagina en train de sauter sur sa proie. Le rugissement que poussaient les lions quand ils attaquaient paralysait leur victime. Le cheval de Selah broncha. Il le calma en lui parlant doucement.

Un coup de feu retentit dans les collines. Le revolver que Shannow avait pris à l'Enfant de l'Enfer apparut dans sa main. Il dirigea le hongre vers la source du bruit. Selah sortit le revolver de Shannow de sa ceinture et le suivit. Mais il n'arma pas le chien. Il n'avait pas touché à l'arme depuis que Shannow la lui avait donnée, le matin de leur départ. L'arme terrifiait Selah et lui donnait en même temps un sentiment de force. Il la gardait à sa ceinture comme un talisman.

Selah et Shannow franchirent le sommet d'une butte qui descendait vers un petit vallon. Devant lui, le jeune garçon vit un lion à crinière noire accroupi sur un homme. La main droite du malheureux serrait la crinière du fauve, empêchant les énormes mâchoires d'atteindre sa gorge. De la main gauche, il plongeait un couteau dans le flanc de la bête.

Shannow tira sur ses rênes. Quand le hongre se cabra, il logea une balle dans la tête du lion. L'animal s'écroula sur sa proie, qui se dégagea vivement. Son pantalon de cuir noir était déchiré à la cuisse.

Son visage avait été lacéré, un morceau de chair pendant sur sa joue droite.

L'homme se remit péniblement debout et rengaina son couteau. Ce robuste gaillard aux épaules larges et à la poitrine massive avait une barbe noire en forme de trident.

Sans se soucier de ses sauveteurs, il avança de quelques pas en titubant et récupéra son revolver, qu'il rangea dans son ceinturon. Trébuchant, mais ne tombant pas, il se tourna enfin vers Shannow.

— Joli coup, dit-il. Mais si vous aviez raté de un pouce, vous m'auriez tué au lieu d'avoir le lion.

Shannow ne répondit pas. Selah vit que son revolver était toujours pointé sur le blessé. Il comprit pourquoi quand il vit le casque de l'homme, sur le sol : il portait les cornes de bouc caractéristiques des Enfants de l'Enfer.

L'homme s'effondra. Selah sauta de son cheval et courut vers lui. Le sang giclait à gros bouillons de la blessure à la cuisse. Selah sortit son couteau et coupa la jambe du pantalon. La plaie béante faisait un pied de long.

— Il faut arrêter l'hémorragie, dit-il à Shannow. (L'Homme de Jérusalem resta sur son cheval.) Donnez-moi l'aiguille et le fil, demanda Selah.

Shannow prit une bourse dans sa sacoche et la tendit au jeune garçon.

Selah travailla une heure sur les blessures de l'homme. Pendant ce temps, Shannow était descendu de cheval et avait dessellé leurs montures. Il ne dit rien, préparant un feu dans un cercle de pierres après avoir arraché l'herbe. Selah vérifia le pouls du blessé, faible mais régulier.

Il rejoignit Shannow près du feu, après avoir enveloppé l'homme dans une couverture.

— Pourquoi ? demanda Shannow.

— Pourquoi quoi ?

— Pourquoi lui as-tu sauvé la vie ?

— Je ne comprends pas. Vous l'avez aussi sauvé en tuant le lion !

— À ce moment, j'ignorais qu'il était… ce qu'il est.

— C'est un être humain.

— Ton ennemi, petit ! Peut-être celui qui a tué Curopet, ou cloué Karitas à un arbre.

— Je le lui demanderai à son réveil.

— Et après ?

— S'il a vraiment attaqué mon village, je le soignerai jusqu'à ce qu'il soit remis, puis nous nous battrons.

— C'est ridicule !

— Peut-être, mais Karitas nous a appris à écouter nos sentiments, surtout la compassion. Je veux tuer les Enfants de l'Enfer. Quant à lui, c'est différent : un homme courageux qui a combattu un lion, armé d'un couteau. Qui sait, il aurait peut-être vaincu sans votre aide…

— Je ne comprends toujours pas. Tu es entré dans le camp des Enfants de l'Enfer et tu les as égorgés pendant qu'ils dormaient. Où est la différence ?

— Je l'ai fait afin de sauver mon peuple. Et je n'ai pas de remords pour les hommes que j'ai exécutés. Mais je ne peux pas tuer celui-là. Pas encore.

— Alors, écarte-toi et je lui tirerai une balle dans la tête.

— Non ! Sa vie m'appartient, comme la mienne vous appartient.

— À ton aise, dit Shannow. Il mourra peut-être dans la nuit. Lui as-tu au moins pris ses revolvers ?

— Non ! lança une autre voix.

Selah se tourna et vit le blessé, appuyé sur un coude, un revolver pointé sur Shannow. L'Homme de Jérusalem leva la tête, les yeux brillants. Selah comprit qu'il se préparait à dégainer ses armes.

— Non ! dit-il, se plaçant entre les deux hommes. Posez votre revolver.

Les yeux du garçon croisèrent ceux de l'Enfant de l'Enfer. L'homme eut un pauvre sourire.

— Il a raison, petit, tu es un imbécile.

Il désarma son revolver.

Selah se tourna vers Shannow. Mais ce dernier s'était assis sur un rocher, à une certaine distance du feu, sa Bible à la main.

D'habitude, Selah le laissait tranquille à ces moments-là. Cette fois, il approcha. Shannow leva la tête et lui sourit. Puis il commença à lire à haute voix sous le clair de lune. Selah eut du mal à comprendre certains mots, mais il saisit le sens général de l'histoire. Un homme avait été attaqué par des voleurs et laissé pour mort. Plusieurs personnes étaient passées à côté de lui, sans tenter de l'aider. Puis un homme arriva et le porta dans un endroit sûr. Cet homme, expliqua Shannow, appartenait à un peuple que tout le monde haïssait et méprisait.

— Quel est le sens de l'histoire ? demanda Selah.

— Je crois qu'elle veut dire qu'il y a du bien dans tout homme. Pourtant, tu as légèrement modifié la parabole, car tu as sauvé le Samaritain. J'espère que tu n'auras pas à le regretter.

— Que raconte le Livre ?

— L'histoire d'un peuple disparu depuis longtemps. La Parole de Dieu à travers les âges.

— Vous apporte-t-il la paix, Shannow ?

— Non. Il me tourmente.

— Vous donne-t-il de la force ?

— Non. Il m'affaiblit.

— Alors, pourquoi le lisez-vous ?

— Sans lui, je n'aurais qu'une existence sans signification, pleine de douleur et de chagrin, et destinée à se terminer par la mort. Sans lui, pourquoi continuerions-nous à lutter ?

— Pour être heureux, Shannow. Pour élever des enfants et connaître la joie.

— Il y a eu peu de joie dans ma vie, Selah. Mais bientôt, je la connaîtrai de nouveau.

— Grâce à votre dieu ?

— Non. Grâce à ma femme.

Batik se rallongea et sentit les points de suture qui fermaient ses blessures le tirailler. Il était faible à cause de la perte de sang et se demandait pourquoi le garçon avait voulu le sauver – l'homme le laissant faire. Mais il était en vie, et pour le moment, ça lui suffisait. Son cheval s'était cabré quand le lion avait rugi. Tombé de selle, Batik avait tiré un seul coup de feu et frôlé le flanc de l'animal. Il ne se souvenait pas d'avoir sorti son couteau, mais il revoyait l'arrivée de l'homme sur son hongre gris acier. Il avait même eu le temps de remarquer que l'arme qu'il pointait sur la bête était un revolver des Enfants de l'Enfer.

Il ne fallait pas être grand clerc pour deviner que l'homme comptait parmi ceux qui avaient attaqué les participants de la Fête du Sang à Cabrik, quelques semaines auparavant, tuant plus de quatre-vingts jeunes gens en une nuit. Il était encore plus étrange qu'il ait accepté de le laisser vivre.

Le jeune garçon approcha de lui.

— Comment vont vos blessures ?

— Tu as fait du bon travail, petit. Elles guériront.

— Je prépare du bouillon. Ça vous aidera à reconstituer votre sang.

— Pourquoi fais-tu cela pour moi ?

Selah haussa les épaules, peu désireux de se lancer dans une polémique.

— Je ne faisais pas partie de ceux qui ont attaqué votre village, dit Batik. Mais j'aurais pu en être.

— Enfant de l'Enfer, pourquoi vos compagnons voulaient exterminer les miens ?

— Nos prêtres pourraient te répondre mieux que moi. Nous sommes le Peuple Élu. Nous devons nous emparer des terres et tuer tous les hommes, toutes les femmes et tous les enfants que nous y trouvons. Les prêtres disent que c'est essentiel pour la pureté de notre foi.

— Comment un nourrisson mettrait-il votre foi en danger ?

— Je n'ai jamais tué de nourrisson ni d'enfant, mais je l'ai vu faire... Demande à nos prêtres, quand tu en rencontreras un.

— C'est une sauvagerie que je ne peux pas comprendre, dit Selah.

— Je m'appelle Batik. Et toi ?

— Selah.

— Et ton ami ?

— Shannow, le Faiseur de Tonnerre.

— J'ai déjà entendu son nom.

— C'est une grande âme et un guerrier puissant. Il a tué beaucoup de membres de votre peuple.

— Et maintenant, on le pourchasse.

— Vous ?

— Non. Mais notre seigneur, Abaddon, a déclaré qu'il était Impie. Il doit être brûlé. Les Zélotes sont à sa recherche. Ils ont de grands pouvoirs. Ils le trouveront.

— Quand ils arriveront, il les tuera.

Batik sourit.

— Ce n'est pas un dieu, Selah. Les Zélotes le vaincront, comme ils m'ont vaincu.

— Ils vous pourchassent ?

— J'ai besoin de sommeil. Nous en parlerons demain.

Batik se réveilla tôt, tiré d'un sommeil agité par la douleur. La journée était claire. Un corbeau décrivait des cercles dans le ciel. Il s'assit et sursauta quand les sutures de sa blessure au visage se rappelèrent à son bon souvenir. Shannow était réveillé. Il lisait un livre à la tranche dorée relié en cuir. Batik perçut sa tension, sa main droite reposant à quelques pouces du revolver posé à côté de lui.

Batik résista à l'envie de sourire : les points de suture étaient trop douloureux.

— Vous vous levez tôt, dit-il en repoussant ses couvertures.

Shannow ferma le livre, se tourna et croisa le regard de Batik. Son expression était glaciale.

— J'espérais que vous mourriez dans la nuit, dit-il d'une voix sans timbre.

— Avant que nous nous disputions, peut-être aimeriez-vous savoir que nous sommes sous surveillance. Dans peu de temps, nous serons pris en chasse.

— Personne ne nous regarde, dit Shannow. J'ai fait une ronde…

Batik sourit, ignorant la douleur.

— Vous n'avez aucune idée de la nature de ces chasseurs, Shannow. Il ne s'agit pas d'hommes ordinaires. Ce sont des Zélotes. Ils se nomment eux-mêmes les Chiens de l'Enfer. Levez les yeux : vous verrez un corbeau. Cet oiseau ne se posera pas. Il ne cherche pas de la nourriture. Il décrit des cercles au-dessus de nous, montrant le chemin à ceux qui nous suivent.

» Le lion d'hier était possédé par un Zélote. Ils ont ce don. Voilà pourquoi ils sont si dangereux.

— Pourquoi m'avertir ? demanda Shannow.

— Parce qu'ils sont aussi à mes trousses.

— Pourquoi ?

— Je ne suis pas religieux, Shannow. Et j'ai tenté de saboter le sacrifice du milieu de l'hiver. Mais c'est du passé. Croyez-moi, je suis, comme vous, un ennemi des Zélotes.

Selah gémit et s'assit. Sur un rocher, une créature reptilienne aux mâchoires dégoulinantes de sang était assise sur le cadavre de Shannow. Selah sortit son revolver et l'arma. Les yeux rouges du monstre se tournèrent vers lui quand il pointa l'arme.

— Que fais-tu ? demanda Shannow.

Selah cligna des yeux. L'image se brouilla. Son doigt se raidit sur la détente, mais il dévia le canon au dernier moment. Une balle siffla près de l'oreille de Jon. Selah se prépara à tirer de nouveau, mais Batik s'était glissé derrière lui. Il assomma le garçon d'un coup sur la nuque. Puis il récupéra le revolver.

Shannow n'avait pas bougé.

— Il va bien ?

— Oui. Les Zélotes sont doués avec les jeunes. Leur esprit est plus malléable.

Shannow sortit son revolver. Batik se figea. L'Homme de Jérusalem leva la tête, tendit le bras et tira. Le corbeau explosa en plein vol.

Shannow ouvrit le revolver et le rechargea. Puis il alla s'agenouiller à côté de Selah et le retourna sur le dos. Ses paupières papillonnèrent. Quand il vit Shannow, il sursauta.

— Vous êtes mort ! cria-t-il.

— Reste tranquille, petit. Je vais bien.

— J'ai vu un monstre accroupi sur votre cadavre ! J'ai essayé de le faire fuir.

— Il n'y avait pas de monstre.

Le garçon parut ne pas comprendre. Batik s'interposa.

— C'était de la magie, Selah. Tu as été trompé par les chasseurs.

— De la magie ?

— Oui. Ils ont jeté un sort qui a brouillé ta vue. Il est peu probable qu'ils essaient de nouveau de se servir de toi, mais on ne sait jamais. Sois prudent, et ne tire sur rien.

Il tendit le revolver au garçon et se laissa retomber sur le sol, le visage luisant de sueur.

Shannow le regarda attentivement.

— Vous êtes fort… Mais vous avez perdu beaucoup de sang. Il vous faut du repos.

— Nous ne pouvons pas rester ici, dit Batik.

— De quelle direction viendront-ils ?

— Du nord-est. Mais ne vous opposez pas à eux, Shannow.

— Les éviter ne serait pas dans ma nature… Combien sont-ils ?

Batik haussa les épaules.

— Peut-être six, ou soixante. Mais ils voyagent toujours par multiples de six. C'est un chiffre magique.

— Restez ici et reposez-vous. Je reviendrai.

Shannow prit sa selle et approcha du hongre attaché à trente pieds du camp. Quand il fut près de l'animal, il vit des mouches se poser sur son train arrière. Mais le cheval ne remua pas la queue. Shannow ralentit. Le hongre baissa la tête et le regarda. Shannow avança, posa la selle sur son dos et se pencha pour resserrer la sangle. Le hongre ne bougea pas.

Shannow transpirait à grosses gouttes. Il saisit les rênes d'une main ferme et détacha l'animal. Quand les cordes tombèrent, le hongre voulut se cabrer, mais Jon saisit le pommeau et sauta en selle. Le cheval se dressa sur ses pattes arrière et partit au galop.

Jon glissa ses pieds dans les étriers et tint bon. Le cheval s'arrêta net et s'ébroua violemment, mais son cavalier le força à relever la tête. Le hongre se laissa tomber sur le flanc. Shannow sauta de selle et remonta prestement quand l'animal se remit debout.

Admiratif, Batik observait le combat entre deux volontés opposées. Le cheval tenta de nouveau de désarçonner Shannow. Il sauta, se tordit et se laissa tomber, mais Jon tint bon. La lutte se termina aussi soudainement qu'elle avait commencé. Le hongre s'arrêta et baissa la tête, de la vapeur sortant des naseaux. Shannow le ramena au camp et mit pied à terre. Il attacha l'animal, le dessella et l'essuya. Puis il lui caressa le cou et les oreilles.

Reprenant sa selle, il approcha du cheval de Selah, la posa sur son dos et partit vers le nord-est.

Quand Shannow atteignit le sommet de la colline, Batik se rallongea dans l'herbe.

— En tout cas, c'est un bon cavalier…

— C'est le Faiseur de Tonnerre, dit Selah fièrement. Il reviendra.

— J'aimerais le croire. Mais il n'a jamais affronté les Zélotes. Je les ai vus à l'œuvre. Je connais leurs capacités.

Selah sourit, approcha de la carcasse du daim et découpa des tranches de viande pour leur ragoût matinal. Batik était intelligent, pensa le garçon, mais il n'avait jamais vu Shannow en action.

Quatre lieues plus loin, un petit groupe de cavaliers s'arrêta et étudia les collines. Le chef, un jeune homme mince au nez de rapace et aux yeux noirs, se tourna vers ses compagnons.

— As-tu récupéré ? demanda-t-il à l'un d'eux.

— Un peu, Donai, mais je suis encore épuisé… J'ai pratiquement tué son cheval ! Comment a-t-il fait pour rester en selle ?

— C'est un bon cavalier. J'aimerais en savoir plus à son sujet, et quel rapport il y a entre Batik et lui.

Donai regarda les deux cadavres posés sur le dos de leurs chevaux. Xenon avait possédé le lion et Cheros le corbeau. Tous deux avaient été tués par le cavalier aux cheveux longs.

Donai descendit de cheval.

— Je vais demander des conseils, dit-il.

Les trois cavaliers restèrent silencieux quand leur chef s'agenouilla sur l'herbe, une Pierre couleur roux doré entre les mains. Il resta immobile un long moment, puis se releva.

— Achnazzar dit que c'est Shannow, celui qui cherche Jérusalem. Il nous envoie des renforts. Nous devons les attendre ici.

Les hommes mirent pied à terre et retirèrent leur manteau de cuir noir et leur casque.

— Quelle section envoient-ils ? demanda Parin, le plus jeune de la troupe.

— Ils envoient *six* sections, répondit Donai. Je n'ai pas demandé lesquelles.

— Trente-six hommes ! s'étonna Parin. Pour deux types et un gamin ?

— Mets-tu en doute le jugement d'Achnazzar ? demanda Donai.

— Non ! s'écria Parin.

— C'est intelligent de ta part, dit Donai. Shannow représente le mal. C'est un Impie qui sert l'ancien dieu sombre. Il doit être détruit. Achnazzar dit qu'il voyage avec une Bible.

— On raconte que toucher une Bible brûle les mains et l'âme, rappela un autre cavalier.

— C'est possible, Karim. Pour ma part, je l'ignore. Achnazzar a ordonné de tuer l'homme et son cheval, et de brûler ses sacoches sans les ouvrir.

— Je me suis souvent demandé comment ce Livre a survécu à Armageddon, avoua Parin.

— Le mal est partout, dit Donai. Quand l'ancien dieu sombre a été détruit, son corps a éclaté et il est tombé sur la terre comme une averse. Il a pollué les endroits qu'il a touchés. Depuis, le mal se cache partout.

— C'est vrai, dit Karim, un homme d'âge moyen à la barbe grise. J'aurais parié ma vie sur Batik. Un des meilleurs guerriers des Enfants de l'Enfer !

— Tu emploies le mot « meilleur » dans un sens contestable, dit Donai. Cet homme était un Impie, mais il a dissimulé la noirceur qu'abritait son âme. Heureusement, notre Seigneur Satan sait comment illuminer les coins les plus sombres de l'esprit. Ce n'est pas un hasard si la sœur de Batik a été choisie pour le sacrifice du milieu de l'hiver.

— Je veux bien le croire, dit Parin. Mais qu'espérait-il faire en demandant à Shalea de s'enfuir avec lui ?

— Bonne question, Parin. Il a sous-estimé la piété de sa sœur. Elle était fière d'avoir été choisie, et quand elle a été salie par le mal tapi dans l'âme de son frère, elle est allée voir Achnazzar. Une femme de bien, qui est désormais la servante du Seigneur !

— Comment a-t-il pu sous-estimer sa piété ? insista Parin.

— Le mal n'est pas logique. Il croyait qu'elle désirait continuer sa vie terrestre. Ce fut son blasphème. Il pensait sa sœur condamnée, et voulait la sauver.

— Et maintenant, il s'est allié à l'Homme de Jérusalem, dit Karim.

— Le mal cherche le mal, conclut Donai.

Vers midi, alors que les quatre cavaliers finissaient leur repas, le ciel s'assombrit. Des nuages noirs cachèrent le soleil. À l'est, des éclairs zébrèrent le ciel et le tonnerre rugit.

— En selle ! ordonna Donai. Nous nous abriterons au milieu des arbres.

Les hommes se levèrent et coururent vers leurs montures. Donai se pétrifia. À la lisière de leur camp se dressait le cavalier aux cheveux longs, son grand manteau agité par le vent. Donai dégaina, mais quelque chose s'écrasa sur sa poitrine et le repoussa contre son cheval. Entendant le coup de feu, Karim plongea au sol. Parin et l'autre cavalier moururent sans avoir le temps de bouger quand les revolvers de Shannow crachèrent le feu. Karim roula sur lui-même et tira. Sa balle coupa le col de Shannow.

L'Homme de Jérusalem s'écroula sur l'herbe. Karim tira deux fois, mais il n'y eut pas de riposte. Il rampa sur le côté, se cacha derrière le cadavre de Donai et ferma les yeux. Son esprit quitta son corps et entra dans celui de son cheval. Il examina les alentours à travers les yeux de l'animal. Pas de trace de l'assaillant. Karim fit tourner la tête du cheval et vit son propre corps couché derrière Donai.

Shannow jaillit des herbes hautes, derrière Karim, revolver pointé sur lui. L'esprit du Zélote quitta celui du cheval et entra dans celui de l'Homme de Jérusalem. Shannow tituba quand la douleur envahit son cerveau, des couleurs éblouissantes explosant dans ses yeux. Puis l'obscurité suivit. Shannow se retrouva dans un tunnel, enfoncé sous la terre. Il entendit un grattement, puis des rats géants sortirent des trous, dans les parois, leurs dents aussi longues que des couteaux…

Jon força ses yeux intérieurs à se fermer, bannissant le cauchemar. Il sentait le souffle chaud des rats sur son visage, leurs dents déchirant sa chair. Il ouvrit les yeux, ignora les immenses rongeurs et regarda *au-delà* d'eux. Comme à travers un brouillard, il vit des chevaux, et deux corps juste devant.

Il leva la main et visa.

Le revolver se transforma en serpent et enfonça ses crocs dans son poignet. Shannow ignora le serpent et resserra sa prise sur la crosse, qu'il ne sentait plus. L'arme sauta dans sa main.

Karim s'enfuit de l'esprit de Shannow et retourna dans son corps au moment où la deuxième balle lui perçait le crâne. Il sursauta et s'immobilisa.

Jon tomba à genoux et regarda autour de lui. Quatre cadavres gisaient sur l'herbe. Deux autres étaient posés en travers de la selle de deux chevaux.

« Éternel, n'aurais-je pas de la haine pour ceux qui te haïssent, du dégoût pour ceux qui s'élèvent contre toi ? Je les hais d'une parfaite haine ; ils sont pour moi des ennemis. »

Il ramassa les armes et les munitions, puis fouilla les cadavres. Chaque homme portait dans une bourse pendue à son cou une petite Pierre de la taille d'un œuf de moineau. Toutes étaient de couleur roux doré veiné de noir. Shannow les mit dans sa poche, puis conduisit les chevaux près du sien. Enfin, il retourna au camp.

Batik était blotti sous ses couvertures. La pluie avait éteint le feu. Shannow appela Selah.

— Retournons sous le couvert des arbres, dit-il.

Le vent augmenta et le ciel s'assombrit.

— Qu'est-il arrivé ? demanda Batik, qui n'avait pas bougé.

— Je les ai tués. Maintenant, mettons-nous à l'abri de l'averse.

— Combien y en avait-il ?

— Quatre. Deux autres étaient déjà morts.

— Comment puis-je en être sûr ? Savoir que vous êtes toujours Shannow ?

Batik repoussa les couvertures et brandit son arme.

— Comment vous prouver mon identité ?

— Dites-moi le nom de votre dieu.

— Jéhovah, l'Éternel des armées.

— Et Satan ?

— L'ange déchu. Le Prince des Mensonges.

— Je vous crois. Aucun Enfant de l'Enfer ne blasphémerait de la sorte !

Sous le couvert des pins, la pluie perdait de sa force. Shannow essaya d'allumer un feu. Il abandonna après quelques minutes et s'adossa à un arbre.

Batik était assis près de lui, le visage gris et les yeux cernés.

— Vous souffrez ? demanda Selah.

— Un peu. Shannow, avez-vous fouillé les corps ?

— Oui.

— Vous avez trouvé quelque chose d'intéressant ?

— De quel genre ?

— Des bourses en cuir contenant des Pierres.

— Je les ai prises toutes les six.

— Donnez-les-moi !

— Pourquoi ?

— La mienne m'a été retirée avant ma fuite. Sans elle, ces blessures mettront des semaines à guérir. Peut-être pourrais-je utiliser la Pierre de quelqu'un d'autre.

Shannow sortit les bourses de la poche de son manteau et les laissa tomber dans le giron de Batik, qui les prit une par une. Un moment, il ne se passa rien. La cinquième Pierre scintilla brièvement. Batik sourit.

— Ça valait le coup d'essayer, dit-il. Mais quand l'homme est tué, le pouvoir disparaît. Malgré tout, celle-là a soulagé la douleur avant de s'éteindre.

Il jeta les Pierres.

— Où vous les procurez-vous ? demanda Shannow.

— Des cadeaux de naissance du Seigneur Abaddon… La taille de la Pierre dépend du statut social. Nous les appelons les Graines de Satan.

— D'où viennent-elles ?

— Qui peut le dire ? On prétend que Satan les apporte à Abaddon lors de la Nuit des Sorcières.

— Vous y croyez ?

— Je ne rejette *a priori* aucune croyance. C'est plus sûr…

Selah ramassa une Pierre et la fit tourner entre ses paumes.

— Elle est très jolie, dit-il. Et chaude au toucher. Mais je préférerais tout de même un feu.

Les brindilles humides que Shannow avait essayé d'allumer s'enflammèrent. Selah recula, lâchant la Pierre, qui brillait comme une lanterne.

— Bien joué, petit, dit Batik. Maintenant, prends cette Pierre et passe-la sur mes blessures.

Selah obéit, mais la lueur mourut et la Pierre devint froide.

— Nous avons au moins un feu, grommela Batik.

Shannow se réveilla en sursaut, le cœur battant à tout rompre. Il s'assit et regarda autour de lui. La caverne était chaude et confortable. Un feu brûlait contre la paroi opposée. Shannow se détendit et se recoucha.

La caverne ?

Il se releva d'un bond et chercha ses revolvers, mais il ne les avait pas. Il s'était endormi à côté de Batik et de Selah dans un bois, près d'un petit ruisseau. Et il se réveillait ici, désarmé.

Une ombre bougea. Un homme approcha du feu et s'assit face à lui.

C'était le bel homme aux tempes argentées, Abaddon, Seigneur des Enfants de l'Enfer.

—Ne vous inquiétez pas, maître Shannow. Je veux seulement vous parler.

—Nous n'avons rien à nous dire.

— Vraiment ? Alors que mes chasseurs se rapprochent de vous ?

— Qu'ils viennent !

— Quelle arrogance ! Pensez-vous pouvoir tuer tous mes hommes avec vos minables revolvers ?

Shannow ne répondit pas. Abaddon se réchauffa les mains au-dessus du feu. Il portait une tunique d'un blanc éblouissant que les flammes constellaient de reflets dorés.

— Un homme, un gamin et un traître, murmura Abaddon, contre une nation de guerriers avides de sang. C'est presque comique. (Son regard croisa celui de Shannow.) Vous savez que j'ai vécu presque aussi longtemps que votre ami Karitas, et que j'ai vu bien des choses, à la fois dans l'ancien monde et dans le nouveau. Il n'y a pas de héros, Shannow. Nous finissons tous par accepter des compromis pour nous tailler notre petite part d'immortalité, ou de richesse, ou de plaisir. Il n'y a plus de Galaad. Et il n'y en a peut-être jamais eu...

—Je ne connais pas de Galaad...

— C'était un chevalier, un guerrier qui se battait pour Dieu. Il n'a jamais succombé au charme des femmes ni aux autres plaisirs de la chair. Ainsi, il a été autorisé à découvrir le Saint Graal. Une jolie histoire pour les enfants... Mais pas les nôtres !

— Que voulez-vous de moi ?

— Que vous mourriez, maître Shannow. Que vous cessiez d'exister.

— Pourquoi ?

— Un caprice, peut-être… On m'a dit que vous étiez un danger pour moi. Je ne vois pas comment, mais j'accepte qu'il y ait une part de vérité dans cette prophétie.

— Vous ne m'intéressez pas, dit Shannow. Vous ne possédez rien que je veuille m'approprier. Où est le danger ?

— Qui sait ? demanda Abaddon avec un sourire charmeur. Vous êtes une épine dans mon flanc, et je suis décidé à la retirer et à la jeter au feu.

— Dans ce cas, faites venir vos démons, dit Shannow, en se levant.

Abaddon eut un petit rire et secoua la tête.

— J'ai essayé, maître Shannow, et vous m'avez fait du mal. C'est vrai. Mais que sont mes démons, comparés aux vôtres ?

— Je n'ai aucun démon.

— Vraiment ? Quelle est la force qui vous pousse à chercher une cité enterrée ? Pourquoi vous accrochez-vous à vos superstitions ? Pourquoi livrez-vous des batailles solitaires ?

— Je trouverai Jérusalem, dit Shannow à voix basse. Vivant ou mort, je marcherai sur le chemin de mon foyer.

— Votre foyer ? Qu'avez-vous raconté à la délicieuse Donna Taybard ? Que vous étiez un caillou dans la mare ? Quand les vaguelettes se calment, tout redevient comme avant. (Abaddon posa une brindille dans le feu.) Oui, il vous faut découvrir un moyen de revenir chez vous. Beaucoup de mes hommes sont comme vous, surtout les Zélotes. Ils adorent leur dieu, et mourraient heureux pour accomplir sa volonté. Les hommes comme vous sont comme des feuilles d'automne. Je suis étonné qu'un lecteur de la Bible ne s'en soit pas encore aperçu.

— Il n'existe rien de semblable aux Enfants de l'Enfer dans la Bible.

— Maître Shannow ! Le mensonge n'est-il pas un péché ? Je vous renvoie à Josué et à l'invasion de Canaan par le peuple d'Israël. Tous les hommes, femmes et enfants de trente-deux cités ont été tués, sur l'ordre de votre dieu. En quoi les Enfants de l'Enfer sont-ils différents ? Ne vous cassez pas la tête à chercher la réponse : ils ne le sont pas. J'ai fondé ma nation il y a deux cent cinquante ans selon le

modèle donné par Israël. J'ai une armée de fanatiques, et un peuple brûlant d'une ferveur religieuse que vous n'imaginez pas. Ils ont eu leurs miracles, l'ouverture des eaux de la mer Rouge, les guérisons et les autres merveilles de la magie.

» D'une certaine façon, votre position est amusante. L'homme de Dieu au milieu d'une nation d'adorateurs du Diable ! Et pourtant, vous restez l'Impie, le vampire qui rôde dans la nuit. Un jour, on parlera de vous aux enfants de notre nation pour les faire tenir tranquilles dans leur lit.

Shannow ricana.

— Chacune de vos paroles est une obscénité !

— C'est exact... selon vos croyances. Au fait, saviez-vous que Donna Taybard habite maintenant près des limites de mon territoire ?

Shannow resta immobile.

— Elle et son époux, un homme de bien appelé Cornélius Griffin, se sont installés sur les territoires de l'Ouest. De la bonne terre arable. Ils pourraient même prospérer...

— Pourquoi mentir ? demanda Shannow. Est-ce parce que votre maître est incapable d'affronter la vérité ?

— Je n'ai pas besoin de mentir. Donna Taybard, vous croyant mort, a couché avec Cornélius Griffin. Elle est enceinte. Mais elle ne vivra pas assez longtemps pour voir naître sa fille.

— Je ne vous crois pas.

— Bien sûr que si ! Je ne gagnerais rien à vous mentir. Si je vous avais laissé croire qu'elle était toujours votre pure et douce dame, vous auriez couru la retrouver... Et vous seriez arrivé sur mon territoire. Maintenant, vous déciderez peut-être de la laisser se débrouiller. Et j'aurais un sacré mal à vous retrouver !

— Alors, pourquoi me l'avoir dit ?

— Pour vous faire souffrir.

— J'ai déjà été blessé...

— Bien entendu... Vous êtes un perdant né, et les perdants souffrent toujours. C'est leur lot dans ce monde, comme ça l'était dans le mien. Votre dieu ne vous fait pas beaucoup de cadeaux, n'est-ce pas ? Avez-vous compris, maître Shannow, que vous adorez

un dieu mort ? En dépit de sa propagande et de cet horrible Livre, il a perdu !

Shannow leva les yeux et croisa ceux d'Abaddon.

— Vous êtes un imbécile ! Je refuse de discuter avec vous. Vous avez raison : la trahison de Donna me blesse profondément. Pourtant, je souhaite son bonheur. Si elle l'a trouvé avec Griffin, tant mieux.

— Son bonheur ? ricana Abaddon. Je vais les tuer, elle et son enfant à naître. Elle sera mon agneau sacrificiel dans deux mois. Son sang coulera sur les Sipstrassi. Que dites-vous de ça, Homme de Jérusalem ?

— Regardez-moi dans les yeux, Abaddon, et sachez la vérité : à partir de maintenant, vous êtes un homme mort. Envoyez vos Zélotes, vos démons, et même votre dieu ! Cela ne vous servira à rien. Je vous trouverai.

— Des mots, dit Abaddon. Venez à moi dès que vous le pourrez !

— Comptez-y !

Shannow se réveilla de nouveau, mais cette fois il était revenu dans le camp, près du ruisseau. Le feu s'était transformé en cendres. Batik et Selah dormaient toujours. Shannow se leva et ajouta des brindilles aux tisons, puis souffla sur les braises pour les ranimer. Il regarda les flammes et y vit le visage de Donna.

Abaddon était un être infâme, Shannow n'en doutait pas. Il savait aussi qu'il avait dit la vérité au sujet de Donna et Cornélius Griffin. Mais Abaddon sous-estimait les capacités de l'Homme de Jérusalem à encaisser les coups. Son amour pour Donna avait été trop fort, trop joyeux. Rien dans sa vie n'avait été aussi facile. D'autres connaissaient le plaisir comme s'il provenait d'un filon inépuisable. Il n'en allait pas de même pour lui.

Pourtant, il hésitait. Une part de lui-même aurait voulu retrouver Donna, tuer Griffin et prendre la femme de force. Une autre, plus sombre encore, avait envie de charger les Enfants de l'Enfer, revolvers aux poings, et de mourir dans la bataille.

Le ciel s'éclaircit. Les oiseaux commencèrent à chanter dans les arbres. Batik se retourna mais ne se réveilla pas. Shannow se leva, monta au sommet d'une pente escarpée et examina les montagnes, au nord. Déchiquetées, elles perçaient les nuages, tels des piliers soutenant le ciel.

Shannow n'aurait pu se résoudre à vivre la vie d'un fermier, alors que les montagnes l'appelaient… et que l'espoir de trouver Jérusalem restait ancré dans son cœur.

—Je t'aime, Donna, murmura-t-il.

—On dirait que la journée sera belle ! lança Batik.

—Je ne vous ai pas entendu approcher.

—Cela fait partie de mes dons. Quels sont vos plans ?

—Je n'en suis pas sûr. J'ai vu Abaddon la nuit dernière. Il a menacé quelqu'un dont je suis proche.

—Votre épouse ?

—Non.

—Alors, ça ne vous concerne pas.

—D'après la philosophie des Enfants de l'Enfer, peut-être…

Batik s'assit. Shannow raconta sa conversation avec le roi des Enfants de l'Enfer. Batik écouta attentivement, comprenant plus de choses que Jon avait eu l'intention de lui dire.

—Vous ne pourrez pas avoir Abaddon, Shannow. Je ne l'ai quasiment jamais vu. Il est protégé par les Zélotes et s'aventure rarement parmi son peuple. De plus, vous avez dit que le convoi voyageait vers le nord-est, ce qui place les territoires des Enfants de l'Enfer entre cette femme et vous. Ils se préparent à la guerre, Shannow. L'armée des Enfants de l'Enfer ne sera pas repoussée par une caravane de fermiers.

—Je ne peux pas la sauver, mais j'ai juré de détruire Abaddon.

—C'est impossible.

—Il est peut-être impossible de réussir, mais on peut toujours essayer !

—Dans quelle intention ? Êtes-vous l'âme du monde ?

—Je suis incapable de l'expliquer. Ni à vous, ni à personne. Je ne supporte pas le mal, et encore moins de regarder les forts détruire les faibles.

— Les forts domineront toujours les faibles. C'est dans la nature de l'homme et de la bête. On peut être le chasseur ou le gibier. Il n'y a pas d'autre choix. La neutralité n'est qu'un mot. Elle n'a jamais existé, avant ou après la Chute.

— Je vous ai dit que je ne pouvais pas m'expliquer…

Batik ne lâcha pas prise.

— C'est idiot ! Un jour, vous avez dû arrêter une décision en pesant les raisons de vos actions. Soyez honnête !

— Honnête ? Avec un Enfant de l'Enfer ? Que savez-vous de l'honnêteté ? Et de l'amour ou de la compassion ? Vous avez été élevé dans l'adoration de Satan. Vous avez bu le sang des innocents. Des raisons ? Pourquoi un fermier enlève-t-il les mauvaises herbes de ses terres, ou chasse-t-il les loups et les lions ? Je traque les loups qui se cachent parmi les humains.

— Le jardinier de Dieu ? Il doit être fichtrement mal en point si vous êtes son seul défenseur dans ce monde brisé.

La main de Shannow bougea à une vitesse étonnante. Batik se retrouva face au canon d'un revolver venu de son pays. Il regarda Jon, et vit une lueur de folie dans ses yeux.

— Insultez-moi si vous voulez, mais ne dénigrez pas mon dieu. Ce sera mon seul avertissement. La prochaine erreur sera aussi la dernière.

Batik eut un sourire carnassier.

— Excellent, Shannow ! Les gens de mon peuple réagissent aussi de la même manière : ceux qui ne sont pas d'accord meurent !

Shannow rengaina son revolver.

— Je ne suis pas comme ça, murmura-t-il.

Il se laissa tomber sur le sol et s'assit à côté de Batik.

— Les débats ne sont pas mon point fort. Ma langue s'embrouille, et ça me rend furieux. Je suis prisonnier d'une religion que je comprends à peine. Dans la Bible, il y a beaucoup de passages que j'approuve. Pourtant, je ne suis pas chrétien. La Bible m'apprend que je dois frapper mon ennemi à la hanche et à la cuisse, le détruire par le feu et par l'épée… Elle m'enseigne aussi qu'il faut aimer mon ennemi et faire du bien à ceux qui me haïssent.

— Pas étonnant que vous ne sachiez plus où vous en êtes ! J'ai beaucoup réfléchi à la possibilité que l'homme soit fondamentalement fou. Je ne crois en aucun dieu, et je m'en porte mieux. L'éternité m'indiffère. Je veux un peu de bonheur, beaucoup de plaisir et une mort rapide quand j'aurais perdu mon appétit de vivre.

— J'aimerais partager votre philosophie.

— Vous le pouvez, Shannow, c'est gratuit !

Jon secoua la tête et regarda les montagnes.

— J'irai là-bas, puis je prendrai la direction de l'ouest.

— Je resterai avec vous jusqu'aux montagnes. Après, je partirai vers l'est.

— Vous croyez que cela vous mettra hors d'atteinte des Zélotes ?

Avant que Batik ait le temps de répondre, les buissons bougèrent. Un énorme ours brun en sortit. Il vit les hommes et se dressa sur les pattes arrière. L'animal faisait bien deux mètres cinquante de haut. Il resta quelques instants dans cette position, puis se remit à quatre pattes et partit.

Les deux hommes rengainèrent leurs revolvers.

— On n'est jamais hors de portée des Zélotes, Shannow.

— J'étais persuadé qu'ils possédaient l'ours.

— La prochaine fois, ils le feront sans doute.

Chapitre 6

Cornélius Griffin était troublé. Toute la journée, il avait travaillé dur à la nouvelle maison. Les fondations avaient été soigneusement préparées et il avait calibré les rondins pour qu'ils s'emboîtent à la perfection. Pendant qu'il travaillait, son regard dérivait de temps en temps vers l'horizon, cherchant ceux qui les surveillaient en permanence.

Depuis la première attaque, il n'y avait plus eu de violence. Le lendemain, six cavaliers étaient venus au village. Griffin les avait attendus, couvert par Madden, Burke, Mahler et cinq autres hommes armés de fusils et de revolvers pris aux maraudeurs morts. Les cadavres avaient été emmenés dans un champ, à l'est, et enterrés à la hâte.

Les cavaliers entrèrent crânement dans le village. Leur chef, un jeune homme mince aux yeux gris, s'approcha de Griffin en souriant.

— Bonjour. Je m'appelle Zedeki.

Il tendit la main. Griffin la serra.

— Griffin.

— Vous êtes le chef ?

Griffin haussa les épaules.

— Nous sommes un groupe de fermiers. Pas besoin de chef.

Zedeki sourit.

— Je comprends. Mais vous parlez au nom de la communauté, n'est-ce pas ?

— Oui.

— Parfait. Vous avez été attaqués la nuit dernière par un groupe de renégats venus de nos terres. Cela nous ennuie beaucoup. Nous avons arrêté les survivants, et ils ont été mis à mort. Nous sommes venus vous présenter nos excuses.

— Ce n'est pas nécessaire. Nous nous sommes occupés d'eux sans subir de pertes. En fait, nous y avons gagné…

— Vous parlez des armes, dit Zedeki. Elles ont été volées dans notre ville. Nous aimerions les récupérer.

— C'est compréhensible, dit Griffin, onctueux.

— Vous êtes d'accord ?

— Sur le principe, oui. Les objets volés doivent être rendus à leurs propriétaires.

— Dans ce cas, nous pouvons les reprendre ?

— D'autres principes doivent être pris en considération… Que diriez-vous de vous asseoir et de boire quelque chose ?

— Merci.

Griffin s'installa sur une souche et fit signe à Zedeki de le rejoindre. Ils attendirent que Donna et deux autres femmes apportent des chopes pleines de tisane au miel. Les autres cavaliers restèrent en selle. Ils regardèrent Zedeki avant d'accepter les boissons.

— Vous avez parlé d'autres principes ?

— Effectivement, mon ami. D'où nous venons, la coutume veut que les prises de guerre appartiennent au vainqueur. Les hommes de ce village estiment qu'ils ont gagné leurs nouvelles armes. Ensuite se pose la question de la compensation. Ceux qui nous ont attaqués appartenaient à votre peuple. Mes gens pensent avoir droit à une compensation pour la terreur qu'ont connue leurs femmes et leurs enfants, sans parler du coût de l'opération en munitions et en temps passé à installer les pièges.

— Donc, notre propriété ne nous sera pas restituée ?

— Ne nous emballons pas, Zedeki ! Je vous présente les différentes objections possibles. N'étant pas le chef, je ne saurai prédire les réactions des villageois.

— Que voulez-vous dire *exactement* ?

— Que la vie est rarement simple. Nous aimons être de bons voisins, et nous espérons pouvoir faire du commerce avec vous. Jusque-là, nous avons eu peu de rapports avec votre peuple. Peut-être devrions-nous attendre et étudier nos coutumes respectives…

— Vous nous rendrez les armes ?

— Nous en reparlerons…, dit Griffin en souriant.

— Maître Griffin, mes gens sont plus nombreux que les vôtres ! Nous n'avons pas l'habitude des refus.

— Je n'ai pas refusé, maître Zedeki. Ce serait présomptueux de ma part.

Zedeki finit sa tisane et examina le village. Son œil de soldat repéra la disposition des vingt troncs d'arbres installés autour des habitations. Ils étaient placés pour fournir un abri aux tireurs, et espacés afin que les attaquants, quelle que soit la direction d'où ils arrivent, soient pris sous un feu croisé meurtrier.

— Avez-vous organisé ces positions défensives ? demanda Zedeki.

— Non, dit Griffin. Je suis un humble chef de convoi. Mais nous avons ici plusieurs hommes qui ont affronté les Brigands.

— Bien… Je vous remercie de votre hospitalité, maître Griffin. Accepteriez-vous de me suivre jusqu'à ma demeure ? Elle n'est pas très loin d'ici, et nous pourrions parler des principes que vous avez évoqués.

Griffin sourit avec une chaleur affectée.

— Très aimable à vous de m'inviter… Je viendrai avec plaisir. Mais pas tout de suite. Comme vous le voyez, nous sommes en train de construire nos habitations, et il serait impoli de profiter de votre hospitalité sans pouvoir vous rendre la pareille. C'est une de nos coutumes. Nous répondons toujours de façon appropriée.

Zedeki se leva.

— Très bien. Je reviendrai quand vous vous serez installés.

— Vous serez le bienvenu.

Zedeki se mit en selle.

— Quand je reviendrai, j'exigerai que vous nous rendiez notre bien.

— Les nouveaux amis ne devraient pas parler d'exigence, répondit Griffin. Si vous venez pacifiquement, nous négocierons. Sinon, une partie de vos biens risque de vous être rendue à une vitesse que vous n'apprécierez peut-être pas.

— Je crois que nous nous comprenons, maître Griffin. Hélas, je doute que vous mesuriez la force des Enfants de l'Enfer. Nous ne sommes pas une petite troupe de Brigands, mais une nation.

Quand il partit, Madden, Burke et plusieurs autres rejoignirent Griffin.

— Que pensez-vous de tout cela ? demanda Mahler, un petit fermier chauve que Griffin connaissait depuis vingt ans.

— Ces gens nous poseront des problèmes. Nous devrions partir, continuer vers l'ouest...

— Mais la terre est bonne, dit Mahler. Exactement ce que nous avons toujours voulu.

— Nous cherchions un endroit sans Brigands. Ce qu'il y a ici sera peut-être cent fois pire. Cet homme avait raison : ils sont bien plus nombreux que nous. Vous avez vu leurs armures : c'est une armée ! Les Enfants de l'Enfer. Même si je ne suis pas croyant, je n'aime pas ce nom, et j'ai peur de penser à ce qu'il implique.

— Moi, je ne fuirai pas, dit Madden. J'ai déjà pris racines ici !

— Moi non plus, je ne partirai pas, renchérit Mahler.

Griffin regarda les autres hommes. Tous hochèrent la tête, d'accord avec les deux fermiers.

Cette nuit-là, assis près de Donna Taybard sous le clair de lune, Griffin céda au désespoir.

— Je voulais qu'Avalon soit une terre de paix et de prospérité, dit-il. J'avais fait ce rêve, Donna, et il a été si près de se réaliser. Les Terres Maudites, libres et verdoyantes... Maintenant, je commence à penser qu'elles méritent leur nom, après tout...

— Tu les as repoussés, Griff.

— Ils peuvent revenir avec mille hommes, s'ils le souhaitent.

Donna s'assit sur les genoux de Griffin, lui passant un bras autour du cou. Quand il posa une main sur son ventre gonflé, elle l'embrassa sur le front.

— Tu trouveras comment faire…

— Tu as une grande confiance en…

— … un humble chef de convoi, je sais !

L'attaque qu'il redoutait n'eut pas lieu. Mais tous les jours, des cavaliers apparaissaient au sommet des collines, surveillant les villageois. Au début, c'était éprouvant pour les nerfs. Puis les familles s'habituèrent.

Un mois passa avant qu'un autre incident se produise. Un jeune homme appelé Carver partit chasser dans les bois et ne revint pas.

Madden trouva son cadavre deux jours plus tard. On lui avait arraché les yeux et son cheval avait été tué. Mais on ne lui avait rien pris, sauf le fusil récupéré lors de l'attaque des Enfants de l'Enfer.

Le jour suivant, Zedeki revint seul au village.

— J'ai appris qu'un de vos hommes a été tué, dit-il.

— Oui.

— Il y a des maraudeurs dans les collines. Nous les cherchons. Il vaudrait mieux que vos gens restent dans la vallée pour le moment.

— Ça ne sera pas nécessaire, affirma Griffin.

— Je n'aimerais pas qu'il y ait d'autres morts.

— Moi non plus.

— Je vois que votre maison est presque terminée. Une belle demeure.

Griffin l'avait construite à l'abri d'une colline, sur des fondations de pierre. Un toit pentu couronnait le tout.

— Vous êtes le bienvenu si vous voulez déjeuner avec nous, dit Griffin.

— Non, je vous remercie.

Il partit peu après. Griffin s'inquiétait qu'il n'ait pas redemandé les armes.

Trois jours plus tard, Griff sortit du village, un fusil en travers de sa selle et un revolver à la ceinture. Il se dirigea vers les terres hautes de l'Ouest, où des ovins à grandes cornes avaient été aperçus. Pendant qu'il chevauchait, il examina le fusil que Madden lui avait prêté. Une arme prise aux Enfants de l'Enfer, lourde et à canon court. C'était un fusil à répétition, avec un magasin sous la culasse. Griffin n'aimait pas son aspect et son toucher, préférant les lignes élégantes de son fusil à silex. Mais il avait conscience des avantages d'une telle arme.

Il prit la direction du nord-ouest et descendit de cheval dans une clairière surplombant la vallée. Sur trois côtés, le sous-bois était touffu autour des troncs des grands pins. Ici, Griffin voyait la terre de haut et se sentait presque un roi. Mais il entendit des chevaux arriver du nord. Ramassant son fusil, il enclencha une cartouche dans la culasse, puis le plaça contre un rocher et s'assit.

Quatre Enfants de l'Enfer entrèrent dans la clairière, l'arme à la main.

— Vous pourchassez les maraudeurs ? demanda aimablement Griffin.

— Éloignez-vous de l'arme, ordonna un cavalier.

Griffin ne bougea pas. Il croisa le regard de l'homme. Bâti en force, ce dernier portait une barbe noire. Et il n'y avait rien d'amical dans son expression.

— J'en déduis que vous avez l'intention de me tuer, comme le jeune Carver.

L'homme eut un sourire sinistre.

— Au début il avait du bagout. À la fin, il nous a suppliés de l'épargner. Vous le ferez aussi.

— Peut-être. Mais, puisque je dois mourir de toute façon, cela vous ennuierait de me dire pourquoi ?

— Pourquoi quoi ?

— Pourquoi vous agissez de cette façon. Zedeki m'a dit que vous aviez une armée. Mes villageois vous effraient-ils ?

— Je voudrais pouvoir vous répondre, dit l'homme, parce que j'aimerais le savoir ! On nous a dit de ne pas attaquer. Pas encore. Mais ceux d'entre vous qui quittent la plaine sont des proies autorisées…

—Ah bon, dit Griffin, toujours assis. Il semble que le moment soit venu de mourir.

Des coups de feu jaillirent des sous-bois. Deux cavaliers tombèrent de leur selle. Griffin saisit le fusil et tira trois balles dans la poitrine du cavalier barbu.

Un projectile ricocha sur le rocher, à côté de lui. Il se tourna pour tirer sur le quatrième cavalier, mais un autre coup de feu venu du sous-bois lui fit un trou dans la tempe. Son cheval se cabra et l'homme tomba sur le sol.

Madden, Burke et Mahler sortirent du sous-bois et rejoignirent Griffin.

—Tu avais raison, Griff, nous avons de sacrés problèmes, dit Burke. C'est peut-être le moment de partir…

—Je ne suis pas sûr qu'ils nous laisseront faire. Nous sommes pris entre deux feux. Le village est plus facile à défendre qu'un convoi de chariots. Pourtant, nous ne pourrons pas le protéger longtemps.

—Que suggérez-vous ? demanda Madden.

—Désolé, mon gars, mais pour le moment, je n'en ai pas la moindre idée. Nous aviserons au jour le jour. Prenez les munitions et les armes, et cachez les cadavres dans le sous-bois. Emmenez aussi les chevaux, et tuez-les. Je ne veux pas que les Enfants de l'Enfer sachent que nous avons conscience du danger.

—Nous ne les tromperons pas longtemps, Griff, dit Burke.

—Je sais.

Peu après minuit, Griffin entra en silence dans sa maison. Le feu éteint, la grande pièce restait tiède. Il retira sa veste en laine et ouvrit doucement la porte de la chambre d'Éric. Le garçon dormait paisiblement.

Griffin retourna devant la cheminée et s'assit dans le vieux fauteuil de cuir qu'il avait apporté de si loin. Fatigué, il avait mal au dos. Il enleva ses bottes et regarda la cheminée. Il ne faisait pas froid, pourtant il s'agenouilla, prépara des brindilles et ralluma le feu.

« Tu trouveras comment faire », avait dit Donna.

Mais il en était incapable. Et cela l'irritait profondément.

Cornélius Griffin, l'humble chef de convoi... Cette définition l'arrangeait, car elle servait plusieurs objectifs. Toute sa vie, il avait vu des meneurs d'hommes et appris à évaluer leur force. Beaucoup s'appuyaient sur leur intelligence, leur charisme... et sur une bonne dose de chance. N'ayant jamais été charismatique, il avait décidé d'incarner une espèce différente de chef. Les gens qui ne le connaissaient pas le considéraient comme un homme puissant mais lent. Bref, un humble chef de convoi. Au fil des jours, ils s'apercevaient que peu de problèmes le perturbaient et que ceux-ci semblaient s'aplanir d'eux-mêmes. Quand d'autres personnes lui soumettaient leurs ennuis, ils disparaissaient comme neige au soleil. Les gens intuitifs voyaient ainsi que Griffin, au contraire des chefs arrogants à la parole facile, commandait le respect, authentique oasis de calme au milieu des orages du monde. Rarement provocateur, jamais violent, il se montrait pourtant toujours autoritaire.

Cornélius Griffin était très fier du personnage qu'il s'était inventé.

Mais alors qu'il avait plus que jamais besoin d'imagination, rien ne lui venait à l'esprit.

Il ajouta du bois dans le feu et se radossa à son siège.

Donna Taybard se réveilla d'un sommeil troublé et entendit le bois crépiter dans le feu. Elle se leva, mit une robe de nuit en lainage et entra dans la salle principale. Griffin ne l'entendit pas arriver. Elle s'arrêta un instant et le regarda, ses cheveux roux embrasés par les flammes.

— Cornélius !

— Je suis désolé. T'ai-je réveillée ?

— Non. J'ai fait des rêves si bizarres... Que s'est-il passé ?

— Les Enfants de l'Enfer ont tué le jeune Carver, comme nous le supposions.

— Nous avons entendu des coups de feu.

— Oui. Aucun d'entre nous n'a été blessé.

Donna versa de l'eau froide dans la bouilloire en cuivre et l'accrocha au-dessus du feu.

— Tu es troublé...

— Je ne vois pas comment nous tirer de cette situation. Je me sens comme un lapin pris au collet qui attend le chasseur.

Donna gloussa. Griffin la regarda à la lueur des flammes. Elle avait l'air plus jeune que jamais, et elle était beaucoup trop belle.

— Pourquoi ris-tu ?

— Je n'ai jamais connu un homme qui ressemble moins à un lapin que toi ! Tu me rappelles plutôt un grand ours brun à la fourrure douce.

Il rit aussi. Puis ils restèrent silencieux quelques minutes. Donna prépara de la tisane. Pendant qu'ils la buvaient, la menace représentée par les Enfants de l'Enfer leur sembla bien lointaine.

— Combien sont-ils ? demanda soudain Donna.

— Les Enfants de l'Enfer ? Je l'ignore. Jacob a essayé de les suivre jusqu'à leur camp la première nuit, mais il a été repéré. Il a dû revenir sur ses pas.

— Comment imaginer des plans contre eux ? Tu ignores l'étendue du problème.

— Bon sang ! s'écria soudain Griffin. Zedeki a dit qu'ils étaient des milliers et je l'ai cru. Mais cela ne signifie pas qu'ils sont tous ici. Tu as raison, Donna. J'ai été idiot.

Griffin remit ses bottes, enlaça la jeune femme et l'embrassa.

— Où vas-tu ?

— Nous sommes rentrés séparément au cas où les sentinelles resteraient sur place la nuit. Maintenant, Jacob devrait être chez lui. J'ai besoin de lui parler.

Il remit sa veste, sortit et traversa le terrain découvert qui menait à la maison de Madden. Les fenêtres étaient fermées, mais il vit un rai de lumière dorée filtrer des volets. Il frappa à la porte.

Madden ouvrit quelques secondes plus tard.

— Tout va bien ? demanda-t-il.

— Oui. Désolé de vous déranger si tard. Mais il est temps de penser à nos plans.

— Entrez, dit Madden.

La pièce principale était moins grande que chez Griffin, mais disposée de la même façon. Une grande table et des bancs trônaient au centre. Les deux hommes s'assirent près de la cheminée. Griffin se pencha vers son ami.

— Jacob, j'ai besoin de savoir combien d'Enfants de l'Enfer vivent près de nous. Il serait aussi utile d'en apprendre plus sur l'emplacement de leur camp.

— Vous voulez que j'aille en reconnaissance ?

Les deux hommes connaissaient les dangers d'une telle mission. Griffin était conscient qu'il demandait à Jacob Madden de risquer sa vie.

— Oui. C'est très important. Notez tout ce qu'ils font, le genre de discipline qui règne au camp. Tout.

— Qui se chargera des travaux des champs à ma place ?

— Je m'assurerai qu'ils soient faits.

— Et ma famille ?

— Je m'occuperai d'elle comme de la mienne.

— D'accord.

— Autre chose : combien d'armes avons-nous récupérées ?

— Trente-trois fusils et vingt-huit revolvers.

— Je dois savoir de combien de munitions nous disposons, mais je verrai ça demain.

— Vous ne trouverez pas beaucoup plus de trente balles par arme.

— Je sais. Soyez prudent, Jacob.

— Comptez-y ! Je partirai cette nuit.

— Bien.

Griffin se leva et sortit. La lune étant en partie cachée par les nuages, il trébucha sur un des troncs d'arbres. Il continua et dépassa la cabane branlante d'Ethan Peacock. L'érudit était en grande conversation avec Aaron Phelps. Griffin sourit. Quels que soient les dangers, certaines choses ne changeaient jamais.

De retour dans sa maison, il trouva Donna assise devant le feu.

— Tu devrais retourner dormir, dit-il.

Mais elle ne l'entendit pas. Il s'agenouilla à côté d'elle. Ses pupilles étaient dilatées. Lorsqu'il lui toucha l'épaule, elle ne réagit pas. Ne sachant que faire, il resta près d'elle et la serra dans ses bras. Quand elle soupira, dodelinant de la tête, il la souleva et la porta sur une chaise. Elle battit des paupières. Puis son regard se riva sur lui.

— Te voilà, Cornélius, dit-elle d'une voix ensommeillée.

— Tu rêvais ?

— Je l'ignore… C'était si bizarre…

— Raconte-moi.

— J'ai soif…

Il lui versa une chope d'eau. Elle but lentement.

— Depuis que nous sommes arrivés ici, dit-elle, j'ai fait des rêves étranges. Ils deviennent de plus en plus forts chaque jour, et je me demande si ce sont vraiment des rêves. J'ai l'impression de *dériver* dans…

— Dis-moi de quoi il s'agit.

— Ce soir, j'ai vu Jon Shannow assis sur le flanc d'une montagne, à côté d'un Enfant de l'Enfer. Ils parlaient, mais les mots étaient incompréhensibles. Puis j'ai vu Jon dégainer son revolver et viser un ours. Ensuite, j'ai eu l'impression de tomber dans un grand bâtiment en pierre rempli d'Enfants de l'Enfer. Un homme grand et bien fait m'a vue et de la fumée est sortie de son corps. Puis il s'est transformé en monstre et s'est lancé à mes trousses. Je me suis enfuie, mais quelqu'un s'est approché de moi et m'a dit de ne pas avoir peur. C'était l'homme que j'ai vu avec Jon, quand il a été blessé. Karitas ! Un nom ancien qui signifiait autrefois charité ou amour, m'a-t-il dit. Le monstre de fumée ne pouvait pas nous trouver. J'ai dérivé… Puis j'ai vu un grand navire doré, mais il n'y avait pas de mer. Le bateau était au sommet d'une montagne. Karitas a éclaté de rire et m'a dit que c'était l'Arche. Puis tous mes rêves se sont mélangés. J'ai vu des Enfants de l'Enfer entrer par milliers dans Rivervale, et Ash Burry cloué à un arbre. C'était horrible.

— Tu as vu autre chose ?

— Jacob rampait à travers les buissons, vers des tentes. Dans celle du centre, six hommes étaient assis en rond. Ils savaient qu'il arrivait, et ils l'attendaient.

— Il ne pouvait pas s'agir de Jacob. Il vient de partir.

— Alors, tu dois l'arrêter, Cornélius ! Ces hommes n'étaient pas comme les autres Enfants de l'Enfer. Ils étaient mauvais. Terriblement *mauvais* !

Griffin sortit et courut jusqu'à la maison de Madden, mais il n'y avait plus de lumière. Dans l'enclos, derrière la demeure, le cheval de Madden n'était plus là.

Il faillit paniquer mais se contrôla.

Revenu près de Donna, il s'assit et lui prit les mains.

— Tu m'as dit que tu pouvais toujours voir ceux qui te sont proches, où qu'ils soient. Peux-tu le faire avec Jacob ?

Elle ferma les yeux.

Le visage de Jon Shannow lui apparut.

Il chevauchait le hongre gris sur un sentier de montagne qui descendait vers une vallée encaissée émaillée de lacs. Sur les berges, des centaines de milliers d'oiseaux pataugeaient dans l'eau, ou s'envolaient par petits groupes. Derrière Jon, elle vit un cavalier des Enfants de l'Enfer à la barbe noire fourchue, et un jeune garçon aux cheveux noirs d'une quinzaine d'années.

Donna était sur le point de revenir quand elle sentit son âme frissonner de terreur. Elle s'éleva au-dessus de la scène, dépassa en flottant le sommet des arbres, et les vit : à moins d'une demi-lieue derrière Shannow et ses compagnons galopaient trente hommes montés sur des chevaux noirs. Les cavaliers portaient des manteaux sombres et des casques qui couvraient leur visage. Ils approchaient rapidement de leurs proies. Le ciel s'assombrit. Donna fut entourée de nuages noirs. Ils se solidifièrent, devenant des ailes de cuir qui l'enveloppèrent.

Elle hurla et tenta de se libérer. Mais une voix douce, presque tendre, murmura à son oreille.

— Tu m'appartiens, Donna Taybard. Je te prendrai quand le moment sera venu.

Les ailes la lâchèrent. Elle s'enfuit comme un moineau terrorisé et sursauta quand elle ouvrit les yeux dans le fauteuil.

—As-tu vu Jacob ? demanda Griffin.

—Non. J'ai vu le Diable et Jon Shannow.

Selah galopait à côté de Shannow. Il désigna la vallée, où un groupe de bâtiments longeait une rivière. Batik les rejoignit.

—Je devais être distrait, dit Shannow. Je n'avais pas vu ces bâtiments.

Batik eut l'air troublé.

—J'ai examiné la vallée. Je n'aurais pas pu les rater...

Shannow poussa le hongre sur la pente. Il n'avait pas fait cent pas quand il entendit un bruit de galop. Descendant de sa selle, il guida le hongre par ses rênes et le cacha derrière des arbres. Batik et Selah le suivirent.

Les cavaliers ennemis passèrent en trombe au-dessus d'eux.

—Ils auraient dû voir nos traces à l'endroit où nous sommes sortis du sentier, dit Batik. C'est bizarre.

—Combien en avez-vous compté ?

—Inutile de compter. Il y avait six sections, soit trente-six hommes entraînés. Trop pour que nous ayons une chance de vaincre.

Shannow ne répondit pas. Il remonta en selle et fit descendre la pente à son cheval. Les bâtiments étaient en bois séché presque blanc. Derrière s'étendait un champ où paissait du bétail. Shannow s'arrêta sur la place centrale et mit pied à terre.

—Où sont les gens ? demanda Batik.

Shannow enleva son chapeau et le pendit au pommeau de sa selle.

Le soleil disparaissait lentement derrière les collines.

Une dizaine de marches conduisaient à la double porte d'un bâtiment, en face d'eux. Il avança. Quand il arriva, une femme âgée vêtue de blanc ouvrit la porte et s'inclina. Elle avait des cheveux gris coupés court et des yeux d'un bleu profond presque violet.

—Soyez les bienvenus, dit-elle.

Les trois compagnons entendirent le bruit des sabots et virent les Enfants de l'Enfer dévaler la colline. Shannow porta les mains à ses revolvers.

— Laissez vos armes où elles sont, et attendez ! ordonna la femme.

Jon obéit. Les cavaliers dépassèrent les bâtiments sans regarder à droite ni à gauche. Il les suivit des yeux jusqu'à ce qu'ils soient loin, au nord.

Il se tourna vers la femme mais n'eut pas le temps de parler.

— Joignez-vous à nous pour le repas du soir, maître Shannow.

Elle rentra dans le bâtiment.

Batik s'approcha de Jon.

— Je dois avouer que je n'aime pas cet endroit.

— C'est beau, dit Selah. Ne sentez-vous pas l'harmonie ? Il n'y a pas de peur ici.

— Oh, il y en a... là ! dit Batik en se tapotant la poitrine. Pourquoi sont-ils partis ?

— Ils ne nous ont pas vus, avança Shannow.

— Ridicule ! Comment auraient-ils pu nous rater ?

— Nous n'avons pas vu ces bâtiments lors de notre reconnaissance...

— Voilà qui rend les choses plus inquiétantes, Shannow !

Jon monta les marches et entra dans le bâtiment, Batik sur les talons. Il déboucha dans une petite pièce éclairée par des chandelles blanches. Une minuscule table ronde trônait au milieu. Il y avait deux couverts, et la femme aux cheveux gris était déjà assise.

Jon se retourna, mais il ne vit ni Batik ni Selah.

— Asseyez-vous et mangez, maître Shannow.

— Où sont mes amis ?

— Ils prennent aussi un repas. Détendez-vous. Il n'y a aucun danger ici.

Le ceinturon de Shannow le gênait. Il le retira et posa les revolvers sur le sol à côté de lui. Puis il regarda ses mains et constata qu'elles étaient sales.

— Vous pouvez vous rafraîchir dans la pièce adjacente, dit la femme.

Shannow sourit, ouvrit la porte ovale qu'il n'avait pas remarquée en entrant et découvrit une baignoire métallique pleine d'eau tiède et parfumée. Il retira ses vêtements et y entra.

Quand il fut propre, il sortit du bain. Ses vêtements avaient disparu. À leur place, il trouva une chemise en laine blanche et un pantalon gris. Sans s'inquiéter de la disparition de ses habits, il revêtit ceux qui les remplaçaient et constata qu'ils lui allaient parfaitement.

La femme était toujours assise où il l'avait laissée. Il la rejoignit. La nourriture était simple : des légumes assaisonnés et des fruits frais. L'eau claire avait le goût du vin.

Ils mangèrent en silence. Puis la femme se leva et fit signe à son invité de la suivre. Il entra dans un bureau sans fenêtre où deux fauteuils en cuir étaient placés autour d'une table ronde en verre. Deux tasses de thé parfumé les attendaient.

Shannow laissa la femme s'asseoir et prit l'autre fauteuil. Il examina les murs, qui semblaient en pierre mais avaient l'aspect souple du tissu. Des peintures les décoraient. Elles représentaient des daims et des chevaux qui broutaient au pied de montagnes aux sommets couronnés de neige.

— Vous avez beaucoup voyagé, maître Shannow. Et vous êtes fatigué.

— C'est exact, ma dame.

— Chevauchez-vous vers Jérusalem, ou dans la direction opposée ?

— Je l'ignore.

— Vous avez fait de votre mieux pour Karitas. N'ayez aucun chagrin.

— Vous le connaissiez ?

— Un homme obstiné, mais à l'âme pleine de bonté.

— Il m'a sauvé la vie. Je n'ai pas pu payer ma dette.

— Il n'aurait pas considéré que c'en était une. Pour lui comme pour nous, la vie n'est pas affaire de comptabilité. Que ressentez-vous au sujet de Donna Taybard ?

— Je suis en colère… Je *l'étais.* Il est difficile d'éprouver de la colère ici.

— Ce n'est pas difficile. C'est impossible !

— Où sommes-nous ?

— Dans le Sanctuaire. Le mal n'a pas sa place ici.

— Comment obtenez-vous ce résultat ?

— En ne faisant rien, maître Shannow.

— Mais il y a un pouvoir… Un pouvoir extraordinaire.

— C'est exact. Une énigme pour ceux qui ont des yeux pour voir et des oreilles pour entendre…

— Qui êtes-vous ?

— Je m'appelle Ruth.

— Êtes-vous un ange ?

— Non. Juste une femme.

— Je suis désolé, mais je ne comprends pas. Et je sens que c'est important.

— Vous avez raison. Mais reposez-vous d'abord. Nous parlerons demain.

Elle se leva et partit. Il y avait un lit près du mur opposé. Jon s'y étendit et dormit d'un sommeil sans rêves.

Batik suivit Shannow dans le bâtiment et déboucha dans une pièce circulaire peinte en rouge. Aux murs pendaient des armes de toutes sortes : des arcs, des lances, des revolvers, des fusils, des épées et des dagues. Toutes étaient de facture remarquable.

La femme aux cheveux gris était assise à une table ovale sur laquelle attendait un plat de viande rouge bien grillée à l'extérieur mais saignante au milieu.

Batik s'assit et saisit un couteau à découper en argent.

— Où est Shannow ? demanda-t-il en se taillant une tranche de viande.

— Tout près, Batik.

— Cette pièce est agréable…

— La décoration vous plaît ?

— Elle me rappelle ma maison.

— La pièce au bord du jardin rempli de plantes grimpantes ?
— Oui. Comment le savez-vous ?
— Vous y avez reçu un de mes amis, il y a deux ans.
— Comment s'appelait-il ?
— Ezra.
— Je ne connais personne de ce nom.
— Il avait escaladé le mur de votre jardin parce qu'on le pourchassait. Il s'est caché dans les plantes. Quand ses poursuivants sont arrivés, vous avez dit qu'il n'y avait personne et vous les avez renvoyés.
— Je me souviens. Un petit type aux yeux terrorisés…
— Oui. Un homme d'un grand courage, car il a surmonté une peur terrible.
— Que lui est-il arrivé ?
— Il a été attrapé trois mois plus tard et brûlé vif.
— C'est arrivé souvent ces derniers temps… J'en déduis qu'il adorait l'ancien dieu sombre ?
— Oui.
— Les Enfants de l'Enfer détruiront cette secte.
— Peut-être, Batik. Mais pourquoi avez-vous aidé cet homme ?
— Je ne suis pas croyant.
— Qu'êtes-vous donc ?
— Un homme, tout simplement.
— En restant avec Shannow, vous savez que vous risquez la mort.
— Nous nous séparerons bientôt.
— Sans vous, il échouera…

Batik leva son gobelet de vin rouge et le vida.

— Qu'essayez-vous de me dire ?
— Avez-vous le sentiment d'avoir une dette envers lui ?
— Pour quelle raison ?
— Vous avoir sauvé la vie…
— Non.
— Êtes-vous son ami ?
— Peut-être…

— Dans ce cas, vous l'appréciez ?

Batik ne répondit pas.

— Qui êtes-vous, femme ? demanda-t-il enfin.

— Je m'appelle Ruth.

— Pourquoi les cavaliers ne nous ont-ils pas vus ?

— Aucun serviteur du mal ne peut entrer ici.

— Pourtant, je suis là !

— Vous avez sauvé Ezra.

— Shannow est là aussi !

— Il cherche Jérusalem.

— Où sommes-nous ?

— Pour vous, Batik, ce lieu est l'Alpha ou l'Oméga. Le commencement ou la fin.

— Le commencement de quoi ? la fin de quoi ?

— À vous de décider.

Selah monta les escaliers derrière ses amis. Puis il entra dans une petite pièce. La femme aux cheveux gris lui sourit et lui ouvrit les bras.

— Bienvenue chez toi, Selah.

La joie submergea le jeune homme.

Le matin suivant, Ruth conduisit Shannow dans une grande salle où on avait installé des tables à tréteaux pour le petit déjeuner. Puis ils passèrent dans une bibliothèque circulaire aux murs couverts d'étagères chargées de livres. Une table ronde occupait le centre de la pièce. La femme âgée s'assit et fit signe à Shannow de prendre place à côté d'elle.

— Tout ce que vous avez toujours désiré savoir est ici. Mais vous devez déterminer ce que vous voulez chercher.

Jon examina les livres et éprouva une vague angoisse.

— Tous disent-ils la vérité ?

— Non. Certains sont de la fiction, d'autres des essais. Mais la plupart montrent le chemin de la vérité à ceux qui ont des yeux pour voir.

— Je veux seulement la vérité.

— Posée dans votre main comme une perle parfaite et sans tache ?

— Oui.

— Pas étonnant que vous ayez besoin de Jérusalem.

— Vous moquez-vous de moi, ma dame ?

— Non, maître Shannow. Tout ce que nous faisons ici est destiné à éduquer et à aider. Cette pièce a été créée pour vous. Elle n'existait pas avant que vous y entriez, et elle cessera d'être quand vous en sortirez.

— Combien de temps puis-je y rester ?

— Une heure.

— Je ne peux pas lire tous ces livres en une heure.

— Exact.

— Alors, pourquoi ce choix ? Comment utiliser ces connaissances si je n'ai pas assez de temps devant moi ?

Ruth se pencha vers lui et lui prit la main.

— Nous n'avons pas fait apparaître ce lieu pour vous tourmenter, Jon. Sa création nous a coûté trop d'efforts. Asseyez-vous et réfléchissez. Calmez-vous.

— Ne pouvez-vous me dire où regarder ?

— Non, parce que j'ignore ce que vous cherchez.

— Je veux trouver Dieu.

— Pensez-vous qu'Il se cache ?

— Ce n'est pas ce que je voulais dire. J'ai essayé de respecter Sa volonté. Comprenez-vous ? Je n'ai rien et je ne veux rien. Pourtant, je ne suis pas satisfait.

— Jon, même si vous lisiez tous ces livres et que vous connaissiez tous les secrets du monde, vous ne le seriez toujours pas. Parce que vous vous voyez comme Batik vous a vu : le jardinier de Dieu, qui élimine les mauvaises herbes, mais jamais assez vite, ni complètement.

— Est-il mal de défendre les faibles ?

— Je ne suis pas juge.

— Alors, qui êtes-vous ? et où sommes-nous ?

— Je vous l'ai dit hier soir. Il n'y a pas d'anges. Nous sommes des humains.

— Vous dites « nous », mais je ne vois personne à part vous.

— Il y a quatre cents personnes ici, mais elles ne souhaitent pas être vues. C'est leur choix.

— Est-ce un rêve ?

— Non. Croyez-moi.

— Ruth, je crois à tout ce que vous m'avez dit, et cela ne m'aide pas. Dehors, des hommes me traquent, et la femme que j'aime est en danger de mort. Il y a aussi un homme que j'ai juré de détruire. Un homme que je hais. Et pourtant, cette haine semble si peu importante…

— Vous parlez de celui qui s'est baptisé Abaddon ?

— Oui.

— C'est un être vide.

— Ses guerriers ont massacré Karitas et son peuple, même les femmes et les enfants.

— Et vous souhaitez le tuer ?

— Oui. Comme l'Éternel des armées a dit à Josué de tuer les Impies.

Ruth lâcha les mains de Shannow.

— Vous parlez de la destruction d'Aï et des trente-deux villes. « Il y eut au total douze mille personnes tuées ce jour-là, hommes et femmes, tous gens d'Aï. Josué ne retira point sa main jusqu'à ce que tous les habitants eussent été détruits. »

— Oui, c'est le passage qu'Abaddon m'a cité. Il a dit s'être inspiré des atrocités du peuple d'Israël.

— Cela vous a blessé, Jon. Comme il en avait l'intention.

— Comment ne pas être blessé ? Il avait raison. Si j'avais vécu à cette époque, et que j'aie vu une armée d'envahisseurs tuer les femmes et les enfants, je me serais battu. Quelle différence entre les enfants d'Aï et ceux du village de Karitas ?

— Aucune, dit Ruth.

— Alors, Abaddon avait raison.

— À vous de décider.

— Je veux savoir ce que vous pensez, Ruth. Parce que je *sais* qu'il n'y a pas de méchanceté en vous.

—Je ne peux pas suivre votre chemin, Jon. Et je ne me permettrai pas de vous dire ce qui était juste il y a cinq mille ans. Je m'oppose à Abaddon d'une façon différente. Il sert le Prince des Mensonges. Ici, nous répondons par la vérité de l'amour. La karitas, Jon.

—L'amour ne détourne ni les balles ni les couteaux.

—Non.

—Alors, à quoi sert-il ?

—Il transforme les cœurs et les esprits.

—Parmi les Enfants de l'Enfer ?

—Nous avons plus de deux cents convertis, en dépit du risque de brûler vif. Et leur nombre augmente de jour en jour.

—Comment les contactez-vous ?

—Des membres de mon peuple vont vivre avec les Enfants de l'Enfer.

—Par choix ?

—Oui.

—Et ils se font tuer ?

—Beaucoup sont morts. D'autres mourront encore.

—Pourtant, avec votre pouvoir, vous pourriez détruire Abaddon et sauver la vie de vos gens.

—Ce n'est qu'une partie de la vérité, Jon. On obtient le pouvoir véritable quand on a appris à ne pas s'en servir. C'est un des Mystères. L'heure est écoulée. Vous devez reprendre votre voyage.

—Je n'ai rien appris !

—Le temps le dira... Mais Selah restera ici avec nous.

—Le souhaite-t-il ?

—Oui. Vous le verrez bientôt, pour lui dire au revoir.

—Sans lui, Batik et moi serions passés à côté de vous sans rien voir, comme les Zélotes ?

—Oui.

—Parce qu'aucun serviteur du mal ne peut entrer ici.

—Je le crains.

—J'ai donc appris quelque chose.

—Utilisez votre savoir à bon escient.

Shannow suivit Ruth dans la pièce qu'on lui avait affectée. Il y retrouva ses vêtements, parfaitement nettoyés. Il s'habilla et s'apprêta à sortir, mais la femme aux cheveux gris l'arrêta.

— Vous oubliez vos revolvers, Jon Shannow.

Ils étaient toujours sur le sol, là où il les avait posés. Il ramassa le ceinturon. Son étrange harmonie intérieure l'abandonna quand il le toucha. Il le boucla autour de sa taille et sortit. Batik l'attendait près des chevaux avec Selah. Le jeune garçon était vêtu d'une tunique blanche. Il sourit en voyant Shannow.

— Je dois rester, dit-il. Pardonnez-moi.

— Je n'ai rien à te pardonner, petit. Tu seras en sécurité, ici.

Jon sauta en selle et partit. Batik le suivit.

Un peu plus tard, il regarda derrière lui.

La plaine était vide.

— Le monde est un endroit étrange, dit Batik.

— Où étiez-vous ?

— Je suis resté avec Ruth.

— Que vous a-t-elle dit ?

— Probablement moins de choses qu'à vous. Mais j'aurais préféré ne jamais trouver cet endroit.

— Je suis d'accord…

Les deux hommes contournèrent un grand lac entouré de pins. Le terrain, au-delà de l'eau, se transformait en collines rocailleuses. Shannow tira sur ses rênes et examina le secteur.

— S'ils étaient cachés là, vous ne les verriez pas, dit Batik.

Shannow fit avancer le hongre jusqu'au sommet de la colline. En contrebas, la plaine s'étendait jusqu'au pied de la chaîne de montagnes. Il n'y avait aucun signe des Zélotes.

— Vous connaissez leurs méthodes, dit Jon. Qu'auraient-ils fait après avoir perdu nos traces ?

— Ils n'ont pas l'habitude d'être semés… Ils auraient possédé l'esprit d'un aigle ou d'un faucon et survolé le terrain pour trouver un signe. Comme ils ne pouvaient pas voir les bâtiments, peut-être se seraient-ils séparés par groupes de six pour nous rechercher.

— Alors, où sont-ils ?

— Je n'en sais rien.

— Je n'aime pas l'idée d'avancer à découvert.

— Moi non plus. Pourquoi ne pas rester ici, bien en vue en haut de la colline, en attendant qu'ils nous trouvent ?

Shannow sourit et descendit la pente. Ils chevauchèrent une heure dans la plaine, où des ravines profondes blessaient le sol comme si des truelles géantes avaient emporté la terre. Dans l'une d'elles, ils trouvèrent un os incurvé de près de cinq mètres de long. Shannow mit pied à terre et laissa son cheval brouter.

L'os était énorme. Batik et lui le soulevèrent.

— Je n'aurais pas aimé rencontrer le propriétaire de ce truc quand il était en vie...

Ils reposèrent l'os. Un deuxième sortait du sol. Batik en repéra un autre, à dix pas vers la droite, qui émergeait à peine des hautes herbes.

— Un morceau de cage thoracique, avança Shannow.

Trente pas plus loin, Batik trouva un os encore plus grand hérissé de dents. Quand ils le déterrèrent, ils constatèrent qu'il avait la forme d'un V géant.

— Avez-vous déjà vu une créature dotée d'une bouche aussi grande ? demanda Batik.

— Selah a dit qu'il y avait des monstres ici. Son père les aurait vus.

Batik regarda derrière eux.

— L'animal mesurait dix mètres de la tête à la cage thoracique. Ses pattes devaient être énormes.

Ils cherchèrent encore, mais ne trouvèrent aucune trace des membres.

— Les loups les ont peut-être emportés, dit Batik.

— Ils n'auraient pas pu. Les os des pattes devaient être deux fois plus épais que les côtes. Ils sont là, quelque part.

— La plus grande partie du squelette est enterrée. Les pattes sont peut-être enfoncées dans le sol.

— Non. Regardez la courbe de l'os qui jaillit des herbes. La créature est morte sur le dos. Sinon, nous verrions les vertèbres à la surface.

— Un des mystères de la vie, dit Batik. Partons d'ici.

Shannow s'épousseta les mains et remonta en selle.

— Je déteste les mystères. Il devrait y avoir quatre pattes. J'aimerais avoir le temps de chercher.

— Si les souhaits étaient des poissons, les pauvres auraient de quoi manger, dit Batik. Allons-y.

Ils sortirent de la ravine. Mais Shannow fit volter le hongre.

— Quoi encore ? demanda Batik.

Jon retourna au bord de la ravine et regarda en bas. Il observa la mâchoire géante et les côtes démolies de l'immense créature.

— Je crois que vous avez résolu le mystère sans le vouloir, Batik. C'est un poisson !

— Je me réjouis de ne pas l'avoir pêché ! Ne soyez pas ridicule ! Un poisson de cette taille ? Et comment aurait-il échoué au milieu d'une plaine ?

— La Bible parle d'un immense poisson qui avait avalé un prophète. Il resta dans l'estomac du monstre et survécut. Dix hommes pourraient habiter entre ces côtes. Et un poisson n'a pas de pattes...

— D'accord, c'est un poisson. Vous avez résolu l'énigme. Il est temps de partir.

— Mais vous avez raison : comment est-il arrivé ici ?

— Je l'ignore. Et je m'en fiche !

— Selon Karitas, lors de la Chute du Monde, les mers se sont soulevées et ont noyé la plus grande partie des terres et des villes. Le poisson aurait pu être transporté ici par un raz-de-marée.

— Et la mer ? Où serait-elle passée ?

— C'est vrai. Un mystère de plus...

— Ravi que vous soyez arrivé à cette conclusion. Maintenant, nous pouvons partir ?

— Vous n'avez aucune curiosité, Batik ?

— Oh que si, mon ami ! Je suis curieux de savoir où sont les trente-six tueurs professionnels lancés à nos trousses. Vous trouvez étrange que cela me préoccupe tant ?

Shannow souleva son chapeau et essuya la sueur qui ruisselait sur son front. Midi à peine passé, le soleil était haut dans le ciel sans nuages. Une tache attira son attention : un aigle, loin au-dessus d'eux.

— J'ai été traqué toute ma vie, Batik. Les Brigands ont vite appris à me connaître. Ma description a circulé… À tout moment, une balle, une flèche ou un couteau risquaient de me frapper. Alors, je suis devenu fataliste. Je doute de mourir dans mon lit à un âge avancé, parce que ma vie dépend de mes réflexes, de ma vue et ma force. Tout ça disparaîtra un jour. Jusque-là, je continuerai à m'intéresser aux choses de ce monde. Des choses que je ne comprends pas, mais qui ont un rapport avec ce que nous sommes devenus.

— Merci d'avoir partagé votre philosophie avec moi. Moi, je suis jeune, et j'ai l'intention de devenir le plus vieil homme du monde ! Ruth avait raison : si je reste avec vous, je suis sûr de mourir. C'est donc le moment de nous dire adieu.

Shannow sourit.

— Sage décision. Mais il serait dommage de nous séparer aussi abruptement. Que diriez-vous d'un dernier soir ensemble ? Un peu plus haut, il y a un endroit propice à un campement.

Batik soupira et poussa son cheval vers le site. Entre les rochers, le sol était plat. Derrière se trouvait un réservoir en pierre rempli d'eau.

Batik descendit de son cheval et le dessella. Demain, se jura-t-il, il abandonnerait l'Homme de Jérusalem au sort que son dieu lui réservait.

Un peu avant le crépuscule, Shannow alluma un feu malgré les avertissements de Batik à propos de la fumée.

Puis il s'enveloppa dans ses couvertures et posa sa tête sur sa selle.

— C'est pour cette raison que vous vouliez ma compagnie ? demanda Batik.

— Dormez. Une longue chevauchée vous attend demain.

Batik s'installa près du feu et somnola.

La lune se leva. Une chouette survola le camp, puis disparut dans la nuit. Une heure plus tard, six ombres gravirent lentement la pente et s'arrêtèrent au bord du cercle de rochers. Le chef entra dans le camp et désigna la falaise, à l'autre bout. Trois hommes se glissèrent vers lui, tandis que les autres approchaient discrètement de Batik.

Vingt pieds au-dessus du site, caché derrière une saillie rocheuse, Shannow regarda les hommes approcher. Il leva ses revolvers et visa les deux individus les plus proches de Batik. Puis il tira, des flammes jaillissant du canon de ses armes. Sa première cible s'écroula sur le sol, les poumons pleins de sang. La deuxième bascula en avant, une balle dans la tête.

Il se débarrassa de sa couverture, fit un roulé-boulé et se releva, revolver à la main.

Le troisième assaillant tira. Sa balle souleva la poussière à quelques pouces de Batik. Son revolver tonna. L'homme vola en arrière.

Shannow visa les tueurs qui s'étaient approchés de sa couverture. Deux avaient déjà tiré.

Un ricochet, sur un des rochers glissés sous la couverture, avait blessé un Zélote à la cuisse. L'homme s'était agenouillé et tentait d'étancher le sang. Batik courut vers lui, plongea, se releva sur un genou et fit feu en même temps. Jon tua un des deux derniers hommes. Le survivant s'enfuit. Batik tira deux fois, rata sa cible et se lança à sa poursuite.

Le Zélote était presque arrivé au pied de la pente quand Batik le rattrapa. Il se tourna et tira. La balle sifflant près de son oreille, Batik visa et appuya sur la détente. Mais rien ne se passa. Il essaya encore. En vain : le revolver était vide. Le Zélote sourit et leva son arme…

Un petit trou apparut au milieu de son front. Puis l'arrière de sa tête explosa.

Le Zélote s'écroula. Batik se retourna et vit Shannow en haut de la pente, revolver tenu à deux mains.

Batik retourna vers le camp.

— Espèce de fils de pute ! cria-t-il. Vous m'avez utilisé comme appât !

— Vous aviez besoin de sommeil…

— Pas d'idioties, Shannow, vous aviez tout prévu ! Quand êtes-vous monté sur ce rocher ?

— Au moment où vous avez commencé à ronfler.

— N'essayez pas de plaisanter, ça ne vous va pas ! J'aurais pu mourir…

Shannow avança. Le clair de lune faisait briller ses yeux d'un éclat sauvage.

— Mais vous n'êtes pas mort. Si vous voulez savoir quelle morale en tirer, la voilà : pendant que vous me critiquiez, vous n'avez pas remarqué l'aigle qui volait au-dessus de nous. Vous avez aussi raté le reflet du soleil sur un objet métallique, à l'ouest, quand nous avons trouvé les ossements. C'est pour ça que j'ai préféré rester caché un moment dans la ravine. Vous êtes un homme fort, Batik, et un guerrier courageux. Mais vous n'avez jamais été pourchassé. Du coup, vous parlez beaucoup et vous observez peu. Vous croyez mourir si vous restez avec moi ? Bon sang, vous ne vivrez pas un jour de plus sans moi !

Furieux, Batik leva son revolver.

— Charge-le d'abord, fiston ! lança Shannow.

Puis il alla récupérer ses couvertures et sa selle.

Chapitre 7

Jacob Madden s'accroupit sur le flanc de la colline qui surplombait le camp des Enfants de l'Enfer et regarda les hommes faire la queue pour le repas du soir. Il y en avait presque deux cents. Les deux derniers jours, Jacob avait calculé qu'une cinquantaine de plus patrouillaient dans les environs.

Griffin lui avait demandé d'étudier la discipline du camp. Il devait reconnaître qu'elle était efficace. Vingt-huit tentes étaient installées sur deux rangées près de la rivière. On avait creusé des latrines en contrebas, et érigé autour du camp des fortifications en terre de quatre pieds de haut. La nuit, six sentinelles se relayaient toutes les quatre heures pour monter la garde. Les chevaux étaient attachés, au nord des latrines, et les tentes des cuisiniers se dressaient de l'autre côté du camp. Madden trouva cette organisation impressionnante.

Habile chasseur, il n'avait pas eu de mal à éviter tout contact. Son cheval bien caché, le fermier ne s'était jamais approché à moins de soixante pas du camp. Une opération de reconnaissance conduite avec soin et prudence.

Ce matin-là, six hommes étaient arrivés. Depuis, Madden éprouvait un vague malaise. Ces types semblaient un peu différents des autres. Ils portaient des armures noires ornées d'une tête de bouc, des manteaux en cuir et des bottes de cheval. Mais leur casque couvrait tout leur visage, n'était une fente pour les yeux. Madden ignorait pourquoi, mais les voir lui avait donné des frissons. Depuis, il brûlait du désir d'approcher de leur tente pour en apprendre davantage.

Il continua à ramper, avançant sans un bruit, puis se cacha dans un buisson pour attendre la nuit. Un des cavaliers avait tourné la tête vers lui. Madden s'était figé, convaincu que l'homme l'avait repéré. Le bon sens lui disait qu'il était pratiquement invisible. Malgré tout, il s'inquiétait.

Il avait attendu que les cavaliers se lancent à sa poursuite. Rien ne s'était passé. L'homme ne pouvait pas l'avoir vu. Pourtant, l'angoisse refusait de le quitter.

Pour oublier l'inconfort de sa position, sur le sol humide, il pensa à ses terres, à Allion. Une bonne ferme. Sa femme, Rachel, y avait donné le jour à leur premier-né. Mais les Brigands les avaient forcés à partir. Comme ils les avaient chassés de leurs quatre autres demeures…

Jacob Madden était courageux, mais la force ne suffisait pas contre les hordes de tueurs qui écumaient les terres. Deux de ses maisons avaient brûlé. La troisième avait été « réquisitionnée » par Daniel Cade et ses hommes. Mort de honte, Madden avait emballé ses affaires, et filé vers le nord dans un vieux chariot.

Il aurait aimé prendre le maquis et mener une guérilla contre les Brigands. Hélas, il devait d'abord penser à Rachel et à ses fils. Il avait fui, essayant de ne pas voir la déception dans les yeux de ses enfants.

Mais il refusait de fuir encore ! Griffin l'avait persuadé de le suivre à Avalon, une terre sans Brigands et si fertile que les graines pousseraient dès qu'elles la toucheraient. Ses fils étaient grands, presque prêts à affronter le monde. Le moment arrivait de se comporter de nouveau en homme.

La lune se leva, inondant la colline de sa lumière argentée. Madden regarda vers la gauche. Assis sur son derrière, un lapin l'observait. Il sourit et claqua des doigts, mais l'animal ne bougea pas. Madden s'intéressa de nouveau au camp. Les sentinelles étaient sorties pour patrouiller. Madden s'assit puis s'étira. Le lapin n'avait toujours pas bougé. Madden lui lança un caillou. L'animal cligna des yeux et détala dans les buissons.

Un bruissement de feuilles attira l'attention du fermier. Une chouette marron était posée sur une branche.

Pas étonnant que le lapin se soit enfui...

Aux environs de minuit, Madden se leva et sortit des fourrés, prêt à descendre vers le camp. Mais une silhouette scintillante apparut devant lui. Il sursauta. La silhouette se transforma pour devenir un petit homme vêtu de blanc au visage rond et aimable, aux dents presque trop parfaites.

Madden sortit son revolver et l'arma. L'inconnu regarda le camp et secoua la tête.

— Qui êtes-vous ? murmura le fermier.

L'homme désigna la partie est du camp. Madden vit une silhouette vêtue de noir se glisser dans les bois. Le petit homme désigna l'ouest : deux autres Enfants de l'Enfer se déplaçaient dans l'ombre.

Ils tentaient de l'encercler ! Ces hommes l'avaient vu !

La silhouette spectrale disparut. Madden recula et courut vers le fourré où il avait caché son cheval. Il sauta par-dessus des rochers et des arbres morts, au bord de la panique.

— *Restez calme !* ordonna une voix dans son esprit.

Il faillit tomber, mais s'arrêta près d'un chêne au tronc épais et posa une main sur l'écorce. Il n'entendait rien, tant son cœur battait violemment.

— *Calmez-vous*, répéta la voix. *La panique vous tuera.*

Madden attendit que sa respiration s'apaise. Il se pencha pour récupérer son chapeau, qu'il avait laissé tomber.

Un coup de feu retentit. Madden plongea sur le sol et roula dans les buissons. Il rampa vers un endroit plus abrité, dans le sous-bois. Un deuxième coup lui entama l'oreille.

— *Tuez la chouette*, murmura la voix mentale.

Madden roula sur le dos et vit la chouette brune perchée sur une branche au-dessus de lui. Il dégaina son revolver et visa. L'oiseau s'envola avant qu'il puisse tirer : il avait compris ce que l'homme voulait faire !

Un autre projectile le frôla. Il rampa vers un tronc d'arbre, plus furieux que paniqué.

Des années durant, il avait été manipulé et menacé par des Brigands de toutes sortes. Maintenant, ils pensaient avoir un fermier de plus à torturer et tuer. Madden fit le tour de l'arbre, puis se plia en deux et courut pour se mettre à couvert. Deux coups de feu retentirent sur sa gauche. Il se jeta sur le sol et riposta. Un homme cria. Madden se releva et courut. D'autres armes crachèrent le feu. Quand un coup l'atteignit à la cuisse, il tomba. Une silhouette sortit du sous-bois. Madden tira et l'homme disparut. Se forçant à se relever, le fermier plongea dans les sous-bois. Au-dessus de lui, la chouette se posa silencieusement sur une branche.

Madden s'y était attendu. Un coup de feu fit exploser l'oiseau. Des plumes tombèrent à l'endroit où le fermier s'était abrité.

— *Votre cheval…*, chuchota la voix. *Vous avez moins d'une minute devant vous.*

Madden se leva en gémissant. Sa cuisse saignait, mais l'os n'était pas cassé. Il boitilla jusqu'au fourré, se hissa en selle, détacha les rênes et sortit en trombe de l'abri. Une balle l'atteignit dans le dos. Ignorant la douleur, il se pencha sur l'encolure du cheval et le poussa au galop, vers l'ouest.

Ses yeux se fermèrent lentement.

— *Restez conscient*, dit la voix. *Si vous vous endormez, vous mourrez.*

Incapable de se tenir droit à cause de son dos et de sa cuisse, il sentait le sang couler et tremper ses vêtements. Mais il tint bon. Enfin, il passa le sommet de la dernière colline et vit le village.

Le cheval continua à galoper. L'obscurité engloutit Madden.

Shannow et Batik prirent les munitions et les fournitures des morts. Quand il fit mine de transférer la viande séchée des Zélotes dans ses sacoches, Batik l'arrêta.

— Je ne crois pas que tu la trouveras à ton goût, dit-il.

— C'est de la nourriture…

— Même si elle provient de cadavres d'enfants ?

Shannow jeta la viande et se tourna vers Batik.

— De quelle société tordue viens-tu ? Comment une telle chose est-elle possible ?

— La viande vient des offrandes sacrificielles. Suivant la Sainte Loi, quand la chair humaine est absorbée par les Zélotes, cela apporte l'harmonie à l'âme des victimes.

— Les Carns avaient au moins le mérite de l'honnêteté, dit Shannow.

Il prit son couteau et coupa des crins à la queue des chevaux. Puis il les tressa afin d'en faire une ficelle. Batik se détourna et se campa au bord du cercle de rochers pour regarder la plaine.

Après l'éclat de Shannow, Batik se sentait idiot, jeune et stupide. L'Homme de Jérusalem disait vrai : il n'avait pas l'habitude d'être pourchassé et ferait une proie aisée pour les Zélotes. Si Ruth avait raison, ce dont il était persuadé, rester avec Shannow signifiait la mort. Batik s'était peut-être montré ignorant et arrogant, mais il ne manquait pas de cervelle. Pour le moment, ses chances de survie étaient liées à Jon. L'astuce consisterait à se séparer de lui au bon moment. S'il observait assez longtemps l'Homme de Jérusalem, ses qualités déteindraient sur lui…

Batik sonda la plaine et ne vit aucun mouvement suspect. Pas d'oiseaux ni de daims. Quand l'aube se leva, Shannow et lui quittèrent les rochers et tournèrent vers l'est au pied des montagnes. Après une heure, ils atteignirent une passe, entre les sommets. Shannow poussa son hongre par-dessus l'éboulis puis dans la gorge étroite. Batik se retourna pour regarder la piste, derrière eux. Ses yeux s'écarquillèrent. À l'horizon, douze cavaliers arrivaient au galop.

— Shannow !

— Je sais… Conduis les chevaux dans la passe. Je te rejoindrai plus tard.

— Que vas-tu faire ?

Sans répondre, Shannow descendit de cheval et escalada les rochers qui bordaient la passe.

Batik continua, menant le cheval de son compagnon par la bride. La piste s'élargit pour devenir une vallée en forme de bol bordée d'épicéas et de pins. Batik amena les chevaux près d'un ruisseau et descendit de selle. Shannow le rejoignit une heure plus tard.

— Continuons, dit-il.

Les deux hommes traversèrent la vallée. Ils effrayèrent un troupeau de buffles et traversèrent plusieurs petits cours d'eau. Puis Shannow regarda le soleil, son cheval tourné face à l'ouest. Batik le rejoignit. Jon se concentrait et écoutait. Pendant un moment, il ne se passa rien. Puis un coup de feu retentit, suivi par deux autres. Shannow attendit, la main levée et trois doigts tendus. Un autre coup. Jon se raidit. Un cinquième coup.

— Ça y est, dit-il.

— Qu'as-tu fait ?

— J'ai relié des fils à cinq revolvers que nous leur avons pris, et j'ai coincé les armes dans les rochers, au-dessus de la piste.

Batik sourit.

— Ils maudiront le jour où ils ont décidé de te pourchasser, Shannow !

— Non. Ils deviendront simplement plus prudents. Ils m'ont sous-estimé. Maintenant, espérons qu'ils me surestimeront, cela nous donnera plus de temps.

— Je me demande si quelqu'un a été touché...

— Probablement un homme... Les autres coups ont peut-être blessé les chevaux. Mais ils avanceront plus prudemment. Nous choisirons en priorité les passages étroits, entre des falaises. Forcés de s'arrêter et de tout vérifier, ils ne nous rattraperont pas avant des jours.

— N'as-tu pas oublié quelque chose ?

— Quoi ?

— Nous allons vers l'ouest, sur le territoire des Enfants de l'Enfer. Il y aura des patrouilles devant nous.

— Tu commences à apprendre, mon vieux ! Continue...

Quand le crépuscule tomba, Batik repéra des bâtiments au nord. Les deux hommes en approchèrent, descendant une pente douce. Ils étaient en pierre blanche et s'étendaient sur trois acres. Certains avaient plus d'un étage. Des escaliers extérieurs menaient au sommet de tours de marbre crénelées. Shannow dégaina un revolver. Mais il n'y avait aucun signe de vie. Les sabots ferrés des chevaux résonnaient sur les pavés des rues.

La lune sortit des nuages, sa lumière argentée conférant une allure fantomatique à la cité. Quand les deux hommes arrivèrent sur la place principale, Shannow s'arrêta devant la statue d'un guerrier en armure au casque emplumé. Le bras gauche de la statue avait disparu, mais le droit tenait une épée courte à lame large.

De l'autre côté de la place, une grande avenue menait à un palais. De chaque côté du portail se dressaient des statues de jeunes femmes en robes longues.

— Il n'y a de bois nulle part, dit Batik quand il arriva à l'entrée.

Il passa ses doigts sur la pierre.

Les deux hommes descendirent de leurs montures et les attachèrent. Puis Shannow entra dans le palais. Le hall central était décoré de statues. Jon alla de l'une à l'autre. Certaines représentaient des femmes au port royal, d'autres de jeunes garçons à l'air arrogant et d'autres encore des hommes plus âgés et barbus. Sur le mur opposé, derrière une estrade, une mosaïque aux couleurs vives montrait un roi sur un char doré, suivi par une armée de guerriers emplumés qui brandissaient des lances et des arcs.

— Je n'ai jamais vu de vêtements semblables, dit Batik. Ces guerriers portaient des jupes en bois ou en cuir renforcées de bronze.

— C'étaient sans doute des Israélites, dit Shannow. Et c'est peut-être une des anciennes cités. Mais pourquoi n'y a-t-il pas de bois ?

Batik approcha d'un autre mur et appela Jon. Dans une alcôve s'entassaient des gobelets écrasés et des assiettes, le tout en or. Les gobelets portaient des inscriptions que Jon ne put déchiffrer. Près d'une entrée, il trouva un manche d'arme, mais pas de lame. Il glissa son doigt dans le creux du manche. Quand il le retira, il était légèrement rouge.

— De la rouille, dit Shannow. Pas de bois, pas de fer, seulement de la pierre.

—Je me demande pourquoi personne ne vit ici. Il ne serait pas très difficile de restaurer les bâtiments.

—Tu y habiterais ?

—Ma foi... non. C'est un peu sinistre.

Shannow hocha la tête. Le clair de lune qui filtrait par les fenêtres éclairait un grand escalier. Jon monta et déboucha dans une pièce à ciel ouvert. Les étoiles brillaient. Au milieu de la pièce, à égale distance les uns des autres, quatre aigles dorés gisaient sur le flanc. Shannow en souleva un. Une vis dorée tomba d'un petit trou, dans une aile.

—Un ornement de lit, supposa-t-il.

—La chambre du roi, dit Batik. Un peu fraîche à mon goût !

Ils retournèrent dans le hall principal. Shannow remarqua que Batik transpirait abondamment.

—Ça va ?

—Non. Ma vision se trouble et j'ai le vertige.

—Assieds-toi, dit Shannow. Je vais te chercher de l'eau.

Il sortit mais rata une marche et tituba, sa vue se brouillant. Il se raccrocha au bras d'une statue pour rester debout. Quand il croisa le regard de pierre de la statue, il entendit un grondement.

Il avança vers l'entrée, ignorant sa nausée.

Il se laissa tomber sur la marche extérieure. Un soleil de plomb brillait sur la ville.

Jon leva les yeux. Sur la place déambulaient des guerriers en armure de bronze ou en kilt de cuir et des femmes en robes de coton ou de soie.

Un peu partout, des marchands vendaient des fleurs. Des enfants jouaient sur les pierres surchauffées. Soudain, le ciel s'assombrit et des nuages envahirent les cieux. Le soleil disparut. Au loin, un immense mur noir avançait vers la ville. Shannow cria, mais personne ne l'entendit. Le mur approcha puis s'écrasa sur la cité. De l'eau emplit les poumons de Jon. Il s'accrocha au chambranle de la porte...

Il ouvrit les yeux et vit la cité silencieuse sous le clair de lune. Se redressant, il récupéra sa gourde sur son cheval et retourna près de Batik.

— Tu as vu ? demanda Batik, le visage cendreux et les yeux hantés.

— Le raz-de-marée ?

— Oui. Cette ville était immergée. Voilà pourquoi il n'y a ni bois ni fer. Et ton poisson géant… Tu avais raison. Il a été déposé ici par l'eau.

— Oui.

— Où sommes-nous, Shannow ?

— Je l'ignore. Karitas a dit que l'eau avait recouvert le monde. Mais comme tu l'as fait remarquer, où est-elle passée ? Pour que tout le bois et le fer aient disparu, cette ville a dû rester inondée pendant des siècles.

— Je pensais à autre chose, Shannow. Si le monde a été détruit par la mer, alors que cette ville est au-dessus des océans, peut-être y a-t-il eu *deux* Armageddon ?

— Je ne comprends pas.

— La Chute du Monde. Peut-être est-elle survenue deux fois.

— C'est impossible.

— Tu m'as dit que Karitas t'avait parlé de l'Arche de Noé. Un déluge avait inondé la terre. Cela s'est passé *avant* Armageddon.

Shannow se détourna.

— « Ce qui a été, c'est ce qui sera, et ce qui s'est fait, c'est ce qui se fera, il n'y a rien de nouveau sous le soleil… »

— Qu'est-ce que c'est ?

— Salomon… Peu après, il a écrit : « On ne se souvient pas de ce qui est ancien ; et ce qui arrivera dans la suite ne laissera pas de souvenir chez ceux qui vivront plus tard. »

Batik éclata de rire.

— Qu'y a-t-il de si amusant ?

— Si j'ai raison, nous sommes assis en ce moment sur ce qui était autrefois le fond d'un océan.

— Je ne vois pas ce que ça a de drôle.

— Toi, Jon ! Si ce qui était la mer est désormais la terre, ce qui était la terre est maintenant sous la mer. Tu auras besoin de branchies pour trouver Jérusalem !

— En supposant que tu aies raison…

— Exact. Je me demande ce qu'était cette ville. Regarde ces statues : de grands hommes, de toute évidence. Et personne ne saura jamais plus rien de leur grandeur…

Shannow étudia la statue la plus proche. Elle représentait un homme âgé, la barbe blanche frisée et le front haut. Dans sa main droite, serrée contre sa poitrine, il tenait un rouleau de parchemin. La gauche brandissait une tablette de pierre.

— Je doute qu'il se serait soucié de l'immortalité, dit Shannow. Il semble sage et satisfait.

— Je me demande de qui il s'agissait.

— Un homme de loi. Un prophète. Ou un roi. Un grand homme, en tout cas. Sa statue est plus haute que toutes les autres.

— Il s'appelait Paciades, dit une voix.

Shannow se tourna, dégaina et braqua ses revolvers sur la silhouette debout dans l'entrée. L'homme avança dans le hall, les mains tendues. Il mesurait un bon mètre quatre-vingts et sa peau était noire comme l'ébène.

— Désolé de vous avoir effrayé, dit-il. J'ai vu vos chevaux.

— Au nom du ciel, qui êtes-vous ? demanda Shannow.

— Un homme.

— Mais vous êtes noir. Appartenez-vous au Diable ?

— Étrange comme les préjugés s'accrochent à l'esprit des gens, quelles que soient les circonstances. Non, maître Shannow, je n'appartiens pas au Diable.

— Comment connaissez-vous mon nom ?

— Ruth m'a contacté et m'a demandé de m'occuper de vous.

— Êtes-vous armé ?

— Pas selon votre définition d'une arme.

— Si vous venez en paix, je vous présente mes excuses, dit Shannow. Mais on nous pourchasse, et je ne prendrai aucun risque. Batik, fouille-le.

L'Enfant de l'Enfer approcha prudemment de l'homme et passa la main sur sa tunique grise et son pantalon noir.

— Pas d'armes, dit-il. (Shannow rengaina ses revolvers.) Je vais vérifier dehors, proposa Batik.

— S'il n'y a personne, ramasse du bois pour le feu, dit Jon en faisant signe à l'inconnu de s'asseoir.

Le Noir sourit.

— Vous êtes un homme prudent, maître Shannow. J'aime ça. Un signe d'intelligence, une denrée plutôt rare dans le monde nouveau auquel vous appartenez.

— Pourquoi Ruth vous aurait-elle contacté ? demanda Shannow.

— Je la connais depuis des années. Nous ne sommes pas toujours d'accord sur certains détails théologiques, mais en gros, nous cherchons la même chose.

— C'est-à-dire ?

— Recréer une société équitable. Une civilisation où les hommes et les femmes vivront dans l'harmonie et l'amour, sans craindre les Brigands ou les Enfants de l'Enfer.

— C'est possible ?

— Non, bien entendu. Mais nous devons tout faire pour essayer.

— Comment vous appelez-vous ?

— Samuel Archer.

Batik revint avec une brassée de bois mort et expliqua qu'il avait dû sortir de la ville pour le trouver. Quand le feu eut pris, Shannow demanda au Noir ce qu'il savait sur la statue.

— J'étudie cette ville depuis dix-huit ans, dit Archer. Sur des feuilles d'or, j'ai trouvé des inscriptions très intéressantes. Il m'a fallu quatre ans de travail pour les traduire. Ce vieil homme était Paciades, l'oncle d'un roi. Un astronome. Grâce à son travail, les gens savaient quand semer pour avoir les meilleures récoltes. Il a également découvert l'instabilité de la Terre, même s'il n'a pas compris l'importance que cela aurait pour son monde.

— A-t-il vu la fin arriver ?

— Je l'ignore. Sa mort n'est enregistrée nulle part.

— Quand la ville a-t-elle été détruite ? demanda Batik.

— Il y a environ huit mille ans.

—Donc, pendant sept mille cinq cents ans, cet endroit était un océan ?

—Exact, Batik. Le monde a beaucoup changé.

—Comment se nommait cette ville ?

—Balacris… Une des trente cités de l'Atlantide.

Batik s'endormit bien avant minuit.

Shannow et Archer se promenèrent ensemble le long des avenues bordées de statues de Balacris.

—Je viens souvent ici, dit Archer. On éprouve un sentiment de paix extraordinaire dans une ville morte. Souvent, les fantômes des temps anciens se joignent à moi… (Il regarda Shannow et sourit.) Vous me croyez fou ?

Jon haussa les épaules.

—Je n'ai jamais vu de fantômes, maître Archer, mais je n'ai aucune raison de douter de leur existence. Parlez-vous avec eux ?

—J'ai essayé la première fois que je les ai vus. Mais ils ne me voient pas. Je doute que ce soient des esprits. Juste des images, comme celles que Batik et vous avez vues ce soir. Cette terre est magique. Venez, je vais vous montrer.

Archer conduisit Jon en haut d'une colline, puis dans un creux en forme de bol où de grandes pierres entouraient un autel plat. Les pierres noires mesuraient vingt pieds de haut et brillaient comme de l'ébène polie.

—La mer les a lustrées pendant des milliers d'années. Par endroits, on voit des traces d'inscriptions…

Archer entra dans le cercle et s'arrêta près de l'autel.

Il sortit de sa poche une Pierre de Daniel grande comme un ongle. Aussitôt, Shannow vit autour de lui des silhouettes tourbillonnantes, translucides et étincelantes. Des femmes en tenue de soie dansaient et des hommes en tunique de toutes les couleurs se pressaient entre les pierres pour les regarder.

—Et maintenant…, dit Archer.

Il couvrit la Pierre de sa main. Aussitôt les danseurs disparurent. Puis il déplaça la Pierre d'une fraction de pouce et retira sa main. Trois enfants apparurent. Assis près de l'autel, ils jouaient aux osselets et ne prêtèrent pas attention aux visiteurs. Shannow s'agenouilla près d'eux et tendit la main. Elle traversa les enfants, qui disparurent.

Archer remit la Pierre dans sa poche.

— Intéressant, n'est-ce pas ?

— Fascinant, dit Jon. Avez-vous une explication ?

— Une théorie, sans plus. J'ai traduit environ deux mille mots de la langue des Rolynds, le nom que se donnaient les Atlantes : on pourrait traduire ce terme par « Peuple du Paradis ». Pour ma part, je préfère « Peuple de la Légende ».

Archer s'assit sur l'autel.

— Avez-vous faim, maître Shannow ?

— Un peu.

— Et si vous pouviez choisir une nourriture impossible ?

— Un gâteau au miel. Pourquoi me posez-vous la question ?

— Parce que j'aime montrer ce que je sais faire.

Archer se leva et ramassa dans l'herbe un caillou de la taille d'un poing. Il le posa sur l'autel, puis sortit la Pierre de Daniel, effleura le caillou avec…

… et tendit un gâteau au miel à Shannow.

— Est-il réel ?

— Goûtez-le.

— Il y a une astuce, n'est-ce pas ?

— Goûtez-le, maître Shannow.

Shannow mordit dans le gâteau.

Il était tendre et fourré au miel.

— Comment avez-vous fait ? Expliquez-moi !

Archer retourna vers l'autel.

— Le Peuple de la Légende disposait d'une source de pouvoir à nulle autre semblable. J'ignore comment il l'a découverte, ou créée, mais les Pierres étaient le secret de la culture des Atlantes. Grâce à elles, ils pouvaient matérialiser tout ce que l'esprit était capable de concevoir. Quand vous étiez enfant, maître Shannow, votre mère vous a-t-elle raconté des histoires d'épées magiques, de chevaux ailés et de sorciers ?

— Non. Mais je les ai entendues depuis.

— L'Atlantide est l'endroit où toutes les légendes ont commencé. Au palais, j'ai trouvé un inventaire des cadeaux offerts au roi pour son cent quatre-vingt-cinquième anniversaire. Chaque présent comportait une Sipstrassi – une Pierre de Sang. Il y avait des épées au pommeau incrusté d'une Sipstrassi, une couronne ornée d'une Pierre pour lui apporter la sagesse et une armure avec une Pierre à l'emplacement du cœur pour lui assurer l'invincibilité. Cette société était fondée sur la magie. Sur les Pierres qui guérissaient, nourrissaient et renforçaient. Cent quatre-vingt-cinq ans, et il portait toujours une armure !

— Pourtant, malgré leur magie, ils n'ont pas survécu.

— Je n'en suis pas si sûr. Mais je vous en parlerai une autre fois. Il faudrait dormir.

— Je ne suis pas fatigué. Allez-y. J'ai besoin de réfléchir.

— À Jérusalem ?

— Je vois que Ruth vous a réellement parlé de moi.

— Doutiez-vous de ma parole ?

— J'en doute toujours, maître Archer. Mais je ne suis pas homme à porter des jugements hâtifs.

— Parce que je suis noir ?

— Je dois avouer que cela me met mal à l'aise.

— C'est simplement un pigment différent de la peau, maître Shannow. Puis-je vous rappeler les paroles de Salomon : « Je suis noire, mais je suis belle, filles de Jérusalem. » Il parlait de la reine de Saba, un pays d'Afrique où mes ancêtres ont vu le jour.

— Je rentre avec vous, dit Shannow.

Au sommet de la colline, il se tourna, regarda le cercle de pierres noires et se souvint des paroles de Karitas. La mort et le sang les nourrissaient. L'autel, au milieu du cercle, était semblable à la pupille d'un œil immense.

— Ruth m'a dit du bien de vous, révéla Archer.

Shannow détourna les yeux de l'autel.

— C'est une femme remarquable. Elle m'a montré ma vie, même si je ne l'ai pas reconnue à ce moment-là.

— Comment a-t-elle procédé ?

— Elle a fait apparaître une bibliothèque et m'a donné une heure pour trouver la vérité. C'était impossible, tout comme ma vie est impossible. La vérité est autour de moi, mais j'ignore où regarder, et j'ai si peu de temps pour la chercher…

— C'est déjà une découverte, confirma Archer. Quand avez-vous décidé de chercher Jérusalem ?

— C'est un acte de foi. Ni plus, ni moins. Sans motivations philosophiques. Je vis en respectant la Bible, pour faire ce qu'un homme estime juste. Chercher Jérusalem est ma façon de m'arranger du doute.

— La quête du Graal, souffla Archer.

— Vous êtes le deuxième à mentionner le Graal. J'espère que vous n'êtes pas l'ami du premier homme qui m'en a parlé !

— Qui était-ce ?

— Abaddon.

Archer s'arrêta et se tourna vers Shannow.

— Vous avez rencontré le Seigneur de Satan ?

— En rêve. Il m'a provoqué en me comparant à Galaad.

— Ne vous inquiétez pas… Il y a de pires destins qu'être un chevalier à la recherche de la vérité. J'imagine qu'Abaddon vous envie.

— Il n'y a pas grand-chose à envier…

— Si c'était vrai, je ne vous aurais pas contacté. Et Ruth ne m'aurait pas demandé de le faire.

— Je suis incapable de voir les bâtiments du Sanctuaire.

— Moi aussi, avoua Archer. Il y a un grand pouvoir là-bas. Ruth peut transformer l'énergie en matière sans l'aide d'une Pierre. Je crois qu'elle est au bord de l'immortalité.

— Comment est-elle devenue si puissante ?

— Elle dit, et je n'ai aucune raison d'en douter, que la réponse est dans la Bible. Ne pas utiliser le pouvoir rend plus fort.

— De quelle façon ?

— Difficile à expliquer… Mais c'est quelque chose dans ce genre : si un homme vous frappe sur la joue droite, vous éprouvez le désir de le frapper aussi. Contrôler ce désir, et ne pas répliquer, vous rend plus fort.

» Voici une autre analogie… Imaginez que vous êtes un pichet vide. Chaque fois que vous vous mettez en colère, ou que vous éprouvez des émotions violentes, le pichet se remplit d'eau. Si vous donnez libre cours à votre colère, l'eau disparaît. Plus vous contrôlez vos sentiments, plus le pichet se remplit. Quand il est plein, vous disposez du pouvoir que vous n'avez pas utilisé quand vous avez eu envie de frapper. Ruth est très vieille. Elle pratique cet art depuis des années. Maintenant, le pichet est comme un lac…

— Mais vous ne croyez pas tout à fait à cette explication ?

— Oui et non. Son idée n'est pas fausse, mais nous sommes dans les Terres Maudites. Beaucoup de choses défient les explications rationnelles. Cette zone était autrefois une décharge d'armes chimiques si dangereuses qu'elles étaient enfermées dans des barils et jetées des bateaux afin que leur poison repose au fond des océans. Pendant la Chute, les radiations – une épidémie, si vous voulez, maître Shannow – ont tué tous ceux qui y étaient exposés. La Terre était polluée. Elle l'est toujours. Là où nous sommes, le niveau de radiations est cent fois supérieur à celui qui aurait tué un homme avant la Chute. Cela a provoqué des mutations chez les humains et chez les animaux. Il y a plus de gens dotés de Perceptions Extra-sensorielles que dans les temps anciens. Loin à l'est, on trouve des tribus aux mains et aux pieds palmés. Au nord, un peuple a le corps couvert de poils et une tête allongée semblable à celle des loups. On parle aussi d'humains ailés, mais je ne les ai jamais vus.

» Je crois que Ruth a découvert une partie de la vérité, mais ses talents ont été renforcés par les Terres Maudites.

» Vous avez parlé d'une bibliothèque. Elle l'a sans doute créée spécialement pour vous, en réarrangeant les molécules pour leur donner la forme qu'elle voulait.

Shannow resta un long moment silencieux.

— Dieu a très peu de place dans votre façon de penser, maître Archer, dit-il enfin.

— J'ignore qui il est. La Bible dit qu'il a créé l'univers, y compris le Diable. Une grossière erreur ! Puis il a donné la vie à l'homme. Une bourde encore plus énorme. Je ne peux pas vénérer quelqu'un qui fait des gaffes aussi monumentales.

— En dépit de ses pouvoirs et de ses connaissances, Ruth est croyante, dit Shannow.

— Ruth est sur le point de créer un dieu, répondit Archer.

— Pour moi, c'est une hérésie.

— Alors, pardonnez-moi, maître Shannow, et considérez mes paroles comme une preuve d'ignorance.

— Vous n'êtes pas un ignorant, maître Archer. Et je ne pense pas que vous soyez mauvais. Bonne nuit.

Archer regarda l'Homme de Jérusalem retourner au palais, puis il s'assit et contempla le ciel étoilé. Ruth lui avait dit que Shannow était un homme hanté, et il confirmait son diagnostic.

Moins Galaad que Lancelot, pensa-t-il. *Un chevalier imparfait pour un monde imparfait. Instable et ne cédant pourtant pas un pouce de terrain.*

— Bonne nuit, Shannow, murmura-t-il. Moi non plus, je ne trouve pas de mal en vous.

L'image de Ruth apparut et se solidifia.

Elle s'assit à côté de lui.

— Transformer des cailloux en gâteau ! Vous êtes incorrigible, Samuel !

Il sourit.

— Avez-vous détourné l'attention des Zélotes ?

— Oui. Ils sont partis vers l'ouest, l'image de Shannow et de Batik devant eux.

— Vous aviez raison, Ruth. C'est un homme de bien.

— Il est plus fort aux endroits qui ont déjà été cassés, dit Ruth. Je l'aime beaucoup. Comment va Amaziga ?

— À merveille, mais elle me harcèle tout le temps.

— Vous avez besoin d'une femme forte. Comment se déroule la vie à l'Arche ?

— Vous pourriez venir et voir par vous-même.

— Non. Je n'aime pas Sarento. Inutile de me répéter que c'est un bon administrateur ! Vous l'appréciez parce qu'il partage votre fascination pour les villes mortes.

Archer ouvrit les mains.

— Reconnaissez que vous aimeriez voir la maison des Gardiens !

— Peut-être… Emmènerez-vous Shannow chez Sarento ?

— Probablement. Pourquoi est-il important à vos yeux ?

— Je ne peux pas le dire, Sam. Non par mauvaise volonté, mais parce que je l'ignore. Les Enfants de l'Enfer s'agitent, la mort est dans l'air, et l'Homme de Jérusalem est assis dans l'œil du cyclone.

— Vous pensez qu'il veut tuer Abaddon ?

— Oui.

— Ce ne serait pas une mauvaise chose pour le monde…

— Peut-être, mais je sens que des loups se cachent dans les ombres, Sam. Gardez Shannow en sécurité. Pour moi.

Elle sourit, lui effleura le bras…

Et disparut.

L'invasion des terres du Sud par les Enfants de l'Enfer commença le premier jour du printemps, quand un millier de cavaliers entrèrent en force dans Rivervale. Ash Burry fut capturé dans sa ferme et cloué à un arbre. Des centaines de familles périrent. Les survivants se réfugièrent dans les collines, où les Enfants de l'Enfer les rattrapèrent.

L'armée continua vers le sud.

À vingt lieues de Rivervale, au pied des monts Yeager, une petite troupe était rassemblée dans un ravin, écoutant le récit d'un réfugié qui avait perdu sa famille. C'étaient des hommes rudes et brutaux, endurcis par la dure vie des Brigands. Pourtant, ils écoutèrent avec une horreur croissante les histoires de massacres et de viols.

Leur chef, un homme si mince qu'il semblait presque squelettique, était assis sur un rocher, son visage ne reflétant aucune émotion.

— Vous dites qu'ils ont des fusils qui tirent plusieurs fois ?

— Oui, et des revolvers aussi, répondit le réfugié, un fermier vieillissant.

— Que devons-nous faire, Daniel ? demanda un jeune homme aux cheveux blonds.

— Je dois réfléchir, Peck. Ils nous privent de notre travail, et ça n'est pas bien. Pas bien du tout ! Je pensais que nous nous débrouillions à merveille avec les trois nouveaux fusils et les cinq revolvers que Gambion a rapportés. Mais des armes à répétition...

Peck écarta une mèche de cheveux de son front puis se gratta, car une puce l'avait piqué sous sa chemise en daim tachée.

— Nous pourrions récupérer quelques-unes de leurs armes, Daniel.

— Le petit a raison, dit Gambion, un grand homme au corps difforme et à la barbe épaisse, mais chauve comme un œuf.

Avec Daniel Cade depuis sept ans, il était réputé pour son habileté au couteau et au revolver.

— Nous pourrions attaquer les Enfants de l'Enfer et leur prendre des armes.

— C'est possible, dit Cade, mais ce problème est plus compliqué que la récupération de quelques fusils. Nous vivons grâce à ce pays. Et nous dépensons nos pièces de Barta dans les cités qui ne nous connaissent pas. Ces maudits Enfants de l'Enfer tuent les fermiers et les marchands et brûlent les villes. Bientôt, il ne restera plus rien pour nous.

— Nous ne pouvons pas affronter une armée, Daniel, dit Gambion. Nous sommes soixante-dix !

— Vous avez un homme de plus, dit le fermier. Comptez sur moi !

Cade se leva. C'était un gaillard de grande taille. Il avait la jambe gauche raide et son genou était entouré de bandes de cuir serrées. Passant une main dans son épaisse chevelure noire, il cracha sur le sol.

— Gambion, prends dix hommes avec toi et écume les environs. Si tu trouves des survivants, envoie-les ici. Si tu tombes sur un groupe qui ne connaît pas les montagnes, accompagne-le.

— Les hommes et les femmes ?

— Hommes, femmes, enfants... tout le monde.

— Pourquoi, Daniel ? Il n'y a pas assez de nourriture pour nous !

Cade l'ignora.

— Peck, pars avec douze hommes, et rassemble tout le bétail errant que tu trouveras : chevaux, vaches, moutons, chèvres. Il y en a forcément beaucoup. Conduis-les dans le canyon Sweetwater et condamne l'entrée pour faire un enclos. Et qu'aucun de vous ne s'attaque aux Enfants de l'Enfer. Au premier signe de ces salauds, vous filez. C'est compris ?

Les deux hommes hochèrent la tête. Gambion ouvrit la bouche, mais Cade l'interrompit.

— Plus de questions ! Allez-y.

Cade boitilla jusqu'au rocher où Sebastian était assis. Ce jeune homme de dix-neuf ans à peine était un meilleur éclaireur que les hommes des monts Yeager.

— Prends un bon cheval et faufile-toi derrière les Enfants de l'Enfer. Ils doivent recevoir des munitions et des vivres. Trouve le trajet qu'empruntent leurs convois.

Cade pivota, se tordant le genou. Il ravala un juron et serra les dents pour supporter la douleur. Deux ans étaient passés depuis cette foutue histoire. Chaque jour, la souffrance la lui rappelait.

Il s'en souvenait comme si c'était la veille. Un matin, Gambion, cinq hommes et lui étaient arrivés sur la place du marché d'Allion, où une silhouette solitaire les attendait au milieu de la rue principale poussiéreuse.

— On ne veut pas de toi ici, Cade, avait dit l'homme.

Daniel s'était penché pour étudier l'inconnu. Il était grand, avec des cheveux grisonnants qui lui tombaient sur les épaules et un regard qui semblait traverser les gens.

— Jonathan ? c'est toi ?

— Par l'Enfer, Daniel, avait dit Gambion, c'est l'Homme de Jérusalem !

— Jonnie ?

— Je n'ai rien à te dire, Daniel, avait lâché Shannow. Pars d'ici. Va en Enfer, où est ta place.

— Ne me juge pas, petit frère. Tu n'en as pas le droit.

Avant que Shannow ait eu le temps de répondre, un des hommes de Cade, un jeune homme sans cervelle nommé Rabbon, brandit un fusil. Shannow le descendit. La rue fut plongée dans le chaos : les chevaux se cabrèrent, des coups de feu retentirent, ponctués par les hurlements des blessés ou des mourants. Une balle perdue avait démoli le genou de Cade. Gambion, blessé au bras, avait saisi les rênes du cheval de Daniel. Ils avaient laissé derrière eux cinq hommes morts ou agonisants.

Trois semaines plus tard, les bonnes gens d'Allion s'étaient débarrassées de Shannow. Cade était revenu avec sa troupe. Par le ciel, il leur avait fait payer son genou !

Il n'avait plus vu son frère depuis. Un jour, ils se rencontreraient de nouveau. En attendant, Cade rêvait de vengeance.

Lisa, sa femme, approcha de lui. C'était une fille de ferme qu'il avait capturée deux ans plus tôt. D'habitude, il se débarrassait vite de ses maîtresses. Mais quelque chose en Lisa l'avait forcé à la garder. Une harmonie intérieure qui apportait la paix à son cœur blasé. Dès qu'elle lui souriait, sa violence et son agressivité le quittaient. Il lui prenait la main, et ils restaient assis ensemble, heureux d'être l'un avec l'autre. Le seul point faible de l'existence nomade de Cade : Lisa l'aimait. Il en ignorait la raison, et ne s'en souciait pas. Seule comptait la réalité de cet amour.

— Pourquoi fais-tu cela, Daniel ? demanda-t-elle, en s'asseyant à côté de lui sur le banc recouvert de cuir qu'il avait fabriqué l'automne précédent pour le porche de leur maison.

— Faire quoi ?

— Amener les réfugiés dans les monts Yeager.

— Tu penses que je ne devrais pas ?

— Non. C'est une bonne chose de sauver des vies. Mais je me demandais pourquoi…

— Pourquoi un chef de Brigands, un loup, amène des agneaux dans sa tanière ?

— Oui.

— Tu ne tiens pas compte du lait de la bonté humaine...

Elle lui embrassa la joue, inclina la tête et sourit.

— J'ai conscience qu'il y a en toi de la bonté, Daniel, mais je sais aussi que tu es un homme rusé. Qu'espères-tu retirer de tout ça ?

— Les Enfants de l'Enfer détruisent le pays et ils ne nous laisseront aucune place. Si je m'oppose à eux avec ma petite troupe, ils m'écraseront. Donc, j'ai besoin d'une armée.

— Une armée d'agneaux ?

— Une armée d'agneaux, oui... Mais souviens-toi que les Brigands prospèrent parce que les fermiers ne peuvent jamais s'allier contre eux. Pourtant, il y a dans leurs rangs des hommes courageux, habiles et durs. En les réunissant, je créerai une force avec laquelle l'envahisseur devra compter.

— Mais *toi*, qu'y gagneras-tu ?

— Si je perds, rien. Si je gagne... le monde entier, Lisa ! Je serai leur sauveur. Tu as déjà eu envie de devenir reine ?

— Ils n'accepteront jamais. Dès que la bataille sera finie, ils se souviendront de ce que tu étais, et ils se retourneront contre toi.

— Nous verrons. À partir de maintenant, Daniel Cade est un nouvel homme : bon, gentil et compréhensif. Le chef idéal ! Les Enfants de l'Enfer m'ont donné cette possibilité, et je leur en suis presque reconnaissant.

— Ils te pourchasseront avec leurs armes effrayantes.

— C'est vrai, Lisa. Mais il leur faudra franchir le col de Franklin. Un gamin armé d'une catapulte pourrait le défendre !

— Crois-tu vraiment que ce sera aussi facile ?

— Non. Ce sera le plus grand pari de ma vie. Mes hommes disent qu'ils seraient prêts à me suivre en Enfer. Voilà l'occasion de le prouver !

Shannow ne trouvait pas le sommeil. Couché la tête sur sa selle, au chaud sous ses couvertures, des images tourbillonnaient dans son esprit. Donna Taybard, Ruth et la bibliothèque, Archer et ses fantômes, et surtout, Abaddon.

Dire qu'il le tuerait était facile. Mais Abaddon n'avait rien d'un chef de Brigands tapi dans un repaire de montagne. C'était un général, un roi qui commandait des milliers d'hommes.

Donna lui avait demandé un jour comment il trouvait le courage d'affronter une horde d'ennemis, et il lui avait dit la vérité : éliminer le chef suffisait, les autres ne comptaient pas. Mais serait-ce vrai dans ce cas ?

Babylone était à six semaines de cheval au sud-ouest. La Nuit des Sorcières, selon Batik, aurait lieu dans moins de un mois. Il ne pouvait pas sauver Donna, comme il avait échoué à sauver Curopet.

Restait la possibilité de se venger. Mais de quoi ?

Ses yeux brûlaient de fatigue. Il les ferma, pourtant le sommeil ne vint pas. Il se sentait ployer sous l'immensité de la tâche qui l'attendait.

Finalement, il s'enfonça dans un sommeil troublé.

Il rêva qu'il marchait sur une colline verdoyante, sous un soleil brûlant.

Il entendait la mer clapoter sur une plage invisible et le bruit des sabots de chevaux qui galopaient sur l'herbe. Il s'assit sous un chêne et ferma les yeux.

— Soyez le bienvenu, étranger, dit une voix.

Shannow ouvrit les yeux et vit un homme de grande taille, assis devant lui, les jambes croisées. Barbu, le visage carré, trois tresses pendaient sur ses épaules. Et il avait les yeux bleu ciel.

— Qui êtes-vous ?

— Pendarric. Et vous êtes Shannow, celui qui cherche la cité perdue ?

— Comment savez-vous mon nom ?

— Pourquoi l'ignorerais-je ? Je connais tous ceux qui habitent dans mon palais.

L'homme était vêtu d'une tunique bleu clair tenue par une ceinture en tissu tressé d'or. À son flanc pendait une épée courte à la garde ouvragée. Le pommeau était sculpté dans une Pierre de Daniel de la taille d'une pomme.

— Êtes-vous un fantôme ?

— Question intéressante ! Je suis comme j'ai toujours été, alors que vous n'êtes pas réellement ici. Qui de nous deux est le fantôme ?

— C'est un rêve. Archer et ses jeux…

— Peut-être. (L'homme sortit son épée et la planta dans le sol.) *Regardez-la bien, Shannow. Assurez-vous que vous la reconnaîtrez.*

— Pourquoi ?

— Disons que c'est un jeu. Mais quand vous la reverrez, sous quelque forme qu'elle soit, tendez la main vers elle et elle deviendra réelle.

— Je ne sais pas me servir d'une épée.

— Non, mais vous avez un cœur. Et vous êtes un Rolynd.

— Faux ! Je n'appartiens pas à votre peuple.

Pendarric sourit.

— Les Rolynds ne sont pas une race, Shannow, c'est un état particulier de l'être. Votre ami Archer se trompe. Un homme ne peut pas naître rolynd ni le devenir. Il est ou ne l'est pas.

» Vous n'avez pas survécu si longtemps grâce à votre seule habileté. Ce qui est caché en vous vous guide. Vous avez le sens du danger. Même si vous l'appelez instinct, c'est bien plus que ça. Faites-lui confiance… et souvenez-vous de l'épée.

— Croyez-vous que je peux gagner ?

— Non. Ce que je dis, c'est que vous n'êtes pas un guerrier solitaire confronté à un ennemi invincible. Vous êtes un Rolynd, et c'est plus important que la victoire.

— Êtes-vous aussi un Rolynd ?

— Non, Shannow, même si mon père l'était. Si j'avais eu cette chance, mon peuple ne serait pas mort horriblement. Voilà pourquoi je vous ai fait venir ici. Personne ne comprend le pouvoir des Sipstrassi. Il peut guérir ou tuer. Mais son effet principal est de transformer les rêves en réalité. Vous souhaitez guérir un malade ? La Sipstrassi le fera, jusqu'à épuisement de son pouvoir. Si vous voulez tuer, la Pierre le fera aussi. Mais ce pouvoir-là est terrible, parce qu'elle se nourrit de la mort. Elle érodera l'âme de celui qui s'en sert, renforçant le mal qui est en lui. À la fin… Mon peuple pourrait vous

parler de la fin, Shannow. Le monde est presque mort. Nous avons déchiré le tissu même du temps et notre monde fut noyé sous l'océan. Cette tragédie a eu un bon côté : les Sipstrassi ont été englouties avec nous. Maintenant, elles sont revenues, et la terreur attend.

—Le monde connaîtra une nouvelle Chute ?

—Dans moins de un an.

—Comment en êtes-vous si sûr ?

—N'avez-vous pas écouté mes paroles ? J'ai déjà provoqué la Chute une fois. Jadis, j'ai conquis le monde et bâti un empire au centre des terres de Xechotl à Greeze. J'ai ouvert les portails de l'univers et donné à votre peuple les mythes qu'il a conservés jusqu'à ce jour : les dragons et les trolls, les démons et les gorgones. Ce que l'homme imagine, les Sipstrassi le créeront. Mais l'équilibre de la Nature ne doit pas être rompu. J'ai déchiré le fil qui tenait l'univers.

Shannow lut de l'angoisse sur le visage de Pendarric.

—Je ne peux pas arrêter le mal, seulement tuer Abaddon. Il sera remplacé. Je ne changerai pas le sort du monde.

—Souvenez-vous de l'épée, Shannow.

Le soleil se coucha, et l'obscurité enveloppa Jon comme une couverture.

Il ouvrit les yeux.

Il était de nouveau dans le palais en ruine.

Batik préparait un feu.

—Tu as l'air bien reposé, dit-il.

Shannow se frotta les yeux et repoussa ses couvertures.

—Je vais faire un tour pour voir s'il y a des signes des Zélotes.

—Archer a dit qu'ils étaient partis vers l'ouest.

—Je me fiche de ce qu'Archer dit !

—Tu veux que je t'accompagne ?

—Non.

Shannow enfila ses bottes, prit sa selle et sortit du palais. Après avoir sellé le hongre, il quitta la ville et inspecta pendant trois heures les terres qui s'étendaient au pied des montagnes. Il n'y avait aucune trace de leurs poursuivants. Troublé, il retourna en ville.

Batik avait tué deux lapins et les faisait rôtir sur une branche quand Jon entra dans le palais. Archer dormait près du mur opposé.

— Tu as trouvé quelque chose ?

— Non.

Archer se réveilla.

— Bienvenue, maître Shannow.

— Parlez-moi de Pendarric !

— Vous êtes un type surprenant. Comment avez-vous appris ce nom ?

— Quelle importance ? Racontez-moi.

— C'est le dernier roi que mentionnent les inscriptions. Le dernier que j'ai trouvé, du moins. C'était un roi-guerrier. Il a étendu les frontières de son royaume jusqu'aux limites de l'Amérique du Sud, à l'ouest, et de l'Angleterre, au nord. Vers le sud, personne ne sait jusqu'où il s'étendait. Y a-t-il une raison à votre question ?

— Je commence à m'intéresser à l'histoire, dit Shannow en rejoignant Batik près du feu.

L'Enfant de l'Enfer coupa un morceau du lapin rôti et le posa sur une assiette en or cabossée.

— Tiens, Shannow. Tu peux manger comme un roi, maintenant !

Archer vint s'asseoir à côté de Jon.

— Dites-moi où vous avez trouvé le nom de Pendarric.

— Un rêve. Je me suis réveillé ce matin avec ce nom dans la tête.

— Dommage… C'est un de mes derniers grands mystères. Ruth estime que je suis obsédé.

Dehors, le ciel s'obscurcit et le tonnerre gronda. Bientôt, une pluie battante martela la ville morte.

— Ce n'est pas un bon jour pour voyager, dit Batik.

Shannow hocha la tête et se tourna vers Archer.

— Parlez-moi des Sipstrassi.

— Il y a peu de certitudes à leur sujet. Le nom signifie « pierre venue du ciel ». Les Rolynds les considéraient comme un don de Dieu. J'en ai parlé avec mon chef, Sarento. Il pense que c'était peut-être un météore.

— Un météore ? De quoi parle-t-il, Shannow ? demanda Batik.

Jon haussa les épaules.

— Archer a étudié les Pierres que tu appelles les Graines de Satan. Et j'ignore aussi ce qu'est un météore.

— Un rocher géant qui vole dans l'espace au milieu des étoiles... Pour une raison inconnue, il s'est écrasé sur la Terre, provoquant une explosion gigantesque. Selon les légendes des Rolynds, le ciel resta noir pendant trois jours, et il n'y avait ni soleil ni lune. Sarento pense que l'impact a soulevé des milliers de tonnes de poussière dans l'atmosphère. Le météore a éclaté en millions de fragments, qui sont devenus les Sipstrassi. Il n'existe aucun témoignage fiable sur la première utilisation des Pierres. Même après de longues recherches, nous en savons très peu à leur sujet. Chaque fois qu'on s'en sert, leur pouvoir décline, jusqu'à ce qu'elles ne soient plus que des cailloux ordinaires. Les stries noires de la Pierre augmentent et la partie dorée disparaît peu à peu. Quand elle est entièrement noire, elle ne sert plus à rien.

— À moins de la nourrir avec du sang, dit Shannow.

— Je ne suis pas sûr que ce soit vrai... Les Pierres alimentées avec du sang deviennent rouge sombre. Elles ne peuvent pas être utilisées pour guérir ou pour fabriquer de la nourriture. Sarento et moi, nous avons fait des expériences avec des lapins et des rats. Les Pierres ont toujours un pouvoir, mais elles sont modifiées. Mes découvertes montrent que les Pierres de Sang ont un effet néfaste sur leurs utilisateurs. Prenons les Enfants de l'Enfer : leur férocité augmente, et leur soif de sang devient insatiable. Batik, que s'est-il passé quand vous avez perdu votre Pierre ?

— Comment savez-vous que je l'ai perdue ?

— Avec une Graine de Satan, vous n'auriez jamais été autorisé à entrer dans le Sanctuaire. Quand vous avez perdu la Pierre, qu'avez-vous éprouvé ?

— J'étais en colère et effrayé. Impossible de dormir pendant une semaine.

— Quand nourrissiez-vous la Pierre ?

— Une fois par mois, avec mon propre sang.

— Si je vous en proposais une, la prendriez-vous ?

— Je… Oui.

— Mais vous avez hésité.

— J'ai l'impression d'être plus *vivant* sans elle. Pourtant, le pouvoir…

— Oui, le pouvoir. Dans un an, Batik, si vous êtes encore vivant, vous n'hésiterez plus. C'est pour ça que je suis fasciné par Pendarric, maître Shannow. Au début, ses lois étaient justes. Puis il a découvert le pouvoir des Pierres de Sang. Les cinq ans qui ont suivi, il est devenu un tyran impitoyable. Je n'ai pas encore découvert la fin de son histoire. A-t-il succombé totalement, ou dominé le pouvoir des Pierres ? Ou l'océan a-t-il englouti jusqu'à son souvenir ?

Shannow allait répondre, mais il se figea, soudain inquiet.

— Éloignez-vous du feu !

Batik obéit aussitôt, mais Archer ne bougea pas.

— Que…

La porte explosa. Deux Zélotes entrèrent, leurs armes crachant le feu. Shannow plongea vers la droite et roula sur le sol, des balles lui sifflant aux oreilles.

Archer disparut dans un nuage de fumée rouge. Un autre Zélote ouvrit le feu à partir du balcon. La balle arracha des morceaux de la mosaïque, à côté de la tête de Shannow. Il leva son revolver et tira. Le Zélote disparut, projeté en arrière.

Batik blessa le tueur le plus proche et força l'autre à se cacher derrière une statue. Shannow roula sur le dos jusqu'à une alcôve, puis visa la porte du fond.

Qui explosa à son tour. Trois hommes entrèrent et tombèrent sous les balles de Shannow. Le seul Zélote survivant voulut fuir, mais Batik lui logea une balle dans la tempe.

Batik rechargea son revolver et avança vers l'homme qu'il avait blessé.

— Au sol ! cria Jon.

Batik plongea quand le Zélote le visa. L'Homme de Jérusalem tira deux fois et fit mouche.

Il rechargea ses armes et attendit, mais tout était silencieux.

— Par l'Enfer, comment fais-tu ça, Shannow ? demanda Batik. Je n'avais rien entendu !

— Je croyais que c'était l'instinct. Maintenant, je n'en suis plus si sûr. Où est Archer ?

— Ici, dit le Noir.

Il était assis près du feu, contemplant un petit caillou noir posé dans sa main.

— Elle est vide. Dommage ! Je m'étais attaché à cette petite Pierre.

— Ils étaient censés être loin d'ici, fit Batik.

— N'accorde pas trop de crédit à la magie, petit, dit Shannow.

Les deux hommes fouillèrent les cadavres et récupérèrent les munitions. Archer ajouta du bois dans le feu.

— Nous ne devrions pas rester ici plus longtemps, dit Shannow. Je déteste servir de cible !

— Je vous conduirai à l'Arche, annonça Archer. Vous y serez en sécurité.

— Je dois aller au sud-ouest. Vers Babylone.

— Pour tuer le Seigneur Satanique ?

— Oui.

— Je doute que ce soit ce que Ruth prévoyait pour vous.

— Peu m'importe ce qu'elle prévoyait ! Je ne suis pas son serviteur. Malgré ses convictions, elle comprendra que le monde se porterait mieux sans Abaddon.

— Peut-être. Mais, il y a entre elle et lui un lien plus fort que celui du sang.

— Lequel ?

— Ruth est l'épouse d'Abaddon.

Chapitre 8

Samuel Archer attendit dans l'entrée pendant que les deux guerriers sortaient les cadavres et les jetaient le long d'un mur. Il n'y avait aucune dignité dans la mort, pensa-t-il. Les sphincters des Zélotes s'étaient relâchés et la puanteur agressait ses narines, même à travers la pluie.

Certains Gardiens étaient considérés comme des soldats, des hommes d'action. Pourtant, Archer n'en connaissait aucun qui ait le calme glacial de l'Homme de Jérusalem. Comment avait-il entendu les assassins arriver au beau milieu d'un orage ? Archer en était sidéré. Sans la Pierre qui lui avait permis de se dissimuler sous un rideau d'invisibilité, il serait mort, assis près du feu. Ni Shannow ni Batik n'avaient mentionné le nuage de fumée rouge, dont Sam était assez fier. Il avait distrait les Zélotes et donné le temps aux guerriers de réagir. Il décida d'en parler quand l'occasion se présenterait.

Le palais sentait la poudre et la mort. Archer monta les marches qui menaient au balcon. Il y avait une mare de sang près de la rambarde. Archer se souvint que Batik y était un peu plus tôt, et qu'il avait fait basculer un corps dans le vide.

Shannow entra et retira son manteau de cuir. Il s'agenouilla quelques instants près du feu, se réchauffant les mains. Puis il sortit sa Bible de sa sacoche.

— Vous cherchez des indices pour trouver le chemin de Jérusalem ? demanda Archer.

— Non. Lire me repose l'esprit. (Il ferma la Bible.) J'ai vu Pendarric en rêve, la nuit dernière. Il m'a dit qu'il avait inondé le monde en utilisant les Pierres de Sang, et il m'a prévenu que cela arriverait de nouveau.

— À cause des Enfants de l'Enfer ?

— Oui, je crois. Y a-t-il dans l'Arche quelque chose qui pourrait m'aider à éliminer Abaddon ?

— Ce n'est pas mon domaine, maître Shannow. Je suis un chercheur de secrets. Mais je sais qu'il y a des armes.

— Et des connaissances ?

— Oui.

— Je viendrai avec vous. Maintenant, laissez-moi lire tranquille.

Archer gagna la porte et regarda la pluie tomber. Batik le rejoignit.

— Impossible de lui parler quand il est de cette humeur. Pour un croyant, il est peu disposé à partager son dieu.

— Beaucoup de choses pèsent sur son esprit, Batik.

— Peu m'importe, tant qu'il entend les assassins dans la nuit ! C'est un homme remarquable. Toute ma vie, on m'a appris à redouter les Zélotes, les plus grands guerriers du monde. À côté de lui, ce sont des enfants.

— Resterez-vous avec lui ?

— Quelque temps… Je n'ai pas l'intention de retourner à Babylone et de suivre Shannow quand il attaquera seul le palais.

— Étrange attitude, de la part d'un ami.

— Nous ne sommes pas amis, Archer. Il n'en a aucun. Il n'en a pas besoin. Regardez-le, immobile comme un rocher. Je suis un guerrier, et pourtant je reste secoué par l'attaque. Je me demande combien d'autres ennemis approchent de nous en ce moment. Et lui ? Il lit sa Bible.

— S'il avait besoin de vous, le suivriez-vous ?

— Non. Que m'importe qu'Abaddon conquière le monde ? J'ai fait une erreur quand j'ai voulu sauver ma sœur. Sinon, je serais sans doute à la tête d'une compagnie !

— Pensez-vous qu'il réussira seul ?

— Je l'ignore. Mais laissez-moi vous dire une chose : je n'aimerais pas le savoir à mes trousses, même si j'étais dans une forteresse entourée de gardes. Il y a en lui quelque chose d'inhumain. Il refuse de reconnaître qu'il existe des situations où on ne peut pas gagner. Vous auriez dû le voir quand les Zélotes ont attaqué. Il s'est tourné et il a pointé ses armes sur la porte de derrière bien avant que les trois autres types entrent. Il savait qu'ils arrivaient. Tout ce que j'entendais, c'était le bruit des coups de feu, et je voyais seulement les hommes devant moi. Si j'étais Abaddon, je ne dormirais pas tranquille.

— Il ne connaît pas Shannow aussi bien que vous.

— Non, mais il comptera les cadavres !

Archer regarda derrière lui. Shannow avait cessé de lire. Il était couché la tête sur sa selle, ses couvertures enroulées autour de lui. Mais son bras droit en sortait.

Et il avait un revolver à la main.

— Foutue façon de dormir, dit Batik. En tout cas, évitez de faire du bruit cette nuit !

Shannow était réveillé. Les paroles des deux hommes arrivaient à ses oreilles comme des murmures dans le vent. Batik le connaissait si peu ! Mais c'était normal. Jon avait appris depuis longtemps que la force réside dans la solitude. Un homme qui a besoin de s'appuyer sur les autres laisse une faille dans ses défenses. Un solitaire est à l'abri derrière ses murs.

Besoin d'amis ? Shannow savait que personne ne pouvait tout avoir. Question d'équilibre. La Nature était avare de ses dons. Longtemps auparavant, Shannow avait connu un champion de course. Pour conserver sa force, l'homme avait renoncé à tous les aliments qu'il aimait, et il s'entraînait tous les jours. C'était la même chose pour lui. Seul, il était un roc qui ne se fiait à personne pour se défendre.

Pendant quelque temps, il avait connu une autre vie, en compagnie de Donna. Et cela avait été agréable…

Maintenant, il était revenu à son état normal.

Et Jérusalem devrait attendre.

Il entendit ses compagnons s'installer pour la nuit et se leva.

— Tu crois prudent que nous dormions tous ? demanda-t-il à Batik.

— Tu suggères que je devrais monter la garde ?

— C'est mieux que se réveiller morts !

— Je n'ai rien à dire contre ça.

Shannow ferma de nouveau les yeux. Il plongea dans un sommeil sans rêve et se réveilla quand Batik rampa vers lui, trois heures plus tard.

— On entendrait une fourmi péter. C'est très calme, dehors.

Shannow se leva et s'étira, puis se posta près de la porte. La nuit était tranquille et la pluie avait cessé. Il sortit du palais, examinant les bâtiments déserts qui brillaient au clair de lune. Il entendit, au loin, le rugissement d'un lion en chasse, et le hurlement d'un loup dans les montagnes.

Un bruit le fit pivoter, revolver au poing. Archer leva les mains, inquiet.

— Ce n'est que moi, murmura-t-il. Je ne pouvais pas dormir.

Shannow rabattit le chien de son arme et secoua la tête.

— Vous êtes un idiot, Archer. Pour vous, la différence entre la vie et la mort est si petite qu'elle serait impossible à mesurer.

— Je vous prie de m'excuser. Mais j'ignore pourquoi vous avez réagi ainsi. Vous n'étiez pas en danger.

— C'est faux. Un jour, j'ai tué quelqu'un qui était derrière moi à un moment où il ne fallait pas. Je n'ai pas envie de recommencer. Mais si vous aviez été un Zélote, cette fraction de seconde d'hésitation aurait signifié ma mort. La prochaine fois que j'entendrai un bruit, je me demanderai si c'est vous ou un ennemi. Et je risque de mourir. Vous avez saisi ?

— Inutile d'insister lourdement. Je n'approcherai plus jamais de vous sans m'annoncer.

Shannow s'assit sur un muret et rengaina son arme. Puis il sourit.

— Pardonnez-moi, Archer, j'ai montré trop de suffisance ! Je suis sur les nerfs, mais ça passera. Combien de temps nous faudra-t-il pour arriver à l'Arche ?

— Deux jours. Peut-être trois. Vous pourrez vous y détendre. Et je vous montrerai une bibliothèque qui ne sera pas créée à partir de rien.

— M'indiquera-t-elle le chemin de Jérusalem ?

— Qui sait ? Je pourrai vous faire voir des images de la Jérusalem qui a existé autrefois. Comme ça, le jour venu, vous la reconnaîtrez. Enfin, si Dieu a utilisé le même architecte.

Une ombre d'exaspération traversa le visage de Shannow, mais il se força à la chasser.

— Je pense qu'il l'a fait, maître Archer.

Il regarda longuement autour de lui.

— Vous pensez qu'il y a d'autres Zélotes à votre poursuite ? demanda le Gardien.

— Bien entendu. Jusque-là, nous avons eu de la chance. Leur arrogance les a trahis, mais ils seront plus prudents…

— Je voudrais ne pas avoir fait un sermon à Batik au sujet de sa Pierre. Vous n'imaginez pas à quel point la mienne me manque. J'ai l'impression d'être un enfant dans l'obscurité.

— Il y a un aspect positif à la peur, dit Shannow. Elle aiguise les sens et vous tient en alerte.

— Je crois que vous aimez le danger.

— Ne vous laissez pas abuser par les apparences. Je ne suis pas inhumain, comme le pense Batik. Moi aussi, je tremblais, après l'attaque. Voilà pourquoi je lis ma Bible : pour oublier la fureur et la peur. Maintenant, allez dormir, maître Archer, et soyez assuré que rien ne dérangera votre sommeil. Si vous voulez, empruntez un de mes revolvers de rechange.

— Non, merci. Je suis incapable de tuer un homme.

— J'aimerais que plus de gens pensent comme vous. Bonne nuit.

Peu après l'aube, les trois hommes sellèrent leur monture et quittèrent la ville, prenant la direction du nord-ouest. À l'est, des lions dormaient derrière un chêne tordu. À côté, la carcasse d'un buffle attirait les mouches. Les félins étaient satisfaits et somnolents.

Soudain, leur chef, un grand mâle à la crinière rousse, sursauta comme si on l'avait piqué. Puis il se leva et se tourna vers l'ouest. Cinq autres jeunes mâles se levèrent aussi.

Trois cavaliers chevauchaient vers les montagnes.

Les six lions les suivirent en silence.

Debout sur les remparts de la tour, au-dessus de son palais, Abaddon regardait la ville. Il écoutait le rythme régulier des machines de la fabrique d'armes, et regardait la fumée sombre qui sortait des trois cheminées.

Vêtu d'une tunique noire brodée d'un dragon, il se sentait presque en paix en observant la nation sur laquelle il veillait depuis si longtemps.

Un seul doute le tourmentait.

Le grand prêtre, Achnazzar, approcha de lui et s'inclina.

— Ils ont trouvé Shannow, sire, ainsi que le renégat Batik, dit le religieux au nez d'oiseau de proie, son crâne chauve luisant de sueur. Ils voyagent avec un Gardien.

— Je le sais.

— Voulez-vous qu'ils soient tous tués ?

— C'est nécessaire.

— Vous aviez dit, sire, que nous devions laisser les Gardiens tranquilles.

— Je sais ce que j'ai dit, Achnazzar.

— Très bien, sire. Il sera fait selon vos ordres.

— C'est toi, prêtre, qui m'a parlé de Shannow. Tu as affirmé que c'était un danger. Il aurait dû être tué à Rivervale, mais il a abattu notre agent. Plus tard, il aurait dû mourir dans le camp de Karitas. Mais il a conduit un raid qui a coûté la vie de dizaines de nos jeunes gens, tués pendant leur sommeil. Et combien de Zélotes a-t-il assassinés ? Non, ne m'ennuie pas avec des chiffres ! Réponds plutôt à ceci : si je ne peux pas me fier à toi pour faire exécuter un seul homme, comment pourrais-je te charger de me bâtir un empire ?

— Mon seigneur, dit Achnazzar, tombant à genoux, vous pouvez compter sur moi jusqu'à la mort et au-delà. Je suis votre esclave.

— J'ai de nombreux esclaves. Ce que je veux de toi, ce sont des résultats !

— Vous les aurez, sire. Je vous le promets, sur ma vie.

— Je te prends au mot, murmura Abaddon.

Achnazzar pâlit et recula.

— Ce sera fait, sire.

— Et nous aurons besoin de Donna Taybard sur le grand autel, pendant la Nuit des Sorcières. As-tu revérifié les cartes stellaires ?

— Oui.

— Les résultats sont-ils identiques ?

— Oui. Encore plus prometteurs, même.

— Il ne faut faire aucune erreur. Il ne doit rien lui arriver de mal avant cette nuit. Le pouvoir qui est en elle devra être maîtrisé pour notre seul bénéfice.

— Je m'en assurerai…

— Pour le moment, tout ce que j'ai, ce sont des promesses.

— L'armée envahit le Sud. Elle rencontre peu de résistance.

— Tu as hésité sur le mot « peu », souligna Abaddon.

— Il semble que vingt de nos hommes aient succombé dans une embuscade, près des monts Yeager. Mais une force a été envoyée pour châtier les attaquants.

— Qui ?

— Une bande de Brigands menée par un homme appelé Daniel Cade. Mais ils ne nous poseront pas de problèmes, je vous l'assure, sire.

— Trouve tous les renseignements que tu pourras sur cet homme. Il m'intrigue.

Daniel Cade regarda les hommes et les femmes rassemblés sur les flancs de la montagne, à ses pieds. Au dernier recensement, il y avait six cent soixante-dix réfugiés, dont quatre-vingt-quatre enfants.

Cade s'était brossé les cheveux et il avait nettoyé sa redingote noire à revers de cuir. Appuyé sur une canne élégamment sculptée, il étudia la foule et lut de la suspicion sur de nombreux visages, et de la haine sur d'autres.

Il inspira à fond et s'éclaircit la voix.

— Vous me connaissez tous, dit-il d'une voix basse mais sonore. Je suis Daniel Cade. Cade le Brigand, le tueur, le voleur. Nombre d'entre vous ont de bonnes raisons de me haïr. Et je ne vous blâme pas. J'ai été un mauvais homme.

— Tu l'es toujours, Cade ! cria un type dans la foule. Arrête ton baratin, et dis-nous ce que tu veux.

— Rien. Je désire que vous soyez en sécurité.

— Qu'est-ce que cela nous coûtera ? demanda un autre homme.

— Rien. Laissez-moi parler, puis je répondrai à vos questions. Il y a dix jours, quelque chose a changé ma vie. J'étais sur cette montagne, là-bas, à la limite des neiges, quand une voix est venue du ciel. Une lumière éblouissante m'a frappé. « Cade, a dit la voix, tu es un mauvais homme et tu mérites la mort. »

— La voix avait sacrément raison sur ce point ! cria un autre type.

— Oui, dit Cade. Je reconnais que j'ai supplié d'être épargné. Je savais que Dieu me parlait, et que j'étais perdu. Mes forfaits me sont revenus à l'esprit. J'ai pleuré pour tout le mal que j'ai fait. Puis il m'a dit : « Cade, l'heure est venue de ta rédemption. Mon peuple, que tu as persécuté, est en danger. Une nation démoniaque assaille ses frontières. » « Je ne peux rien faire, Dieu, ai-je dit. Je ne puis combattre des armées. »

» Alors, il m'a dit : J'ai fait sortir mon peuple élu d'Israël malgré le pouvoir de Pharaon. J'ai donné la Terre promise à Josué. J'ai donné Goliath à David. À toi, je donnerai les Enfants de l'Enfer. » « Je n'en suis pas capable, ai-je dit. Prends ma vie, et que tout se termine ici. »

» Mais il a refusé. « Sauve mon troupeau, m'a-t-il dit. Amène-le dans les monts Yeager. Que mes petits soient en sécurité. » Le voile est tombé de mes yeux, et je lui ai dit : « Ces gens me haïssent. Ils me tueront. » Il a répondu : « Ils te haïssent à juste titre. Quand je t'aurai amené à vaincre les Enfants de l'Enfer, tu répareras le tort que tu as fait à tous ces gens. » Je me suis levé, et je lui ai demandé comment nous pourrions battre les Enfants de l'Enfer. Sa voix a tonné sur la montagne. Je ne l'oublierai jamais, aussi longtemps que je vivrai. « Tu les frapperas avec leurs propres armes. » Il m'a appris qu'il y avait un convoi de chariots au nord. J'ai envoyé Gambion et quarante hommes. Ils ont pris les chariots et les ont apportés ici. Savez-vous ce qu'ils contenaient ? Des fusils, des revolvers, des cartouches et de la poudre. Deux cents armes !

» Elles sont à vous. Gratuitement. En échange, je demande seulement que vous me permettiez d'obéir à mon dieu et de vous conduire à la bataille contre les rejetons de Satan.

Cade fit signe à Gambion d'avancer. Il se fraya un chemin dans la foule, plusieurs fusils sur les bras et il les distribua aux hommes du premier rang.

Un jeune fermier que Cade reconnut sans se souvenir de son nom, prit un fusil et demanda à Gambion comment on l'armait. Le Brigand barbu lui montra.

Le fermier pointa son arme sur Cade, les yeux brûlant de colère.

— Cade, donne-moi une seule raison de ne pas te tuer ! Et ne me parle pas de Dieu, parce que je ne suis pas croyant.

— Il n'y a aucune raison, mon frère... Je mérite la mort, et je n'essaierai pas d'y échapper.

Cade retint son souffle, mais il ne bougea pas. L'homme rendit le fusil à Gambion.

— Un homme si peu effrayé par la mort est forcément sincère, dit-il. Mais si tu ne l'es pas...

— Fais confiance au Seigneur, mon frère. Tu n'as aucune raison de douter de ma sincérité. En voici la preuve : le Seigneur m'a visité hier, et il m'a dit : « Trois cents cavaliers se dirigent vers tes montagnes, Cade, mais je les ferai tomber entre tes mains. » Combien d'entre vous viendront m'aider à détruire le peuple du Diable ?

Des bras se levèrent et un rugissement jaillit de la foule.

Cade revint en boitillant à l'endroit où Lisa l'attendait, une gourde à la main. Elle lui essuya le visage avec une serviette, étonnée de voir qu'il transpirait à grosses gouttes.

— On dirait que tu reviens de l'Enfer, dit-elle en l'embrassant sur la joue.

— Tu ne crois pas si bien dire ! Quand ce gamin a pointé le fusil sur moi, j'ai cru que c'était fichu. Mais je les tiens, Lisa. Par Dieu, je les tiens !

— J'aurais préféré que tu ne mentes pas au sujet de Dieu. Cela me fait peur.

— Il n'y a rien à craindre... Qui peut savoir ? Dieu est peut-être vraiment venu me rendre visite. C'était son idée que je m'attaque aux Enfants de l'Enfer. Et même si ça ne l'était pas, je crois qu'il aimera que j'extermine ces salauds. Quel mal y a-t-il à ça ?

— C'est se moquer de Dieu, Daniel.

— J'ignorais que tu étais croyante.

— Je le suis ! Et ne te fiche pas de moi.

Il lui prit la main et sourit.

— Pas de plaisanterie, je te le promets. Mais j'ai lu la Bible la nuit dernière, et je t'assure qu'il y a du pouvoir dans ce livre. Pas les miracles, mais plutôt la façon dont un seul homme peut réunir les gens en prétendant qu'il est le porte-parole de Dieu. Ils se battront comme des démons s'ils pensent que Dieu est de leur côté.

— Mais ce n'est pas Dieu qui t'a parlé du convoi, c'est Sebastian !

— Et qui a conduit Sebastian au convoi ?

— Ne joue pas avec les mots, Daniel. J'ai peur pour toi !

Avant qu'il puisse répondre, Lisa posa un doigt sur ses lèvres, l'avertissant de se taire.

Il vit Sebastian monter la colline. Le jeune homme s'assit à côté de lui.

— Était-ce vrai, Dan ?

— Quoi, petit ?

— Ce que tu as dit sur Dieu et sur le convoi ?

Il avait les yeux brillants. Cade regarda Lisa, soudain mal à l'aise.

— Bien sûr, c'était vrai, Sebastian.

— Oh, par l'Enfer ! lança Sebastian, rayonnant.

Il sourit à Lisa et redescendit la pente en courant.

— Qui l'aurait cru ? dit Cade.

— Pas moi, répondit Lisa. Mais lui, oui !

— Que veux-tu dire, Lisa ?

— As-tu vu son visage, Daniel ? Il était extatique ! Maintenant, il regarde le ciel et il voit Dieu lui sourire.

— C'est une si mauvaise chose ?

— Je ne crois pas que tu mesures le pouvoir que procure une telle tromperie.

— Je veux le pouvoir, Lisa. Et cela ne fera pas de mal à Sebastian de penser que Dieu l'aime.

— Je n'en suis pas si sûre… Nous verrons bien. Je m'inquiète surtout à ton sujet. Que leur diras-tu quand quelque chose tournera mal ? Comment leur expliqueras-tu que Dieu t'a menti ?

Cade gloussa.

— Tout cela était aussi dans la Bible, Lisa. C'est un livre très intelligent ! Quand tout va bien, c'est l'œuvre de Dieu. Quand ça se gâte, c'est parce que Dieu a été trahi ou que son peuple a péché. Il ne perd jamais. Et moi non plus. Dieu et moi, nous nous comprenons. Fais-moi confiance.

— Je te fais confiance, Daniel. Je t'aime. Tu es tout ce que j'ai, et tout ce que je veux.

— Je mettrai le monde à tes pieds, Lisa. Tu verras !

Deux jours plus tard, Cade et Gambion, campés dans la plaine au-delà des monts Yeager, regardaient les colonnes d'Enfants de l'Enfer se diriger vers eux.

— C'est le moment de filer, Daniel ?

— Pas encore, dit Cade, sortant son fusil et l'armant.

Il se pencha, visa le cavalier de tête et appuya sur la détente.

L'homme tomba de sa selle.

Des balles sifflèrent à leurs oreilles.

— Maintenant, Daniel ?

— Fichtre, oui !

Ils firent tourner bride à leurs chevaux et foncèrent vers le col.

Cade jura, conscient qu'il avait attendu un peu trop longtemps. Une balle tua sa monture, qui s'écroula, l'éjectant de sa selle. Il atterrit lourdement et hurla quand son genou cogna contre un rocher. Gambion était presque à l'abri, mais il revint sur ses pas, sortit son revolver et tira. Par miracle, il ne fut pas atteint. Il tendit une main, saisit Cade par le col et le hissa en travers de sa selle.

Le cheval de Gambion, touché deux fois, continua pourtant à galoper et entra dans le col. Puis, du sang coulant de ses naseaux, il s'effondra. Gambion se dégagea, hissa Cade sur ses épaules et courut vers les rochers. Des balles frôlèrent les deux hommes. Les Enfants de l'Enfer se rapprochaient dangereusement.

Cachés dans les rochers, les fermiers armés de fusils visèrent. Ils ne pouvaient pas encore tirer, car Gambion et Cade étaient quasiment au milieu des ennemis.

Gambion tira, faisant tomber deux cavaliers de leur monture. Mais une balle le frappa à l'épaule. Il s'écroula, laissant tomber Cade, à demi assommé.

Daniel roula sur lui-même et fit face aux gueules des fusils et des revolvers des Enfants de l'Enfer. Il regarda les guerriers, leurs plastrons noirs brillants et leurs casques bizarres.

— Que Dieu vous damne ! dit-il.

Un coup de feu retentit. Cade sursauta, mais le tir venu du col arracha un cavalier de sa selle.

Une salve de coups de feu éclaircit les rangs ennemis. Le vacarme se répercuta dans les montagnes comme l'écho de la colère de Dieu. Quand la fumée se dissipa, la dizaine d'Enfants de l'Enfer survivants détala sans demander son reste.

Cade boita jusqu'à l'endroit où gisait Gambion. Le géant était vivant. La balle avait sectionné un muscle au-dessus de sa clavicule.

Il prit le bras de Cade.

— Je n'avais jamais rien vu de tel, Daniel, murmura-t-il. Jamais ! Je croyais que tu avais menti à ces fermiers, mais maintenant, je contemple la vérité de mes yeux. Les Enfants de l'Enfer n'ont pu t'atteindre, alors que tu étais à terre et sans armes. Puis tu as appelé Dieu à la rescousse…

— Reste tranquille, Ephram. Il faut que j'arrête l'hémorragie.

— Qui l'aurait cru ? Daniel Cade, choisi par Dieu !

— Oui, dit tristement Cade. Qui pourrait le croire ?

L'esprit de Donna Taybard échappa à son contrôle dans un tourbillon de lumière qui lui fit tourner la tête. Ses pensées étaient incohérentes et des milliers de voix agressaient son âme.

Voyant les étoiles passer à côté d'elle comme des comètes, elle se jeta dans le cœur de cent soleils, insensible à la chaleur et au froid pendant sa course folle pour échapper aux voix.

Une main toucha la sienne. Elle hurla, mais la main ne la lâcha pas, la tira vers elle, et les voix se turent.

— Calme-toi, mon enfant. Je suis avec toi. Mon nom est Karitas.

— Je ne peux pas supporter ça plus longtemps. Que m'arrive-t-il ?

— C'est la terre, Donna. À mesure que ton enfant grandit en toi, le pouvoir se développe aussi.

— Je n'en veux pas !

— La question n'est pas là. Il faut le maîtriser. Tu ne vaincras pas la peur en la fuyant.

Ils flottèrent tous les deux au-dessus d'une planète bleue et paisible et regardèrent les nuages tourbillonner autour.

— Je ne suis pas capable d'assumer ça, Karitas. Je perds tout sens de la réalité.

— Tout est réel. La vie de la chair et le pouvoir de l'esprit. Ceci est réel. Cornélius Griffin est réel. Abaddon est réel.

— Il m'a couverte de ses ailes noires. Il a dit qu'il me capturera quand il l'aura décidé.

— C'est un menteur de génie. Qui sait où ton pouvoir te conduira ?

— Je suis incapable de le contrôler, Karitas. J'étais assise à la maison, à m'occuper de Jacob et à panser ses blessures, quand il a

ouvert les yeux et n'a pas réussi à me voir. J'ai compris que mon corps était endormi dans un fauteuil près du feu et que j'étais allée près de lui en esprit. J'ignore comment j'ai fait !

— Mais tu apprendras. Je te le promets. Et je t'aiderai.

— Que suis-je devenue, Karitas ? Que vais-je devenir ?

— Tu es une femme. Une très jolie jeune femme. Avec quelques siècles de moins, et si je n'étais pas mort, je t'aurais fait la cour !

Elle sourit. Une partie de sa tension la quitta.

— Que sont les voix ?

— Les âmes des dormeurs en train de rêver... Imagine que tu nages dans une rivière d'âmes. Des voix de rencontre... Elles ne sont pas dirigées contre toi. Tu dois apprendre à les filtrer, comme le bruit du vent dans les arbres.

— Ma grossesse est la cause de tout cela ?

— Oui et non. Le bébé et la terre travaillent ensemble.

— Sera-t-elle blessée par ce qui m'arrive ? Sera-t-elle modifiée ?

— Elle ?

— C'est une fille.

— Je l'ignore, Donna. Nous verrons.

— Allez-vous me ramener chez moi ?

— Non. Tu dois trouver le chemin toute seule.

— Je ne peux pas, je suis perdue !

— Essaie. Je te suivrai.

Donna vola vers la planète bleue. Elle effleura les montagnes et traversa d'immenses lacs scintillants et des prairies vallonnées. Elle ne reconnut rien mais vit des villages de tentes, des maisons de pierre, des cabanes, des huttes et même des grottes aménagées en habitations. Elle traversa un océan et regarda des vaisseaux aux voiles triangulaires se battre contre les vents et les récifs. Puis elle arriva au-dessus d'un monde gelé, où les glaciers étaient aussi hauts et imposants que des palais.

— Je ne trouve pas le chemin, dit-elle.

— Ferme les yeux et pense que tu es rentrée chez toi.

Elle essaya. Quand elle rouvrit les yeux, elle était sous la mer, où des requins nageaient autour de la tête d'une immense statue. Paniquée, elle s'enfuit. Karitas la rattrapa.

—Écoute-moi, Donna. La peur et l'angoisse sont tes ennemies. Traite-les avec dédain. Ce sont les servantes d'Abaddon. Chasse-les de ton esprit. Ta maison est une cabane bien chaude où ton mari et ton fils t'attendent. Laisse-toi attirer par leur amour. Tu exploreras plus tard les cités englouties.

Elle ferma les yeux de nouveau et pensa à Cornélius Griffin. Mais le visage de Jon Shannow lui vint à l'esprit. Elle l'effaça, et imagina la tignasse rousse de Griff, assis près de son corps endormi. Il lui tenait la main et de l'inquiétude se lisait sur son visage. Elle s'approcha et ouvrit ses yeux physiques.

—Cornélius, murmura-t-elle.

—Tu vas bien ?

—Oui.

Elle leva la main, lui toucha la joue et se figea.

Ses deux mains reposaient sur ses genoux. Elle l'avait caressé avec son esprit. Ses yeux s'emplirent de larmes.

—Je n'arrive pas à le contrôler, dit-elle. Aucune chaîne ne me retient plus à mon corps.

—Je ne comprends pas. Es-tu malade ?

—Non !

Elle se concentra et se leva. Elle avait l'impression que son âme devenait liquide et que son corps était une éponge incapable de la retenir. Griffin l'aida à regagner son lit. Dans l'autre pièce, Rachel, la femme de Madden, était assise à son chevet, surveillant son sommeil.

Madden s'agita. Il avait perdu beaucoup de sang, mais ses forces revenaient. Il ouvrit les yeux et vit le visage rongé par l'inquiétude de Rachel.

—Ne t'en fais pas pour moi, petite. Je serai sur pied en un rien de temps !

—Je le sais, dit-elle, lui tapotant la main.

Il se rendormit. Rachel remonta les couvertures sous son menton et le laissa. Elle alla rejoindre Griffin près du fourneau à bois.

—Que nous arrive-t-il, Cornélius ? demanda-t-elle.

L'homme regarda les rides de son visage fatigué. Il l'imagina telle qu'elle devait être dix ans plus tôt. Une femme mince et jolie aux grands yeux marron, une apparence fragile cachant sa force. Maintenant, ses cheveux grisonnaient, sa peau avait pris la texture du cuir usé et des cernes noirs soulignaient ses yeux.

— Ce ne sont pas des temps faciles. Mais nous sommes toujours vivants, et prêts à nous battre.

— Nous n'étions pas venus ici pour nous battre. Cornélius, vous nous aviez promis Avalon.

— Je suis désolé.

— Moi aussi.

Il versa du thé.

— Avez-vous faim ?

— Non. Je ferais mieux de rentrer à la maison. Quand pourrons-nous l'y transporter ?

— Dans un jour ou deux.

— Comment va Donna ?

— Elle dort.

— Soyez prudent avec elle, Cornélius. La grossesse perturbe souvent l'esprit des femmes.

— Souvent ?

Elle détourna le regard.

— Non, pas très souvent, mais je l'ai entendu dire.

— Il n'y a pas de problème avec son esprit, Rachel. Sans les pouvoirs de Donna, Jacob serait mort.

— Sans vous, il ne se serait pas fait tirer dessus !

— Je ne peux pas le nier, mais j'espère que vous ne me haïrez pas à cause de cela.

— Je ne vous hais pas, Cornélius. Je vous considère seulement un peu moins comme un ami.

Il la reconduisit à la porte et retourna près du feu.

Les événements échappaient à son contrôle, lui donnant l'impression d'être une feuille ballottée par le vent. Donna était aux prises avec quelque chose que Griffin ne comprenait pas, et les Enfants de l'Enfer encerclaient la vallée.

Mais pourquoi n'attaquaient-ils pas ? Que voulaient-ils ?

Griffin frappa violemment le bras du fauteuil.

Il avait promis Avalon à ces gens…
Et il les avait conduits au Purgatoire.

À une heure de la ville en ruine, un nouvel orage se déclencha. La pluie leur cinglait le visage et un vent violent soufflait derrière eux, pareil à un mur invisible. Shannow sortit son grand manteau de cuir de sous sa selle et le jeta sur ses épaules. Le vêtement se gonfla comme une cape, et il eut du mal à glisser ses bras dans les manches. Le hongre baissa la tête et continua à avancer. Shannow noua un foulard autour de son chapeau quand la violence du vent augmenta encore.

Près d'eux, un arbre explosa, foudroyé. Jon essaya de ne pas penser au métal qu'il transportait. Batik se tourna vers lui et cria quelque chose, mais il ne comprit pas ses paroles, avalées par le vent.

La piste montait régulièrement et rétrécissait, devenant une corniche étroite. Shannow fermait la marche. Il sentait son étrier de gauche effleurer la paroi rocheuse tandis que sa jambe droite pendait au-dessus du bord. Impossible de revenir sur leurs pas, car les chevaux ne pouvaient pas tourner.

Des éclairs jaillirent. Le hongre se cabra. Shannow lutta pour le calmer. Dans la lumière étrange des éclairs, l'Homme de Jérusalem regarda en bas, vers le torrent, où des eaux vives couraient au-dessus de rochers pointus.

Il y eut de nouveaux éclairs. Une intuition le poussa à se retourner et scruter la piste.

Six lions chargeaient dans l'orage, pareils à des démons. Ses mains glacées saisirent ses revolvers, mais il était trop tard. Le lion de tête, une énorme bête à la crinière rousse, bondit sur le dos du hongre, ses griffes arrachant la peau et les muscles. Le revolver de Shannow trouva la tête du lion. Il appuya sur la détente. La balle entra dans l'œil de la bête au moment où le hongre, affolé de douleur, sautait de la corniche.

Le coup de feu alerta Batik. Il tira son arme et la vida sur les animaux, qui se détournèrent et s'enfuirent. N'ayant pas la place de descendre de sa monture, l'Enfant de l'Enfer se pencha et regarda le torrent.

Il n'y avait plus trace de l'Homme de Jérusalem.

Quand le hongre bascula dans le vide, Shannow eut à peine le temps de sauter de selle et de tendre les bras pour ralentir sa chute. Les rochers l'attendaient, mortels comme des pointes d'épées. Il tomba, incapable de contrôler ses mouvements et toucha l'eau entre deux rochers. Sous le choc, ses poumons se vidèrent. Il lutta pour remonter à la surface, inspira à fond et fut de nouveau entraîné sous l'eau. Son manteau et son ceinturon le tiraient vers le bas. Des rochers blessèrent ses jambes et ses bras pendant qu'il bataillait contre le courant. De temps en temps, quand il avait l'impression que ses poumons allaient éclater, il parvenait à atteindre la surface, puis il était attiré de nouveau sous les flots.

Il se battit obstinément pour sa vie. Puis il fut projeté par-dessus une chute d'une trentaine de pieds de haut. Cette fois, il contrôla son plongeon et entra dans l'eau sous un bon angle. La rivière, de l'autre côté de la chute, était beaucoup moins agitée. Il nagea vers la berge et sortit péniblement de l'eau, épuisant ce qu'il lui restait de force.

Il saisit une racine et y resta accroché un moment, haletant, les jambes toujours dans la rivière. Après quelques minutes de repos, il se traîna dans le sous-bois. Épuisé, il dormit pendant plus d'une heure, puis se réveilla, glacé et frissonnant, des crampes dans les bras. Il s'assit péniblement et vérifia ses armes. Il avait perdu son revolver de gauche pendant sa chute, mais l'autre était toujours dans son étui, protégé par la lanière qui tenait le chien. Et il avait encore dans sa ceinture l'arme prise aux Enfants de l'Enfer. Son hongre gisait à quarante pas sur sa droite. Il tituba jusqu'au cadavre et récupéra ses sacoches, qu'il jeta par-dessus son épaule.

Un lion mort flottait près de là, à demi submergé. Shannow eut un sourire sinistre, espérant que le Zélote qui avait possédé l'animal était mort avec lui.

L'orage faisait toujours rage, et Jon n'avait aucune idée de la direction qu'il devait prendre. Il trouva un refuge précaire dans une faille et s'y blottit pour échapper au vent.

Sentant des bleus s'étendre sur ses bras et ses jambes, il se réjouit de la chaleur qu'ils généraient. Il fouilla dans ses sacoches et en sortit sa cartouchière en cuir huilé. Il prit six balles, vida son revolver et le rechargea. Puis il ramassa quelques brindilles sur le sol, près de son abri. C'était un peu plus sec à cet endroit.

Jon construisit soigneusement une petite pyramide de bois mort. Il ouvrit les balles qu'il avait retirées du revolver, vida la poudre à la base de la pyramide et sortit son briquet à silex. L'amadou était trempé et inutilisable. Il le jeta. Mais il nettoya le silex et actionna plusieurs fois le levier jusqu'à ce que des étincelles jaillissent.

Tenant le briquet le plus près possible de la pyramide, il alluma la poudre. Deux brindilles s'embrasèrent. Il s'accroupit et souffla doucement sur les flammes. Ensuite, il ramassa des branches plus épaisses et s'assit à côté du feu, y jetant du bois jusqu'à ce que la chaleur le force à reculer. Alors, il ôta son manteau et le posa sur un rocher pour le faire sécher.

Une lumière frémissante apparut et prit la forme de Ruth. Translucide au début, son corps devint solide et elle s'assit à côté de lui.

— Je vous cherche depuis des heures, dit-elle. Vous êtes un homme robuste.

— Les autres vont bien ?

— Oui. Ils se sont abrités dans une caverne. Les Zélotes ont fui quand vous êtes tombé de la corniche. Je crois que leur but principal était de vous tuer. Batik les intéresse beaucoup moins.

— Ma foi, ils ont échoué, mais pas de beaucoup. Mon cheval est mort… Le meilleur que j'aie jamais eu. Il courait comme le vent. Et il était courageux. S'il avait eu la place de se retourner, il aurait affronté les lions et les aurait repoussés à coups de sabots.

— Qu'allez-vous faire ?

— Trouver l'Arche, puis Abaddon.

— Et vous le tuerez.

— Oui, si Dieu le veut.

— Comment pouvez-vous parler de Dieu en même temps que d'un meurtre ?

— Pas de sermon, femme ! cria Shannow. Nous ne sommes pas dans votre Sanctuaire, où la magie emplit l'esprit d'un homme de fleurs et d'amour. Ici, c'est le monde réel. Violent et incertain. Abaddon est une obscénité aux yeux de Dieu et des hommes. Un meurtre ? On ne peut pas assassiner la vermine. Il a renoncé à tous ses droits d'humain.

— « La vengeance m'appartient », dit le Seigneur.

— Œil pour œil, dent pour dent, répliqua Shannow. Ne cherchez pas à polémiquer avec moi. Abaddon a décidé de sacrifier la femme que j'aimais. Il m'a nargué avec ça. Je ne peux pas l'arrêter, Ruth. Une nation nous sépare. Mais si le Seigneur est avec moi, je débarrasserai le monde de sa présence.

— Qui êtes-vous pour décider de la mort d'un homme ?

— Qui êtes-vous pour décider de sa vie ? On ne réfléchit pas quand un chien enragé tue un enfant : on abat l'animal. Lorsqu'un homme commet les péchés les plus noirs, pourquoi faire des sermons et rationaliser ? J'en ai assez, Ruth. J'ai perdu le compte du nombre de villages et de villes qui ont fait appel à moi pour les débarrasser des Brigands. Et quand j'ai fini, que disent-ils ? « Étiez-vous obligé de les tuer, maître Shannow ? » « Une telle violence était-elle nécessaire ? » C'est une question d'équilibre… Si un homme jette sa nourriture dans le feu, qui aura pitié de lui quand il se plaindra de mourir de faim ? Il en va de même avec les Brigands. Ils vivent de la violence et de la mort, du vol et du pillage. Et je ne leur accorde aucune pitié. Je ne vous blâme pas, femme. Vous défendez votre époux. Mais je ne vous écouterai pas.

— Ne me prenez pas de haut, maître Shannow, dit Ruth. Vos arguments sont simplistes, mais ils ont du poids. Toutefois, je ne plaide pas pour mon époux. Je ne l'ai pas vu depuis deux siècles et demi et il ignore que je suis en vie. Et s'il le savait, il s'en ficherait ! Je m'inquiète à votre sujet. Je ne suis pas un prophète, et pourtant je devine qu'une terrible catastrophe approche. Et je sens que vous ne devriez pas continuer sur la même voie.

Shannow s'adossa au rocher.

— Si je ne suis pas fou, Ruth, et que ce n'est pas seulement un rêve, je peux vous dire quel est ce danger. Le monde est sur le point de basculer de nouveau.

Il lui raconta sa rencontre avec Pendarric, et parla de la malédiction que charriaient les Pierres de Sang.

Elle écouta en silence, le visage fermé. Quand il eut terminé, elle détourna le regard et ne parla pas tout de suite.

— Je ne suis pas omnipotente, pourtant je sens qu'il manque quelque chose au tableau. La catastrophe correspond à mes craintes. Mais les Pierres de Sang des Enfants de l'Enfer ? Ce sont seulement des fragments, leur pouvoir est minuscule. Déchirer le tissu même de l'univers demanderait une montagne de Sipstrassi et l'utilisation d'un pouvoir maléfique colossal.

— N'essayez pas de faire coller les faits à vos théories, Ruth. Examinez-les tels qu'ils sont. Pendarric a dit que la mort et le sang libèrent le pouvoir des Pierres. Abaddon a envoyé ses armées dans le Sud. Où serait le mal, sinon là ?

Elle haussa les épaules.

— Je l'ignore. Je sais seulement que je me sens très vieille. Je me suis mariée dix-huit ans avant la Chute. J'avais des rêves si romantiques… Et Lawrence n'était pas mauvais, à cette époque.

» Bien que passionné d'occultisme, il était plein d'esprit, courtois et très bien accueilli dans les cercles les plus huppés. Nous avions une fille, Sarah. C'était une enfant adorable ! (Elle se tut. Shannow ne la dérangea pas et attendit.) Elle a été tuée à l'âge de cinq ans, dans un accident. Sa mort a brisé Lawrence. Elle l'a blessé si profondément que personne n'a vu la cicatrice. J'ai pleuré, puis appris à vivre avec ma douleur. Mais il a plongé plus profondément dans l'occultisme. Et il a découvert le satanisme juste avant la Chute.

» Quand la Terre a basculé, nous avons survécu avec trois cents compagnons. Puis ils ont commencé à mourir dans la mer de boue qu'était devenu notre monde. Lawrence les a ralliés sous sa bannière. Il les a aidés à survivre. Il était merveilleux, charismatique, compréhensif, fort et attentionné.

» Pendant trois ans, nous avons été presque heureux. Puis les rêves ont commencé. Il voyait Satan lui parler. Il nous a quittés un temps, errant seul dans les terres sauvages. Puis il est revenu avec une Pierre de Daniel, et l'ère des Enfants de l'Enfer a commencé.

» Je suis restée avec lui huit ans de plus. Mais un jour où Lawrence était parti faire un raid sanglant, j'ai quitté le village avec huit autres femmes. Nous ne l'avons jamais regretté. De temps en temps, j'entends parler de la nouvelle nation et du fou qui s'est donné le nom d'Abaddon. Mais le vrai désastre a eu lieu il y a quatre-vingts ans, quand il a rencontré un homme qui lui a donné les clés du pouvoir. Lui aussi était un survivant de la Chute. Il avait exercé une autre profession, mais son passe-temps, c'était les armes. Abaddon et lui ont réinventé l'armurerie.

— Qu'est-il arrivé à l'homme qui fabriquait les armes ?

— Il y a soixante ans, il était aussi mauvais qu'Abaddon. Mais il s'est repenti. Il a fui l'abomination qu'il avait aidé à créer. Devenu Karitas, il a tenté de se construire une nouvelle vie au sein d'un peuple pacifique.

— Ainsi, je devrais épargner Abaddon, au cas où il se repentirait ? Pas question !

— Pourquoi vous moquer de moi ? Selon vous, Dieu ne peut pas changer le cœur d'un homme ? Vous estimez ses pouvoirs si limités ?

— Je ne mets jamais en question ses pouvoirs ou ses actions. Ce n'est pas à moi de le faire. Peu m'importe qu'il ait exterminé les hommes, les femmes et les enfants de Canaan, ou qu'il ait provoqué Armageddon. C'est son monde. Il est libre de faire ce qu'il veut. Mais je ne vois pas Abaddon emprunter la route de Damas…

— Et Daniel Cade ?

— Que voulez-vous dire ?

— Le voyez-vous prendre pareil chemin ?

— Soyez claire, Ruth. Ce n'est pas le moment de parler par énigmes.

— Le chef des Brigands est maintenant à la tête de la résistance des peuples du Sud contre les Enfants de l'Enfer. Il dit qu'il est guidé par Dieu, et qu'il fait des miracles. Les gens se rassemblent sous sa bannière. Que pensez-vous de cela ?

— De tout ce que vous avez pu me dire, ma dame, c'est ce qui me réjouit le plus. Daniel Cade est mon frère aîné. Croyez-moi, il ne prêchera pas le pardon. Il éliminera les Enfants de l'Enfer, comme le dit le Livre. Par les cieux, ils verront qu'il est encore plus difficile à tuer que moi !

— Je prêche pour une cause perdue, souffla Ruth. Mais dans l'histoire, l'amour est toujours passé au second plan. Nous parlerons de nouveau, maître Shannow.

Ruth se détourna.

Et disparut.

Daniel Cade eut plusieurs chocs au cours de la campagne de printemps. Pour commencer, il devint un homme solitaire. Les gens s'approchaient de lui avec une déférence troublante, même ceux qu'il connaissait depuis des années. Quand il arrivait près des feux de camp, les blagues lubriques cessaient de pleuvoir et les gens détournaient le regard, gênés. Lorsque des hommes juraient en sa présence, ils s'excusaient aussitôt. Il s'en était d'abord amusé, persuadé que ces fantaisies cesseraient au bout de quelques jours. Mais ce ne fut pas le cas.

Le deuxième choc vint de Sebastian.

Cade était dans sa cabane avec Lisa quand il entendit crier. Il sortit et vit des hommes descendre la pente à la rencontre d'un petit groupe de réfugiés. Son genou le faisant souffrir, il utilisa sa canne pour avancer plus vite. Une femme d'âge moyen avait pris la tête du groupe, suivie par quatre adolescentes et une dizaine d'enfants. Ils conduisaient par la bride un cheval sur le dos duquel gisait un cadavre.

Quand la femme aux cheveux gris vit Cade, elle courut vers lui et s'agenouilla à ses pieds. La foule recula. Beaucoup de fermiers conservaient une certaine méfiance vis-à-vis de l'ancien Brigand. Ils se turent en voyant la femme pleurer à ses pieds. Cade avança et la releva. Leurs yeux se rencontrèrent.

— Vos ennuis sont terminés, ma sœur...

— Grâce à vous et à la main de Dieu, dit-elle d'une voix tremblante.

— Que t'est-il arrivé, Abigaïl ? demanda un homme.

— C'est toi, Andrew ?

— Oui. Nous pensions que vous étiez perdus !

La femme se laissa tomber sur le sol et l'homme s'agenouilla à côté d'elle. Cade se sentit perdu et étrangement seul.

Puis Lisa le rejoignit et lui prit le bras.

— Nous avions emmené les enfants dans les collines pour un pique-nique, dit Abigaïl. Mais des cavaliers ont envahi la vallée. Nous savions que nous ne pourrions pas y retourner. Pendant des jours, nous nous sommes cachés dans les cavernes. Nous avons mangé des baies, des racines et de la soupe d'ortie. À la fin, la jeune Mary a suggéré d'essayer de rallier les monts Yeager.

» Pendant deux jours, nous avons voyagé de nuit. Le troisième, nous avons couru le risque de traverser les grands pâturages. C'est là que les cavaliers nous ont trouvés. Des hommes mauvais, au regard froid et à l'esprit ignoble. Il y en avait six. Je jure qu'ils n'étaient pas humains !

La femme se tut. Les gens du camp étaient assis en cercle autour d'elle avec les réfugiés. Sauf Cade, que son genou raide empêchait de se baisser.

— Terrifié, un des enfants s'évanouit. Les cavaliers mirent pied à terre et retirèrent leurs casques noirs. Cela augmenta notre peur, car leurs visages affichaient une expression bestiale qui nous glaça le sang.

» L'un d'eux me frappa et je tombai sur le sol. Je ne vous dirai pas ce qu'ils ont fait à certains d'entre nous, mais je vous assure qu'il n'y a aucune honte pour ceux qui l'ont subi, parce qu'il nous était impossible de nous défendre.

» Un homme a sorti un grand couteau, annonçant qu'ils allaient couper la gorge des enfants. Si nous voulions survivre, il faudrait boire leur sang et jurer allégeance à leur dieu démoniaque. Je savais qu'ils mentaient. C'était écrit sur leurs visages. Je les ai suppliés d'épargner les petits, et ils se sont moqués de moi. Puis nous avons entendu un bruit de sabots. Les six monstres se sont retournés. Un cavalier arrivait. Il y eut deux explosions violentes, et – béni soit Dieu – les balles touchèrent deux hommes, qui s'écroulèrent. Les quatre autres ouvrirent le feu. Le cavalier, touché à la poitrine, tomba de sa selle.

» Ils n'ont pas regardé leurs camarades blessés. Le chef s'est tourné vers moi. « Ta mort sera très lente, vieille sorcière ! » a-t-il dit.

» Un autre coup de feu retentit. Du sang coulant à flots de sa poitrine, le jeune homme avança en titubant. Les Enfants de l'Enfer lui tirèrent dessus à plusieurs reprises, mais il continua à riposter, chaque coup faisant une nouvelle victime. Cela s'est passé si vite ! Pourtant, je revois chaque seconde comme si elle avait duré une heure. Le jeune homme, les dents serrées, luttait contre la douleur, refusant de mourir avant que nous soyons sauvés. Le chef fut le dernier à périr, le cœur transpercé par une balle…

» J'ai couru vers notre sauveur, et j'ai fermé les yeux devant ses blessures. Son dos avait éclaté, ses côtes semblables à des fragments d'ailes brisées. Le sang bouillonnait dans sa gorge, mais ses yeux étaient clairs et il me sourit, comme s'il était heureux d'être couché là comme une poupée déchirée.

» J'avais du mal à le voir à travers mes larmes quand il parla. « Daniel Cade m'a envoyé », murmura-t-il. « Comment savait-il que nous étions là ? » ai-je demandé. « Nous sommes l'armée de Dieu… »

» Puis il est mort. Son visage était si paisible et joyeux ! J'ai compté ses blessures. Il y en avait quatorze. Aucun homme n'aurait pu survivre aussi longtemps si la main du Tout-Puissant ne l'avait pas touché.

» Nous l'avons soulevé de terre et posé sur son cheval. Il ne pesait pas plus qu'un enfant. Nous sommes venus ici, comme nous en avions l'intention, et personne ne s'est dressé en travers de notre chemin. Nous avons croisé des patrouilles de cavaliers noirs, mais ils ne nous ont pas vus, alors que nous ne nous cachions pas. Protégés par l'esprit de ce jeune homme, nous l'avons ramené pour qu'il soit enterré près de son peuple. Mais nous ne savons pas son nom.

La femme s'arrêta de parler et regarda Cade.

— Il s'appelait Sebastian, et il avait dix-neuf ans…

Il se tourna pour partir, mais un fermier l'interpella.

— Ce gamin était un tueur, un violeur et un voleur. Je connaissais les salauds avec qui il était, et il n'avait jamais rien fait d'honnête de sa vie.

— C'est impossible ! cria Abigaïl.

— Par Dieu, je jure que c'est vrai, dit le fermier. Mais j'aiderai à creuser sa tombe, et je serai fier de lever ma pelle. (Il se tourna vers Cade.) Je ne m'explique pas cela, et je n'ai jamais cru ni en Dieu ni au Diable. Mais si un garçon comme Sebastian peut donner sa vie ainsi, il doit y avoir quelque chose. Je serai honoré que vous m'acceptiez à votre prochaine réunion de prières.

Cade hocha la tête. Lisa l'accompagna jusqu'à leur cabane. Il tremblait quand ils y arrivèrent. Elle fut étonnée de voir des larmes couler sur ses joues.

— Pourquoi ? dit-il. Pourquoi a-t-il fait ça ?

— Tu l'as entendu, Daniel. Il appartenait à l'armée de Dieu.

— Ne commence pas avec ça ! Je ne lui ai pas dit qu'il y avait une femme et des enfants. Je lui avais seulement demandé de voir s'il trouvait des réfugiés.

— Ce que tu lui as dit pour l'impressionner, c'est que Dieu t'avait ordonné de l'envoyer à l'Ouest pour chercher des réfugiés.

— Quelle différence ? Je ne lui ai pas précisé à quel endroit exact ils étaient !

— Pour un homme aussi intelligent et rusé, tu me surprends. Tu envoies un des tiens chercher au hasard, mais pour Dieu, il n'existe pas de hasard. Dans l'esprit de Sebastian, les réfugiés étaient forcément là. Ils avaient besoin de lui. Et il est arrivé à les sauver, même en étant criblé de balles.

— Que m'arrive-t-il, Lisa ? Tout va de travers.

— Au contraire. Que vas-tu faire au sujet de la réunion de prières ?

— Quelle réunion ?

— Tu n'as pas fait attention, n'est-ce pas ? Le fermier a demandé s'il pouvait participer à la prochaine, et une cinquantaine d'autres hommes ont approuvé. Ils veulent t'entendre parler. Ou plutôt, être présents quand Dieu parlera par ta bouche.

— Je ne peux pas faire ça. Tu le sais !

— Je le sais. Mais tu *dois* le faire. Tu as lancé cette mascarade, et il faut vivre avec. Tu leur as donné de l'espoir. Maintenant, trouve un moyen de le nourrir.

— Je ne suis pas un prêtre ! Par le Christ ! Je n'y crois même pas.

— Cela n'a plus d'importance. Tu es Daniel Cade le Prophète, et tu vas mettre en terre ton premier martyr. Personne ne voudrait rater ton oraison funèbre.

Lisa avait raison.

Ce soir-là, Gambion vint trouver Cade et lui annonça qu'ils enterreraient Sebastian au sommet d'une colline. Il lui demanda de prononcer quelques mots. Quand l'ancien Brigand monta sur la colline, le soleil couchant illuminait les montagnes, à l'ouest. Six cents personnes étaient réunies autour de la tombe fraîchement creusée.

Cade ouvrit sa Bible et inspira à fond.

— Il y a bien longtemps, dit-il, on demanda au Seigneur Jésus d'expliquer comment, dans les derniers jours, le bon grain serait séparé de l'ivraie. Sa réponse fut de celles que Sebastian aurait aimé entendre. Elle ne prétendait pas qu'il fallait avoir été bon toute sa vie. Heureusement, parce que c'était un garçon au sang chaud. Il avait commis quelques méfaits qu'il aurait préféré oublier.

» Quand le Seigneur en est arrivé aux gens destinés au feu éternel et à la damnation, il a dit : « Retirez-vous loin de moi, vous que Dieu a maudits, et allez dans le feu éternel préparé pour le diable et ses anges. Car j'ai souffert de la faim, et vous ne m'avez rien donné à manger. J'ai eu soif, et vous ne m'avez rien donné à boire. J'étais un étranger, et vous ne m'avez pas accueilli chez vous. J'étais nu, et vous ne m'avez pas donné de vêtements. J'étais malade et en prison, et vous n'avez pas pris soin de moi. »

» Ils répondirent par ces mots : « Mais, Seigneur, quand t'avons-nous vu souffrant de la faim ou de la soif ; quand t'avons-nous vu étranger, nu, malade ou en prison, et avons-nous négligé de te rendre service ? » Il leur a répondu : « Vraiment, je vous l'assure : chaque fois que vous n'avez pas fait cela au moindre de ceux que voici, c'est à moi que vous avez manqué de le faire. »

» Voulez-vous savoir ce que ça signifie ? Si vous répondez « oui », regardez dans votre propre cœur. Sebastian le savait. Il a vu les faibles en danger et il a chevauché jusqu'en Enfer pour les en ramener. Il est allé aux frontières de la mort, mais l'ennemi n'a pas pu l'arrêter. Maintenant, alors que le soleil se couche, il est en route pour la gloire.

» Quand il arrivera au ciel et que quelqu'un soulignera qu'il a été mauvais, le Seigneur mettra son bras autour des épaules de Sebastian et dira : « Cet homme est mien car il a pris soin de mes agneaux. »

Cade s'arrêta et essuya la sueur qui coulait sur son visage. Il avait fini son discours, mais devinait que les gens attendaient toujours. Quelque chose manquait.

Il leva les bras.

— Prions !

Tout le monde tomba à genoux.

Cade déglutit péniblement.

— Ce soir, nous sommes réunis pour dire adieu à notre frère Sebastian, et implorer le Seigneur Tout-Puissant de l'accueillir pour l'éternité. Et nous demandons, quand viendront des heures sombres, que le courage de Sebastian soutienne celui de chaque homme et de chaque femme. Quand la peur frappera dans la nuit, pensez à Sebastian. Quand les Enfants de l'Enfer attaqueront, pensez à Sebastian. Et quand l'aube semblera trop loin, pensez au jeune homme qui a donné sa vie pour que d'autres survivent.

» Seigneur, nous sommes votre armée, et nous existons pour accomplir votre volonté. Soyez avec nous à tout jamais. Amen.

Trois hommes soulevèrent le corps de Sebastian et le couchèrent doucement dans sa tombe, lui couvrant le visage avec un morceau de lin. Cade regarda le corps, luttant contre des larmes qu'il ne comprenait pas. Gambion lui serra l'épaule et sourit.

— Où irons-nous après, Daniel ?

— Nulle part.

— Je ne comprends pas.

— L'ennemi approche. Des milliers d'hommes…

Chapitre 9

L'irritation de Shannow grandit en même temps que la douleur… dans ses pieds. Comme la plupart des cavaliers, il détestait marcher. Ses bottes montantes, avec leurs épaisses semelles compensées, rendaient le voyage cauchemardesque. À la fin du premier jour, le pied droit de Shannow était couvert d'ampoules et saignait. Le troisième jour, il lui sembla que ses bottes étaient pleines de verre pilé.

Il progressait vers le nord-ouest, en direction des montagnes, où il espérait trouver Batik et Archer. Il avait l'estomac vide, les baies et les racines qu'il avait trouvées ayant surtout servi à exacerber son appétit. Et s'il changeait sans cesse ses sacoches d'épaule, cela ne l'empêchait pas d'avoir la peau du cou irritée par le cuir.

Son humeur s'assombrissant d'heure en heure, il continua pourtant et croisa de temps en temps des hordes de chevaux sauvages. Mais sans corde, inutile de tenter d'en capturer un !

Le terrain était plissé comme si on avait jeté une couverture dessus. Des ravines, certaines assez profondes, lui barrèrent le chemin, le forçant à suivre une voie parallèle, parfois sur des lieues, avant de reprendre la route qu'il voulait.

Le troisième jour, une heure avant le crépuscule, Shannow trouva des traces de chevaux ferrés. Il examina les alentours, puis s'agenouilla pour étudier les empreintes de plus près. Les bords étaient craquelés. Plusieurs jours s'étaient écoulés depuis le passage des bêtes. Se penchant, il en détermina le nombre : sept. Cela le soulagea, car il craignait qu'il y en ait six, preuve que les Zélotes étaient toujours à sa recherche.

Il continua à avancer, puis campa dans un arroyo peu profond mais abrité du vent. Il dormit mal et repartit peu après l'aube. À midi, il atteignit le pied de la chaîne de montagnes, mais il dut bifurquer vers le nord-est pour trouver un col.

Trois cavaliers approchèrent de lui quand il redescendit vers la plaine.

Ces jeunes gens aux vêtements tissés à la main n'avaient pas de fusil.

— Vous avez perdu votre cheval ? demanda le premier, un gaillard lourdement bâti aux cheveux clairs.

— Oui. À quelle distance suis-je de votre village ?

— À pied ? Environ deux heures.

— Les étrangers sont-ils bien accueillis chez vous ?

— Parfois.

— Comment s'appelle cette région ?

— Castlemine. Vous verrez pourquoi en y arrivant. C'est un revolver ?

— Oui, dit Shannow.

— Mieux vaut le cacher. Ridder n'autorise pas d'armes à Castlemine, à part celles de ses hommes.

— Merci de l'avertissement. C'est le chef?

— Oui. Il possède la mine, et il a été le premier à s'installer dans les ruines. Ce n'est pas un mauvais type, mais il dirige tout depuis si longtemps qu'il se prend un peu pour un roi, comme dans l'ancien temps.

— Je me tiendrai hors de son chemin.

— Vous aurez de la chance si vous y arrivez. Vous avez des pièces ?

— Quelques-unes, fit Shannow, méfiant.

— Parfait. Cachez-les, mais gardez-en trois sous la main pour l'inspection.

— L'inspection ?

— Ridder a promulgué une loi : tout étranger qui a moins de trois pièces est un vagabond. Il est passible de travaux forcés, soit dix jours dans la mine. Mais quand on ajoute les autres transgressions, cela devient plutôt six mois !

— Je crois que j'ai compris, dit Shannow. Êtes-vous toujours aussi prompt à donner des conseils aux étrangers ?

— La plupart du temps... Je m'appelle Barkett et j'ai une petite ferme au nord. Si vous cherchez du travail, je peux vous en donner.

— Non, je vous remercie.

— Bonne chance.

— À vous aussi, maître Barkett.

— Je vois que vous venez de loin dans le Sud. Ici, on dit monsieur Barkett.

— Je m'en souviendrai.

Shannow les regarda s'éloigner. Puis il posa ses sacoches sur un rocher, retira son ceinturon et le cacha à côté de sa Bible. Enfin, il sortit son petit sac de pièces de Barta, passa la cordelette autour de son cou et mit le sac sous sa chemise.

Il regarda le chemin que Barkett et ses compagnons avaient emprunté, prit une précaution de dernière minute et recommença à marcher, les mains dans les poches de son manteau.

Il se retourna en entendant un bruit de sabots derrière lui. Barkett revenait, seul.

— Une autre petite chose, maintenant que vous avez caché votre arme : je vous débarrasserai volontiers de vos pièces de Barta !

Barkett sortit un petit pistolet à un coup.

— Vous êtes sûr que c'est raisonnable ?

— Raisonnable ? On vous les prendrait à Castlemine, de toute façon. Vous les regagnerez en travaillant dans les mines de Ridder... un an ou deux.

— Vous devriez réfléchir, dit Shannow. Il serait bon que vous rangiez votre arme et que vous partiez. Je ne crois pas que vous êtes mauvais, seulement un peu cupide. Vous méritez une chance de vivre.

— Vraiment ? dit Barkett, avec un grand sourire. Et pourquoi ?

— Parce qu'il est clair que vous voulez seulement me voler, sinon vous m'auriez tué sans rien dire.

— Exact. Maintenant, passez-moi votre argent, qu'on en finisse avec cette affaire !

— Vos amis savent-ils que vous vous êtes lancé dans cette aventure ?

— Je ne suis pas venu pour parler ! Donnez-moi vos sacoches !

— Écoute bien, mon gars, c'est ta dernière chance. J'ai un revolver dans ma poche. Il est braqué sur toi. Ne continue pas sur cette voie !

— Et tu penses que je vais te croire ?

— Non, dit tristement Shannow en appuyant sur la détente.

Barkett bascula de son cheval. Son arme cracha une balle qui ricocha sur les rochers. Jon approcha, espérant que l'homme n'était pas blessé à mort. Mais la balle lui avait transpercé le cœur.

— Maudit sois-tu ! Je t'ai donné plus de chances que tu en méritais. Pourquoi as-tu refusé de m'écouter ?

Les deux compagnons de Barkett déboulèrent, armés tous les deux. Shannow sortit de sa poche le revolver de l'Enfant de l'Enfer – sa judicieuse précaution de dernière minute.

— Il y a déjà un mort, dit-il. Vous voulez subir le même sort ?

Les hommes tirèrent sur leurs rênes et regardèrent le cadavre. Puis ils rangèrent leurs armes et continuèrent à avancer.

— C'était un fichu imbécile, dit le premier cavalier, un type aux yeux noirs et au visage bronzé. Nous ne sommes pas dans le coup.

— Mettez-le en travers de sa selle et ramenez son corps chez lui.

— Vous ne prenez pas le cheval ?

— J'en achèterai un à Castlemine.

— N'y allez pas. Tout ce qu'il vous a dit était vrai, à part l'histoire des trois pièces. Peu importe combien d'argent vous avez : on vous le prendra et on vous obligera à travailler à la mine. Ridder est comme ça.

— Combien d'hommes a-t-il ?

— Vingt.

— Dans ce cas, je suivrai votre conseil. Mais je veux acheter le cheval. Quel est le prix, ici ?

— Ce n'est pas mon cheval.

— Vous donnerez l'argent à sa famille.

— Ce n'est pas si simple. Prenez la monture, et partez !

Shannow comprit. Il posa ses sacoches sur le dos du cheval et sauta en selle.

Si les cavaliers retournaient en ville avec de l'argent, cela signifierait qu'ils avaient rencontré le meurtrier de leur ami et ne l'avaient pas vengé. Tout le monde les considérerait comme des lâches.

— Je ne voulais pas le tuer, dit Shannow.

— Ce qui est fait est fait. Il a de la famille. Ses membres vous poursuivront.

— Il vaudrait mieux pour eux qu'ils ne me trouvent pas.

— Je n'en doute pas.

Shannow talonna le cheval et partit. Puis il se tourna sur sa selle et cria :

— Dites-leur de chercher Jon Shannow.

— L'Homme de Jérusalem ?

Il hocha la tête et lança le cheval au galop. Derrière lui, les jeunes gens mirent pied à terre et hissèrent le corps de leur ami sur le dos d'une de leurs montures.

Shannow ne regarda pas en arrière. L'incident était déjà oublié, comme beaucoup d'autres de sa vie. Barkett aurait pu survivre, il avait refusé de saisir sa chance. Jon n'avait aucun remords.

Il n'avait qu'un seul regret…

Pour l'enfant rencontré au mauvais endroit et au mauvais moment qui avait été entraîné dans la spirale de mort qui accompagnait partout l'Homme de Jérusalem.

Shannow chevaucha pendant une heure. Sa nouvelle monture ne montrait aucun signe de fatigue. Cet étalon alezan, un peu plus grand que son hongre, était bâti pour la force et la résistance. Il avait été bien entretenu, et sans doute nourri au grain. Shannow fut tenté de le faire galoper à fond pour éprouver ses limites, mais dans une région hostile, il n'en était pas question.

Le soir tombait quand il vit les lumières de Castlemine. Pas de doute possible sur l'identité du village. Il s'étendait au pied de la montagne, sous une forteresse en granit à six tours crénelées. Un bâtiment immense, le plus grand que Shannow ait jamais vu. À côté, les huttes et les cabanes des mineurs semblaient minables, comme des scarabées près d'un éléphant. Quelques bâtisses plus grandes se dressaient des deux côtés de la rue principale. Un moulin avait été construit à gauche de la forteresse, en travers d'un cours d'eau.

De la lumière brillait à plusieurs fenêtres. Le village avait l'air inoffensif. Mais Shannow se laissait rarement tromper par les apparences. Il resta sur son cheval, recensant ses options. Le jeune cavalier lui avait conseillé d'éviter Castlemine. Le jour, il ne s'en serait pas approché. Mais il lui fallait des provisions. Il repéra l'épicerie, près d'un bâtiment qui devait être une salle de réunion ou une taverne.

Il vérifia ses armes. Le revolver pris à l'Enfant de l'Enfer était chargé, comme celui à crosse d'ivoire. Ayant arrêté sa décision, il descendit la colline et attacha son cheval près de la taverne. Il y avait peu de monde dans les rues, et personne ne lui prêta attention.

Il approcha du magasin, mais sa porte était verrouillée. De l'autre côté de la rue se trouvait une auberge. Il traversa et entra. Les huit clients levèrent la tête, puis retournèrent à leur repas. Shannow s'assit à côté de la fenêtre, face à la porte. Une femme d'âge moyen, en tablier à carreaux, lui apporta un pichet d'eau fraîche et une tasse.

— Nous avons de la viande et des patates douces, annonça-t-elle.

Shannow leva la tête et vit de la peur dans les yeux de la femme.

— Parfait. De la viande de quoi ?

— Du lapin et du pigeon.

— Je prendrai ça. Où puis-je trouver le propriétaire du magasin ?

— Baker passe le plus clair de ses soirées à la taverne. Il y a une chanteuse...

— Comment le reconnaîtrai-je ?

La femme jeta un coup d'œil inquiet aux autres clients, puis se pencha vers Jon.

— Vous n'êtes pas avec les hommes de Ridder ?

— Non. Je suis de passage.

— Je vous servirai un repas, mais ensuite vous devrez partir. Ridder est à court de travailleurs depuis que la fièvre pulmonaire a tué les Hommes-Loups.

— Comment reconnaîtrai-je Baker ?

— C'est un grand type avec une longue moustache, mais pas de barbe. Il a les cheveux gris et une raie au milieu. Vous ne pourrez pas le manquer. Je vais chercher votre nourriture.

Le repas était assez ordinaire, mais l'estomac affamé de Shannow s'en contenta. La femme aux cheveux gris vint s'asseoir à côté de lui pendant qu'il épongeait le jus de viande avec du pain frais.

— On dirait que vous aviez faim !

— Exact. Je me suis régalé. Combien vous dois-je ?

— Rien, si vous partez tout de suite.

— C'est aimable à vous, mais j'ai besoin de provisions. Je partirai après avoir vu Baker.

La femme haussa les épaules et sourit. Dans sa jeunesse, pensa Shannow, elle avait dû être très attirante. Maintenant, elle était trop grosse et fatiguée.

— Vous en avez assez de la vie ?

— Je n'en ai pas l'impression !

Les autres clients partirent. Jon resta seul. La femme ferma la porte et débarrassa les tables. Un homme sortit de la cuisine et enleva son tablier sale. Elle le remercia et lui donna deux pièces d'argent.

— Bonne nuit, Flora, dit-il.

Il salua Shannow. La femme le fit sortir puis éteignit les lampes.

— Baker quittera la taverne vers minuit. Vous pouvez attendre ici.

— Je vous remercie. Mais pourquoi faites-vous cela pour moi ?

— C'est peut-être l'âge, dit Flora, mais j'en ai assez de Ridder et de ses manières. C'était un type bien, autrefois, mais trop de morts l'ont endurci.

— C'est un tueur ?

— Non, même s'il a abattu des gens. Je parlais de la mine. Ridder produit de l'argent pour les pièces de Barta. Il y a une rivière à trente lieues au nord. Elle conduit à la mer. Ridder envoie son argent par bateau à différents villages, et l'échange contre du grain, du fer, du sel et des armes. Mais cette mine tue les gens ! Avant, il payait les ouvriers, mais ils mouraient ou s'enfuyaient. Alors, il s'est mis à capturer des Hommes-Loups. Hélas, ils ne vivent pas longtemps dans les sous-sols. Ils tombent malades et meurent.

— Que sont les Hommes-Loups ?

— Vous n'en avez jamais vu ? Vous devez venir de loin ! Ce sont des créatures de petite taille, couvertes de poils. Ils ont des visages allongés et des oreilles pointues. On dit qu'ils nous ressemblaient jadis, mais je n'y crois pas.

— Il y a une tribu dans le secteur ?

— Bien plus d'une ! Probablement des centaines. Heureusement, ils sont inoffensifs. Ils se nourrissent de lapins, de pigeons, de dindes ou de n'importe quel petit animal qu'ils peuvent abattre avec leurs arcs ou leurs frondes. Selon Ridder, ce sont de bons ouvriers, tant qu'ils survivent. Ils sont dociles et font tout ce qu'on leur dit. Mais depuis la fièvre pulmonaire, Ridder manque de travailleurs. Les étrangers finissent dans sa mine. Ses éclaireurs écument le pays. Ils ramènent des chariots remplis de familles entières forcées de travailler dans les puits et les tunnels. Avant, un homme avait la possibilité de regagner sa liberté en deux ou trois mois, mais ce n'est plus le cas. Nous ne revoyons jamais ceux qu'il capture.

— Pourquoi le laisse-t-on faire ? demanda Shannow. Cette ville est assez grande. Il y a trois ou quatre cents personnes ici.

— Vous ne connaissez pas très bien les gens, n'est-ce pas ? demanda Flora. Ridder est la principale source de richesses. Ceux qui habitent au pied de la forteresse n'ont rien à craindre des Brigands ou des pillards. Nos existences sont confortables, nous avons une école et une église. Tout va bien !

— Une église ?

— Nous vivons dans la crainte de Dieu. Le pasteur s'en assure.

— Et que pense-t-il des méthodes de Ridder ?

Elle gloussa.

— Ridder *est* le pasteur !

— Vous avez raison, ma dame. Je ne sais pas grand-chose sur les gens…

— Ridder cite la Bible à tout bout de champ. La phrase qu'il préfère est : « Esclave, obéis à ton maître. »

— Pas étonnant, dit Shannow.

La porte de la taverne s'ouvrit et un homme aux cheveux gris en sortit.

— Baker ?

— Oui.

Shannow prit une pièce de Barta dans sa poche et la posa sur la table.

— Je vous remercie, ma dame.

— C'est trop !

— Tout travail mérite salaire.

Flora l'accompagna jusqu'à la porte. Il sortit, traversa la rue, et accosta le propriétaire du magasin, qui avançait en titubant.

— Bonsoir, monsieur Baker.

L'homme tourna la tête vers Shannow. Il se frotta les yeux.

— Bonsoir. Je vous connais ?

— Je suis seulement un client. Auriez-vous l'amabilité d'ouvrir votre magasin ?

— À cette heure ? Non, désolé. Revenez demain matin.

— Je crains que ce soit impossible. Mais je vous dédommagerai...

— Vous voulez des fournitures pour la chasse, je suppose ?

Baker sortit la clé du magasin de sa poche.

— Oui.

— J'aurais cru que Ridder serait content, aujourd'hui.

— Comment ça ?

— À cause des deux types que Riggs a ramenés. Je pensais que vous n'auriez pas besoin de vous précipiter chez moi au milieu de la nuit !

Le propriétaire du magasin ouvrit la porte. Shannow entra derrière lui.

— Choisissez ce qu'il vous faut. Je le mettrai sur la note de Ridder.

— Ce ne sera pas nécessaire, j'ai de l'argent.

Baker sembla étonné mais il ne dit rien. Jon prit du sel, de l'avoine séchée, du sucre, de la tisane, un sac de grain, plus deux chemises et de la viande séchée.

— Vous êtes un ami de Riggs, je vois, dit Baker en désignant le revolver que Shannow avait pris à un Enfant de l'Enfer.

— Il a une arme comme celle-là ?

— Il l'a volée à l'homme qu'il a capturé aujourd'hui. Pas le Noir, celui à la barbe fourchue.

Assise à la fenêtre de son bureau, Ruth regardait les étudiants profiter de leur pause de midi sur la pelouse. Il y avait trente-cinq jeunes gens dans le Sanctuaire, tous désireux d'apprendre et de changer le monde. D'habitude, les voir lui remontait le moral. Mais ce n'était pas le cas aujourd'hui.

Elle pouvait lutter contre le mal incarné par des êtres comme Abaddon, car il était compensé par l'amour présent dans le Sanctuaire. Elle savait que le véritable danger pour le monde nouveau était des hommes comme Jon Shannow et Daniel Cade. Des héros qui connaissaient les armes du mal et les retournaient contre leurs utilisateurs, sans comprendre qu'ainsi ils perpétuaient la violence qu'ils cherchaient à éliminer.

— Tu es une femme arrogante, Ruth, dit-elle à voix haute, se détournant de la fenêtre.

La parabole de l'Humanité était répétée à l'infini par les Pierres Sipstrassi – un don du ciel qui avait le pouvoir de guérir, de soutenir et de nourrir. Mais entre les mains des hommes, cela ne suffisait pas : leurs pouvoirs avaient été utilisés pour la mort et le désespoir.

Ruth sentit qu'elle s'éloignait de l'harmonie. Elle inspira à fond et pria en silence, intériorisant la paix du Sanctuaire. Les fenêtres du bureau disparurent. Au milieu des murs lambrissés de pin, le fauteuil de chêne sculpté se transforma en lit. Une cheminée en pierre où ronflait un feu de bois se matérialisa. Ruth s'allongea et regarda les flammes.

Elle sentit la présence d'un autre esprit, érigea aussitôt ses défenses et s'assit. Puis elle lança prudemment une sonde mentale.

— Puis-je entrer ? demanda une voix.

Elle captait de la force, mais pas de mauvaises intentions. Elle abaissa ses défenses. Une silhouette se matérialisa devant elle. Un homme de grande taille, barbu, aux yeux bleus et aux cheveux tressés. Il portait un bandeau d'argent orné d'une pierre dorée.

— Vous êtes Pendarric ?

— Oui, ma dame.

— Le seigneur des Pierres de Sang.

— Hélas, oui.

Un canapé apparut à côté de lui, couvert de coussins de satin. Il se coucha sur le flanc, appuyé sur un coude.

— Pourquoi êtes-vous venu ?

— Pour me racheter, Ruth.

— Vous ne pourrez pas défaire le mal que vous avez généré.

— Je le sais. Mais vous n'êtes pas la seule source de sagesse en ce monde ! Vous restez une mortelle, ma dame. J'ai été submergé par le pouvoir des Pierres, et je dénie ceux qui voudraient me juger. Pourtant, à la fin, ma force a triomphé, et j'ai sauvé des milliers de membres de mon peuple. Abaddon n'est pas aussi fort que ça.

— Que voulez-vous dire ?

— Les Sipstrassi l'ont perdu. Il ne reste rien de l'homme que vous avez épousé. Abaddon n'est pas le père du mal qu'il génère, pas plus que je l'étais. Il a perdu son équilibre, comme vous avez perdu le vôtre.

— Je vis dans l'harmonie, dit Ruth.

— Vous vous trompez. En oblitérant vos désirs, vous avez perdu la bataille. L'harmonie, c'est l'équilibre, la compréhension du mal que nous portons tous en nous, tenu en respect par le bien que nous désirons. L'harmonie survient quand nous avons trouvé le courage d'accepter que nous ne sommes pas parfaits. Ce que vous avez accompli ici est artificiel. Oui, le Sanctuaire est agréable ! Mais quand vous en sortez pour voyager dans le monde, vous sentez grandir vos doutes. Puis vous revenez, comme le papillon attiré par la flamme qui le purifiera. La vérité devrait demeurer, même si le Sanctuaire n'existe plus.

— Et vous connaissez la vérité ?

— Je connais l'harmonie véritable. Il est impossible d'éradiquer le mal. Sans lui, comment saurions-nous ce qui est bien ? Et s'il n'existe plus de cupidité, de luxure ou de désirs funestes, qu'aura réalisé l'homme qui devient bon ? Il n'y aurait plus de montagnes à escalader.

— Que me suggérez-vous de faire ?

— Le grand saut, Ruth.

— Le moment n'est pas encore venu.

— En êtes-vous sûre ?

— On a besoin de moi. Il y a toujours Abaddon.

— Et les loups dans l'ombre, dit Pendarric. Si vous avez besoin de moi, je serai là.

— Attendez ! Pourquoi êtes-vous apparu à Jon Shannow ?

— C'est un Rolynd. Lui seul peut détruire le loup que vous redoutez.

Après le départ de Pendarric, Ruth regarda longtemps le feu. Pour la première fois depuis des années, elle se sentait déconcertée et incertaine. Elle chercha Karitas et l'attira à elle. Son image était brouillée, car son pouvoir diminuait.

— Je suis désolé, Ruth, je ne serai plus là très longtemps pour vous aider. Les liens qui me rattachent à cette terre faiblissent d'heure en heure.

— Comment va Donna Taybard ?

— Son pouvoir est déjà trop grand pour elle, et il se développe à un rythme inquiétant. Abaddon a prévu de la sacrifier lors de la Nuit des Sorcières, afin que son pouvoir alimente la Pierre de Sang. Vous devez l'arrêter !

— Je ne peux pas.

— Vous avez la force de détruire tous les Enfants de l'Enfer !

— Je connais ma puissance ! Pensez-vous que l'idée ne m'ait pas traversé l'esprit ? Ne croyez-vous pas que j'ai été tentée de le faire quand ils ont détruit votre village ? Mais je ne peux pas l'aider de la façon que vous souhaitez.

— Je ne discuterai pas avec vous, dit Karitas en tendant une main spectrale qu'elle prit dans la sienne. Je n'en ai pas le temps. Je vous aime, et je sais que tout ce que vous ferez sera pour le mieux. Vous êtes une femme exceptionnelle. Sans vous, je serais toujours un Enfant de l'Enfer. Mais vous m'avez sauvé.

— Non, Karitas. Vous avez été assez fort pour venir à moi. Il vous a fallu un grand courage pour vous voir tel que vous étiez, et pour changer.

Un bref instant, l'image de Karitas brilla comme un soleil, puis s'effaça. Ruth tendit la main, mais il ne restait rien.

Pour la première fois depuis plus d'un siècle, elle pleura.

Cornélius Griffin avait du mal à contenir sa colère. L'officier des Enfants de l'Enfer, Zedeki, était venu au village, seul, et il avait demandé à parler aux chefs de la communauté. Griffin avait réuni Jacob Madden, encore faible à cause de ses blessures, Jimmy Burke, Ethan Peacock et Aaron Phelps pour écouter ce que voulait l'officier.

Ce qu'il déclara fit trembler Griffin de rage.

—Nous vous laisserons tranquilles en échange d'un otage qui viendra avec nous et rencontrera notre roi. Nous voulons Donna Taybard.

—Sinon ? demanda Griffin.

—J'ai mille hommes avec moi. Mes ordres sont de vous détruire si vous refusez.

—Pourquoi voulez-vous emmener ma femme ?

—On ne lui fera pas de mal.

—Elle est enceinte. Elle ne peut pas voyager.

—Nous le savons, et nous avons préparé un chariot confortable. Croyez-moi, maître Griffin, nous ne voulons pas qu'il arrive malheur à l'enfant.

—Je refuse !

—À vous de choisir. Vous avez jusqu'à demain midi.

Il partit.

Griffin fut choqué de voir que ses amis évitaient son regard.

—Alors ?

—Ils ne nous laissent pas le choix, Cornélius, dit Burke.

—Tu es d'accord ?

—Attendez, Griff, intervint Madden. Réfléchissons. Nous ne pouvons pas survivre à une guerre. Vous avez toujours été de bon conseil, mais nous avons tous des familles… Et il a dit qu'il ne lui ferait pas de mal.

—Vous y croyez, Jacob ? Regardez-moi ! Vous y croyez ?

—Je ne suis pas sûr…

—C'est une des nôtres, dit Peacock. Nous ne pouvons pas les laisser faire. Ce ne serait pas chrétien.

—Qu'y a-t-il de chrétien dans une guerre où nous nous ferons tous tuer ? demanda Aaron Phelps, le visage trempé de sueur.

—La nuit porte conseil, conclut Madden. Nous avons jusqu'à demain midi.

Ils se séparèrent sur ces mots. Griffin resta assis près du fourneau froid. Puis il entendit la porte de la chambre s'ouvrir. Éric s'approcha de lui.

— Tu ne les laisseras pas emmener ma mère, Cornélius ?

Griffin regarda le jeune garçon et sentit des larmes couler sur ses joues. Éric courut vers lui et lui passa les bras autour du cou.

Le lendemain, il faisait beau, mais des nuages noirs se rassemblaient à l'ouest, annonçant des orages. Le comité se rassembla de nouveau, et Griffin exigea que la communauté entière vote. Zedeki revint au village avec un chariot et attendit le résultat de la consultation.

Les habitants passèrent un par un devant l'urne. Même les gamins avaient été autorisés à s'exprimer. Vers midi, l'armée des Enfants de l'Enfer s'installa sur les collines, montant la garde en silence.

Madden et Peacock furent chargés de compter les votes. Ils emportèrent l'urne dans la petite cabane de l'érudit. Dix minutes plus tard, Madden appela Burke. Le vieil homme entra dans la cabane. Puis Griffin parla à la foule, renvoyant chacun à ses foyers.

Il était sur des charbons ardents.

Zedeki regarda son armée et sourit. Quelle stupide plaisanterie ! Il était clair que Griffin savait ce qui allait se passer. Mais ce que les gens étaient capables de faire pour sauvegarder leur dignité l'amusait beaucoup.

Madden sortit de la cabane et dépassa Griffin, qui fit mine de se lever. Mais le fermier lui fit signe de rester assis et gagna le chariot.

— Vous pouvez filer, dit-il. Nous ne vous la donnerons pas.

— Vous êtes fou ? cria Zedeki en désignant les cavaliers armés. Pensez-vous pouvoir leur résister ?

— Il n'y a qu'une façon de le savoir, annonça Madden.

Derrière lui, les hommes et les femmes du village sortirent de leur maison, armes à la main, et prirent position.

— Vous condamnez le village à mort ! cria Zedeki.

— Non, dit Madden, ça, c'est votre boulot ! Je n'ai pas confiance en vous. J'ai déjà rencontré des gens de votre acabit. Votre parole ne vaut rien. Si vous voulez Donna, venez la prendre !

— C'est ce que nous allons faire. Vous ne vivrez pas assez longtemps pour regretter votre décision.

Madden regarda partir Zedeki. L'idée de le tuer l'effleura. Mais il ne bougea pas, attendant que le chariot ait monté la pente. Puis il sortit son revolver et l'arma. Griffin le rejoignit.

— Merci, Jacob.

— Ne me remerciez pas. J'ai voté pour qu'on la laisse partir.

— Merci pour le reste...

Quand le chariot eut disparu de l'autre côté de la colline, les Enfants de l'Enfer qui montaient la garde se volatilisèrent aussi. Les villageois attendirent d'être attaqués, mais rien ne se passa. Madden et Griffin sellèrent leurs chevaux et partirent en inspection. Les Enfants de l'Enfer n'étaient nulle part en vue.

— Je me demande ce qui se passe, Cornélius...

— Je l'ignore. Ils n'ont pas eu peur de nous, c'est sûr !

— Pourquoi ont-ils fichu le camp ?

— Cela a un lien avec Donna. Ils la veulent *vivante.*

— Pourquoi ?

— Je me trompe peut-être, mais c'est la seule explication valable. Je crois qu'ils nous auraient tous tués si nous la leur avions remise. Ils craignent de blesser Donna.

— Que faire ?

— Attendre. Nous n'avons pas le choix !

Donna voyait tout. Son corps était pratiquement dans le coma, mais son esprit volait entre les nuages et la vallée verdoyante. Elle vit les villageois voter et décider de la défendre. Elle en fut à la fois réjouie et attristée, parce qu'elle lisait de la traîtrise dans le cœur de Zedeki.

Le village était condamné.

Incapable d'affronter la réalité, Donna prit la fuite dans un tourbillon de couleurs et zigzagua entre les étoiles. En ce lieu, le temps n'existait pas, il était comme immobile.

Elle s'arrêta enfin, flottant au-dessus d'une mer bleue où les mouettes plongeaient autour de récifs de corail. Cet endroit était paisible et beau.

Le calme et la paix emplirent son âme telle l'arrivée de l'aube après une nuit peuplée de cauchemars.

Une femme apparut à côté d'elle. Donna sentit la paix qui émanait d'elle. D'âge moyen, celle-ci avait une chevelure gris acier et un visage à la sérénité intemporelle.

—Je m'appelle Ruth...

—Ils vont tuer mon fils, dit Donna. Mon petit garçon!

Elle ne pleurait pas, mais Ruth sentit son angoisse.

—Je suis désolée, Donna. Je ne sais que dire.

—Pourquoi agissent-ils ainsi?

—Ils poursuivent un rêve qui hante l'humanité depuis l'aube des temps. La conquête, la victoire, la virilité, le pouvoir... Ce sont les armes les plus efficaces du mal!

—Je rentre chez moi, déclara Donna. Je veux être avec mon fils.

—Ils prévoient de vous sacrifier. Ils veulent utiliser votre mort comme une source de puissance.

—Ils ne m'auront pas.

—En êtes-vous sûre?

—Ma force a augmenté, Ruth. Abaddon ne pourra pas me prendre. J'emporterai mon âme loin de lui, et je laisserai mon corps mourir comme une coquille vide.

—Cela vous demandera un grand courage.

—Non, dit Donna. Parce que je rejoindrai mon fils et mon époux.

Donna reprit la route de son foyer. Cette fois, elle voyagea sans paniquer. Les couleurs tourbillonnantes se transformèrent en événements, lui montrant l'histoire kaléidoscopique d'un monde devenu fou. Les césars, les princes, les khans, les rois, les empereurs, les seigneurs, les ducs et les barons, tous tendus vers un seul but... Elle vit des chars et des lances, des arcs et des canons, des tanks et des appareils volants et une lumière qui brillait au-dessus des villes comme une torche géante. Cela n'avait pas de sens et était horriblement... mesquin.

Il faisait nuit quand elle arriva dans la vallée. Madden et Burke montaient la garde, attendant l'attaque avec un courage résigné. Elle flotta au-dessus du lit d'Éric. Le jeune garçon dormait paisiblement, le visage impassible.

Karitas apparut.

—Comment allez-vous ?

Sa voix était étrangement froide. Donna frissonna.

—Je ne supporte pas l'idée de les regarder mourir.

—Ce n'est pas nécessaire. Nous pouvons les sauver.

—De quelle manière ?

—Vous devez me faire confiance. Il faut revenir dans votre corps, puis nous quitterons la vallée. Les villageois ne seront pas en danger si vous n'êtes plus là. Je vous emmènerai en lieu sûr.

—Mon fils vivra ? Vraiment ?

—Venez avec moi, Donna.

Elle hésita.

—Je dois prévenir Cornélius.

—Non. N'en parlez à personne. Quand tout sera terminé, vous pourrez revenir. Faites-moi confiance.

Donna revint dans son corps.

Cornélius dormait dans un fauteuil. Elle essaya de se lever. En vain, car elle avait de nouveau le sentiment d'être un liquide dans une éponge.

—*Imaginez que votre corps est une fine feuille de cuivre*, conseilla Karitas.

C'était plus facile. Elle se leva, mais retomba sur son lit.

—*Concentrez-vous, Donna ! Leur survie dépend de vous.* (Elle se leva et s'habilla.) *Mettez des vêtements sombres*, dit Karitas. *Nous devons éviter les gardes.*

Elle ne le voyait plus, mais sa voix était un murmure glacial dans son esprit.

Elle sortit. Madden et Burke surveillaient les collines et ne la virent pas passer. Se cachant derrière des arbustes et des rochers, elle gravit lentement la butte et s'arrêta au sommet.

—*Par là*, dit Karitas. *Près de ce cercle de rochers, vous trouverez quelque chose qui vous aidera. Venez.*

Elle avança et vit cinq bandeaux d'argent briller sous le clair de lune.

— *Mettez-en deux à vos chevilles, deux à vos poignets et le dernier sur votre front. Vite!* (Elle obéit.) *Maintenant, quittez votre corps.*

Elle se détendit et tenta de s'envoler.

Il ne se passa rien. Pas un mouvement, aucune ascension vertigineuse.

— Et maintenant, Karitas ?

Six Zélotes sortirent de leur cachette et approchèrent. Elle voulut fuir, mais ils la rattrapèrent sans mal. Elle essaya d'arracher les bandeaux de ses bras, mais ils l'immobilisèrent.

Puis une autre voix retentit dans son esprit.

— *Vous m'appartenez, Donna Taybard, comme je l'avais dit!* siffla Abaddon.

Donna bascula dans une obscurité miséricordieuse.

Griffin sortit de la cabane en titubant, une arme à la main.

— Jacob ! hurla-t-il.

— Qu'y a-t-il, Cornélius ?

— Elle est partie ! Donna est partie ! Oh, Dieu !

Burke cria et montra quelque chose du doigt. Madden leva les yeux et vit l'armée d'Enfants de l'Enfer, revenue au sommet de la colline. Une trompette sonna. Les cavaliers se précipitèrent sur le village. Hommes et femmes sortirent de leur cabane, les armes à la main, et se postèrent derrière les abris.

Madden cria à Rachel de lui apporter son fusil. Elle entra dans la maison et sortit peu après, l'arme prise aux Enfants de l'Enfer dans les bras. Le premier coup de feu de la bataille l'atteignit à la poitrine. Madden courut vers elle et la rattrapa avant qu'elle touche le sol.

— Quelque chose m'a frappée, Jacob, murmura-t-elle.

Puis elle poussa son dernier soupir.

Madden saisit le fusil et engagea une balle dans la culasse. Au même instant, le bruit des sabots de l'armée ennemie retentit. Il tira deux fois, deux cavaliers tombant de leur selle. Un troisième fit feu, soulevant la poussière aux pieds de Jacob. Sa riposte arracha la tête de l'homme.

Griffin lança un fusil à Éric et sortit de la cabane. Il vit Madden tomber et les cavaliers arriver sur lui.

Il leva son arme, visa et tira six balles.

Burke et une vingtaine de villageois atteignirent l'abri des troncs d'arbres, tirant sans relâche sur les cavaliers. Mais les Enfants de l'Enfer traversèrent la rangée de défenseurs et sautèrent de leurs chevaux.

Griffin rechargea son revolver et courut vers Madden. Un cavalier se jeta sur lui. Il évita de justesse les sabots du cheval. Son arme tonna et toucha la monture à la tête. L'animal tomba, projetant son cavalier sur le sol, la tête la première. Griffin se releva et courut, mais une balle le frappa dans le dos. Quand il se retourna, une autre le blessa à la poitrine. Madden tira sur les assaillants, en faisant tomber deux de leurs chevaux. Mais une balle effleura sa tempe et il s'effondra dans la poussière. Griffin tenta de se relever. Il vit Éric sortir de la cabane, fusil à la main. Il lui fit signe de retourner à l'abri. Le jeune garçon tira deux fois, avant d'être abattu.

Aaron Phelps, assis, dans la pièce du fond de sa cabane, écoutait les coups de feu, les hurlements et le fracas des sabots. Son revolver était pointé vers la porte. Une épaule s'écrasa contre le battant, qui vola en éclats. Phelps tira, mais il ne vit pas les Enfants de l'Enfer surgir : il se fourra le canon de son arme dans la bouche et se fit sauter la cervelle.

Dehors, les Enfants de l'Enfer avaient vaincu tout le monde, sauf un villageois. Jimmy Burke, du sang coulant d'une dizaine de blessures, revint dans sa cabane, ferma la porte et la condamna avec une barre de chêne. Il rechargea ses revolvers et rampa jusqu'à un coffre, d'où il sortit un vieux tromblon. Il y mit une double charge de poudre, puis versa une poignée de clous dans le canon.

Les Enfants de l'Enfer attaquèrent sa porte à coups de hache. Burke tourna la tête vers la fenêtre : une silhouette se découpait à travers les volets de bois. Il tira. Un homme hurla.

Burke sourit.

La hache perça un trou de la taille d'une tête dans la porte, juste au-dessus de la barre. Une main passa par le trou. Burke visa et attendit. Quand l'homme commença à soulever la barre, exposant son cou, il tira.

Puis la fenêtre explosa. Une balle atteignit Burke à la poitrine. Le vieil homme sentit ses poumons se remplir de sang.

Il prit le tromblon, déglutit avec peine et attendit.

— Dépêchez-vous, salauds, marmonna-t-il.

Un autre bras apparut dans le trou de la porte. Burke leva son arme. La barre tomba et les Enfants de l'Enfer entrèrent.

— Voilà pour vous ! cria Burke.

Le tromblon lâcha une salve de clous. Jimmy le lâcha et essaya de reprendre son revolver, mais deux coups de feu venus de la fenêtre mirent fin à sa résistance.

Le silence tomba sur la vallée. Les Enfants de l'Enfer ramassèrent leurs morts et quittèrent Avalon.

Le vent d'ouest soufflait, charriant des nuages. Des éclairs jaillirent. Quand la pluie commença à tomber, Griffin gémit et essaya de bouger, mais la douleur lui déchira les entrailles et il roula sur le côté. Ses armes avaient disparu, et le sol était trempé de son sang.

— Allons, Griffin, un peu d'énergie !

Il parvint à s'asseoir. Le vertige le saisit, mais il lutta. Madden était étendu à vingt pas de lui. Il rampa vers le corps de son ami, le visage couvert de sang. À côté de lui gisait le cadavre de Rachel. Les yeux ouverts, elle regardait le ciel sans le voir.

— Je suis désolé, Jacob, dit Griffin.

Il posa une main sur l'épaule de son ami et le sentit bouger. Lui soulevant un bras, il chercha le pouls, qui battait régulièrement. Il examina la blessure et vit que la balle avait seulement effleuré la tempe, sans traverser le crâne. Il essaya de relever son ami, mais ses blessures l'en empêchèrent.

Impuissant, il resta assis sous la pluie.

L'orage finit et le soleil se leva de nouveau sur le village dévasté. Madden gémit et ouvrit les yeux.

— Nous les avons repoussés ? demanda-t-il. (Griffin secoua la tête.) Rachel ? Mes petits ?

— Ils ont tué tout le monde, Jacob.

— Oh mon Dieu !

Madden s'assit et aperçut Rachel. Il rampa vers elle, lui ferma les yeux, se pencha et embrassa ses lèvres glacées.

— Tu méritais mieux que ça, petite.

Griffin retomba sur le dos. Madden se leva et regarda l'horizon.

Donnant libre cours à sa haine des Enfants de l'Enfer, il poussa un hurlement de colère et de désespoir. Puis il revint près de Griffin et le tira vers la cabane la plus proche, où gisait le corps de Burke.

Madden parvint à déposer son ami sur le lit. Ouvrant sa chemise, il vit deux blessures, une dans le dos, au niveau de l'épaule, et l'autre sur le flanc gauche, près du cœur. Il n'y avait pas de trou de sortie. Jacob boucha les blessures avec du tissu et posa une couverture sur le corps de son ami.

Devant la cabane, il trouva les cadavres de ses deux garçons, près de l'enclos. À en juger par le sang qui inondait le sol, ils n'étaient pas morts sans combattre. La fierté et le chagrin se mêlèrent dans son esprit. Il se détourna et examina les autres villageois.

Il ne trouva aucun survivant.

Revenu à sa cabane, il sortit le sac caché sous son lit. Il contenait deux revolvers pris aux Enfants de l'Enfer et une trentaine de cartouches. Il chargea les armes et les glissa dans sa ceinture.

Tout le monde était mort. Ses rêves aussi.

— Vous ne m'avez pas tué, salauds ! Et je ne vous lâcherai pas. Vous voulez l'Enfer ? Je vous montrerai ce que c'est !

Chapitre 10

Shannow sortit du magasin avec son sac de provisions et regarda la forteresse de marbre blanc. Des six tours cylindriques, deux flanquaient le portail d'entrée. Il n'y avait pas de sentinelles en vue. Le propriétaire du magasin, Baker, avait fermé sa porte.

Quelque part dans cette forteresse, Batik et Archer étaient prisonniers. Cela concernait Jon. Que leur devait-il ? Dans la situation inverse, se seraient-ils portés à son secours ? Et y avait-il un moyen de les sauver ?

Ridder avait vingt hommes et Shannow ne connaissait pas la configuration de la forteresse. Y entrer serait un suicide. Il s'approcha de son cheval et monta en selle.

Puis il se dirigea vers le portail en longeant la rue principale.

Les tours blanches se dressaient au-dessus de lui. Jon eut l'impression de chevaucher vers une immense tombe où le soleil ne se lèverait jamais plus. Un homme se dressa sur son chemin, un vieux fusil entre les mains.

— Que voulez-vous ?

— Je suis venu voir Ridder.

— Il vous attend ?

— Peut-il y avoir une autre raison à ma présence ici, en pleine nuit ?

L'homme haussa les épaules.

— On m'a demandé d'empêcher les Hommes-Loups de s'enfuir, voilà tout. Mais c'est quand même mieux que travailler à la mine !

Shannow hocha la tête et talonna son cheval, essayant de donner l'impression qu'il savait où il allait. Le portail menait à une cour pavée. Devant lui se dressait un grand escalier de marbre qui débouchait sur une porte de chêne à deux battants. Une allée étroite s'ouvrait sur la droite. Shannow s'y engagea et arriva dans une deuxième cour. Un garçon d'écurie sortit de l'ombre en se grattant le crâne. Shannow descendit de cheval et lui tendit les rênes.

— Ne lui enlève pas sa selle, je repartirai bientôt.

— D'accord, dit le jeune garçon en bâillant.

Shannow lui glissa une pièce dans la main.

— Donne-lui de l'avoine et étrille-le.

— D'accord, répéta le garçon, soudain réveillé par la vue de l'argent.

— Où trouverai-je monsieur Ridder ?

— À cette heure-ci, dans ses appartements.

— Où ?

— Dans la cour principale, au-delà des marches, vous verrez un escalier en bois. Montez-le et franchissez la troisième porte. La sentinelle vous conduira.

— Merci.

Shannow partit et retourna dans la première cour. Il trouva l'escalier en spirale, monta au troisième étage et s'arrêta devant la porte. Avant d'ouvrir, il retira son manteau et le plia sur son bras. Puis il s'engagea dans un couloir orné de tapisseries éclairé par des lampes à huile, et se força à sourire à la sentinelle. L'homme était assis, les pieds sur une statuette qui représentait un chien prêt à attaquer.

Le garde se leva.

— Que voulez-vous ? murmura-t-il. Vous n'êtes pas mon remplaçant !

— Exact, dit Shannow.

Il avança, et son manteau glissa, révélant la gueule d'un revolver. Il l'arma. Le bruit résonna dans le couloir. Les yeux de l'homme s'écarquillèrent quand Shannow s'approcha et plaça le canon du revolver sous son menton.

— Où est la chambre de Ridder ?

La sentinelle pointa un doigt par-dessus l'épaule de Shannow.

— Dis-moi où, fit Jon sans regarder dans la direction indiquée par l'homme.

— Deux portes plus loin, sur la gauche.

— Et où sont les prisonniers arrivés aujourd'hui ?

— Je l'ignore. Il y a peu de temps que j'ai pris mon service. Et j'ai dormi toute la journée.

— Est-il possible qu'ils soient déjà dans la mine ?

— Oui.

— Comment y va-t-on ?

— C'est difficile ! Il y a plusieurs escaliers, des tas de couloirs et un monte-charge à poulie. Vous vous perdriez facilement.

— Qu'y a-t-il dans la pièce, derrière toi ?

— C'est une salle de stockage.

— Ouvre la porte.

— Ne me tuez pas ! J'ai une femme et des enfants...

— Entre dans la pièce.

Le garde se tourna et ouvrit la porte. Shannow le suivit et lui abattit la crosse de son arme sur la nuque. La sentinelle tomba sans un cri. Jon chercha des cordes, mais il n'en trouva pas. Il retira la ceinture de l'homme et lui attacha les mains. Puis il le bâillonna avec un mouchoir tenu en place par un bout de rideau.

Il sortit et avança silencieusement dans le couloir. Arrivé devant chez Ridder, il jura à voix basse en voyant qu'il y avait de la lumière. Il ouvrit la porte, entra et se trouva face à un petit autel où était agenouillé un homme à l'épaisse crinière blanche.

Le pasteur se retourna. Il avait la cinquantaine. Son visage en lame de couteau affichait une expression sinistre.

— Au nom de Dieu, qui êtes-vous ? cria-t-il en se levant.

— Tu pourras bientôt lui poser la question en personne, dit Shannow en levant son arme.

Ridder devint livide.

— Vous n'avez pas l'intention de me tuer ?

— Précisément, pasteur.

— Pourquoi ?

— Un caprice, grogna Shannow. Je déteste les Brigands.

— Moi aussi. Je suis un homme de Dieu.

— Je ne crois pas…

Shannow avança, saisit les revers de la veste noire de Ridder et l'attira vers lui. Puis il lui fourra le canon de son revolver entre les dents.

— Écoute-moi bien, pasteur ! Tu vas m'emmener auprès des deux hommes que tu as capturés aujourd'hui, et nous partirons gentiment tous les quatre. C'est ta seule chance de survie. Compris ? (Ridder hocha la tête.) Si tu espères que tes hommes t'aideront quand nous aurons quitté cette pièce, souviens-toi d'une chose : je n'ai pas peur de mourir, et je t'entraînerai avec moi sur le chemin de l'Enfer.

Shannow retira le revolver de la bouche de l'homme et le rengaina.

— Essuie la transpiration sur ton visage, pasteur, et allons-y.

Les deux hommes descendirent plusieurs escaliers. Shannow perdit très vite son sens de l'orientation dans le labyrinthe de la bâtisse. L'air sentait le moisi. Ils croisèrent plusieurs sentinelles qui se mirent au garde-à-vous en voyant Ridder.

Ils arrivèrent dans une salle peu éclairée où six hommes jouaient aux dés pour des pièces de cuivre. Tous étaient armés de revolvers et de couteaux.

— Préparez le monte-charge, ordonna Ridder.

Les hommes approchèrent du système de cordes et de poulie installé à côté d'un puits ouvert. Un colosse aux bras musclés tourna une manivelle en fer. Quelques instants plus tard, une espèce de grande boîte apparut dans le puits. Ridder y monta, suivi par Shannow. La boîte descendit dans les ténèbres en se balançant dangereusement. Jon essuya la sueur qui lui coulait sur le front.

Après une éternité, ils atteignirent un autre niveau. Ridder tira sur une ficelle, fit tinter une clochette et le monte-charge s'arrêta. Les deux hommes émergèrent dans un couloir chichement éclairé.

Une odeur d'excréments humains monta à leurs narines.

Shannow faillit s'étrangler. Ridder désigna une série de portes verrouillées.

— J'ignore dans quelle cellule, mais ils sont là...

— Ouvre toutes les portes.

— Vous êtes fou ? Nous serions mis en pièces.

— Combien y a-t-il de prisonniers ?

— Environ cinquante. Plus une soixantaine d'Hommes-Loups.

Et il n'y avait que six portes.

— Vingt personnes dans chaque cellule ? Et tu prétends être un homme de Dieu ?

Jon gifla Ridder, le projetant sur le sol.

— Lève-toi et ouvre les portes ! *Toutes* ces portes maudites par Dieu !

Ridder rampa jusqu'à la première. Puis il se retourna.

— Vous ne comprenez pas. Notre communauté a besoin de la mine. C'est ma responsabilité. Il faut que je m'occupe de mon troupeau. Je n'aurais pas utilisé ces hommes si je n'y avais pas été contraint. Je me servais des Hommes-Loups, mais la fièvre pulmonaire les a tués par dizaines.

— Ouvre la porte, pasteur. Voyons quelle tête a ton troupeau !

Ridder ouvrit la première porte. Rien ne bougeait dans l'obscurité.

— Les autres, maintenant...

— Pour l'amour de Dieu...

— Tu parles de Dieu ici ? cria Shannow.

Une silhouette noire avança dans la pénombre du couloir. Shannow recula. La créature d'un mètre cinquante de haut était couverte de fourrure. Son visage allongé rappelait le museau d'un loup ou d'un chien, mais les yeux étaient humains. L'être était nu et couvert d'ulcères. D'autres créatures le suivirent, ignorant les deux hommes. Elles boitillèrent jusqu'à un coffre, à côté du mur opposé, et restèrent debout, apathiques, le regard dans le vide.

— Qu'y a-t-il dans le coffre ?

— Leurs outils. Ils pensent que c'est le moment d'aller travailler.

— Toutes les portes, Ridder !

Le pasteur aux cheveux blancs obéit. Dans l'avant-dernière cellule, Shannow reconnut le visage ensanglanté de Batik.

— Shannow ?

— Par ici, mon gars. Vite !

Batik se fraya un chemin à travers les esclaves. Jon lui tendit son deuxième revolver.

— Reste ici avec cette créature du Malin, dit-il en désignant Ridder. Je vous renverrai le monte-charge. Essaie de leur faire comprendre à tous qu'ils sont libres.

— Ils se feront reprendre. Filons plutôt pendant que nous en avons la possibilité.

— Fais ce que je dis, Batik, ou je t'abandonnerai ici. Où est Archer ?

— Inconscient. Ils lui ont flanqué une sacrée raclée. Il faudra le porter.

— Débrouille-toi pour trouver un système ! cria Shannow, en sautant dans le monte-charge.

— Facile à dire, cria Batik. Tu me laisses seul avec ces créatures en forme de loups, et je dois dénicher une civière !

— Exactement !

Jon tira sur la sonnette. Le monte-charge commença à remonter. Le trajet lui parut de nouveau interminable.

Il arriva enfin dans la pièce éclairée où les six hommes actionnaient le treuil.

— Où est monsieur Ridder ? demanda le type aux bras musclés.

— Il arrive, répondit Shannow en sortant son revolver. Renvoyez le monte-charge.

— Vous croyez pouvoir nous descendre tous ?

Le revolver de Shannow cracha le feu. Un homme s'écroula, une balle dans le cœur.

— Vous m'en pensez incapable ?

Le costaud tourna la manivelle comme si sa vie en dépendait.

Ce qui était le cas…

Une heure plus tard, la plupart des esclaves étant remontés au niveau supérieur, Batik informa Shannow que certains Hommes-Loups avaient refusé de partir. Ils restaient assis à regarder leur coffre à outils. Batik n'était pas sûr qu'ils aient compris ce qu'il leur disait.

Shannow redescendit et les trouva accroupis près de leur coffre. Il l'ouvrit, découvrant une dizaine de pics et de pioches. Il les distribua aux Hommes-Loups, qui se levèrent et formèrent une file, face au tunnel obscur. Shannow approcha du premier et le plaça face au monte-charge.

Quand l'Homme-Loup avança vers le puits, les autres le suivirent.

Jon fit tinter la clochette et attendit que la cabine soit hors de vue. Puis il alla vérifier les six cellules. Dans la première, il trouva sept cadavres émaciés. Dans une autre, deux corps se décomposaient. L'odeur était épouvantable. Jon se força à vérifier toutes les cellules. Il trouva Ridder dans la dernière, accroupi contre le mur.

— Ce n'est pas ma faute, gémit-il en regardant le cadavre d'un enfant d'une dizaine d'années.

— Depuis combien de temps n'as-tu pas inspecté ces cellules ?

— Un an. Ce n'est pas ma faute ! Il fallait que la mine continue à fonctionner. Des centaines de gens comptent dessus pour vivre !

— Lève-toi, pasteur. On y va !

— Non ! Ne les emmenez pas dehors ! Les gens les verront, et ils m'en voudront. Ils ne comprendront pas.

— Alors, reste ici, dit Shannow.

Il laissa le pasteur et repartit dans le tunnel. Batik avait renvoyé le monte-charge. Il y entra et agita la clochette.

Au niveau supérieur, Batik avait désarmé les gardes et étendu Archer, toujours inconscient, sur la table de jeu. Shannow examina le visage enflé du Noir. Il avait été rudement battu.

— Qui a fait ça ?

— Le type appelé Riggs et quelques autres. J'ai essayé de l'aider, mais il ne s'est même pas défendu ! Cela les a rendus encore plus furieux. Quand il est tombé, ils l'ont roué de coups de pied.

— Pourquoi ?

— Il leur a dit qu'il ne travaillerait pas pour eux. Il préférait se laisser mourir de faim.

Shannow avança vers les gardes.

— Toi, dit-il en désignant le costaud, conduis-nous hors d'ici. Les autres aideront à porter mon ami.

— Vous les laisserez vivre ? demanda un homme, émergeant de la foule d'Hommes-Loups.

Shannow se retourna. Le type était d'une maigreur squelettique, sa barbe blonde constellée de saletés. Il était nu, à part un pagne en cuir sale, le torse couvert d'ulcères.

— Nous avons besoin d'eux, mon ami, dit doucement Jon. Retenez votre colère.

— Mon fils est toujours en bas. Et ma femme ! Ils sont morts dans ce trou puant.

— Nous ne sommes pas encore libres, croyez-moi !

Shannow prit l'homme par le bras et le conduisit près de Batik. Au passage, il ramassa un fusil à silex à deux coups que l'Enfant de l'Enfer avait pris à un garde, et le fourra dans les bras de l'homme.

— Nous devrons peut-être nous battre pour sortir d'ici. Vous en profiterez pour vous venger.

Jon regarda autour de lui et compta près de quatre-vingt-dix personnes. Il fit signe aux gardes de soulever Archer, puis il ouvrit la marche. Batik assurait l'arrière-garde.

Shannow arma son revolver et poussa le garde qu'il avait choisi pour montrer le chemin. La colonne d'esclaves avança lentement. L'air fraîchissait à mesure qu'ils approchaient de la sortie. Ils arrivèrent dans un couloir où la lumière de l'aube brillait à travers les fenêtres cintrées. Les Hommes-Loups émirent des sons étranges et tendirent leurs bras squelettiques vers la lueur dorée.

Devant eux se dressait une porte de chêne ornée de clous. Le garde accéléra l'allure.

— Arrête ! ordonna Shannow.

Au lieu d'obéir, l'homme plongea sur le sol au moment où la porte s'ouvrait.

— Tous à terre ! cria Shannow.

Il se laissa tomber à genoux et sortit son revolver. Des canons de fusil se pointèrent sur lui. Shannow tira. Le premier garde tomba.

Des balles sifflèrent aux oreilles de Jon. Son revolver tonna deux fois, puis le silence revint. Il rechargea son arme et fonça en avant, collé au mur. Un garde sortit de sa cachette. Il lui logea deux balles dans la poitrine.

Derrière lui, le garde qui leur avait montré le chemin sortit un couteau de sa botte. Il se jeta sur l'Homme de Jérusalem, mais un coup de feu retentit.

Batik s'approcha.

— Chouette revolver, dit-il.

Shannow hocha la tête puis désigna l'entrée. Batik soupira puis courut vers l'entrée et se jeta par terre, roulant sur une épaule. Un homme accroupi braqua son arme sur lui, mais Batik lui tira une balle dans la tête avant qu'il ait eu le temps de viser. Des balles ricochèrent sur le sol, le ratant de peu. Il leva les yeux et vit qu'il était dans une grande salle entourée par un balcon intérieur où se cachaient d'autres tireurs. Il se releva et se jeta dans le corridor.

— Une autre idée ? demanda-t-il.

— Pas pour l'instant.

— Tant mieux !

Quatre Hommes-Loups avaient été touchés et agonisaient. Les autres étaient accroupis autour d'eux et gémissaient.

— Tu sais grimper ? demanda Shannow.

Batik regarda les fenêtres.

— Je vais me casser le cou !

— D'accord. Nous restons assis là, à attendre un miracle.

— Je croyais que ton Dieu était doué pour ça.

— Il aide ceux qui s'aident eux-mêmes, dit Shannow.

Batik lui rendit son revolver et glissa l'autre arme chargée à sa ceinture. Le mur, sous la fenêtre, était composé de blocs de marbre de deux pieds carrés. Entre chacun, un interstice fournissait une prise précaire. Batik posa un pied sur le premier bloc et entreprit d'escalader le mur. À trente pieds de haut, il maudit Shannow. À quarante, il glissa, tout son poids reposant sur trois doigts de sa main droite. Trempé de sueur et luttant contre la panique, il déplaça lentement son pied pour retrouver un appui. Il inspira à fond et continua à grimper, les bras tremblants. Arrivé en haut, il passa un bras sur le rebord de la fenêtre, à demi aveuglé par la lumière. De sa position, il surplombait la cour principale. Il vit des hommes s'engager dans l'escalier de la grande salle.

Il se hissa sur le rebord et se pencha. Comme il le craignait, il n'y avait pas d'accès facile à la fenêtre, au-dessus du balcon intérieur. En marmonnant, il posa un pied sur le premier bloc et entreprit de traverser le mur extérieur. Il avait fait environ dix pas quand une balle frappa la pierre à côté de sa tête. Il jeta un coup d'œil par-dessus son épaule et vit un homme posté sur la tourelle du portail, en train de recharger son arme.

Batik avança. Combien de temps faudrait-il au tireur ? Trente secondes ? une minute ? Le cœur battant à tout rompre, il atteignit la fenêtre et saisit le rebord d'une main. Il regarda de nouveau vers la tourelle. L'homme visait. Batik pivota, restant accroché par le bras droit. La balle frappa et arracha des fragments de pierre qui le blessèrent à la main. Il se hissa sur le rebord de la fenêtre et se laissa tomber sur le balcon intérieur. Deux hommes accroupis surveillaient l'entrée. Ils se tournèrent vers lui. L'Enfant de l'Enfer se jeta sur eux. Une arme tonna.

Il écrasa son poing sur le menton du tireur et flanqua un coup de pied à son acolyte, qui tomba à la renverse. Le premier homme sortit un couteau et se jeta sur Batik, qui dévia le coup, le saisit par les cheveux et le projeta par-dessus le mur du balcon. Le hurlement du tireur mourut quand il percuta le sol.

Batik se tourna vers l'autre homme, assis, immobile, les mains sur la tête. Un jeune garçon de seize ans, avec des yeux bleus écarquillés et un visage trop joli pour un mâle.

Batik lui tira une balle entre les yeux.

De l'autre côté de la salle, d'autres hommes armés ouvrirent le feu. Batik plongea sur le sol et rampa vers un pilier de pierre. De sa position, il pouvait tirer dans deux directions, et il voyait également l'escalier du balcon. En face de lui, il repéra trois hommes armés.

— Shannow ! appela-t-il. Il y en a seulement trois. Tu veux que je les tue ?

— Donne-leur une chance de se rendre !

Batik attendit quelques secondes.

— Ils ne se sont pas rendus...

— Attendez ! cria un homme. Nous ne voulons pas d'autre tuerie !

— Jetez vos armes par-dessus la rambarde, dit Batik.

Trois fusils tombèrent sur le sol de la salle.

— Et vos revolvers !

D'autres armes suivirent le même chemin.

— Levez-vous, que nous puissions vous voir.

Les hommes obéirent. Batik n'aurait pas hésité à les tuer. Mais il lui restait seulement cinq balles, et il savait que d'autres ennemis les attendaient dehors.

— Fais-les sortir, Shannow ! cria-t-il.

Il se rua dans l'escalier, le dévala et arriva près de l'entrée principale. Dans la cour, plusieurs hommes étaient accroupis derrière des barricades improvisées avec des barils d'eau et des sacs de grain.

— Et maintenant, général ? demanda Batik quand Shannow le rejoignit.

— C'est le moment de parlementer...

Jon descendit les marches et avança lentement vers les hommes accroupis.

— Ne tirez pas !

— N'avancez plus, dit une voix.

Shannow s'arrêta.

— Il y a sept morts dans le bâtiment. Certains étaient probablement vos amis. Huit autres types se sont rendus, et ils retrouveront leur famille ce soir. À vous de décider ce que vous voulez faire. Batik, fais-les sortir.

L'Homme de Jérusalem resta campé devant les tireurs quand les premiers Hommes-Loups sortirent en titubant. Les gardes posèrent leurs fusils et se levèrent. Batik conduisit les anciens esclaves dans la rue principale de la ville, où ils se massèrent derrière lui.

Dans la cour, un cri inhumain retentit. Le veuf squelettique à la barbe blonde jaillit du bâtiment, son fusil à la main. Il regarda Shannow, puis courut dans la rue, dépassa les Hommes-Loups et s'arrêta en voyant les villageois attroupés dehors. Hurlant de nouveau, il se laissa tomber sur les genoux et regarda les ulcères purulents, sur son torse.

— Vous m'avez tout pris ! cria-t-il.

Il leva son arme, la colla sous son menton et appuya sur la détente.

Shannow sortit de la forteresse sur son cheval, menant deux autres montures par la bride. Il s'arrêta près du cadavre et regarda la foule silencieuse sans trouver les mots pour exprimer son mépris. Les gardes avaient transporté Archer à côté du magasin. Il reprenait conscience, mais était toujours incapable de se lever.

— Amenez-le à l'intérieur, ordonna Shannow. Trouvez-lui un lit.

— Transportez-le chez moi, dit Flora. Je m'occuperai de lui.

Jon fit un signe de tête à la femme. Les Hommes-Loups étaient assis au milieu de la rue. Certains tenaient encore leurs pics. Shannow descendit de cheval et approcha de Batik.

— Prends des provisions dans le magasin. Des vêtements, de la nourriture… tout ce dont ils ont besoin.

Baker sortit de sa boutique.

— Qui fera marcher la mine ? demanda-t-il.

Shannow le frappa.

Le commerçant s'étala dans la poussière.

— Vous n'aviez pas besoin de faire ça, gémit-il.

— Vous avez raison, monsieur Baker. Je ne sais pas pourquoi ça me tentait !

Il se tourna vers les Hommes-Loups.

— L'un de vous comprend-il ce que je dis ? demanda-t-il.

Ils le regardèrent, mais aucun ne répondit.

— Ils vous comprennent, dit Flora, flanquée du garçon d'écurie qui s'était occupé de la monture de Shannow. Le jeune Robin a vécu avec eux.

— Nous vous donnerons de la nourriture, dit Shannow, puis vous serez libres de retourner dans les plaines, ou les montagnes. Enfin, là d'où vous venez…

— 'ibres ? demanda un petit être sur sa droite.

Sa voix haut perchée était presque musicale.

— Oui. Libres.

— 'ibres !

Il posa sa main sur l'épaule d'une femelle. Quand il la prit dans ses bras, leurs visages se touchèrent.

— 'ibres, murmura l'Homme-Loup.

— Archer vous demande, dit Flora.

Shannow entra dans l'auberge et gravit un escalier bancal jusqu'à la chambre située au-dessus de la cuisine.

Archer somnolait quand l'Homme de Jérusalem entra, mais se réveilla dès qu'il s'assit sur le lit.

— Bien joué, Shannow, murmura-t-il.

— J'ai eu de la chance. Comment vous sentez-vous ?

— C'est bizarre. J'ai le vertige, mais aucune douleur. Je suis si content de vous voir ! Quand vous êtes tombé dans le précipice, j'ai cru que vous étiez fichu.

Le Noir ferma ses yeux enflés. Son visage était couvert de coupures et il parlait d'une voix rauque.

— Reposez-vous, conseilla Shannow, lui posant une main sur l'épaule. Je reviendrai plus tard.

— Non, dit Archer. (Il rouvrit les yeux.) Je me sens bien. Un moment, j'ai cru que Riggs et ses amis allaient me tuer, et je savais qu'Amaziga serait furieuse. C'est une femme extraordinaire et une épouse merveilleuse, mais quel sale caractère ! Elle n'arrête pas de me dire de prendre une arme, mais combien d'ennemis un homme rencontre-t-il dans une ville morte ? Elle vous plaira, Shannow. Elle m'a fait attendre huit ans avant d'accepter de m'épouser. À l'en croire, j'étais trop doux et elle ne voulait pas tomber amoureuse d'un type qui se ferait tuer à la première mauvaise rencontre… Elle a failli avoir raison, d'ailleurs ! Mais mon charme l'a fait changer d'avis. C'est une sacrée bonne femme, Shannow… Shannow ?

— Qu'y a-t-il ?

— Pourquoi fait-il si noir ? Il est si tard ? (Dehors, le soleil brillait.) Allumez une lampe, Jon, je ne vous vois plus.

— Il n'y a pas d'huile…

— Tant pis. J'aime l'obscurité. Vous voulez rester avec moi ?

— Bien entendu.

— J'aimerais avoir ma Pierre… Avec elle, ces bleus guériraient en quelques secondes.

— Il y en aura une autre, à l'Arche…

— Comment avez-vous eu le culot d'attaquer une forteresse ?

— Je l'ignore. Sur le coup, ça m'a paru une bonne idée…

— Batik m'a dit que vous êtes incapable de saisir le concept de « situation sans espoir ». Je le crois, maintenant ! Saviez-vous que Ridder était un homme d'Église ?

— Oui.

— Bizarre religion que la vôtre, Shannow.

— Non, Archer. Mais elle attire des gens étranges.

— Vous compris ?

— Oui.

— Pourquoi votre voix est-elle si triste ? C'est une belle journée ! Je n'aurais jamais cru me sortir de là vivant. Ils ne cessaient pas de me battre… Batik a tenté de les arrêter, mais ils l'ont repoussé à coups de bâtons. Des bâtons… Je suis très fatigué, Shannow. Je crois…

— Archer… Archer !

Flora approcha et souleva le poignet du Noir.

— Il est mort, murmura-t-elle.

— Impossible ! cria Shannow.

— Je suis désolée.

— Où est Riggs ?

— Dans la salle de réunion.

Shannow sortit et descendit l'escalier. Quand il arriva dehors, Batik distribuait de la nourriture aux Hommes-Loups. Voyant l'expression de Jon, il avança vers lui.

— Qu'y a-t-il ?

— Archer est mort.

— Où vas-tu ?

— Riggs, lâcha Shannow en continuant son chemin.

— Attends ! cria Batik. Il est à moi !

— De quel droit ?

— Parce que je lui rendrai la monnaie de sa pièce. J'ai l'intention de le battre à mort.

Ils entrèrent ensemble dans la salle de réunion. Elle contenait une vingtaine de tables, un bar couvrant le long d'un mur. Trois hommes armés s'y trouvaient. Quand Shannow et Batik avancèrent, deux se levèrent et s'éloignèrent du troisième.

L'homme poussa la table et se leva. Riggs mesurait six pieds. Il était musclé, avec un visage brutal et de petits yeux froids.

— Eh bien ? demanda-t-il. Comment nous y prendrons-nous ? (Batik tendit son revolver à Shannow et avança.) Vous êtes fou ! dit Riggs.

Batik lui décocha un direct du droit. Il tituba et cracha du sang.

Le combat commença vraiment. Riggs était plus lourd. Batik avait l'avantage de la rapidité et ses coups atteignaient plus souvent son adversaire, mais il en recevait sa part.

Riggs saisit son adversaire à bras-le-corps et le souleva de terre. Batik fit claquer ses paumes contre les oreilles du type, qui le lâcha. Riggs lui faucha les jambes d'un coup de pied, puis essaya de le frapper à la tête. L'Enfant de l'Enfer fit une roulade et se releva.

Quand Riggs se jeta sur lui, il plongea, évitant son crochet du gauche, et lui flanqua une série de directs dans l'abdomen. Le costaud recula. Batik le suivit, le martelant de coups de poing. Les deux hommes étaient ensanglantés. Riggs essaya une contre-attaque, mais Batik le fit trébucher.

Il tomba face contre terre.

Batik lui sauta dessus et lui saisit les cheveux et le menton.

— C'est le moment de dire adieu, Riggs !

Il poussa le menton du vaincu vers le haut et la droite. Le bruit des vertèbres brisées fit frémir Shannow. Batik se releva en titubant et s'assit à une table. Jon le rejoignit.

— Tu pues, dit-il. Et tu as une sale gueule !

— Tu sais t'y prendre pour réconforter les gens.

Shannow sourit.

— Je suis content que tu sois vivant, mon ami.

— Jon, quand tu es tombé dans le précipice et quand nous avons distancé les lions, Samuel m'a parlé de toi. Il a dit que tu étais capable de déplacer les montagnes.

— Il se trompait.

— Je ne crois pas. Il pensait que tu étais du genre à la soulever un rocher à la fois, sans te soucier de la taille de la montagne.

— Peut-être...

— Je suis content d'avoir vécu assez longtemps pour te voir attaquer une forteresse tout seul ! Cela lui aurait plu. Il t'a parlé de messire Galaad ?

— Oui.

— Et de sa quête du Graal ?

— Aussi...

— Tu as toujours l'intention de tuer Abaddon ?

— Oui.

— Alors, je viendrai avec toi.

— Pourquoi ? demanda Shannow, surpris.

— Tu pourrais avoir besoin d'un coup de main pour soulever tous ces rochers !

Ruth flottait au-dessus des palais légendaires de l'Atlantide, au-dessus des flèches brisées et des terrasses fendues. De sa position, en dessous des nuages, elle voyait aussi, sous la surface, le tracé des grandes routes de jadis. Autour du centre de la cité se trouvait une zone désertique qui avait probablement abrité les quartiers les plus pauvres, construits en matériaux de qualité inférieure, depuis longtemps érodés par l'océan. Mais le marbre des palais scintillait toujours sous le clair de lune.

Comment était la ville au temps de sa splendeur, avec ses jardins en terrasses, ses vignes, ses grandes routes bordées de statues, ses parcs et ses colisées ? Une partie, au nord, avait été détruite par une éruption volcanique. Une montagne déchiquetée s'élevait au-dessus des ruines.

Ruth piqua vers le sol et flotta doucement jusqu'à une terrasse, devant le bâtiment désert qui fut autrefois le palais de Pendarric. Des herbes folles poussaient partout, et un arbre, près d'un mur, enfonçait ses racines dans les fissures du marbre.

Elle s'arrêta devant une statue du roi haute de dix pieds et le reconnut malgré sa barbe artificiellement bouclée et son casque emplumé. C'était un homme fort. Trop fort pour comprendre ses faiblesses avant qu'il soit trop tard.

Un moineau se posa sur le casque, puis s'envola entre les piliers de marbre, vestiges d'une civilisation autrefois étendue des rives du Pérou aux mines d'or de la Cornouailles. La Terre de la Légende !

Mais la légende s'effacerait. Dans les siècles à venir, cette époque de haute technologie et de voyages spatiaux deviendrait un mythe auquel peu de gens croiraient.

New York, Londres, Paris... Des synonymes de la légende d'Atlantis.

Un jour, le monde basculerait de nouveau, et les survivants trouveraient, émergeant de la boue, la statue de la Liberté, ou Big Ben, ou encore les pyramides. Et ils se demanderaient, comme elle le faisait maintenant, ce que l'avenir leur apporterait.

Elle regarda les montagnes, et le vaisseau doré posé sur la roche basaltique noire, cinq cents pieds au-dessus des ruines.

L'Arche. Immense et couverte de rouille, étrangement belle, elle reposait sur une grande saillie, comme un géant à l'échine brisée. À l'intérieur, les Gardiens arpentaient ses trois cents mètres de long. Ruth ne voulait pas se joindre à eux, car elle ne désirait pas être en contact avec l'ancien monde.

Elle retourna dans son appartement, au Sanctuaire. Comme toujours quand elle était d'humeur sombre, elle se fabriqua un bureau sans fenêtre ni porte, éclairé seulement par des chandelles dont la lueur ne vacillait pas.

Elle resta un moment assise, se souvenant de Sam Archer, et pria pour son âme. Puis elle appela Pendarric.

Il se matérialisa presque aussitôt devant le mur le plus éloigné, où une fenêtre s'ouvrit, dévoilant l'Atlantide dans toute sa splendeur. Les rues et les places regorgeaient de monde. Les chars tirés par des chevaux blancs remontaient l'avenue principale bordée de statues.

Ruth le rejoignit.

— L'Atlantide telle qu'elle était ?

— Telle qu'elle *est*. De nombreux univers sont parallèles au nôtre, et il existe beaucoup de portails entre eux. Les derniers jours, avant que l'océan engloutisse mon empire, j'ai fait passer mon peuple à travers ces portes. Mais il en existe d'autres, qui mènent à des mondes plus sombres. Abaddon les a découvertes. Il est impératif de les fermer.

— Je le ferai, si je peux…

— Shannow les fermera. S'il survit.

— Et que dois-je faire ?

— Je vous l'ai dit, ma dame. Le grand saut !

— Je ne suis pas prête à mourir. J'ai peur.

— Donna Taybard a été capturée. Son village est détruit, son fils est mort. Ruth, si cette femme est sacrifiée, les portails seront déchirés. Tous les mondes seront attirés à travers. La catastrophe aura des dimensions cosmiques.

— En quoi ma mort aiderait-elle l'univers ?

— Pensez-y, Ruth. Trouvez la réponse.

Madden creusa une tombe pour Rachel et ses fils. Il les allongea côte à côte et les couvrit de fleurs sauvages pourpres et jaunes.

Il resta longtemps assis près de la sépulture, sans trouver l'énergie ou le désir de la combler. Le bras de Robert reposait sur la poitrine de sa mère. On eût dit qu'il la serrait contre lui. Son fils préféré ! Désormais, ils dormiraient ensemble pour l'éternité.

Ses yeux s'embuèrent. Il se détourna, regarda les montagnes, et se souvint de la joie qu'il avait éprouvée en arrivant. Leur premier jour à Avalon… Rachel parlait des dimensions de leur cabane, et les garçons étaient partis dans les bois, au-dessus de la vallée. Tout était paisible, et leur rêve leur avait paru aussi solide que les rochers.

Ses blessures le faisaient toujours souffrir, et le côté droit de son visage était enflé, mais il se leva et prit la pelle. Lentement, il combla la tombe. Il voulait mettre des fleurs dessus, mais se sentit trop fatigué pour en ramasser d'autres.

Il retourna à sa cabane, voir comment allait Griffin.

Son ami dormait. Madden alluma le fourneau et prépara de la tisane. Il s'assit dans un fauteuil et regarda le sol, se rappelant toutes les fois où il s'était disputé avec Rachel. Elle méritait tellement plus que ce qu'il aurait jamais pu lui offrir… Et pourtant, elle était restée avec lui au long des hivers sauvages et des étés arides, malgré les moissons ratées et les raids de Brigands. C'était elle qui l'avait convaincu de suivre Griffin. Maintenant, le chef de convoi agonisait et il resterait seul en terre étrangère.

Il but sa tisane, puis retourna à côté du lit. Le pouls de Griffin était irrégulier et faible. Madden coupa les bandages pour examiner ses blessures. Il allait le retourner sur le dos quand il vit un hématome sur son flanc. Il le palpa et sentit à l'intérieur quelque chose de dur qui bougeait. Madden sortit son couteau et appuya le tranchant sur la peau, qui s'ouvrit facilement. Du sang jaillit et une balle déformée sortit de la blessure. Elle avait dû frapper Griffin sur une côte et être déviée vers son dos. Jacob avait craint que la balle soit restée dans le ventre du blessé. Il fit le tour du lit et examina la deuxième blessure. Elle cicatrisait bien, mais il n'y avait aucun signe de la balle. Madden sutura l'incision qu'il avait faite et retourna dans son fauteuil.

Le maître de convoi vivrait ou mourrait, mais il ne pouvait rien faire de plus pour lui.

Il trouva du lard et un peu de pain sec et se restaura. Puis il quitta la cabane. Le sol était jonché de cadavres. Les ignorant, il marcha jusqu'aux contreforts de la montagne. Il ramassa des fleurs puis, à la tombée du jour, il retourna à la tombe de sa famille et les répandit dessus.

— J'ignore si vous êtes là, Dieu, et ce qu'un homme doit faire pour avoir le droit de Vous parler. On m'a toujours dit que le Paradis attendait les croyants. J'espère qu'il y en a aussi un pour ceux qui ne savent pas ce qu'ils croient. Ce n'était pas une mauvaise fille, ma Rachel ! Elle n'a jamais nui à personne. Et mes garçons n'ont pas vécu assez longtemps pour apprendre ce qu'était le mal, jusqu'au moment où il les a tués. Malgré leur impiété, peut-être les accepterez-Vous tout de même...

» Pour moi, je ne demande rien. Je n'ai pas de temps à perdre avec un Dieu qui laisse ce genre de choses arriver dans son monde. Mais je prie pour eux, parce que je ne veux pas croire que ma femme deviendra uniquement de la nourriture pour les vers...

» Elle mérite mieux que ça, Dieu. Et mes fils aussi.

Il se leva et se retourna. Au bord de l'enclos, il vit la jument gris pommelé d'Ethan Peacock. Madden avança lentement, lui parlant d'une voix basse et douce. Les oreilles de la jument se dressèrent. Il lui caressa l'encolure et la conduisit dans l'enclos. Elle avait dû sauter la barrière au début de la fusillade.

Quand il revint dans sa cabane, Griffin avait repris conscience.

— Comment vous sentez-vous ?

— Faible comme un agneau nouveau-né. (Madden fit de la tisane et aida le blessé à s'asseoir.) Désolé, Jacob... Je vous ai entraîné dans tout ça.

— Trop tard pour les regrets, Cornélius. Et je ne vous tiens pas pour responsable… Nous avons un cheval et des armes. J'ai décidé de partir à la recherche de ces salauds, et d'essayer au moins de récupérer Donna.

— Donnez-moi un jour ou deux, et je partirai avec vous.

— Je vous trouverai un cheval. Il doit en rester plusieurs que les Enfants de l'Enfer n'ont pas pu attraper. Je ferai une reconnaissance dans les vallées de l'Ouest. Vous avez envie de manger ?

Madden alluma deux lampes à huile et fit cuire sur la grille du fourneau du lard et les trois derniers œufs. L'odeur fit monter l'eau à la bouche de Griffin.

— J'ai le sentiment que vous survivrez, dit Madden en regardant le chef de convoi dévorer. Un mourant ne mangerait pas avec autant d'appétit !

— Je n'ai pas l'intention de mourir, Jacob. Pas tout de suite !

— Pourquoi ont-ils fait ça ? Pourquoi nous ont-ils attaqués ?

— Je l'ignore.

— Qu'y ont-ils gagné ? Nous en avons tué deux cents, et tout ce qu'ils ont pris, ce sont les armes. Ça n'a pas de sens. Ils ont seulement tué pour le plaisir de tuer !

— Je doute qu'il existe des réponses logiques au sujet de gens comme eux, dit Griffin. Comme pour les Brigands. Pourquoi ne deviennent-ils pas cultivateurs ? Pourquoi des hommes comme Daniel Cade parcourent-ils le pays en brûlant et en tuant ? Nous ne pouvons pas comprendre leurs motivations.

— Pourtant, ils ont une raison d'agir, insista Madden. Même Cade peut soutenir qu'il y gagne : il vole des provisions, de l'argent et des armes.

— Inutile de se poser des questions, dit Griffin. Ils sont ce qu'ils sont. Le mal incarné. Tôt ou tard, cela se retournera contre eux.

— Vous savez ce qu'est une armée, Cornélius ? Personne ne pourra les arrêter.

— Il y a toujours quelqu'un, Jacob. Même si cela commence par vous et moi.

— Deux blessés, un cheval et quelques revolvers ? Je ne crois pas que nous leur ferons très peur…

— Nous verrons, dit Griffin.

L'ours gris avait trouvé la ruche dans un tronc d'arbre pourrissant. Il était occupé à déchiqueter le bois quand le Zélote envahit son esprit. L'animal se dressa sur ses pattes postérieures, fou de douleur et de colère. Puis il se calma et partit vers le sud, en direction des habitations en bois des monts Yeager.

L'ours était le roi incontesté de la région. Il pesait plus de cinq cents kilos. Même les lions s'écartaient de son chemin. Il avait prudemment évité les lieux fréquentés par les humains, et les chasseurs, encore plus prudents, étaient restés loin de lui, car il était bien connu qu'un ours de grande taille supportait les balles de fusil comme si c'étaient des piqûres d'abeille. Et personne n'avait envie d'affronter un ours blessé.

Une heure avant l'aube, l'animal arriva dans le village et trottina sans coup férir vers la cabane de Daniel Cade. Il grimpa sur le porche et se dressa sur les pattes arrière. Puis, d'un coup puissant, il fracassa la porte.

Cade se réveilla en sursaut et se jeta hors du lit. Son revolver pris aux Enfants de l'Enfer était pendu dans un étui, à côté du lit. Il le dégaina. L'ours entra dans la première pièce et écrasa une table. Quand il atteignit la porte de la chambre et la démolit, Lisa hurla. Cade arma son revolver et visa la tête de l'animal. Ayant pratiquement terminé son travail, le Zélote quitta l'esprit de l'ours et réintégra son corps, dans un camp installé avant le col.

Cade se campa devant Lisa et regarda l'ours retomber à quatre pattes et secouer la tête.

Daniel tendit lentement la main vers la boîte posée sur l'étagère, près du lit. Elle contenait les gâteaux sucrés que Lisa avait faits la veille. Il en jeta un sur le sol. L'ours grogna et recula, inquiet. Puis il sentit le gâteau, le lécha et le mangea bruyamment. Cade lui en jeta un autre, et encore un. L'ours gris s'assit.

— Sors par la fenêtre, dit Cade à Lisa. Ne fais pas de gestes brusques, et empêche quiconque de tirer sur ce maudit animal.

Lisa ouvrit la fenêtre. L'ours l'ignora, les yeux rivés sur Cade et sur la boîte de gâteaux.

Lisa sortit. Devant la maison, Gambion, Peck et plusieurs autres attendaient, fusil en main.

— Daniel a dit de ne pas tirer.

— Que diable fabrique-t-il là-dedans ? demanda Gambion.

— Il lui donne des gâteaux…

— Pourquoi ne sort-il pas et ne nous laisse-t-il pas tuer l'animal ? demanda Peck.

Lisa haussa les épaules.

Dans la cabane, Cade n'avait plus que quatre gâteaux. Il se leva lentement et en lança un dans la pièce de devant. L'ours continua à le regarder.

Cade sourit.

— Pas d'autre avant que tu aies récupéré celui-là, dit-il.

L'ours grogna. Mais Daniel commençait à s'amuser.

— Inutile de perdre ton calme.

Il jeta un autre gâteau par-dessus la tête de l'ours, qui se leva et alla dans l'autre pièce. Cade le suivit et jeta un gâteau dehors. L'ours sortit pour récupérer sa friandise et se retrouva face à face avec les hommes. Peck leva son fusil.

— Ne tirez pas ! cria Lisa.

Effrayé par le bruit, l'ours détala vers les collines. Cade sortit de la maison.

— Qu'y a-t-il, les gars ? Vous n'avez jamais vu d'ours ?

— Ce n'est pas très drôle, grogna Gambion.

— Pour sûr, dit Daniel. Il m'a seulement laissé deux gâteaux !

Gambion rejoignit Cade sur le porche.

— Je suis sérieux, Daniel. Il n'est pas naturel qu'un ours vienne des collines et démolisse les portes pour entrer chez un humain. J'ignore de quelle façon, mais je sais que les Enfants de l'Enfer sont derrière cela. Ils essayaient de te tuer.

— Je sais. Entre.

Cade s'assit près de la table démolie. Gambion prit une chaise.

— Ils ont tenté une attaque frontale par le col, et ils ont compris que c'était un suicide, dit Daniel. Maintenant, ils sont plus prudents. Ils feront des reconnaissances au nord et au sud, et ils ne tarderont pas à trouver la Piste de Sadler. Là, ils seront à nos trousses.

— Dieu t'a parlé ?

— Il n'en a pas eu besoin. C'est une question de bon sens. Nous devons protéger la piste. J'ai envoyé un cavalier vers le sud pour demander de l'aide, mais j'ignore si nous en recevrons. Prends trente hommes avec toi et occupe-toi de tenir la Piste de Sadler.

— C'est un terrain découvert, Daniel. Une attaque massive réussira…

— Tu auras peut-être de la chance. J'ai besoin de dix jours pour emmener tout le monde dans la vallée de Sweetwater. Un seul chemin permet d'y entrer, et nous le défendrons pendant un an si nécessaire.

— Si nous avons assez de provisions.

— À chaque jour suffit sa peine. Nous avons de la nourriture pour deux mois, mais les munitions baissent. Je m'occuperai de ça. Toi, choisis tes hommes et tiens la Piste de Sadler.

— Dieu sera-t-il avec moi, Daniel ?

— Autant qu'avec moi, promit Cade.

— Ça me va.

— Sois prudent, Ephram. Et pas de bravoure inutile. Je n'ai pas besoin d'un autre martyr, seulement de dix jours de répit ! Avec un peu de chance, il ne se passera rien.

L'écho de coups de feu lointains parvint à leurs oreilles, mais aucun des deux ne s'alarma. Les Enfants de l'Enfer tentaient chaque jour leur chance au col, et ils étaient régulièrement repoussés.

— J'y vais, dit Gambion.

— Evanson est déjà sur place, avec Janus et Burgoyne. Des types bien !

— Nous sommes tous des types bien, maintenant, Daniel.

— Tu as fichtrement raison !

Après le départ de Gambion, Cade sortit, sauta en selle et chevaucha jusqu'à l'entrée du col. Sur les rochers, il repéra quatre cadavres d'Enfants de l'Enfer. Il descendit et boitilla vers le premier défenseur, un jeune homme nommé Deluth.

— Comment nous en sortons-nous, petit ?

— Plutôt bien, maître Cade. Ils ont essayé une seule fois, et nous les avons découragés. Nous en avons touché cinq ou six, mais les autres se sont enfuis.

— Où est Williams ?

Deluth désigna une saillie, à une quarantaine de pas de là.

— Va le chercher, je ne pourrai jamais monter aussi haut.

Le jeune garçon posa son fusil, se plia en deux et courut le long du rocher. Des balles sifflèrent autour de lui, mais il se déplaçait trop vite pour que les tireurs embusqués puissent viser. Cade prit le fusil du gamin et tira en direction de nuages de fumée révélateurs, de l'autre côté du col. Il ne toucha personne, mais cela empêcha l'ennemi de s'occuper de Deluth.

La manœuvre recommença quelques minutes plus tard, quand Williams suivit le même chemin. Petit homme râblé de quarante-cinq ans, il haletait en arrivant près de Cade.

— Que se passe-t-il, Daniel ?

— Je ramène tout le monde à Sweetwater.

— Pourquoi ? Nous pouvons les bloquer ici jusqu'à la fin des temps.

Fermier de son état, Williams ne connaissait pas très bien la montagne. La plupart des gens pensaient que les monts Yeager étaient impénétrables, excepté par le col.

— Il y a un autre accès. Il s'appelle la Piste de Sadler, selon un Brigand qui y est passé il y a quarante ou cinquante ans. Il commence dans un canyon fermé et traverse le massif jusqu'à Sweetwater. Tôt ou tard, une patrouille ennemie le trouvera, et je ne veux pas courir ce risque. Ils seraient sur nos arrières, et nous n'avons pas assez de monde pour tenir sur deux fronts.

Williams jura.

— Comment savoir s'ils ne l'ont pas déjà repéré ?

— J'ai posté des sentinelles… De toute façon, quand ils auront trouvé l'entrée, ils cesseront ces attaques directes.

— Que dois-je faire ?

— Rien. Je voulais seulement vous informer, au cas où vous nous verriez partir…

— Regardez ça ! dit Williams, désignant quelque chose derrière Cade. (Un lapin était assis à quelques pas des deux hommes.) Vous avez un don pour charmer les animaux.

Le lapin secoua la tête et s'enfuit.

Dans une tente du camp ennemi, un jeune soldat ouvrit les yeux, l'air triomphant.

— Il y a un autre chemin, dit-il à l'officier assis à côté de lui. La Piste de Sadler. Elle commence dans un canyon fermé, au sud, je suppose. L'entrée est dissimulée, mais elle donne sur une zone appelée Sweetwater. Cade essaiera d'y emmener ses gens avant que nous trouvions le passage.

— Bon travail, Shadik. J'en informerai le général.

— C'est leur première erreur, constata Shadik.

— Et peut-être la dernière. Je vais faire cesser les attaques frontales.

— Non, Cade s'y attend.

— Il est rusé… Très bien.

L'officier gagna une tente en toile et en soie blanche. Les deux gardes le saluèrent quand il entra.

Le général Abaal, un petit-fils d'Abaddon disait-on, travaillait à un bureau de campagne. Il lui était difficile de prouver sa filiation, mais il faisait étalage des faveurs que sa famille avait toujours reçues du roi.

— Alik, je suppose que vous avez de bonnes nouvelles ?

— Une bonne et une mauvaise…

— L'ours l'a tué ?

— Non, mon seigneur. L'homme a menti. Apparemment, il a quitté la bête au moment où Cade la visait.

— Et qu'a fait le Brigand ? Il lui a flanqué une tape sur la tête et l'a renvoyé ?

— Il lui a donné des gâteaux, général.

— L'autre nouvelle a intérêt à être *vraiment* bonne.

— Le Zélote a été mis à mort. Mais un frère a sauvé la situation. Il existe une autre voie d'accès dans la vallée.

— Où est-elle ?

— Dans un canyon fermé, au sud, je crois. Nous y avons fait une reconnaissance la semaine dernière, mais l'entrée est dissimulée. Cette fois, nous la trouverons.

— Prenez trois cents hommes.

— Vous m'en donnez le commandement ? Merci, général.

— Ne me remerciez pas, Alik. Si vous échouez, vous mourrez. Combien de temps faudra-t-il à Cade pour transférer ses gens à Sweetwater ?

— Une semaine ou dix jours, je n'en suis pas sûr.

— Vous avez six jours pour vous mettre en position derrière lui. Si vous n'avez pas traversé le col passé ce délai, donnez le commandement à Terbac et tuez-vous.

— Oui, général. Je n'échouerai pas.

Chapitre 11

Gambion arriva deux heures après le crépuscule et ordonna à ses hommes de dresser un campement sans faire de feu. Pendant ce temps, il patrouilla devant l'entrée de la Piste de Sadler. Emmenant Janus et Evanson avec lui, il laissa Burgoyne choisir le meilleur endroit pour le camp. Blond et mince, Janus avait une vingtaine d'années, tandis qu'Evanson, qui accusait dix ans de plus, s'empâtait. Gambion ne lui faisait pas confiance, mais il appréciait son second compagnon, sûr de lui et à l'esprit vif.

— Ils sont venus il y a six jours environ, dit Janus, mais ils ont raté l'entrée du col. Ils étaient dix. Nous les aurions arrêtés sans problème. Il est peu probable qu'ils reviennent.

— Si Cade m'a demandé de tenir la position, c'est qu'ils reviendront !

— Était-ce un message du Ciel ?

— Cade dit que non, mais je n'en suis pas sûr.

Il leur raconta l'histoire de l'ours qui avait fait irruption dans la cabane de Cade, et était reparti après avoir mangé quelques gâteaux.

— Vous avez été témoin de la scène ? demanda Janus.

— Je l'ai vu de mes yeux, répondit Gambion. Diable, il fait chaud ici !

— Le soleil se réverbère sur le rocher blanc, dit Janus, surtout au crépuscule. Il fera frais dans quelques instants. Les hommes peuvent faire un feu. Personne ne le verra du col.

— Tous les trois, rentrez à la maison, dit Gambion. Vous serez ravis de retrouver votre famille !

— Les deux autres peuvent partir, fit Janus, mais je resterai. Je connais cette région comme ma poche.

— Ravi de vous avoir avec moi.

— Si ça ne vous gêne pas, je pars tout de suite, dit Evanson.

Gambion fit signe qu'il était d'accord.

Janus étudia ouvertement Gambion.

— Pourquoi me regardez-vous ainsi ? demanda Gambion, conscient de l'hostilité du jeune homme.

— Je dévisage l'homme qui a chassé tant de gens de leur ferme, répondit Janus, et je me demande pourquoi Dieu l'a choisi.

— Parce que j'étais là, petit ! On ne combat pas les Enfants de l'Enfer avec des charrues. C'est un boulot de durs.

— Peut-être...

— Vous n'avez pas besoin de m'apprécier. Contentez-vous de rester à mes côtés.

— Ne craignez rien à ce sujet. Je saurai tenir ma place !

— Je n'en doute pas. Je sais juger les gens. Montrez-moi le champ de bataille.

Ils descendirent la pente, gagnant la plaine qui s'étendait devant le canyon. Gambion regarda derrière lui. L'entrée du col avait disparu.

— Les montagnes sont jeunes, dit Janus. Probablement d'origine volcanique. Le canyon a été creusé par une coulée de lave.

— Une poignée d'hommes suffiraient à tenir la position un bout de temps.

— Cela dépend de la motivation de l'ennemi.

— Que voulez-vous dire ?

— S'ils chargent, ils entreront dans le col en quelques secondes. Nous les prendrons sous un feu croisé meurtrier, mais ceux qui traverseront pourraient nous encercler facilement.

— Dans ce cas, ne les laissons pas passer.

— Facile à dire.

— Petit, nous n'avons pas le choix. Daniel a besoin de dix jours pour emmener tout le monde à Sweetwater. Je lui ai promis qu'il les aurait, et il les aura !

— Alors, espérons qu'ils ne nous trouvent pas, dit Janus.

— Quoi qu'il arrive, ce sera comme Dieu l'aura voulu.

— Vraiment ? Moi, je ne crois pas en Dieu.

— Après tout ce que vous avez vu ?

— Qu'ai-je vu ? Une bande de Brigands et pas mal de morts ! Si ça ne vous gêne pas, Gambion, je ferai confiance à mon fusil. Dieu n'aura qu'à me laisser en paix !

Le jeune homme retourna au campement et ordonna à Burgoyne de surveiller le col. L'homme refusa, arguant qu'il retournait dans les monts Yeager.

Janus se tourna vers Gambion.

— Avez-vous un homme sur qui on peut compter pour ne pas s'endormir ?

— Peck ! appela Gambion. Prends le premier tour de garde, je te relèverai dans quatre heures.

— Pourquoi moi ?

— Parce que je te l'ordonne, fils de chienne !

— Chouette discipline, dit Janus, s'enroulant dans ses couvertures.

— Bouge-toi, Peck !

— J'y vais.

— Et ne t'endors pas. Daniel compte sur nous.

— J'ai compris !

— Je suis sérieux, Peck…

— Fais-moi un peu confiance, Ephram.

Gambion s'allongea, mais ne parvint pas à s'endormir. Il se leva et gagna le col, où il trouva Peck couché entre deux rochers, dormant à poings fermés. Il le saisit par les revers de sa veste, le releva puis le frappa, lui cassant deux dents. Peck s'évanouit, le visage sanguinolent. Gambion lui prit son fusil et monta la garde jusqu'à l'aube.

Janus le rejoignit au lever du soleil. Il s'arrêta et regarda Peck.

— Il a le sommeil lourd ?

— Fermez-la, Janus, je ne suis pas d'humeur !

— Calmez-vous… Allez vous reposer. Je veillerai pendant quelques heures.

— Je ne suis pas fatigué. Il me faut peu de sommeil.

— Allez dormir quand même. S'ils viennent, nous n'aurons pas le temps de dormir beaucoup pendant vos fameux dix jours !

Gambion reconnut que Janus avait raison. Il lui donna le fusil et le revolver de Peck puis souleva celui-ci et le jeta sur ses épaules.

Il partit sans rien ajouter.

Janus regarda un troupeau d'antilopes brouter dans la plaine. Tout était si paisible ! Difficile d'imaginer une guerre, les revolvers crachant le feu et la mort… Il travaillait à la ferme quand les Enfants de l'Enfer avaient frappé. Son père était mort presque tout de suite, le crâne éclaté. Sa mère avait vite suivi. Janus avait ramassé le fusil de son père et descendu le premier cavalier. L'homme était tombé de cheval. Janus avait lâché le fusil. Au moment où l'animal passait près de lui, il avait saisi le pommeau et s'était hissé en selle. Puis il était parti au galop, des balles sifflant à ses oreilles.

Le cheval avait été touché. Quand il s'était écroulé sous lui, Janus était déjà en sécurité dans les bois.

Désormais seul, il ne voulait pas penser à l'avenir. Il désirait épouser Susan McGraven, mais elle était morte, comme toute sa famille. Tuée par les pillards qui avaient attaqué sa ferme. Tout ce qu'il connaissait avait disparu. Tous ceux qu'il avait aimés étaient morts.

Âgé de dix-neuf ans, il paraissait beaucoup plus vieux. Et il n'imaginait pas d'autre avenir que d'être tué par les Enfants de l'Enfer. Il se méfiait de Daniel Cade et de ses visions. Le peu qu'il savait de la Bible militait contre Cade. Dieu utiliserait-il un homme comme lui ? Un tueur et un voleur ? Il en doutait. Mais comme il doutait également de l'existence de Dieu…

Deux heures plus tard, un jeune homme morose prit le tour de garde suivant. Janus retourna au campement. Sur le chemin, il rencontra un groupe d'une dizaine d'hommes, occupés à creuser une tranchée à travers la piste. Il vit que Gambion dirigeait les opérations et s'approcha de lui.

— Que faites-vous ?

— S'ils traversent le col, ils chevaucheront à toute allure. Cette ligne servira à séparer les vrais hommes des gamins !

— Exact. Mais il n'y a pas d'abri. Si vous ne les arrêtez pas ici, vous serez mis en pièces.

— Je ne suis pas venu pour fuir, lâcha Gambion.

— Pourquoi faites-vous ça ?

— À votre avis ?

— Je n'en ai pas la moindre idée.

— Dans ce cas, je ne peux pas vous l'expliquer.

Gambion s'appuya sur sa pelle. Il se gratta la barbe et réfléchit un moment.

— Je me suis joint à la bande de Cade il y a des années, et je n'ai jamais réfléchi à ce que nous étions. Puis Dieu a parlé à Daniel, et j'ai compris qu'il n'était pas trop tard pour changer. Il n'est *jamais* trop tard. Maintenant, j'appartiens à l'armée de Dieu, et je ne redeviendrai plus comme avant. Pas pour le pillage, les pièces de Barta ou ces fichus Enfants de l'Enfer. Daniel m'a dit de rester ici, et j'obéis ! Qu'ils envoient des hommes, des bêtes ou des démons, ils ne passeront pas tant qu'il y aura de la vie dans ce vieux corps. Est-ce clair à vos yeux, fermier ?

— C'est clair, Ephram. Accepteriez-vous une suggestion ?

— Pour sûr !

— Creusez une deuxième tranchée et placez-y quelques hommes. Si l'ennemi passe, ils vous couvriront pendant que vous battrez en retraite.

Gambion suivit du regard l'index pointé de Janus. Il vit un écran naturel de rochers et de buissons, environ vingt pieds au-dessus de leur position.

— Vous avez l'œil, fiston. Nous le ferons.

— Comment va votre collègue, Peck ?

Gambion haussa les épaules.

— L'idiot a cru malin de mourir ! Mais c'est la vie...

— Et elle n'est pas facile dans l'armée de Dieu...

— Exact. Pas de temps à perdre avec les flemmards.

— Êtes-vous d'accord pour que je prenne un peu de repos ?

— Allez-y.

Janus partit. Affamé, il mangea des fruits séchés avant de s'enrouler dans ses couvertures.

Le lendemain, peu avant midi, trois cents cavaliers ennemis entrèrent dans le canyon. La sentinelle, un jeune homme nommé Gibson, courut chercher Gambion. Janus le suivit.

— Ils ne se contentent pas de faire une reconnaissance, dit Janus. Ils cherchent quelque chose !

— Bien vu, marmonna Gambion. Je vais prévenir les hommes de se préparer.

— Comment les disposerez-vous ?

— Quinze pour les deux tranchées, le reste avec nous.

— Puis-je faire une suggestion ?

— Allez-y.

— Ils ne seront pas prêts à charger immédiatement. La première fois, ils entreront lentement. Placez tous nos hommes disponibles au-dessus de l'entrée. Ainsi, nous frapperons fort, dès l'abord. Pour l'attaque suivante, nous posterons les hommes dans les tranchées.

Gambion se mordit la lèvre un moment.

— Oui, ça me paraît une bonne idée.

Il répartit les hommes le long du trajet, leur ordonnant de ne pas tirer avant son ordre, mais de ne pas retenir leur feu après. Ensuite, il retourna s'accroupir près de Janus.

Une heure plus tard, un éclaireur ennemi découvrit la fissure et entra, le gros de la colonne attendant dehors. Les hommes des monts Yeager restèrent cachés quand le cavalier vêtu de noir gravit la première pente. S'il avançait davantage, il arriverait en vue des tranchées. Mais il s'arrêta et retira son casque. Il était jeune, à peu près le même âge que Janus. De sa cachette, Gambion vit qu'il avait les yeux bleus.

Le cavalier fit pivoter son cheval et retourna dans le canyon. Les Enfants de l'Enfer avancèrent. Gambion glissa une balle dans la culasse de son fusil et attendit, la bouche sèche. Près de lui, Janus cala son arme dans le creux de son épaule et inspira à fond, essayant de se détendre. Quand la moitié de la troupe fut entrée dans le canyon, Gambion visa le chef.

— Pas encore, murmura Janus.

Les Enfants de l'Enfer continuèrent à avancer. Gambion entendit des rires : certains cavaliers plaisantaient.

— Maintenant, dit Janus.

Gambion se mit à genoux et tira sans relâche. Les coups de feu résonnèrent dans le col, tandis que les cavaliers tombaient de leurs montures affolées.

Puis l'ennemi tourna les talons et sortit du col. Très vite, le silence retomba. Gambion se leva, mais Janus le retint par le bras.

— Ils ne sont pas tous morts. Dites aux gars de se remettre en position.

— Retournez à vos postes ! brailla Gambion.

Si la plupart des hommes obéirent, un jeune homme ne tint pas compte de l'ordre et dévala la pente. Un Enfant de l'Enfer blessé roula sur le côté et lui tira dessus à bout portant. Le garçon s'arrêta net, les mains sur le ventre. Un deuxième coup lui arracha la tête.

Janus visa et tua le soldat ennemi.

Alik regroupa ses hommes. Il savait qu'il aurait dû les reconduire aussitôt à l'attaque, mais la peur le paralysait. Il hésita, ne voulant pas risquer un nouveau carnage.

— Combien de morts ? demanda-t-il à son adjoint, Terbac.

L'homme partit inspecter les rangs et revint après quelques instants.

— Cinquante-neuf.

— Nous attaquerons à pied.

— Avec le respect que je vous dois, une charge nous permettrait peut-être de passer.

— J'ai dit « à pied » !

— Bien.

Les hommes descendirent de leurs montures et les attachèrent à des arbres.

Dans le col, Janus les observait, sourcils froncés.

— Ils reviennent, dit-il, mais sans chevaux.

— À quoi jouent-ils ? demanda Gambion.

— Ils veulent sans doute prendre l'entrée, et avancer ensuite lentement.

— C'est faisable ?

— Peut-être, mais peu probable. Déplacez les hommes du côté opposé, à environ trente pas sur la gauche.

Gambion cria des ordres. Les hommes se mirent en position.

— Et maintenant ?

— Nous en descendons le plus possible ! S'ils sont futés, ils attendront la nuit. Mais je ne crois pas qu'ils le feront...

Le premier Enfant de l'Enfer atteignit la fissure et courut vers les rochers.

Il ne les atteignit jamais.

Mais le troisième réussit, donnant à son camp la possibilité de riposter. Gambion rampa le long de la crête et tua le tireur solitaire. Les Enfants de l'Enfer battirent en retraite vers le canyon.

Gambion revint vers Janus et le regarda, attendant qu'il parle. Le jeune homme comprit que le commandement lui revenait. Il sourit tristement.

— Demandez à votre Dieu une nuit sans nuages, dit-il.

— D'accord. Mais si la nuit est nuageuse ?

— Quelqu'un devra rester ici. Un gars avec de bonnes oreilles.

— Je m'en charge.

— Vous êtes le chef, vous ne pouvez pas !

— C'est vous le chef, Janus. Je ne suis pas stupide au point de ne pas m'en apercevoir !

— Mais vos hommes l'ignorent. Envoyez quelqu'un d'autre.

— D'accord. Vous pensez qu'ils ne reviendront pas aujourd'hui ?

— Nous avons de la chance, Ephram. Ils sont commandés par un lâche.

— Nous sommes à dix contre un, et vous appelez ça de la chance ?

— Un contre huit, désormais. Et, oui, nous avons de la chance ! S'ils avaient commencé par charger, ils auraient traversé et seraient en route vers les monts Yeager.

— Ma foi, continuez à réfléchir plus vite qu'eux, petit, je vous en serai éternellement reconnaissant.

— Je ferai de mon mieux !

À deux jours de Castlemine, après avoir trouvé une fissure dans les montagnes qui leur permit de bifurquer vers l'ouest, Shannow et Batik arrivèrent dans une vallée bordée d'épicéas et de pins.

Ils s'arrêtèrent sur les rives d'un lac entouré de collines et firent boire leurs chevaux. Shannow avait peu parlé depuis qu'ils avaient enterré Archer, et Batik respectait son silence.

Au milieu de l'après-midi, il vit un cavalier se diriger vers eux. Il se leva et plissa les yeux pour mieux voir. Ses yeux s'écarquillèrent.

— Jon !

— Je le vois.

— C'est Archer !

— Impossible.

Le cavalier approcha et mit pied à terre. Ce Noir de plus de six pieds portait le même style de vêtements qu'Archer.

— Bonjour, maîtres, dit-il. Je suppose que vous êtes Shannow ?

— Oui. Et voilà Batik.

— Content de vous rencontrer… Je m'appelle Lewis, Jonathan Lewis. J'ai été envoyé pour vous guider.

— Nous guider où ?

— Vers l'Arche.

— Vous êtes un des Gardiens ? demanda Batik.

— Oui.

— Archer est mort, annonça Shannow. Mais je suppose que vous le savez ?

— Vous avez rendu sa fin plus facile, et nous vous en sommes reconnaissants. C'était un homme de bien.

— Je vois que vous êtes armé, dit Batik, désignant l'étui pendu à la ceinture de Lewis.

— Samuel n'a jamais compris à quoi servaient les armes... Nous y allons ?

Pendant plus de deux heures, ils suivirent Lewis dans un canyon de roches basaltiques noires.

Devant eux apparut une cité morte, plus grande que celle qu'ils avaient trouvée avant de rencontrer Archer. Mais ce ne fut pas ce qui arracha une exclamation à Shannow.

Cinq cents pieds au-dessus des ruines, un vaisseau doré scintillait sous le soleil couchant.

— Est-ce vraiment l'Arche ?

— Non, maître Shannow, dit Lewis, même si de nombreuses personnes le croient. Nous ne les avons d'ailleurs pas détrompées.

Les trois compagnons entrèrent dans les ruines. Lewis descendit de cheval et fit signe aux autres de l'imiter. Il mena sa monture devant la muraille rocheuse, puis tourna une petite poignée dissimulée dans la pierre. Une partie du rocher coulissa, dégageant une entrée rectangulaire de sept pieds de haut et douze de large. Lewis entra. Shannow et Batik le suivirent, leurs chevaux tenus par la bride. Les deux hommes qui attendaient dans le tunnel emmenèrent les bêtes. Lewis conduisit Shannow et Batik jusqu'à une porte d'acier qui s'ouvrit sur une petite pièce de quatre pieds sur quatre. Quand les trois hommes furent à l'intérieur, la porte se referma.

— Niveau 20, dit Lewis.

La « pièce » frémit.

— Que se passe-t-il ? demanda Batik, inquiet.

— Attendez un moment. Tout va bien.

La porte s'ouvrit sur un couloir brillamment éclairé. Shannow sortit. Il faisait plus clair qu'en plein jour, pourtant, il n'y avait aucune fenêtre. Le long des murs, il remarqua des tubes brillants. Quand il tendit la main pour en toucher un, il était tiède.

— Vous devez avoir beaucoup de Pierres pour produire autant de magie, dit Shannow.

— C'est exact, confirma Lewis. Suivez-moi.

Une autre porte s'ouvrit devant eux. Les trois hommes entrèrent dans une salle ronde où se dressait un bureau blanc en forme de croissant de lune. Un homme aux cheveux blancs se leva et leur sourit. La peau dorée et les yeux noirs en amande, il mesurait plus de deux mètres. Ses longs cheveux ressemblaient à la crinière d'un lion.

Lewis s'inclina devant lui.

— Mon seigneur Sarento, voici les hommes que vous vouliez rencontrer.

— Soyez les bienvenus, mes amis. En punition de mes péchés, c'est moi le chef! Ravi de vous accueillir ici. Lewis, apporte des chaises pour mes invités.

Quand Batik et Shannow furent assis, Lewis partit chercher des boissons. Sarento s'appuya à la table et prit la parole.

— Vous êtes un homme remarquable, maître Shannow. J'ai suivi vos exploits depuis des années: la pacification d'Allion, la capture du Brigand Gareth, l'attaque des Enfants de l'Enfer, et, maintenant, la libération de Castlemine. Quelque chose peut vous arrêter?

— J'ai eu de la chance...

— Elle sourit aux Rolynds, maître Shannow. Avez-vous déjà entendu ce mot?

— Archer l'a mentionné.

— Oui. Ce cher Samuel... Je ne saurais vous dire combien sa mort me déprime. Plus qu'aucun autre, il était à l'origine de la profonde sagesse des Gardiens. Mais je parlais des Rolynds. Les Atlantes formaient une race extraordinaire. Ils avaient résolu des énigmes qui intriguaient toujours nos aînés, huit mille ans plus tard. C'étaient les pères de la magie. Certains avaient le pouvoir de guérir, d'autres de faire pousser les plantes. D'autres encore savaient enseigner. Mais ils étaient spéciaux parce qu'ils avaient de la chance. Un dieu privé qui intervenait pour eux chaque fois que cela se révélait nécessaire. Et ça l'était souvent, pour les guerriers rolynds. Des guerriers comme vous, maître Shannow. Les Atlantes pensaient que ce don était lié au courage. C'est peut-être le cas. Quelle qu'en soit la raison, vous l'avez aussi !

Lewis revint et servit un gobelet de vin blanc à chaque convive. Puis il posa le pichet sur la table et quitta la pièce.

— Un grand pouvoir est à votre disposition ici, dit Shannow.

— Il va avec la connaissance… Nous gardons les secrets de l'ancien monde.

— Mais vous avez aussi les Pierres.

— Que voulez-vous dire ?

— Avec tant de pouvoir, pourquoi n'arrêtez-vous pas les Enfants de l'Enfer ?

— Nous ne nous mêlons pas directement de l'histoire, maître Shannow, même si nous essayons depuis plus de trois cents ans de guider ce monde. Des hommes comme le Prester John Taybard et celui que vous connaissiez sous le nom de Karitas ont été envoyés pour éduquer les peuples et les aider à comprendre ce qu'ils sont, et d'où ils viennent. Je n'ai pas d'armée, et si j'en avais une, je n'aurais pas le droit de modifier le destin des Enfants de l'Enfer. Mais comme la bataille est inégale, je suis prêt à vous aider.

— De quelle façon ?

— En vous donnant des armes pour Daniel Cade.

— En quoi m'aideront-elles à tuer Abaddon ?

— Elles feront plus que ça : elles vous permettront de le vaincre.

Sans répondre, Shannow regarda Sarento dans les yeux.

— Quelle sorte d'armes ? demanda Batik.

Sarento cria un ordre et une porte coulissa dans le mur du fond. Elle donnait sur une salle de tir. La première cible était une statue de bois revêtue de l'armure des Enfants de l'Enfer. Sarento entra dans la salle et souleva une arme noire volumineuse, longue de près de un mètre. Il la tendit à Batik.

— Tirez sur la culasse mobile, à gauche, puis visez. Mais serrez bien, car l'arme vous surprendra peut-être.

Batik actionna la culasse et appuya sur la détente. L'explosion l'assourdit. La statue disparut, pulvérisée.

— Cinq cents balles par minute, dit Sarento. Si vous touchez un homme à la cuisse avec un seul projectile, le choc suffira à attirer tout son sang vers la blessure et à le tuer. Vous pouvez détruire n'importe quelle troupe avec dix armes comme ça. Et je vous en donnerai cinquante.

— J'y réfléchirai, dit Shannow.

— Réfléchir à quoi ? intervint Batik. Avec ces armes, nous pourrions prendre Babylone !

— Sans doute. Mais je suis fatigué. Avez-vous un endroit où je peux me reposer ? demanda Shannow à Sarento.

— Bien sûr.

Sarento ouvrit une porte. Lewis attendait derrière.

— Affecte des quartiers confortables à nos invités, ordonna-t-il. Je vous verrai tous les deux demain matin.

Le Gardien les conduisit dans une pièce en forme de T meublée de deux lits, une table, quatre chaises et une grande fenêtre donnant sur un lac étincelant. Shannow approcha et essaya de l'ouvrir, mais la poignée refusa de bouger.

— Elle ne s'ouvre pas, maître Shannow. Ce n'est pas une fenêtre mais une image lumineuse. Nous les appelons les visioplaisirs.

Il tourna un cadran sur le mur. La vue changea, passant au crépuscule puis à la nuit.

— Réglez-la comme vous voulez. Je vais vous chercher à manger.

Quand le Gardien fut parti, Shannow s'allongea sur le lit le plus proche, les bras derrière la nuque.

— Qu'est-ce qui t'inquiète, Shannow ?

— Rien. Je suis seulement fatigué.

— Pourtant, ces armes… Même ton Dieu aurait du mal à produire un miracle supérieur !

— Tu te contentes de peu, Batik. Maintenant, laisse-moi réfléchir.

Batik haussa les épaules et explora la pièce jusqu'à ce que Lewis revienne avec les repas. Pour Batik, il apporta un steak saignant et des légumes verts, et pour Shannow, du fromage et du pain noir. Quand ils eurent terminé, Lewis se leva pour partir.

— Y a-t-il de l'eau quelque part ? demanda Shannow. J'aimerais me laver.

— Pardonnez mon oubli, répondit Lewis. Regardez par là.

Il fit glisser le mur près du visioplaisir, révélant une cabine de verre. Quand il tendit la main et appuya sur un bouton, un jet d'eau tiède jaillit d'un tuyau fixé dans le mur.

— Il y a du savon et des serviettes ici, dit Lewis en ouvrant un placard mural.

— Merci. Cet endroit est un palais !

— Il a été construit selon des plans antérieurs à la Chute.

— Ce sont les Gardiens qui l'ont bâti ?

— D'une certaine façon, maître Shannow… nous avons utilisé les Pierres pour recréer la magie de nos ancêtres.

— Où sommes-nous ?

— À l'intérieur de la coque de l'Arche. Après avoir maîtrisé les Sipstrassi, nous l'avons réaménagée pour l'adapter à notre communauté. C'était il y a environ trois cents ans. Depuis, nous avons fait quelques modifications.

Shannow but une gorgée de vin. Il était épuisé, mais avait beaucoup de questions à poser.

— Je n'ai pas vraiment eu l'occasion de parler avec Archer de ce que vous gardez. Pourriez-vous me l'expliquer ?

— Oui. Notre communauté collecte et conserve les secrets de l'Avant-Chute, avec l'espoir de ramener un jour cette époque à la vie. Notre bibliothèque compte plus de trente mille livres, la plupart techniques. Nous avons aussi quatre mille classiques en onze langues.

— Comment ressusciter le passé ? demanda Batik.

— Une question à poser à Sarento, pas à un guerrier.

— Et vous pensez restaurer la civilisation avec des armes capables de tuer cinq cents types à la minute ? demanda Shannow.

— L'homme est un animal inventif, maître Shannow. Ne préférez-vous pas avoir ces armes, plutôt que les laisser aux Enfants de l'Enfer ? Tôt ou tard, leurs armuriers les redécouvriront.

— Combien êtes-vous ici ?

— Huit cents, y compris les femmes et les enfants. Une communauté assez stable. Demain, je vous la ferai visiter. Vous accepterez peut-être de rencontrer Amaziga Archer... Ce sera douloureux pour elle, mais je sais qu'elle aimerait en savoir plus sur les dernières heures de son époux.

— Il m'a parlé d'elle à la fin, lui confia Shannow.

— Auriez-vous la bonté de le lui dire ?

— Bien entendu. Étiez-vous un ami d'Archer ?

— Peu de gens n'aimaient pas Sam. Oui, nous étions amis.

— Sa Pierre est devenue noire, dit Batik. Elle était très petite.

— Il l'a toujours trop utilisée. Comme un colifichet magique ! Mais il me manquera...

— Était-il le seul Gardien fasciné par l'Atlantide ? demanda Shannow.

— À peu près... Sarento et lui partageaient cette attirance.

— C'est un homme intéressant, ce Sarento. Quel âge a-t-il ?

— Un peu plus de deux cent quatre-vingts ans, maître Shannow. Il est très doué.

— Et vous, Lewis ? quel âge avez-vous ?

— Soixante-six ans. Sam Archer en avait quatre-vingt-dix-huit. Les Pierres ont des pouvoirs étonnants.

— Effectivement. Je voudrais me reposer, maintenant. Merci d'avoir répondu à mes questions.

— C'était un plaisir. Dormez bien.

— Une dernière question.

— Oui ?

— Les Pierres fabriquent-elles la nourriture pour vous ?

— Elles le faisaient autrefois. Mais nous utilisons leurs pouvoirs pour des choses plus importantes. Nous avons un troupeau de moutons et de vaches et nous faisons pousser nos légumes.

— Encore merci.

— De rien.

Shannow resta éveillé alors que Batik dormait depuis longtemps. Le visioplaisir était réglé sur le clair de lune. Il regarda les nuages dériver dans le ciel, toujours les mêmes, avec une régularité déconcertante. Il ferma les yeux, revit la statue démolie et imagina un être humain avec ses entrailles qui pendaient autour de lui comme des rubans déchirés.

Si Karitas avait possédé des armes comme celles-là, les Enfants de l'Enfer n'auraient pas détruit son village et la jeune Curopet aurait été encore en vie.

Shannow se retourna sur le ventre, mais le sommeil refusa de venir malgré le confort de sa couche. Mal à l'aise et tendu, il sortit du lit et gagna la cabine en verre, où il tourna le bouton du jet d'eau. Sur un plateau à sa droite, il trouva un savon parfumé. Il se nettoya vigoureusement, savourant la chaleur de la douche. Une fois sec, il retourna devant le visioplaisir et le régla sur le jour. Puis il regarda le soleil monter dans le ciel.

Il s'assit à la table et se servit un verre d'eau. Toute sa vie, il avait été à la fois le chasseur et la proie, et il faisait confiance à son instinct. Il y avait une raison à son malaise ; il était décidé à la trouver avant de rencontrer Sarento le matin suivant.

Sarento... Shannow ne l'aimait pas, mais ce n'était pas une raison pour le juger trop durement. Jon appréciait peu de gens, et le chef des Gardiens avait été raisonnablement aimable. Cela dit, il n'avait pas semblé réellement désolé de la mort d'Archer. Mais Samuel était seulement un de ses administrés. Shannow savait que les émotions de ceux que le monde considérait comme grands étaient peu profondes. L'humanité passait souvent en deuxième place, loin derrière l'ambition.

Shannow se détendit. À la chasse, on utilisait la vision périphérique pour repérer les mouvements. C'était pareil avec un problème. Le regarder en face brouillait souvent la perspective. Il laissa ses pensées vagabonder…

Karitas… Le doux et aimable Karitas.

L'Enfant de l'Enfer Karitas, le père des fusils…

Envoyé par Sarento ?

Pour servir Abaddon ?

Shannow serra les dents. Il savait peu de chose sur le passé de Karitas, mais Ruth lui avait dit qu'il avait révélé à Abaddon le secret des armes à feu. Sarento n'avait-il pas dit qu'il était un Gardien chargé « d'éduquer » ?

À quel jeu jouait-on ici ?

Pourquoi les Gardiens avaient-ils besoin d'un troupeau alors que leurs Pierres pouvaient créer de telles merveilles à l'intérieur d'un vaisseau fantôme ? Lewis avait dit qu'ils réservaient leurs pouvoirs à des choses plus importantes. Mais que pouvait-il y avoir de plus important que nourrir une colonie ?

Sarento avait dit que Shannow était un Rolynd, ce qui signifiait que sa connaissance de l'Atlantide était supérieure à celle d'Archer. Pourquoi n'avait-il pas partagé cette information avec le Gardien ?

Enfin, il y avait le problème Cade. Cade le Brigand, le tueur, engagé dans cette guerre…

Quel homme raisonnable lui donnerait les armes qui lui permettraient de se tailler un empire ?

Jon avait dit à Ruth qu'il était heureux d'apprendre le revirement de Cade, et il n'avait pas menti. L'homme était de son sang, il le connaissait mieux que quiconque. Son frère était dur et sans merci. S'il avait accepté de mener cette guerre, ce n'était pas par altruisme, mais parce qu'il avait vu la possibilité d'en tirer profit.

Shannow remit le visioplaisir sur « nuit » et retourna se coucher. Un peu calmé, il sombra dans un profond sommeil. Quand il se réveilla, Batik était déjà habillé et assis à la table avec Lewis, une assiette pleine de lard et d'œufs devant lui. Shannow s'habilla et les rejoignit.

— Voulez-vous de la nourriture, maître Shannow ? Je crains que Batik ait dévoré votre portion !

— Non merci, je n'ai pas faim.

Lewis jeta un coup d'œil au bracelet rectangulaire fixé à son poignet.

— Sarento est prêt à vous recevoir.

Batik rota, se leva et lança :

— Comment allons-nous livrer ces fusils à Cade ?

Shannow sourit sans répondre.

— Nous y allons ? lança-t-il à Lewis.

Dans le couloir brillamment éclairé, Shannow fit sauter la lanière de sûreté du chien de son revolver droit. Batik remarqua le mouvement, et fit de même avec sa propre arme. Il ne posa plus de questions, mais se laissa distancer de quelques pas, gardant Lewis devant lui.

Dans la salle de réunion, Sarento se leva et accueillit ses invités avec un grand sourire.

— Avez-vous bien dormi ?

— Oui, dit Shannow. Merci de votre hospitalité, mais nous devons partir.

— Préparer les fusils pour le voyage prendra du temps.

— Nous ne les emporterons pas.

— Vous n'êtes pas sérieux ?

— Vous m'avez mal compris ! Il y a un seul rêve dans ma vie : trouver Jérusalem. Malheureusement, je dois d'abord tuer Abaddon. Une question de fierté et de vengeance. Je ne suis pas impliqué dans la guerre des Enfants de l'Enfer. Si vous souhaitez que les fusils parviennent à Cade, envoyez vos hommes.

— Cela n'est-il pas un peu égoïste, maître Shannow ?

— Au revoir, Sarento.

Jon se détourna et se dirigea vers la porte. Batik le suivit. Shannow attendait près de l'ascenseur. Lewis les rejoignit et le trajet vers la surface se passa en silence.

— Bonne chance pour votre quête, maître Shannow.

— Merci, maître Lewis.

Shannow monta en selle et poussa l'étalon vers le sud. Batik l'imita. Les deux hommes chevauchèrent sans un mot vers les collines qui dominaient la ville morte et l'Arche.

— Pourquoi as-tu fait ça, Shannow ? demanda Batik. Je croyais que tu sauterais sur l'occasion d'utiliser ces fusils.

— Pourquoi ? Tu penses que j'aime tuer ?

— Pour les donner à Cade. Pour battre les Enfants de l'Enfer.

— Je refuse de faire le jeu d'un autre homme, Batik. (Shannow sortit son revolver.) Avec cette arme, j'ai tué beaucoup d'ennemis. Pourtant, m'appartient-elle ? Non. Je l'ai prise sur le cadavre d'un Enfant de l'Enfer. Batik, combien de temps faudrait-il pour que l'ennemi entre en possession d'un de ces fusils ? Combien de temps avant qu'ils le démontent et apprennent à en fabriquer ? Ces armes ne sont pas une réponse à la guerre, elles servent seulement à aggraver le problème. Je ne suis pas un enfant qui se laisse hypnotiser par un joli jouet.

— Tu réfléchis trop, Shannow.

— C'est vrai, mon ami. Mais je suis persuadé que les Gardiens jouent une partie bien à eux. Ils ont fabriqué les armes des Enfants de l'Enfer et les ont livrées à Abaddon. Nous avons eu de la chance de sortir vivants de leur Arche.

— Pourquoi nous ont-ils laissé partir ?

— La surprise. Ils ne s'attendaient pas à un refus.

— Combien d'ennemis supplémentaires te feras-tu pendant ta quête ?

Shannow sourit. Il se pencha et saisit l'épaule de Batik.

— Un ami vaut un millier d'ennemis.

Au-dessus d'eux, l'esprit de Ruth s'envola, auréolé de joie.

Filant vers le sud-ouest, elle dépassa Babylone et chercha le chariot où voyageait Donna Taybard. Elle le trouva au pied des collines, à quatre jours de voyage de la cité. Donna était couchée dans le véhicule, des cercles d'argent au front, aux poignets et aux chevilles. Elle semblait plongée dans un sommeil d'origine magique. Les bandeaux intriguèrent Ruth. Elle s'approcha, mais quelque chose voulut l'aspirer et elle s'enfuit. Réunissant son énergie, elle approcha de nouveau, et s'aperçut que les bandeaux agissaient comme un aimant. Plus près, la force d'attraction devenait douloureuse. Mais elle eut le temps de voir les morceaux de Pierre de Sang, dans les bandeaux.

Elle se libéra et vola vers le Sanctuaire, heureuse d'avoir appris ce qu'elle voulait.

Elle avait enfin compris la véritable nature des Pierres de Sang. Ce n'était pas le sang ou la vie qu'elles absorbaient, mais les Perceptions Extra-sensorielles. La force de l'esprit.

Des Pierres buveuses d'âme.

Le sang de Donna Taybard coulerait sur la Sipstrassi d'Abaddon, et son âme augmenterait son pouvoir.

Ruth était furieuse !

Une image scintillante se forma dans un coin de son bureau. Karitas apparut devant elle. Elle se détendit quand il approcha en souriant. Mais ses mains devinrent des serres et son visage celui d'un démon…

Il bondit sur elle. La fureur de Ruth n'ayant pas baissé, elle leva les mains, du feu jaillissant de ses doigts. L'image de Karitas vira au gris, et le démon qui l'habitait se ratatina et mourut.

Une odeur de décomposition emplit la pièce. Ruth recula en titubant. Des fenêtres apparurent autour d'elle, et une brise s'engouffra dans la salle. Elle sentit la présence de Pendarric. Un instant plus tard, le roi apparut, vêtu d'une tunique noire ornée d'une étoile argentée sur une épaule.

— Je vois que vous avez appris à tuer, ma dame.

Ruth s'assit et regarda ses mains.

— J'ai réagi instinctivement.

— Comme Shannow ?

— Je n'ai pas besoin de sermons…

— La bête n'était pas Karitas. Elle est passée à travers un portail, appelée par une force formidable. Vous n'aviez pas d'autre choix. Cela n'annule pas ce que vous êtes, Ruth.

Elle sourit tristement.

— Si j'avais le courage de mes croyances, je l'aurais laissé me tuer.

— Peut-être. Mais dans ce cas, le mal aurait vaincu.

— Pourquoi êtes-vous venu, Pendarric ?

— Pour vous aider, ma dame. En ce monde, mes pouvoirs se limitent aux mots. Peut-être est-ce une punition pour avoir semé la désolation quand j'en faisais partie. Mais vous avez du pouvoir et vous devez l'utiliser.

— Je ne tuerai plus. *Plus jamais!*

— C'est votre droit. Mais vous pouvez mettre fin au rêve d'Abaddon sans assassiner personne. Les Sipstrassi fonctionnent de deux façons : elles utilisent du pouvoir et elles en reçoivent. Elles doivent être *neutralisées.*

— Comment ?

— Vous devez trouver de quelle façon procéder, Ruth. Il est important que vous le découvriez par vous-même.

— Je déteste les devinettes !

— Il est temps de connaître votre ennemi. Cherchez-le, et vous comprendrez.

— Pourquoi ne voulez-vous pas me le dire ?

— Vous connaissez la réponse, ma dame. Comme avec vos élèves, il est impossible de mettre entre les mains d'un enfant tout le pouvoir du monde. Il faut le diriger, l'encourager à chercher ses propres réponses. À développer ses talents.

— Je ne suis pas une élève !

— Vous croyez, Ruth ? Ayez confiance en moi.

— Si je détruis mes ennemis, le travail de toute une vie aura été accompli en vain. Tout ce que j'ai cru et appris aux autres sera vidé de sa vérité.

— Je comprends, mais cela vaut seulement si vous tuez vos ennemis. Il y a un autre moyen de restaurer l'harmonie, même si c'est celle de la jungle.

— Et je peux accomplir cela en mourant ?

— Tout dépend de la manière que vous choisirez.

Ruth baissa la tête.

— Partez, Pendarric. Je dois réfléchir à beaucoup de choses.

Lewis retourna dans le tunnel, appela l'ascenseur et y entra. Il s'arrêta au niveau 16 et sortit dans un grand couloir. En passant près des quartiers des guerriers, il vit Amaziga Archer jouer avec son fils, Luke. Elle lui fit un signe de la main. Il lui répondit, sans savoir comment lui dire que Shannow était parti, emportant avec lui les derniers mots de son époux.

Il arriva devant la salle de contrôle et attendit près de la porte en acier. Celle-ci s'ouvrit après quelques secondes. Lewis entra.

— Vous m'avez appelé ? demanda-t-il.

Sarento examinait des plans d'architecte. Il lui fit signe de s'asseoir. Lewis s'installa sur une chaise.

— Vous savez ce que sont ces plans ?

Lewis y jeta un coup d'œil.

— Non.

— Les caractéristiques techniques originales de l'Arche. Dans trois jours, elle voguera de nouveau.

— Je ne comprends pas.

— Nous allons bientôt recevoir un surplus de puissance. Pour célébrer la Renaissance, je transformerai l'Arche pendant douze heures.

— La consommation de pouvoir sera colossale !

— Exact. Mais nous disposons aujourd'hui de deux cents pour cent de puissance de plus que le mois dernier à la même date, et elle grandit chaque jour. Le vaisseau sera la dernière épreuve. Ensuite, nous commencerons à rebâtir le monde, Lewis. Pensez-y ! Londres, Paris et Rome se relevant des cendres de la Chute ! Toute la technologie de l'ancien monde offerte au nouveau, sans aucun des désavantages.

— C'est extraordinaire ! Mais d'où vient cette puissance ?

— Avant que je réponde, dites-moi ce que vous pensez de Shannow.

— Je l'ai apprécié. C'est un homme fort. Il lui a fallu un sacré courage pour faire évader Archer de Castlemine.

— C'est vrai, dit Sarento, les yeux brillants. Et je l'admire, ne vous y trompez pas. J'avais espéré lui sauver la vie, me servir de lui, mais il a refusé.

— Il peut réussir, dit Lewis. Je n'aimerais pas l'avoir à mes trousses !

— Il ne réussira pas. J'ai averti les Zélotes. Ils le coinceront bientôt.

— Pourquoi ?

— Lewis, vous êtes un excellent soldat et un bon serviteur. Mais la politique n'est pas votre fort. Vous n'avez pas la responsabilité d'assurer la survie d'une race perdue. Quand je suis devenu le chef, il y a deux cent soixante ans, qu'existait-il de la magie que vous voyez autour de nous ? Nous vivions dans les cavernes, sous l'Arche, nous chassions et nous cultivions pour nous nourrir, comme les autres villages du Sud. Mais j'ai offert la Renaissance aux Gardiens. Je leur ai donné un but, et une très longue vie, ne l'oublions pas.

— Je ne vois pas le rapport avec Shannow.

— Patience, Lewis. Archer nous a montré le chemin avec ses recherches sur l'Atlantide. Les Sipstrassi étaient le pouvoir, la magie à l'état pur. Mais les Pierres ont vite été épuisées. Alors, comment les Atlantes ont-ils construit leurs fabuleuses structures ? Pas grâce à des fragments de Pierre ! Ils possédaient la Pierre Unique, la Pierre-Mère. J'ai cherché dans les montagnes pendant douze ans, au fin fond des cavernes les plus profondes, et je l'ai trouvée, Lewis : soixante tonnes de Sipstrassi pure, en un seul morceau ! Tel était le grand secret des rois atlantes. Ils avaient bâti un cercle de pierres autour, sous la surface. Pendarric, le dernier roi, a détaché une petite partie de la Pierre et s'en est servie pour se forger un empire. Mais nous utiliserons la Pierre entière ! Et je vais répondre à votre question. Qu'en est-il de Shannow, demandiez-vous ? (Sarento se leva et toisa Lewis, toujours assis.)Même s'il ne le sait pas, il a l'intention d'arrêter le flux de puissance qui coule dans la Pierre-Mère.

— Peut-il le faire ?

Sarento haussa les épaules.

— Nous ne le saurons jamais, car il sera mort dans quelques heures.

— Je vous ai demandé d'où venait la puissance, insista Lewis.

— J'espère que maintenant vous êtes prêt à entendre la réponse. Tous les soldats des Enfants de l'Enfer portent une Pierre de Sang. Chaque fois qu'ils tuent, ou sont tués, ils transmettent du pouvoir à la Pierre-Mère. Quand ils sacrifient ceux d'entre eux qui ont des dons de Perceptions Extra-sensorielles, ils utilisent des couteaux en Sipstrassi, et la plus grande partie de la puissance nous revient.

—Alors, la Pierre-Mère n'est plus pure ?

—Pure ? Ne soyez pas idiot, Lewis ! Elle est simplement plus forte. Trop pour fabriquer de la nourriture, ce qui est ennuyeux. Mais elle peut désormais transformer nos rêves en réalité.

—Utiliser la perversion des Enfants de l'Enfer est maléfique...

—Lewis, Lewis ! s'écria Sarento, posant les mains sur les épaules du guerrier. Nous *sommes* les Enfants de l'Enfer. Car nous les avons créés à partir du rêve de ce fou de Welby ! Nous lui avons donné la puissance et des fusils. Il nous appartient, même s'il l'ignore.

—Et tous ces morts ?

Sarento s'assit sur un coin de son bureau.

—Croyez-vous que cela ne me désole pas ? Mais notre devoir envers l'avenir est de garder vivante la civilisation passée.

» Vous devez comprendre, Lewis. Notre rêve ne survivra pas longtemps dans cette colonie. Un désastre naturel, une épidémie, et tout pourrait être détruit. Le passé doit revivre dans le monde nouveau : des villes, des lois, des livres, des hôpitaux, des théâtres. La culture, Lewis. Et la technologie. Et même les étoiles. Parce que ce que la science n'a pas pu accomplir, la magie le fera !

Lewis resta silencieux. Sarento attendit, aussi immobile qu'une statue, sans le quitter du regard.

—Une question, dit enfin Lewis. Quand nous prospérerons, la Pierre aura besoin de plus de pouvoir, n'est-ce pas ? La nourrirons-nous pour toujours avec la mort ?

—Bien vu, Lewis ! Cela prouve que j'avais raison à votre sujet. Vous êtes intelligent. La réponse est « oui ». Mais nous ne sommes pas obligés de devenir mauvais. L'homme est par nature un chasseur et un tueur. Il ne peut pas survivre sans les guerres. Réfléchissez à notre histoire. Un kaléidoscope de cruauté et de terreur. Mais avec chaque calamité, l'humanité a progressé. Car la guerre établit l'unité. Prenez Rome : elle a conquis le monde par le sang et le feu. Puis la civilisation s'est enracinée. Après la conquête est venue l'unification. Avec elle est arrivée la loi, suivie par la culture. Mais d'autres peuples ont fait le même chemin : les Macédoniens, les Britanniques, les Espagnols, les Français, les Américains. Il y aura toujours des gens qui souhaitent la guerre. Nous fixerons un but positif à ce désir atavique.

Lewis se leva et salua.

— Merci d'avoir partagé ce savoir avec moi. Ce sera tout ?

— Non. Je vous ai mis dans la confidence pour une raison précise. Shannow doit mourir. Il est probable que les Zélotes accompliront leur tâche. Mais Shannow est un Rolynd. Il risque de survivre et de revenir. Je veux que vous le tuiez, si les Zélotes n'y parviennent pas.

Conscient que Sarento épiait ses réactions, Lewis acquiesça, son visage n'affichant aucune émotion.

— Pouvez-vous le faire ?

— Je prendrai un des fusils…

Chapitre 12

Les cavaliers lancèrent des attaques cinq jours durant. Le sixième, leur chef perdit patience. Les Enfants de l'Enfer entrèrent en force dans le col malgré le feu croisé qui éclaircit leurs rangs, et arrivèrent devant la tranchée où Gambion attendait avec ses hommes.

— Feu ! cria Gambion.

Une salve faucha les premières lignes de cavaliers, abattant hommes et bêtes. Une deuxième suivit. Puis les troupes de Gambion battirent en retraite vers la seconde tranchée.

Au-dessus d'eux, embusqué avec trois tireurs, Janus se leva et déchargea son fusil. Gambion resta seul dans la première tranchée.

Son fusil vide, il sortit ses revolvers et tira, arrachant un homme de sa selle.

Un cheval sauta par-dessus la tranchée, suivi par un autre. Gambion tira à l'aveuglette dans le nuage de poussière. Mais un sabot heurta le sommet de son crâne. Il s'écroula, des balles arrosant le sol autour de lui.

Janus cria aux tireurs qui avaient quitté la première tranchée de se mettre en position. Ils rejoignirent les trois hommes déjà en place dans la deuxième tranchée.

Les Enfants de l'Enfer rompirent les rangs et prirent la fuite.

— Suivez-les ! cria Janus.

Il ramassa un fusil et sauta par-dessus la barricade en terre. Sept hommes l'accompagnèrent. Les autres restèrent accroupis derrière le tertre. Janus savait que les instants qui suivraient seraient cruciaux. S'ils ne repoussaient pas les Enfants de l'Enfer vers le canyon, ceux-ci se déploieraient sur les flancs de la colline et encercleraient les défenseurs.

Janus courut jusqu'à la première tranchée et attendit que ses hommes le rejoignent.

— Ensemble ! cria-t-il. Feu à volonté, mais à mon signal seulement. (Les hommes épaulèrent leur fusil.) Allez-y ! Encore !

Ils tirèrent trois fois de suite sur les Enfants de l'Enfer qui battaient en retraite. Janus conduisit ses guerriers plus loin dans le col, conscient que leur position serait risquée si les Enfants de l'Enfer revenaient sur leurs pas. Mais dans le nuage de poussière, l'ennemi ignorait combien d'hommes le pourchassaient.

Debout à l'entrée du col, Janus regarda les Enfants de l'Enfer galoper hors de portée.

— Mettez-vous en position, dit-il à son détachement.

— Je n'ai plus de balles, annonça un des hommes.

— Il m'en reste seulement deux, dit un autre.

— Prenez les munitions des morts. Mais soyez prudents : certains ennemis sont peut-être seulement blessés.

Ils récupérèrent le plus de munitions possible sur les cadavres et revinrent à leur poste. Janus courut jusqu'à la première tranchée. Il vit Gambion s'asseoir en se tenant la tête.

— Vous devriez être mort, dit-il.

Gambion leva la tête et lui fit un grand sourire.

— Il faut plus qu'un sabot de cheval pour me tuer !

— Nous n'avons presque plus de munitions. Ephram, nous ne tiendrons pas beaucoup plus longtemps.

— Nous *devons* tenir !

— Soyez raisonnable ! Quand les munitions seront épuisées, il faudra renoncer !

— Nous les avons ralentis, et ça leur a coûté cher. Seulement quatre jours de plus !

— Et comment faire, à votre avis ? lancer des pierres ?

— Nous ferons le nécessaire !

— Il nous reste vingt-deux hommes, Ephram.

— Mais nous avons tué une centaine de ces salauds.

Janus abandonna et s'engagea dans le col, montant aussi haut que possible. Là, il essaya de voir l'ennemi. Les cavaliers, descendus de cheval, étaient assis en cercle autour de deux officiers. Janus aurait aimé avoir une longue-vue. Il lui sembla qu'un des officiers tenait un revolver et que le canon était dans sa bouche. Le bruit de la détonation le fit sursauter. Il vit l'homme tomber sur le côté.

Gambion le rejoignit.

— Que se passe-t-il ?

— Un de leurs chefs vient de se suicider.

— Grand bien lui fasse !

— Que sont ces gens, Ephram ?

— Ils ne sont pas comme nous, c'est sûr. À propos, j'ai fait le compte. Nous avons environ cinquante balles par homme. Cela suffira pour une ou deux attaques.

Janus sourit.

— Votre plaie à la tête saigne, dit-il.

— Elle s'arrêtera ! Vous pensez qu'ils reviendront aujourd'hui ?

— Oui. Je crois que nous devrions tenter de les arrêter net.

— Comment ?

— En mettant tout le monde dans le col et en tirant dix salves.

— S'ils traversent, il n'y aura plus personne pour les retenir.

— À vous de décider, Ephram.

— Malédiction ! Je n'aurais jamais cru prendre un jour mes ordres d'un gamin !

— « Et un petit enfant les conduira », cita Janus.

— Comment ?

— C'est dans la Bible, Ephram. Vous ne la lisez jamais ?

— Je ne sais pas lire. Mais je vous fais confiance.

— Dépêchez-vous. Je crois qu'ils arrivent.

Gambion et Janus descendirent du col et appelèrent les hommes, qui obéirent avec peu d'enthousiasme et se mirent en formation.

— Cette fois, vous avez intérêt à tenir la position ! brailla Gambion.

Les cavaliers arrivèrent. Les fusils des défenseurs couvrirent le bruit des sabots.

Le col était noir de fumée. Quand le nuage se dissipa, Gambion vit les derniers Enfants de l'Enfer galoper hors de portée. Il restait moins de cinquante hommes sur les trois cents qui avaient attaqué le premier jour. Sept défenseurs étaient morts et deux blessés.

— Récupérons des munitions, dit Janus. Envoyez dix hommes dépouiller les morts.

Gambion désigna une équipe.

— Nous nous sommes bien débrouillés aujourd'hui... Vous croyez en Dieu, maintenant ?

Janus jura. La première fois que Gambion l'entendait dire un mot grossier.

— Qu'y a-t-il ?

Janus désigna une colonne de cavaliers, de l'autre côté de la vallée.

— Par l'Enfer ! grogna Gambion. Combien y en a-t-il ?

— Je l'ignore... Au moins cinq cents, je dirais.

Les détrousseurs de cadavres revinrent avec des sacs pleins de balles et de revolvers.

— Cinq balles par tête, au plus, dit un des hommes. Cela ne suffira pas à arrêter ceux qui arrivent.

— Nous verrons.

— Je ne resterai pas ! J'ai fait ma part !

— Nous l'avons tous fait, Isaac. Vous abandonneriez Dieu ?

— Il ne nous a pas fait de faveurs, Ephram. Quatre ou cinq cents ennemis de plus ! Nous n'avons pas assez de balles...

— Il a raison, Ephram, approuva Janus. Envoyez un éclaireur à Cade. Faites-lui dire qu'il lui reste moins de un jour, et qu'il a intérêt à se dépêcher.

— J'irai ! lança Isaac. Me tirer de là ne me fera pas de peine !

On transporta les deux blessés dans le col.

— Nous devrions reculer aussi, dit Janus à Gambion. Nous ne servirons à rien, ici.

— Peut-être à éclaircir leurs rangs…

— Ils peuvent se permettre de perdre bien plus d'hommes que nous.

— Vous voulez fuir ? Allez-y ! Moi, je reste !

— Ils approchent ! cria un défenseur.

Gambion essuya la sueur qui lui coulait dans les yeux et sonda le canyon. Puis il plissa les yeux.

— Ne tirez pas ! cria-t-il.

Le cavalier de tête approchait. Gambion le salua avec un grand sourire.

— Grand Dieu, murmura Isaac. Des gens du Sud !

La colonne entra dans le col. Le chef s'arrêta devant Gambion. C'était un petit homme râblé avec une moustache rousse.

— Eh bien, Gambion, j'avais juré de te faire pendre, et voilà que je vais me battre à tes côtés ! Il n'y a plus de justice dans le monde !

— Je n'aurais jamais cru être content de te voir, Simmonds, mais j'ai du mal à ne pas te baiser les pieds !

L'homme mit pied à terre.

— Pas mal de réfugiés ont déboulé dans le Sud. Ils racontent des histoires qu'un homme sensé a du mal à croire. Ces salauds adorent-ils vraiment le Diable ? Boivent-ils du sang ?

— Oui, et pire que ça !

— D'où viennent-ils ?

— Des Terres Maudites, répondit Gambion, comme si cela expliquait tout.

— Est-il vrai que Cade est devenu un prophète ?

— Aussi vrai que je suis ici devant toi ! Vous avez toujours des fusils à silex ?

— Nous n'avons rien d'autre.

— Cela va changer ! Nous n'avons pas encore récupéré toutes les armes des Enfants de l'Enfer. Allez-y ! Ils ont des fusils à répétition. Certains tirent dix fois de suite, les autres huit...

Simmonds chargea une partie de ses hommes de fouiller les morts. Le reste entra dans le col pour dresser un camp. Simmonds monta sur la crête avec Gambion et Janus.

— C'est ton fils ?

— Non. Notre général. Et ne te moque pas de nous, Simmonds. Il a fait du sacré bon boulot depuis six jours !

— Tu te rases déjà, petit ? demanda Simmonds.

— Non, mais je mesure deux pouces de plus que vous. Comme ça, nous sommes à égalité !

— Un ancien Brigand ?

— Non. Mon père était fermier. Les Enfants de l'Enfer l'ont tué.

— Le monde change trop vite à mon goût, dit Simmonds. Des fusils à répétition, des gamins promus généraux, des Brigands devenus prophètes et des adorateurs du Diable sortis des Terres Maudites... Je suis trop vieux pour tout ça !

— Pouvons-nous avoir une centaine de tes hommes pour nous aider ? demanda Gambion. Ensuite, nous t'amènerons voir Cade.

— D'accord. Ton général reste ici ?

— Oui, dit Janus. Pendant quatre jours. Puis nous partirons pour Sweetwater.

— D'accord. Qu'est-il arrivé à ta tête, Gambion ?

— Un cheval m'a flanqué un coup de sabot.

— J'imagine que tu as abattu ce fichu canasson..., marmonna Simmonds.

Shannow et Batik campaient à l'ombre, à côté d'une cascade, quand Ruth apparut. Batik lâcha son gobelet et fit un bond en arrière. Trébuchant sur un rocher, il s'étala à côté du feu. Shannow sourit.

— Pardonnez mon ami, Ruth. Il est très nerveux, ces temps-ci.

— Comment allez-vous, Batik ? demanda Ruth.

— Bien, ma dame. Et vous ?

Elle paraissait plus vieille que la dernière fois qu'ils l'avaient vue. Les yeux cernés et ternes, les joues creuses, sa chevelure gris acier avait perdu son lustre.

— Comme vous le voyez, dit-elle doucement.

— Êtes-vous vraiment là, avec nous ? demanda Shannow.

— Je suis là, et... ailleurs.

— Pouvez-vous manger et boire ? Si c'est le cas, faites-nous l'honneur de partager notre repas.

Elle secoua la tête sans répondre. Ne sachant que faire, Shannow enroula autour de ses mains un morceau de tissu, approcha du feu et retira le pot en cuivre qui y chauffait. Puis il jeta quelques herbes dedans et remua la tisane avec une brindille, avant de la verser dans des tasses. Batik déroula ses couvertures et retira ses bottes.

Ruth resta aussi immobile qu'une statue.

— Qu'en est-il de votre quête ? demanda-t-elle.

Shannow haussa les épaules, certain que sa question était un prélude à des paroles plus importantes.

— Qu'avez-vous pensé des Gardiens ? ajouta Ruth.

— J'aimais bien Archer. Lewis semble être un type correct...

— Qui est leur chef ?

— Vous l'ignorez ?

— Il y a bien longtemps, Karitas m'a demandé de ne pas me mêler de ça...

— C'est un homme appelé Sarento.

— L'avez-vous apprécié ?

— Bizarre question, Ruth. Quelle importance ?

— C'est important, maître Shannow, parce que vous avez un don. Un Sensitif, voilà ce que vous êtes. Vous n'avez pas survécu si longtemps grâce à votre seule habilité avec les armes. Vous avez le don de vous trouver au bon endroit et au bon moment. Et vous jugez les hommes avec une étrange perspicacité ! En un sens, vos pouvoirs sont supérieurs aux miens, cultivés au fil des siècles, parce qu'ils sont latents et en partie inexploités. Donc, avez-vous aimé Sarento ?

— Non.
— L'avez-vous trouvé... Impie ?
— Il m'a rappelé Abaddon. La même arrogance l'habite.
— Et il vous a proposé des armes ?
— Oui.
— Pourquoi avez-vous refusé ?
— La guerre est un jeu abject, Ruth. Les innocents meurent plus vite que les coupables. Je ne veux pas me mêler de ça. Mon seul but est de venger Donna Taybard.
— La venger ? Elle n'est pas encore morte.
— Vraiment ?
— Vous mentirais-je ?
— Non. Puis-je l'atteindre avant qu'ils la tuent ?
— Non. Mais moi, je le peux.
— Le ferez-vous ?
— Je n'en suis pas sûre. Quelque chose me perturbe depuis longtemps. Hier, j'ai fait une découverte qui a remis en cause toutes mes certitudes. Les Enfants de l'Enfer ne sont pas l'ennemi. Ni une race mauvaise. Ce sont des pions dans un jeu que je ne peux pas comprendre.
— Prétendez-vous qu'ils ne sont pas en guerre ? demanda Shannow. Qu'ils n'écument pas le continent en tuant tout le monde sur leur passage ?
— Non, bien entendu. Mais *pourquoi* le font-ils ?
— Pour conquérir, dit Batik. Quelle autre raison pourraient-ils avoir ?
— Je croyais la même chose jusqu'à hier. Mais j'ai été stupide, mes amis. Vous lisez la Bible, maître Shannow, donc vous savez ce qu'est la possession démoniaque. Les Enfants de l'Enfer sont possédés, et le pouvoir vient d'Abaddon. Il est au centre, mais il ne comprend pas la source de son pouvoir. Quelqu'un se sert de lui.
— Le Diable ? avança Shannow.
— Non. Ou peut-être, oui, sous une autre forme. J'ai repéré une étrange force. Elle se focalise sur Abaddon, et, à travers lui, elle se propage sur les terres des Enfants de l'Enfer, touchant

les Pierres de Sang de tous les habitants, hommes, femmes et enfants. Elle couvre le pays comme un nuage invisible et voyage avec ses armées…

— Elle disparaîtra quand je tuerai Abaddon, dit Shannow.

— Non. La source est le lieu d'où émane le mal. Et je l'ai trouvée. Le pouvoir qu'elle abrite est incroyable.

— Vous parlez des Gardiens, dit Shannow.

— Effectivement.

— Vous avez vraiment trouvé la source ? demanda Batik.

— C'est une Pierre gigantesque. Elle se nourrit du pouvoir des âmes. Des Perceptions Extra-sensorielles, si vous préférez…

— Où est cette Pierre ?

— Cachée sous la montagne de l'Arche. De là, elle tire du pouvoir de toutes les Pierres de Sang de l'empire des Enfants de l'Enfer. Elle doit être détruite. Sinon une nouvelle Ère Noire s'abattra sur le monde. En supposant qu'il ne soit pas détruit.

— Pourquoi venir me voir ? Je ne peux pas vaincre la magie avec un revolver.

— Moi, je ne peux pas approcher de la Pierre. Elle sent mes pouvoirs. Mais il y a un moyen. Les Atlantes avaient trouvé une façon de maîtriser l'énergie de leurs Pierres. De limiter le pouvoir. Le secret est dans les monolithes qui entourent les autels. Les Pierres dressées sont des conduits qui transmettent et reçoivent l'énergie. La Pierre-Mère était si puissante que des monolithes spéciaux furent érigés. Dans chaque structure, vous trouverez un rouleau de fil en or. Si les conduits sont reliés par l'or, aucune énergie ne peut arriver à la pierre placée au milieu. Elle se vide et devient inerte.

— Pourquoi l'or serait-il toujours en place ? demanda Shannow. Sarento ne sait-il pas que c'est dangereux ?

— Les rouleaux sont cachés dans les monolithes. Mais Sarento pourrait avoir découvert leur présence et les avoir enlevés. C'est ce que vous devrez déterminer.

— Moi ? Ce n'est pas ma guerre, Ruth…

— Vous fichez-vous que le monde périsse ?

— Il m'importe seulement que Donna Taybard vive.

— Me proposez-vous un marché ?

— Appelez ça comme vous voudrez.

— Je ne peux pas tuer, et ce sera sans doute nécessaire pour sauver Donna.

— Alors, détruisez vous-même la Pierre-Mère.

— Comment osez-vous me demander cela ?

— Voyons si je vous ai bien comprise, ma dame… Vous voulez que je risque ma vie contre les Gardiens, en sachant qu'ils tenteront de m'arrêter et que je tuerai tous ceux qui s'opposeront à moi. Apparemment, cela ne va pas contre vos principes. Mais sauver une femme, et tuer des Impies pour cela, heurte votre morale ?

— Je ne discuterai pas avec vous, maître Shannow. Le temps et la force me manquent. Je vous propose de conduire Batik près de Donna. Cela suffira-t-il ?

— Je n'ai pas le droit de demander à mon ami de risquer sa vie.

— J'aimerais savoir de quoi vous parlez, tous les deux, grogna Batik. Et je brûle de découvrir *quand* vous penserez m'impliquer dans la conversation !

— Ça ne te concerne pas, dit Shannow.

— Pour qui te prends-tu ? ma mère ? lança Batik, furieux. Vous ne déciderez pas à ma place ! Je suis peut-être incapable de sauver le monde, mais tirer une femme d'un donjon, à Babylone, est une autre affaire. Qui sait, j'y arriverai peut-être sans m'évanouir !

— Tu sais qu'il s'agit de plus que cela, dit Shannow. Tu ne dois rien à Donna. Pourquoi risquerais-tu ta vie pour elle ?

— Si tu cherches des raisons égoïstes, mon ami, réfléchis à ceci : Ruth a dit que le monde pourrait être détruit si la Pierre-Mère n'est pas neutralisée. Si cela arrivait, à ton avis, où me cacherais-je ?

— Laisse-moi y réfléchir, dit Shannow.

— Inutile. Tu veux venger Karitas ? Sarento est responsable de sa mort. Abaddon est un pion dans son jeu, et on ne gagne pas une partie en tuant des pions !

— Je m'occuperai d'Abaddon, dit Ruth. Je vous le promets.

— Comment conduirez-vous Batik à Babylone ?

— Grâce à mes pouvoirs magiques.

— J'ai demandé *comment.*

— Je désintégrerai ses molécules, je les absorberai, et je les reconstituerai à l'arrivée.

— Reconstituer… De quoi parle-t-elle, Jon ?

— Il y a peu de danger, Batik. Je voyage ainsi.

— Et vous avez déjà emmené d'autres personnes ?

— Non, reconnut Ruth.

— Pourquoi lui as-tu demandé comment elle ferait, Shannow ? Je préférais penser que c'était un truc magique !

— Tu veux toujours y aller ?

— Je viens de le dire, non ?

— Essaie de ne pas mourir, fit Jon en tendant la main.

Batik la serra et haussa les épaules.

— Je ferai le maximum. Ruth, pouvez-vous me « reconstituer » sans mes cicatrices et avec un nez moins volumineux ?

— Non. Nous partons ?

— Je suis prêt, annonça Batik. Bonne chance, Shannow.

— À toi aussi. Dis à Donna que je lui souhaite beaucoup de bonheur.

— Ne te décourage pas, Shannow. Son nouvel époux est sans doute mort.

Avant que Jon ait le temps de répondre, Ruth et Batik disparurent.

L'Homme de Jérusalem resta seul.

Batik ne sentit rien. Un instant, il regardait Shannow. Le suivant, il était allongé sur le ventre, au sommet d'une colline, à l'ouest de Babylone. Ruth n'était nulle part en vue quand il se leva et inspira à fond.

Il regarda la ville au loin, compacte et sombre. Un nuage de fumée noire flottait au-dessus. La cité n'avait pas beaucoup changé depuis qu'il s'en était enfui. Batik constata qu'elle ne lui avait pas manqué.

Ruth apparut près de lui. Cette fois, il ne sursauta pas.

—Comment vous sentez-vous ?

—Bien. Mais vous semblez fatiguée.

—Je le suis... Vous n'imaginez pas l'énergie que je dépense pour alimenter cette image de mon corps. Et pour vous transporter sur quatre cents lieues...

—Dommage, je ne me souviens pas du voyage. Donna est déjà arrivée ?

—Non. Le chariot est à une demi-journée de voyage à l'ouest. Si vous partez tout de suite, vous devriez arriver en vue de leur camp avant l'aube.

—Combien d'hommes l'escortent ?

—Deux cents.

—Je n'ai que dix-huit balles, Ruth.

—J'espère que vous utiliserez votre cerveau, jeune homme, et que vous n'aurez pas besoin de tuer.

—J'arriverai peut-être à entrer dans le chariot sans être vu et à la libérer. Nous fuirons ensemble.

—Je dois vous dire autre chose, Batik.

—Je doute d'apprécier...

—Elle est enceinte et plongée dans le coma.

—Je savais que ce ne serait pas une bonne nouvelle...

—Je prierai pour vous, Batik.

—C'est gentil. Vous êtes sûre que vous ne pourriez pas aussi faire apparaître un des fusils de Sarento ?

—Au revoir, Batik.

—Adieu, Ruth.

Il la regarda devenir de plus en plus transparente.

Marchant vers l'ouest d'un bon pas, il se força à ne pas penser aux difficultés du sauvetage. Sa mission avait peu de chances de réussir. Il décida de se détendre et de profiter de la promenade. Qu'aurait fait Shannow à sa place? Il sourit en imaginant l'Homme de Jérusalem entrer dans le camp ennemi seul et exiger qu'on relâche sa dulcinée. Et il y arriverait probablement...

Des nuages passèrent dans le ciel. Un vieux blaireau traversa le chemin. Batik s'arrêta, le regarda et repartit dans les sous-bois.

Il arriva au camp une heure avant l'aube. L'ennemi s'était installé dans une ravine, les tentes dressées en cercle autour du chariot. Batik s'accroupit à l'abri des buissons et observa jusqu'à ce qu'il ait repéré l'emplacement des sentinelles. Au moment où il s'apprêtait à avancer, il aperçut une silhouette sombre apparaître dans son champ de vision. Sortant son revolver, il se glissa derrière l'homme. Mince et barbu, ce dernier portait des vêtements foncés en laine filée à la main. Trop occupé à observer le camp, il n'entendit pas Batik approcher.

L'Enfant de l'Enfer arma son revolver. Le bruit alerta l'homme, qui se figea. La tension de ses muscles indiqua à Batik qu'il se préparait à attaquer.

— Ne soyez pas idiot, murmura-t-il. Je veux seulement vous parler.

— Vous êtes armé. Parlez tout votre saoul !

— Vous n'êtes pas un Enfant de l'Enfer. Je me demandais ce que vous cherchez ici.

— Ce ne sont pas vos affaires. Vous avez fini ?

— À peu près. Mais j'ai quelque chose à faire, et je ne veux pas que vous m'en empêchiez.

— Vraiment ?

— Vous appartenez au village de Donna ?

L'homme se retourna lentement et regarda Batik dans les yeux.

— Que savez-vous sur Donna ?

— Je suis un ami de Jon Shannow. Il m'a demandé d'aider cette femme.

— Pourquoi n'est-il pas venu en personne ?

— Il l'aurait fait, s'il avait pu. Et vous, pourquoi êtes-vous ici ?

— À votre avis ?

— Vous avez l'intention de la libérer ?

— Oui. Mais ces salauds sont un peu trop nombreux. Il n'y a aucun moyen de se faufiler dans le camp. Sept sentinelles et un garde dans le chariot !

— Je n'ai vu que six sentinelles.

— Il y en a une dans le grand chêne. L'homme a un fusil, et je suppose qu'il sait s'en servir.

Batik baissa le chien de son revolver et le remit dans son étui.

— Je m'appelle Batik, fit-il, en tendant la main.

— Et moi, Jacob Madden, répondit l'autre.

Il s'assit et désarma le revolver qu'il dissimulait sous son manteau.

Les deux hommes se serrèrent la main.

— Nous sommes passés près de nous entre-tuer, dit Batik.

— *Vous* êtes passé près de vous faire tuer, corrigea Madden. Reculons jusqu'à un endroit où nous pourrons parler plus librement.

Ils s'enfoncèrent dans le sous-bois et montèrent au sommet de la colline.

Caché dans un bosquet, près de deux chevaux, un homme était allongé sur le sol, un revolver à la main.

Il était livide et du sang suintait à travers sa chemise.

— Impossible de l'atteindre, Griff, dit Madden. Ils sont trop nombreux.

Griffin essaya en vain de se lever.

— Qui est-ce ? demanda Batik.

— Donna est sa femme.

Batik leva les sourcils et se pencha sur le blessé.

— On dirait qu'il est en train de mourir, fit-il sur le ton de la conversation.

— Personne ne vous a demandé votre avis !

Griffin inspira à fond et réussit à s'asseoir.

— Je ne sens pas très vaillant, admit-il. Qui est cet homme ?

— Il s'appelle Batik. C'est un ami de Jon Shannow, qui l'a envoyé sauver Donna.

— Lui faites-vous confiance ?

— Par l'Enfer, je l'ignore, Griff ! Il n'a encore tué personne, et il aurait eu l'occasion de me descendre.

Griffin fit signe à Batik d'approcher. Il le dévisagea longuement.

— Qu'ont-ils décidé de faire de Donna ?

— La sacrifier, d'après Shannow.

— Nous devons arriver jusqu'à elle !

— En supposant que nous le puissions, comment nous enfuir ? Quatre personnes pour deux chevaux, et Donna est dans le coma.

Griffin se laissa retomber sur le sol et ferma les yeux.

Batik attendit un moment, puis il tapota l'épaule de Madden. Le fermier se tourna vers lui.

— Oui ?

— Les Enfants de l'Enfer organisent une fête rituelle à peu près à cette époque. J'ai perdu le compte des jours, mais cela doit avoir lieu bientôt. Ça s'appelle la Nuit des Sorcières, et c'est une cérémonie sacrée. Ils font toujours un sacrifice. Les gens dansent dans les rues, le vin coule à flots et les désirs de la chair sont satisfaits. Si ce jour n'est pas encore passé, c'est là qu'ils la tueront.

— En quoi cela nous aide-t-il ?

— Dans le temple, il n'y aura pas des centaines de gardes autour d'elle. Nous devons nous cacher en ville et essayer de la sauver avant le sacrifice.

— Nous nous ferons remarquer comme des verrues sur le dos d'un porc.

— Je possède plusieurs maisons…

— Comment savez-vous qu'elles seront vides ?

— Vous êtes toujours aussi pessimiste, Jacob ?

— Oui.

— Avec les chevaux, nous arriverons devant la ville un peu après l'aube. Comme ça, votre ami pourra se reposer un peu et récupérer ses forces.

Griffin prit le bras de Madden.

— Il a raison, Jacob. Aidez-moi à monter à cheval.

Madden avançait dans les rues étroites de Babylone, se demandant quand viendrait le piège ou le coup de feu… Mais les gens qu'ils croisèrent ressemblaient aux villageois d'Avalon.

Des femmes se promenaient avec leurs enfants, des hommes conversaient. Personne ne prêtait attention aux cavaliers, ou à Batik, qui marchait devant la monture de Griffin. Le maître de convoi portait un manteau de cuir pour dissimuler ses blessures et luttait pour se tenir droit.

Batik arrêta un gamin qui tenait en laisse un grand chien-loup gris.

— Quel jour sommes-nous, petit ?

— Le 28 avril.

Batik continua à avancer, guidant ses compagnons dans un labyrinthe de bâtiments malodorants et d'allées jonchées de débris. Ils arrivèrent devant un grand mur et un portail fermé. Batik souleva la chaîne et passa les doigts autour. Madden vit les muscles de ses bras gonfler et le maillon central céda.

Batik ouvrit la porte et les fit entrer. La maison faite de pierre blanche avait de grandes fenêtres cintrées. Au deuxième étage, un balcon ouvert courait sous un toit en pente couvert de tuiles.

— Ma sœur habitait là, dit Batik.

Derrière la maison se trouvait une écurie dans laquelle il dessella les chevaux. Puis il aida Griffin à entrer dans le bâtiment. Poussiéreux, il n'avait visiblement pas été habité depuis longtemps.

Batik porta Griffin jusqu'à un grand divan placé sous une fenêtre.

— Je sors acheter à manger, annonça-t-il.

— Le sacrifice a-t-il eu lieu ? demanda Griffin.

— Non. Nous avons deux jours devant nous.

— Que se passera-t-il lors de la nuit dont vous nous avez parlé ?

— Le Diable rend visite à ses enfants…

Shannow entra dans le canyon à minuit, trente-sept heures après le départ de Ruth et de Batik. Quand il arriva en vue de la ville morte, il fit ralentir sa monture et regarda, émerveillé, le vaisseau fantôme qui n'avait plus rien d'une épave pourrissante.

Il était désormais intact et splendide, avec quatre cheminées gigantesques et six rangées de lumières qui brillaient comme des perles le long de ses ponts.

Le vent nocturne tourna, charriant des échos de musique.

Il y eut une étrange explosion. Le cheval de Shannow se cabra. Il le calma et regarda une traînée de lumière monter dans le ciel puis se transformer en une myriade d'étoiles multicolores, qui éclatèrent à leur tour. Des cris de joie montèrent du vaisseau.

Shannow inspira à fond. Il talonna son cheval, le poussant vers les ruines.

Une ombre se dressa sur son chemin.

— Il était temps que vous vous montriez, Lewis, dit Jon. Vous m'avez tenu trois fois dans votre ligne de mire.

— Je ne veux pas vous tuer. Partez ! Retournez dans les bois !

— Pour que les Zélotes m'attrapent ?

— Vous êtes habile. Vous les éviterez.

Jon ne dit rien. Les yeux rivés sur la gueule du fusil, il sentait la tension du Gardien.

— Me suis-je trompé à votre sujet, Lewis ? Je pensais que vous étiez de la même trempe qu'Archer. Je ne vous voyais pas comme un assassin de femmes et d'enfants, ni comme un vampire assoiffé de sang.

— Je suis un soldat. Ne m'obligez pas à vous tuer.

— Qu'est-il arrivé à l'Arche ?

— Cette nuit, nous fêtons la Renaissance. Tous les ans, à cette époque, nous ramenons à la vie un aspect du passé, afin de montrer que les trésors que nous gardons ne sont pas seulement un souvenir. Ce soir, l'Arche naviguera de nouveau. Maintenant, partez, pour l'amour de Dieu !

— Dieu, Lewis ? Les seigneurs des Enfants de l'Enfer parlent de Dieu ? À d'autres ! Allez raconter ça aux fermiers cloués aux arbres, aux femmes violées et égorgées ! Mais pas à moi.

— Nous n'avons pas inventé la guerre. Des siècles durant, nous avons essayé de ramener l'humanité à la civilisation, mais cela n'a pas marché. Il n'y avait pas d'unité ! Selon Sarento, sans unité, il n'y a pas d'ordre, sans ordre il n'y a pas de loi, et sans loi, pas de civilisation. Toutes les grandes découvertes découlaient d'une guerre. Ce sera bientôt différent, Shannow. Nous reconstruirons les villes, et nous ferons du monde un jardin. Je vous en prie, partez.

— Je ne sais rien de votre civilisation perdue, Lewis... Karitas n'a jamais voulu m'en parler. J'ignore si elle était belle, mais si le fusil que vous portez est un exemple de ce qu'elle avait créé, j'en doute. Existait-il à cette époque une version des Enfants de l'Enfer ? ou des armes encore pires que cette abomination ? Des cités entières ont-elles été anéanties ? Et vous voulez ramener tout ça à la vie ? Il y a quelque temps, j'ai été blessé et soigné dans un petit village. Des gens pacifiques et heureux. Leur chef était un ancien Gardien. Ils ne sont plus de ce monde. Les femmes ont été violées et égorgées ; Karitas a été crucifié. Je doute que leurs esprits, s'ils pouvaient vous voir, approuveraient votre rêve. Mais leurs âmes ont disparu, n'est-ce pas ? Elles ont été absorbées par les Pierres de Sang pour permettre d'autres morts, et plus de désespoir.

— Ça suffit ! On m'a ordonné de vous tuer, et j'ai désobéi. Si vous partez, vous vivrez. Cela n'a-t-il aucune importance à vos yeux ?

— Bien sûr que si. Personne ne veut mourir. C'est pour cela que je vous parle. Je ne veux pas vous tuer, mais je dois trouver la Pierre.

Lewis épaula le fusil.

— Si vous ne filez pas immédiatement, je vous expédie en Enfer.

— Mais c'est là-bas que je veux aller, Lewis. C'est là qu'elle est, dit Shannow en désignant l'Arche.

Sous le soleil éclatant, Shannow vit Lewis se raidir, la crosse du fusil fermement appuyée au creux de son épaule.

L'Homme de Jérusalem se jeta de sa selle à l'instant où le fusil cracha une salve de balles. Il percuta durement le sol et roula derrière un rocher. Puis il se mit à genoux, son revolver à la main. Son cheval était tombé.

Shannow sentit un froid glacial l'envahir. Il arma le revolver et plongea vers la gauche. Lewis pivota et tira. Jon leva son arme. Un seul coup suffit.

Lewis était mort.

L'Homme de Jérusalem s'approcha du cheval agonisant et lui tira une balle dans la tête. Puis il rechargea son arme et commença la longue marche qui le conduirait aux ruines.

« Personne ne veut mourir, Lewis. »

Ses paroles lui revinrent en mémoire et il mesura leur véracité. Jon ne désirait pas mourir. Il voulait trouver Jérusalem et connaître la paix.

Il regarda l'Arche, ses lumières étincelantes, et écouta la musique. Puis il se tourna vers le cadavre de Lewis, à peine visible sous la chiche lumière de la Lune.

Jon avança jusqu'à l'entrée. Sortant son revolver, il fit un pas de côté. Quand la porte s'ouvrit, son arme se leva, mais le tunnel d'acier était vide.

Il entra dans le couloir et la porte se referma derrière lui. Ne voyant aucun escalier ni aucune porte, il jura à voix basse.

L'ascenseur s'ouvrit. Il rengaina son revolver et entra.

La cabine vibra.

Quand la porte se rouvrit, Jon découvrit ce qu'il escomptait : des gardes armés, leurs revolvers pointés sur sa poitrine. Tous portaient des tenues étranges : chapeaux hauts bleu foncé à fond plat et vestes croisées en serge. Au milieu, il reconnut le géant Sarento. Il avait un costume semblable, mais blanc avec des boutons de cuivre et des épaulettes bleues ornées de trois barrettes dorées.

— Vous êtes décevant, maître Shannow, dit-il.

Les gardes approchèrent et désarmèrent Jon, qui ne leur opposa aucune résistance. On le fit sortir. Il ne déboucha pas dans le couloir brillant dont il se souvenait, mais dans une immense pièce pleine de meubles extravagants et de tapis luxueux.

— Magnifique, n'est-ce pas ? reprit Sarento.

Shannow ne répondit rien. Émerveillé, il regarda les fenêtres rondes aux vitraux enchâssés dans des cadres dorés superbement ouvragés. Des images de vaisseaux en mer et de saints chrétiens...

— Pourquoi êtes-vous revenu, maître Shannow ?

— Pour vous détruire.

— Vous pensiez être capable d'accomplir un de vos « miracles » de tueur de Brigands au sein de la communauté des Gardiens ?

Des adeptes entrèrent dans la salle. Tous étaient vêtus bizarrement. Les femmes portaient de longues robes élaborées et les hommes des vestes noires et des chemises blanches.

— Emmenez-le en bas, dit Sarento. Je m'occuperai de lui plus tard.

Les quatre gardes poussèrent Shannow vers un escalier aux marches couvertes de moquette, puis jusqu'à une porte dont la plaque de cuivre annonçait : « B-59 ». À l'intérieur, il découvrit un lit à baldaquin et un petit bureau incrusté d'or.

— Asseyez-vous, dit un garde. Mettez-vous à l'aise.

Ils attendirent que Sarento les rejoigne.

Le chef des Gardiens enleva sa casquette blanche et la posa sur la table.

— Parlez-moi du navire, demanda Jon.

Sarento eut un petit rire.

— Vous êtes d'une froideur remarquable, maître Shannow. Je vous aime bien ! (Le géant s'assit sur le lit et enleva ses gants blancs.) Êtes-vous impressionné par la Renaissance ?

— Bien entendu.

— Le contraire aurait été étonnant. Ce navire était un des plus grands jamais construits. Il mesurait deux cent soixante-cinq mètres de long, et pesait quarante-six mille tonnes. Un miracle d'ingénierie, et l'une des merveilles de l'ancien monde. (Shannow éclata de rire.) Qu'ai-je dit de drôle ?

— Vous aimez les paraboles, Sarento ? À mon sens, ce vaisseau est à l'image de votre rêve : fastueux et civilisé, mais englouti par l'océan.

— Mais nous l'avons ramené à la vie !

— Oui... pour qu'il repose au sommet d'une montagne, au-dessus des ruines d'une civilisation dont vous ignoriez l'existence. Un vaisseau sur une montagne : démesuré et sans espoir, comme votre ambition.

— Un vaisseau sur une montagne ? Venez avec moi, et je vous montrerai ce qu'est le pouvoir véritable.

Entouré de gardes, Sarento conduisit Shannow sur le pont du bateau. L'Arche glissait majestueusement sur un océan constellé d'étoiles. Jon sentit l'odeur iodée de l'air marin, et vit des mouettes virevolter autour des cheminées géantes.

— Extraordinaire, n'est-ce pas ?

— C'est impossible !

— La Pierre-Mère rend tout possible.

— Sommes-nous réellement en mer ?

— Non. L'Arche est toujours perchée sur sa montagne. Ce que vous voyez est une image générée par la magie. Pourtant, si on perçait un trou dans le flanc du navire, de l'eau salée y entrerait. Parce que la Pierre-Mère continuerait à projeter l'illusion. Et si vous sautiez par-dessus bord, vous tomberiez dans l'eau glaciale et mortelle de l'océan. Ensuite, vous passeriez à travers et dégringoleriez jusqu'aux ruines de l'Atlantide. Voilà le pouvoir, maître Shannow ! Et c'est seulement une petite partie de la puissance de la Pierre. Si je l'avais voulu, l'Arche flotterait sur une *véritable* mer. Un jour, elle le fera, et nous accosterons dans le port de New York.

— Combien d'âmes cela coûtera-t-il ?

— Vous avez l'esprit étroit. Que valent quelques vies à côté d'un avenir doré ?

— Pouvons-nous rentrer ? Il fait un peu froid, ici.

— Nous rentrerons, les gardes et moi. Quant à vous, je crains que vous deviez quitter le vaisseau…

— Juste au moment où je commençais à m'amuser !

Lorsque Sarento appela les gardes, Jon s'accroupit et sortit le couteau de chasse à double tranchant qu'il cachait dans sa botte. Le premier homme égorgé, Shannow lui arracha son revolver et sauta sur Sarento. Quand celui-ci plongea sur le pont, Jon le suivit, lâcha le couteau, tira sur le col de Sarento et lui plaqua le revolver armé sous le menton.

— Ayez l'amabilité de demander à vos gardes de lâcher leurs armes.

Les trois survivants regardèrent leur chef.

— Obéissez. J'en finirai à ma façon avec cette plaisanterie.

— Emmenez-moi à la Pierre ! dit Shannow.

— Bien entendu. Vos infantiles démonstrations d'héroïsme méritent bien ça !

— Je vous félicite de votre calme.

Les yeux de Sarento croisèrent ceux de Shannow.

— Vous avez le sentiment d'avoir le dessus, mais la magie qui a fait émerger l'Arche du fond des mers ne sera pas vaincue par un fou armé d'un revolver volé aux Enfants de l'Enfer.

Sarento conduisit Shannow vers les ponts inférieurs.

Et le *Titanic* continua sa course sur l'océan fantôme.

Chapitre 13

Un cauchemar réveilla Abaddon en sursaut. Ses draps de soie noire trempés de sueur, il roula sur le côté et s'assit. Il se sentait si bien, trois heures plus tôt, quand Donna Taybard était arrivée à Babylone ! Ce soir, le règne absolu des Enfants de l'Enfer commencerait. Tous les diagrammes stellaires l'avaient prédit. Donna était le sacrifice que son maître attendait. Tous les pouvoirs de l'Enfer seraient en possession d'Abaddon quand le Diable absorberait Donna.

Pourtant, le roi du mal tremblait sur son lit, hanté par les angoisses indéfinissables qui peuplaient ses nuits. Il avait vu Jon Shannow en Enfer. Il luttait contre Belzébuth, épée et revolver à la main. Puis il avait tourné les yeux vers Abaddon, qui avait lu la mort dans son regard.

La peur ne le lâchait pas ! Abaddon approcha du cabinet à liqueurs, près de la fenêtre, et se versa un gobelet de vin pour se calmer les nerfs. Il envisagea d'appeler Achnazzar, mais renonça. Depuis quelques jours, le grand prêtre était de plus en plus nerveux en sa présence.

— Papa !

La voix enfantine tira Abaddon de ses méditations. Il se retourna, mais la pièce était vide. Apercevant son reflet dans le grand miroir rectangulaire, il se leva et rentra le ventre pour avoir un profil plus avantageux.

Abaddon, le Seigneur de l'Abîme !

— Papa !

Cette fois, le cri venait du salon, devant sa chambre. Abaddon passa la porte en courant, mais trouva seulement une pièce vide à la fenêtre ouverte. Il essuya la sueur qui coulait sur son visage.

Dans les rues, de l'autre côté des murs du palais, il entendit la foule scander : « Satan, Satan, Satan ! »

La Nuit des Sorcières était un moment de beauté où les gens voyaient leur dieu déambuler parmi eux. Ils sentaient sa présence et voyaient son image dans les reflets de leur Pierre de Sang.

Cette nuit-là était encore plus spéciale, car elle verrait la naissance de l'ère des Enfants de l'Enfer. Quand les pouvoirs de Donna Taybard couleraient dans les couteaux sacrés, son corps consumé par le Maître, la magie de l'Enfer serait lâchée sur le monde.

Le Seigneur de l'Abîme deviendrait le Roi du Monde !

— J'ai peur, papa.

Abaddon se retourna et vit une enfant de sept ans qui serrait contre elle une poupée de chiffon usée.

— Sarah ?

L'enfant entra dans la chambre. Abaddon la suivit, mais la pièce était vide. Il comprit que c'était une hallucination. Sarah était morte depuis des siècles. Le vin devait être trop fort…

Les souvenirs aussi. Il se versa un autre gobelet, retourna devant le miroir et regarda ses yeux gris injectés de sang et ses cheveux longs grisonnant aux tempes. Son visage était le même depuis des dizaines d'années : celui d'un homme d'âge moyen, mais encore plein de sève.

Non, ça ne pouvait pas être Lawrence Welby qui le regardait dans le miroir ! Welby était aussi mort que sa femme et sa fille.

— Je suis le roi, murmura-t-il. Le Seigneur Satanique. Pars, Welby ! Cesse de me regarder ! Qui es-tu, pour t'ériger en juge ?

— Lis-moi une histoire, papa.

— Va-t'en ! cria Abaddon.

Il ferma les yeux pour ne pas voir l'apparition, qui, il le savait, était couchée sur son lit.

— Lis-lui une histoire, Lawrence. Sinon, tu sais qu'elle ne s'endormira pas.

Welby ouvrit les yeux et dévora du regard la femme aux cheveux dorés debout dans l'entrée.

— Ruth ?

— As-tu oublié comment lire une histoire à une enfant ?

— C'est un rêve.

— Ne nous oublie pas aussi, Lawrence…

— Es-tu vraiment là ?

Il avança maladroitement, mais la femme aux cheveux dorés disparut.

Welby tomba à genoux.

La porte s'ouvrit.

— Ruth ?

— Non, mon seigneur. Êtes-vous malade ?

Abaddon se releva péniblement.

— Comment oses-tu entrer ici sans te faire annoncer, Achnazzar !

— Les gardes sont venus me chercher, sire. Ils m'ont dit que vous étiez… perturbé.

— Je vais bien ! Qu'annoncent les diagrammes stellaires ?

— Magelin dit que de grands changements s'annoncent, comme on peut l'attendre à l'aube d'un empire.

— Et Cade ?

— Il est coincé dans un col, où il ne peut ni s'échapper ni vaincre.

— Tout ça est très encourageant, prêtre ! Maintenant, raconte-moi encore comment Shannow est mort en tombant dans un précipice…

Achnazzar fit une révérence.

— C'était une erreur, sire. Mais il est prisonnier des Gardiens, qui ont l'intention de le tuer. L'Homme de Jérusalem n'est plus un danger. Après cette nuit, il sera comme le puceron dans l'oreille du dragon.

— Après cette nuit ? Elle n'est pas encore finie, prêtre.

Le matin se leva, clair et brillant. Batik se réveilla, nerveux comme jamais. Sa peau était hypersensible et son corps tremblait d'émotion contenue.

Même l'air de la chambre semblait crépiter comme si un orage approchait de la cité.

Batik se leva et inspira à fond.

Il se sentait submergé par l'euphorie de la Nuit des Sorcières. Des images de fêtes passées lui revinrent à l'esprit. Une nuit, insensible à la fatigue, il s'était accouplé avec une douzaine de femmes consentantes.

Il se souvint de Madden et de Griffin, et la colère s'empara de lui.

Quels liens avait-il avec ces paysans ? Pourquoi avait-il pris fait et cause pour leurs soucis minables ?

Il les tuerait, décida-t-il, puis il profiterait de la journée.

Il prit son revolver. Le poids de l'arme dans sa main était agréable, et il brûlait du désir de détruire.

L'image de Jon Shannow se forma dans son esprit.

Son ami.

— Je n'ai pas d'ami. Je n'en ai pas besoin !

Mais l'image refusa de disparaître. Il revit Shannow, dans l'obscurité du couloir du donjon.

Son ami.

— Maudit sois-tu, Shannow !

Batik tomba à genoux, le revolver lui échappa et sa joie se volatilisa.

Dans la pièce de dessous, Jacob Madden luttait contre ses propres démons. C'était presque pire pour lui que pour Batik, car il n'avait jamais connu les émotions provoquées par la Nuit des Sorcières. Il n'éprouvait aucune joie, seulement la douleur consécutive à ses échecs. Il eut envie de sortir du bâtiment et de tuer tous les Enfants de l'Enfer. Pour qu'ils souffrent comme il avait souffert.

Mais Griffin avait besoin de lui. Donna Taybard aussi. Le devoir était comme une chaîne d'acier qui entravait ses émotions. Elle ne céderait pas pour un motif égoïste.

Misérable, il attendit Batik.

L'Enfant de l'Enfer s'habilla et nettoya ses armes. Puis il descendit dans le salon et vérifia l'état de Griffin, qui dormait paisiblement.

— Comment allez-vous ? demanda-t-il à Madden, une main posée sur son épaule.

— Ne me touchez pas, salaud ! cria Madden.

Il repoussa le bras de Batik et se leva d'un bond.

— Calmez-vous, Jacob. C'est la Nuit des Sorcières. Une folie dans l'air... Inspirez à fond et calmez-vous.

— Me calmer ? Tout ce que j'aimais a disparu, et je ne suis plus qu'une coquille vide. Quand nous occuperons-nous de Donna ?

— Ce soir.

— Pourquoi pas tout de suite ?

— En plein jour ?

Madden se laissa tomber sur une chaise.

— Que m'arrive-t-il ?

— Je vous l'ai dit, c'est la Nuit des Sorcières... Ce soir, le Diable marchera parmi nous, et vous le verrez. Mais dès maintenant, et jusqu'à ce qu'il soit parti, vous sentirez sa présence autour de vous. Durant les vingt-quatre heures à venir, il y aura beaucoup de combats, de morts, de viols, et des milliers de nouvelles vies commenceront.

Madden approcha de la table et se versa un verre d'eau. Il tremblait et son front était couvert de sueur.

— Je ne pourrai pas en supporter beaucoup plus, murmura-t-il.

— Je vous aiderai, dit Batik.

Ils entendirent des incantations dans les allées, autour de la maison. Puis un cri perçant retentit.

— Quelqu'un est mort à l'instant, dit Madden.

— Oui. Et cette femme ne sera pas la dernière.

Le temps passa lentement. Griffin se réveilla, fou de douleur. Il hurla et jura, maudissant Madden d'une voix hargneuse, les yeux pleins de méchanceté.

— Ne faites pas attention, dit doucement Batik.

Vers le crépuscule, Griffin s'étant rendormi, Batik se prépara pour la nuit. Il se passa une teinture rouge sur le visage.

Madden refusa de se déguiser.

Batik haussa les épaules.

— Ce n'est que de la peinture, Jacob...

— Je ne veux pas ressembler à un démon. Si je dois mourir, je veux avoir l'air d'un être humain.

Vers minuit, les deux hommes vérifièrent de nouveau leurs armes puis sortirent.

Ils prirent la direction du centre de la ville. Dans la rue principale, la foule dansait et chantait. Des dizaines d'hommes et de femmes s'accouplaient sans pudeur dans les entrées et les allées. Madden détourna le regard.

Une jeune fille, sa robe écarlate trempée de sang, s'infligeait des blessures avec un couteau. Apercevant Madden, elle courut vers lui et se jeta à son cou.

Il la repoussa, mais une autre la remplaça, le caressant et lui promettant du plaisir. Il se dégagea et fendit dans la foule sur les traces de Batik.

La populace avançait vers la place du temple. Les incantations reprenaient un seul mot, sans cesse répété.

— Satan... Satan... Satan...

Quand ils approchèrent des marches du temple, le ciel nocturne flamboya et une silhouette apparut, haute de plusieurs centaines de pieds. Madden en resta bouche bée. Le colosse avait les pattes d'un bouc et le corps d'un homme. Sa tête bestiale était cornue.

Une main immense descendit vers la foule. La jeune femme à la robe couverte de sang, soulevée par les hommes qui l'entouraient, fut jetée dans la main griffue du monstre. Elle se referma autour de sa proie et la porta à une gueule gigantesque. Quand la jeune femme disparut, la foule poussa des cris d'allégresse.

— Par là ! cria Batik, en désignant une allée, sur le côté du temple. Nous n'avons pas beaucoup de temps. (Ils coururent à perdre haleine.)

» L'entrée des acolytes, dit Batik quand ils arrivèrent devant une porte ovale.

Elle était fermée, mais un coup de pied bien appliqué fit éclater le bois. Les deux hommes entrèrent. Madden dégaina son revolver.

— Entrons dans le temple. Ils en sortiront bientôt pour lui offrir Donna.

— Ce monstre a l'intention de la manger? demanda Madden, incrédule.

Batik ne répondit pas et détala. Un garde déboucha d'un couloir. Il lui tira dessus et sauta par-dessus le corps.

Ils atteignirent un autre couloir, où deux gardes étaient postés. Une balle siffla près de l'oreille de Madden. Il plongea sur le sol, lâchant deux coups de feu. Un garde tomba, mais l'autre leva son fusil. Batik tira deux fois. L'homme s'écroula.

En haut d'un autre escalier en colimaçon, Batik s'arrêta devant une porte. Il rechargea son revolver et se tourna vers Madden.

— Nous y sommes, mon ami. Vous êtes prêt?

— Je l'ai été toute ma vie…

— Je veux bien vous croire, répondit Batik en souriant.

Shannow poussa Sarento dans l'ascenseur et entra derrière lui. Les portes se fermèrent. Le géant sourit.

— Niveau G, dit-il. Beaucoup de surprises vous attendent, maître Shannow. J'espère que vous y êtes préparé.

— Plaquez-vous contre la porte, Sarento.

— Bien entendu… Mais vos craintes ne sont pas fondées. Il n'y a pas de gardes dans la caverne. Qu'espérez-vous obtenir? Vous ne pouvez pas détruire la Pierre.

Les portes s'ouvrirent. Sarento pivota et se jeta dehors. Shannow le suivit et ouvrit le feu, mais les balles ricochèrent sur une stalactite.

L'Homme de Jérusalem regarda autour de lui. La voûte sphérique de l'immense caverne était zébrée de fils d'or et de pierres brillantes. Les stalactites en tombaient comme des piliers.

Il avança dans la lumière, près du centre de la grotte, où un petit lac aux eaux ténébreuses entourait une île hérissée d'un cercle de pierres dressées noires et brillantes.

— C'est le cœur de l'empire, Shannow, dit la voix désincarnée de Sarento. Ici, tout rêve est une réalité. Ne sentez-vous pas le pouvoir de la Pierre de Sang ?

Jon sonda la caverne, mais ne vit pas trace du géant. Il avança jusqu'au bord du lac et découvrit un pont étroit. Il le traversa, approcha des pierres dressées et s'arrêta devant la première pour l'examiner. Découvrant une saillie, il appuya dessus et entendit un verrou claquer. Une partie de la pierre coulissa. Il plongea sa main dans le trou, mais il était vide.

— Me croyez-vous assez bête pour laisser de l'or là-dedans ?

Shannow se retourna. Debout devant l'autel, le géant portait maintenant l'armure d'Atlantis, ornée d'une Pierre dorée au niveau du cœur. Coiffé d'un casque emplumé, il brandissait une épée.

Shannow tira, mais ses balles furent déviées vers le plafond de la caverne. Il visa avec soin et tira de nouveau.

— L'armure d'invincibilité de Pendarric. Rien ne peut m'atteindre, alors que vous êtes sans défense. Il est normal que nous nous rencontrions ainsi : deux guerriers rolynds dans le grand cercle !

— Où est la Pierre-Mère ?

— Vous êtes debout dessus. Regardez !

Sous les pieds de Shannow, le sol se brouilla et devint transparent, puis rouge doré veiné de noir. Autour du cercle, le sol diffusait une lueur étrange.

— On affirme que tuer un Rolynd apporte un grand pouvoir, dit Sarento en avançant, l'épée levée. Nous verrons… Que pensez-vous de mon arme ? Elle est belle, n'est-ce pas ? C'est une épée de puissance, composée de Sipstrassi. Dans l'ancienne langue, on les appelait des Pynral-ponas : les épées de la Pierre. Tout ce qu'elles frappent meurt. Venez, maître Shannow. Laissez-moi vous tuer ! (Shannow recula vers le pont.) Où vous cacherez-vous ? Voulez-vous retourner sur le *Titanic* et combattre mes gardes ? Faites-moi face, Rolynd ! Affrontez courageusement votre mort. Dépêchez-vous, je n'ai pas de temps à perdre !

— Je ne suis pas pressé...

Sarento attaqua, son épée décrivant un cercle dans l'air. Shannow plongea sous la lame, roula et se releva.

— Jolie manœuvre ! Il est toujours intéressant de voir un animal lutter pour sa vie, mais qu'y gagnerez-vous ? Quelques secondes de plus, c'est tout !

Sarento bondit sur Shannow, qui sauta par-dessus l'autel et atterrit de l'autre côté.

— Terean-Bezek ! cria Sarento.

Deux mains de pierre saisirent les chevilles de Shannow. Il baissa les yeux : des doigts minéraux l'emprisonnaient.

Sarento éclata de rire et contourna lentement l'autel.

— Quel effet cela fait-il de perdre, Homme de Jérusalem ? Votre âme hurlera-t-elle de douleur ?

— Vous ne le saurez jamais ! cracha Shannow.

Quand la lame du géant se leva, ses yeux se posèrent sur la surface de l'autel. Il y vit la gravure d'une épée à la garde incurvée.

L'arme de son rêve !

Shannow tendit la main. Ses doigts se refermèrent autour de la garde, soudain réelle. Quand il brandit l'épée, le bruit de l'acier frappant l'acier emplit la caverne.

Sarento recula. Il ne souriait plus. Shannow effleura du bout de la lame les mains de pierre qui emprisonnaient ses chevilles.

Elles disparurent.

— Vous aviez raison, Sarento. Cette caverne réserve de nombreuses surprises.

— C'est l'épée de Pendarric ! Je n'ai jamais pu la trouver, ni comprendre *pourquoi* j'en étais incapable, car on disait qu'elle attendait un Rolynd.

— Vous n'êtes plus un Rolynd, Sarento. Votre réserve de chance est épuisée !

Le sourire reparut sur les lèvres du géant.

— Nous verrons… À moins que vous trouviez une armure ?

Sarento avança. Son épée vola vers la tête de Shannow, qui para et frappa son adversaire au cou. Sa peau ne fut même pas entamée.

Le géant prit son épée à deux mains et attaqua. Jon recula, déviant ou parant les coups. Trois fois, son épée toucha sa cible.

Sans effet notable.

— Elle est aussi inutile que votre revolver.

La sueur ruisselait sur le visage de Jon. Sarento, lui, ne montrait aucun signe de fatigue.

— Je regretterai presque de devoir vous tuer, Shannow !

Jon inspira à fond et souleva l'épée sans quitter des yeux le plastron de l'armure du géant. La pierre dorée incrustée dedans était presque noire. L'épée de Sarento siffla. Shannow esquiva et frappa à la tête. La lame rebondit, mais Sarento tituba. Il porta la main à son front et la retira rouge de sang.

— C'est impossible, murmura-t-il.

Il regarda sa Pierre, cria de fureur et se lança de nouveau à l'attaque. Shannow recula jusqu'au centre du cercle de pierres. L'épée de Sarento coupa sa chemise et entailla la peau.

Jon tomba.

Le géant abattit sa lame, mais Shannow se mit à genoux, bloqua le coup et se releva.

Les deux hommes commencèrent à tourner l'un autour de l'autre.

— Vous mourrez quand même, Shannow.

Jon sourit.

— Vous avez peur, Sarento. Je le sens. Vous n'êtes pas un Rolynd. Vous ne l'avez jamais été ! Un Brigand aux rêves démesurés ! Et ils se termineront ici !

Sarento recula contre l'autel.

— Des rêves démesurés ? Qu'en savez-vous ? Vous cherchez une cité mythique. Moi, je souhaite que le monde redevienne ce qu'il était. Comprenez-vous ? Des parcs, des jardins, et les joies de la civilisation. Vous avez vu le *Titanic*. N'importe qui apprécierait son luxe. Plus de pauvreté, Shannow. Plus de famines. Le jardin d'Éden !

— Avec vous dans le rôle du serpent ? Merci bien !

Quand l'épée du géant s'abattit de nouveau, Shannow fit un pas de côté et plongea sa lame sous le plastron, dans le ventre de Sarento, qui cria et tomba sur l'autel. Shannow dégagea sa lame et faillit perdre pied quand la caverne frémit. Une stalactite se détacha du plafond et tomba dans le lac.

— Oh mon Dieu, murmura Sarento en tentant de saisir quelque chose sur l'autel. Le *Titanic* !

Lorsque la lame de Shannow se posa sur son cou, le chef des Gardiens roula sur le dos.

— Écoutez-moi ! Vous devez neutraliser le pouvoir. Le *Titanic*...

— Que voulez-vous dire ?

— Il suit le même cap que celui qui l'a détruit, quand il a sombré avec mille cinq cents personnes à bord. L'or...

— Le vaisseau est sur une montagne. Il ne peut pas couler.

— L'iceberg percera son flanc. La Pierre... créera l'océan...

Les yeux de Sarento se voilèrent et il glissa sur le sol. Quand son sang toucha la Pierre, il grésilla, et la roche absorba la grande tache rouge.

Shannow lâcha son épée et avança vers l'autel, à l'endroit où Sarento avait essayé d'attraper quelque chose. Il remarqua une protubérance. Quand il tira dessus, elle bougea, révélant une ouverture qui contenait quatre rouleaux de fils d'or.

Jon les dégagea, examina le cercle et compta treize Pierres dressées. Il approcha de la première et enroula l'or autour de la base.

Loin au-dessus de lui, le vaisseau fantôme naviguait sur la mer enchantée. Ses passagers dansaient et chantaient dans les immenses salles de bal. Un jeune couple sortit sur le pont. L'iceberg dominait la nuit, évoquant une pierre tombale géante.

— C'est incroyable, n'est-ce pas ? dit l'homme.

— Oui.

D'autres fêtards les rejoignirent. Ils se penchèrent par-dessus la rambarde et regardèrent la montagne de glace approcher.

Le vaisseau continua sa route, frôlant le flanc de l'iceberg. Les passagers hurlèrent de rire et reculèrent quand des morceaux de glace tombèrent sur le pont.

— Sarento est-il allé trop loin avec la Renaissance ? demanda la jeune fille.

— Il n'y a aucun danger, assura l'homme.

Et le vaisseau bascula.

Shannow avait fixé les fils d'or autour de six monolithes quand le sol vibra. La voûte frémit et une faille de un pied de large s'ouvrit. Les stalactites tombèrent comme des épées géantes et de l'eau coula de la fissure. Shannow saisit le fil pour le serrer. Sous ses pieds, le sol brillait de plus en plus. Il venait de connecter deux monolithes de plus quand la paroi de la caverne explosa. Des millions de tonnes d'eau glacée se déversèrent dans le lac.

Shannow ignora le chaos autour de lui et continua son labeur. Le rouleau qu'il utilisait était fini. Il en prit un autre. L'eau tourbillonnait autour de ses jambes, rendant la Pierre glissante. Il raccorda quatre monolithes de plus. Mais le lac avait tout submergé, et il dut lutter contre le courant. Une stalactite s'écrasa dans l'eau à côté de lui, lui heurtant le bras et lui arrachant le rouleau de fil d'or. Shannow plongea et tâtonna pour le récupérer.

Il fut obligé de nager jusqu'au dernier monolithe qu'il avait connecté et de suivre le fil à partir de là.

Le rouleau récupéré, il refit surface. Le niveau de l'eau augmentait rapidement, mais il ignora le danger jusqu'à ce qu'il ait bouclé le cercle d'or.

Il ne sentait plus la Pierre, sous ses pieds, mais voyait toujours sa lueur faiblissante. L'eau avait envahi la caverne. Shannow regarda la voûte se rapprocher rapidement de lui.

Il chercha une fissure par où se faufiler, mais ne trouva aucun moyen de sortir.

Le corps de Sarento flottait à côté de lui, le visage sous l'eau. Il le repoussa. Arrivé tout près de la voûte, il fut obligé de se tourner sur le dos pour garder sa bouche hors de l'eau.

Quand Batik ouvrit la porte, des balles s'écrasèrent sur le chambranle. Il plongea et roula sur le sol. Quatre gardes le visèrent. Madden arriva une fraction de seconde plus tard, son revolver crachant le feu. Un garde tomba, un deuxième eut le bras fracassé par une balle.

Les deux autres ouvrirent le feu sur Batik. Une balle lui traversa le flanc, et une autre ricocha sur le sol et lui déchira le dessous de la cuisse. Malgré ses blessures, il continua à tirer sur les gardes. Son premier projectile frappa un homme sous le menton et le projeta en arrière. Le deuxième fit exploser l'épaule du dernier garde. Madden l'acheva d'un coup à la tête.

Autour d'eux, des prêtres vêtus de rouge se précipitèrent à l'abri. Batik saisit la main tendue de Madden et se releva.

De l'autre côté des doubles portes, Achnazzar leva sa dague au-dessus du corps inconscient de Donna.

— Non ! cria Batik.

Madden et lui tirèrent en même temps. Ébranlé par l'impact, Achnazzar s'écroula sur les marches et sentit le sang emplir ses poumons. Serrant son couteau contre lui, il rampa vers la victime.

Mais quand il leva son arme, une ombre noire apparut au-dessus de lui.

Des griffes longues comme des sabres lui déchirèrent le dos. Le couteau tomba de ses doigts. Achnazzar n'eut pas la force de crier quand la main griffue le souleva et le fourra dans une horrible gueule béante.

Batik boitilla jusqu'à Donna et essaya de la détacher.

— Par le Christ ! cria Madden.

Batik leva la tête. En ayant terminé avec Achnazzar, le démon tendait une fois de plus la main.

Batik arma son revolver et se campa au-dessus de Donna.

Les doigts griffus s'ouvrirent…

Batik tira. La main frémit mais ne cessa pas son mouvement.

Il jeta son arme vide et sortit celle de Griffin de sa ceinture. Quand les doigts arrivèrent à sa portée, il sauta dans la paume de la main. Ses vêtements s'enflammèrent. Ignorant la douleur, il leva son arme à deux mains et visa l'immense gueule.

À quatre cents lieues de là, les eaux recréées de l'océan Atlantique coulèrent sur la Pierre de Sang, absorbant son pouvoir.

Batik passa à travers les doigts devenus transparents et atterrit dans la foule. Madden courut vers lui, éteignant à mains nues les flammes qui léchaient ses vêtements. Quand il eut terminé, il s'aperçut que Batik était toujours conscient. Il l'aida à se relever et ils retournèrent vers les marches du temple.

Au-dessus d'eux, l'image du démon s'effaçait rapidement. Un calme étrange descendit sur Madden.

— C'est terminé, dit-il à Batik.

— Pas encore, répondit l'Enfant de l'Enfer.

La foule en colère fondait sur eux.

Griffin se réveilla peu après minuit. La maison était vide. Il comprit que Madden et Batik étaient partis sauver sa femme. La honte l'empêcha de sentir la douleur de ses blessures. Il aurait dû être avec eux !

Il s'assit péniblement et tenta d'ignorer la souffrance due aux sutures qui fermaient ses plaies. Il regarda le jardin revenu à l'état sauvage. Jamais il ne s'était senti aussi seul. Il étudia son corps amaigri par les épreuves. Sa chemise était devenue trop grande pour lui, et sa ceinture avait un trou supplémentaire, percé par Madden avec son couteau de chasse.

Sa colère monta, nourrie par la frustration et un accablant sentiment d'impuissance. Mais il n'avait aucun exutoire à ses émotions. Ses pensées revinrent au jeune Éric, tué sur le pas de la porte de leur maison. Des larmes emplirent ses yeux. Il contempla le jardin. Les arbres auraient dû être taillés, car leurs branches couvraient les rosiers, arrêtant la lumière dont ils avaient besoin pour produire de belles fleurs.

Une ombre attira son regard. Quelque chose avait bougé près du portail, visible sous le clair de lune. Il n'y avait pas de lumière dans la maison. Griffin savait que personne ne pouvait le voir. Il attendit, les yeux rivés sur le portail, se fiant à sa vision périphérique pour repérer tout mouvement suspect. Un vieux truc de chasseur que Jimmy Burke lui avait appris des années auparavant.

Là! Près du bouleau argenté! Un homme avançait dans la végétation. Et encore un autre, accroupi près d'un arbuste de houx!

Griffin repéra deux autres silhouettes. Fouillant la pièce du regard, il constata que son revolver avait disparu. Madden avait dû l'emporter. Il se rallongea sur le canapé, se laissa glisser sur le sol et dégaina son couteau de chasse. Il n'était pas en état de se battre contre un seul homme, sans parler de quatre!

Réfléchis! s'ordonna-t-il.

Il regarda autour de lui. Par où les intrus entreraient-ils?

La fenêtre ouverte semblait le chemin le plus évident. Il avança lentement, à quatre pattes, et s'assit sous le rebord. Épuisé, il sentait sa tête tourner. Inspirant à fond, il s'appuya contre le mur de pierre. Quelques minutes passèrent. Son esprit battait la campagne. Un jour, il s'était caché comme ça alors que son père le cherchait pour lui administrer une correction. Il ne se rappelait pas ce qu'il avait fait pour la mériter. Mais il se souvenait du sentiment de défaite, à l'idée qu'il reculait seulement le moment de la punition.

La fenêtre grinça. Griffin leva la tête et vit une main sur le rebord.

Il s'accroupit. Une jambe apparut, le pied botté touchant presque son épaule. L'homme entra. Griffin se leva, saisit à pleine main la longue chevelure noire du type et lui coupa la gorge avant qu'il ait le temps de crier.

L'homme ne mourut pas sur-le-champ et se débattit. Puis il tomba à genoux et lâcha son arme. Griffin la récupéra et rampa vers le mur.

Le premier intrus avait cessé de bouger. Griffin arma le revolver et ferma les yeux pour mieux entendre.

Il se réveilla en sursaut. Combien de temps avait-il somnolé ? quelques secondes ? plusieurs minutes ?

Et pourquoi s'était-il réveillé ?

La crosse du revolver était chaude et gluante de sueur. Il s'essuya la main sur sa chemise et reprit l'arme. Dehors, il entendait des bruits de voix, et une lueur rouge emplissait la salle.

Un homme entra par la porte, du côté opposé de la pièce. Griffin lui tira deux fois dessus. Le tueur tituba et tomba, mais il leva son revolver. Une balle s'écrasa dans le mur, au-dessus de la tête de Cornélius. Tenant son revolver à deux mains, Griffin tira une troisième fois, et l'homme s'écroula. La pièce puait la poudre et de la fumée tourbillonnait dans l'air. Les oreilles de Griffin résonnaient des détonations. Il n'entendait rien d'autre.

Il se leva et jeta un coup d'œil par la fenêtre. Un homme courait vers la maison. Le premier coup de Griffin le rata, mais le deuxième lui transperça la poitrine. Le maître de convoi essuya la sueur qui coulait dans ses yeux et regarda le ciel nocturne.

… Il vit le Diable planer au-dessus des toits des maisons.

— Mon Dieu ! murmura-t-il.

— Non. C'est le mien ! dit une voix.

Griffin ne se retourna pas.

— Je me demandais ce qui vous était arrivé, Zedeki.

— Vous êtes difficile à tuer, maître Griffin !

— Je m'étonne que vous ne m'ayez pas encore descendu.

— J'ai pensé que vous aimeriez voir le dernier acte de la pièce. Regardez sa main, maître Griffin ! La prochaine personne que vous le verrez soulever sera votre épouse, qu'il portera à sa bouche pour la dévorer. Ensuite, je vous tuerai.

Le Diable disparut et Zedeki cria. Griffin se tourna et tira. La balle plaqua l'officier contre le mur. Ses genoux se dérobèrent sous lui. Il tomba, fixant toujours le ciel constellé d'étoiles.

Griffin s'assit et le regarda mourir.

Sur le balcon de marbre noir du temple, Abaddon se réjouissait de l'apparition de son dieu. Ses doutes le quittaient comme une brume qui se dissipe au matin. Des coups de feu retentirent dans le temple, et les prêtres s'éparpillèrent. Le roi vit Achnazzar soulevé du sol et dévoré par le Diable. Puis une silhouette vêtue de noir courut vers lui. La main immense s'abaissa et Abaddon cria de triomphe quand la paume gigantesque emporta le guerrier.

Mais le Diable disparut. Une atroce douleur poignarda le cœur d'Abaddon, comme si des doigts de feu s'étaient refermés dessus. Il hurla, bascula à l'intérieur de la chambre puis rampa vers le lit et le coffret d'ébène incrusté d'ivoire placé à côté. Il murmura les mots de pouvoir, mais le coffret ne s'ouvrit pas. Se relevant, il lutta pour se calmer, et appuya sur le bouton secret dissimulé sous le coffret. Le couvercle s'ouvrit et il saisit la grande Pierre de Sang ovale.

Il la regarda. Le rouge disparaissait, des stries noires se développant sous ses yeux.

— Non ! murmura-t-il.

Des taches de vieillesse apparurent sur ses mains, dont la peau se rida. Il se tourna et sortit un revolver de l'étui de cuir pendu à son lit.

— Garde ! cria-t-il.

Un jeune homme entra en courant.

— Qu'y a-t-il, sire ?

Abaddon lui tira une balle dans la tête, puis approcha la Pierre du cadavre. Il la tint sous le jet de sang qui coulait de la blessure, mais le pouvoir diminua encore.

Les stries noires s'étendaient toujours.

— Tu ne peux rien faire, Lawrence, dit Ruth.

Abaddon lâcha la Pierre et se laissa tomber près du garde mort.

— Aide-moi, Ruthie !

— Je ne peux pas. Tu aurais dû mourir il y a longtemps.

Les cheveux d'Abaddon blanchirent et son visage prit l'aspect du vieux cuir. Il n'avait plus la force de s'asseoir et retomba sur le sol.

Ruth s'assit près de lui et l'enlaça.

— Pourquoi es-tu partie ? murmura-t-il. Tout aurait pu être si différent…

La chair de son visage fondait. Ses lèvres remuèrent une dernière fois.

— Je t'aimais vraiment.

— Je sais.

Le corps d'Abaddon se raidit. Ruth sentit les os sous la peau, cassants et pointus.

Puis la peau se rétracta, et les os tombèrent en poussière.

Sur les marches du temple, Batik rechargea rapidement son revolver et s'assit face à la foule. Les grondements de rage moururent. La populace recula.

Les Enfants de l'Enfer regardèrent leurs mains peintes en rouge, et se dévisagèrent, perturbés. Au premier rang, un homme gémit et s'écroula.

Un autre s'agenouilla près de lui.

— Il est mort, dit-il.

Un troisième homme sortit sa Pierre de Sang de sa bourse. Elle était plus noire que le péché. Un autre Enfant mourut et la foule recula, s'éloignant du corps. D'autres personnes vérifièrent leur Pierre.

La panique se répandit dans les rangs.

Madden aida Batik à se lever et ils approchèrent de Donna. Quand ils enlevèrent les bandeaux d'argent de son corps, elle gémit et ouvrit les yeux.

— Jacob ?

— Tout va bien. Vous êtes en sécurité…

— Où est Cornélius ?

— Il nous attend. Nous vous emmenons près de lui.

— Et Éric ?

— Nous en parlerons plus tard. Prenez ma main.

Devant le temple, la foule s'éparpillait. Madden soutenait Donna. Un jeune homme aux cheveux noirs approcha.

— Je vous salue en Dieu, dit-il.

— Qui êtes-vous ? demanda Batik.

— Clophas. Vous ne me connaissez pas, mais j'étais au Sanctuaire en même temps que vous.

— Cela paraît si loin !

— Oui. Une vie entière ! Puis-je vous aider à secourir la dame ?

Sur le *Titanic,* les passagers se battaient dans les escaliers bondés, avides d'échapper aux eaux. La Pierre-Mère, déchaînant son pouvoir, joua son rôle à la perfection. Elle fit pencher le vaisseau pour imiter le désastre originel. Des dizaines de Gardiens, de femmes et d'enfants basculèrent dans le vide en appelant au secours.

En vain.

Lors du naufrage de 1912, quelques hommes courageux avaient actionné les pompes jusqu'à la dernière minute. Mais aucun des Gardiens n'avait les connaissances nécessaires pour les imiter. Alors que la tragédie originelle avait duré trois heures, ce *Titanic*-là sombra en quelques minutes. Des cloisons s'effondrèrent, et des centaines de passagers moururent, emportés par l'océan.

Il n'y avait aucun moyen de fuir. Beaucoup de désespérés se jetèrent par-dessus bord. Ils s'écrasèrent dans l'eau, dépassèrent les limites du champ d'énergie de la Pierre et se fracassèrent sur les ruines déchiquetées d'Atlantis.

Amaziga Archer et son fils, Luke, traversèrent le salon des fumeurs et débouchèrent dans la salle commune du pont A. L'eau leur arrivait déjà à hauteur de la taille et continuait à monter. Luke sur ses épaules, la femme passa par une fenêtre brisée et sortit sur le pont dangereusement incliné du vaisseau. Luke s'accrocha à elle tandis qu'elle se frayait un chemin vers la poupe, dressée au-dessus de l'eau comme une immense tour. Passant un bras autour d'un étançon de cuivre, elle écouta les cris des victimes prisonnières de ce qui serait leur tombeau.

Lentement, le vaisseau agonisant s'enfonçait sous les vagues. De l'eau glacée caressa les chevilles d'Amaziga… Puis elle frémit et disparut.

La Pierre-Mère était vide, étouffée par le fil d'or et épuisée par le désastre qu'elle venait de recréer. Le vaisseau trembla et la mer s'évanouit. Amaziga s'assit puis toucha ses vêtements : ils étaient secs. Regardant autour d'elle, elle vit qu'elle était couchée sur un pont rouillé. À vingt pas d'elle, un survivant se leva.

— Nous nous en sommes tirés ! cria-t-il.

Le pont pourrissant céda sous les pieds de l'homme, qui fut englouti par le vaisseau mort. Amaziga sentit le pont bouger et rampa avec précaution vers la poupe, où le vaisseau touchait la montagne. Le pont céda. Amaziga avança une main et saisit la rambarde, Luke pendu à son cou. Elle sentit les muscles de son bras se distendre et se déchirer, mais ne lâcha pas prise. Alors, elle jeta un coup d'œil dans les entrailles du vaisseau fantôme.

— Tiens bon, Luke ! cria-t-elle.

Elle inspira à fond, se hissa vers le haut puis passa l'autre bras sur la rambarde. Elle la sentit plier sous son poids, mais se jeta en avant, grimpa sur la coque et avança lentement vers la falaise. Le précipice était encore plus impressionnant vu d'ici. Les ruines de l'Atlantide brillaient comme des dents pointues. Amaziga retira sa ceinture de cuir et la passa autour de Luke, l'attachant à elle.

Enfin, elle se hissa sur la falaise et entreprit la longue et périlleuse descente.

Shannow trouva dans le plafond rocheux un endroit concave qui contenait une petite poche d'air. La mort était proche. Même s'il essayait de s'en persuader, il savait qu'il n'était pas prêt. La colère et le désespoir le torturaient. Pas de Jérusalem ! Pas de fin à la quête de toute une vie ! L'eau monta jusqu'à son menton et clapota dans sa bouche. Il toussa et cracha, ses doigts agrippant les rochers alors que le poids de son manteau et de ses armes le tirait vers le bas.

— *Calmez-vous, Shannow !* lança une voix dans son esprit.

Une lueur apparut sur sa droite. Le visage de Pendarric se matérialisa, comme un reflet sur le plafond de pierre.

— *Venez avec moi, si vous voulez vivre*, dit l'Atlante.

Sous l'eau, la lueur disparut. Shannow jura, puis remplit ses poumons d'air et plongea. Loin au-dessous, il voyait la Pierre-Mère, dont la lueur diminuait rapidement. Le visage fantomatique flottait devant lui. Il nagea dans sa direction, de plus en plus profondément. Ses poumons commencèrent à brûler. Pendarric glissa devant lui et approcha d'une entrée de tunnel noire, près du sol de la caverne. Shannow sentit que le courant l'attirait dans le tunnel. Sa poitrine le faisait horriblement souffrir. Il exhala un peu d'air et faillit céder à la panique. Mais la voix de Pendarric le calma.

— *Courage, Rolynd.*

Ballotté de rocher en rocher dans le tunnel, il lui devint bientôt impossible de retenir son souffle. Ses poumons expulsèrent de l'air et s'emplirent d'eau salée. Pris de vertige, il perdit conscience au moment où son corps émergeait de la montagne. La forme translucide de Pendarric se matérialisa à côté de Jon, mais il était incapable d'aider le mourant.

— Ruth ! appela-t-il, son cri puissant comme le tonnerre dans le monde des esprits.

Jon était allongé, immobile. Pendarric appela de nouveau.

Ruth apparut et comprit aussitôt ce qui se passait. S'agenouillant, elle fit rouler Shannow sur le ventre et s'assit à califourchon sur son dos. Elle appuya de toutes ses forces afin de contraindre les poumons de l'homme à expulser le liquide mortel.

L'Homme de Jérusalem ne montrait toujours aucun signe de vie. Elle le retourna sur le dos et lui souleva la tête. Puis elle lui pinça les narines et, posant sa bouche sur la sienne, respira pour lui.

Après quelques minutes, Shannow gémit.

— Vivra-t-il ? demanda Pendarric.

— Oui.

— Vous êtes fatiguée, ma dame.

— Oui. Mais j'ai trouvé le moyen.

— J'espérais que vous le feriez. Souffrez-vous beaucoup ?

Les yeux de Ruth rencontrèrent ceux de Pendarric. Aucune réponse n'était nécessaire.

— Vous avez beaucoup de courage, Ruth. Accrochez-vous à lui. Ne laissez pas le pouvoir des Pierres de Sang vous engloutir. Elles feront de vos rêves des fantasmes absurdes et vous empliront le cœur du désir de gouverner.

— Ne craignez rien pour moi, Pendarric. Les rêves de conquête sont bons pour les hommes. Pourtant, à mesure que je draine le pouvoir des Pierres, je sens que le mal contamine mon âme. La haine et la luxure s'épanouissent en moi. Pour la première fois de ma vie, je comprends le désir de tuer.

— Le ferez-vous ?

— Non.

— Pouvez-vous arrêter les Enfants de l'Enfer sans cela ?

— J'essaierai…

— Vous êtes plus forte que moi, Ruth.

— Plus sage, peut-être, mais plus aussi humble que jadis. Enfin, vous aviez raison : je ne peux pas vivre avec cette force en moi.

— Faites le grand saut et connaissez la paix.

— Oui. La paix. Si je pouvais emporter dans la mort toute la haine du monde…

Pendarric haussa les épaules.

— Vous détruirez les Pierres. C'est suffisant. (Shannow gémit et roula sur le côté.) Je vous dis adieu maintenant, Ruth. C'est un honneur de vous avoir connue.

— Merci de vos leçons.

— L'élève est supérieure au maître, souffla Pendarric.

Puis il disparut.

Shannow se réveilla sur un sol rocheux, à une demi-lieue des ruines de marbre. Le *Titanic* était redevenu l'épave rongée par la rouille qu'il avait vue la première fois. Puis une déchirure immense apparut sur son flanc et un flot d'eau en sortit, se déversant sur la ville morte. De longues minutes durant, Shannow vit des corps minuscules être entraînés par les eaux.

Il s'assit et s'aperçut que Ruth, à côté de lui, assistait à la deuxième mort du vaisseau légendaire. Des larmes aux yeux, elle détourna le regard.

— Je vous remercie de m'avoir sauvé la vie, souffla Shannow.

— Je porte la responsabilité de leur mort, dit Ruth, tandis que des corps continuaient à tomber sur Atlantis.

— Ils sont responsables de leur fin. Vous ne pouvez pas vous en blâmer.

Elle soupira et se détourna du vaisseau.

— Donna est saine et sauve. Elle a retrouvé Cornélius Griffin.

— Je leur souhaite beaucoup de bonheur.

— Je sais. Cela fait de vous un homme remarquable.

— Et Batik ?

— Il a été blessé, mais il survivra. C'est un homme fort. Il a affronté le Diable !

— Le Diable ?

— Non, dit Ruth en souriant, mais une bonne imitation.

— Et Abaddon ?

— Il est mort, Jon.

— Tué par Batik ?

— Non. Par vous. Ou peut-être les Gardiens l'ont-ils tué il y a bien longtemps...

— Je ne comprends pas.

— Vous vous rappelez, quand je vous ai parlé de Lawrence, de la paix et du bonheur qu'il avait trouvés après la Chute ? Quand je vous ai dit comment il avait contribué à rebâtir le monde ?

— Oui.

— Et aussi des visions du Diable lui parlant et le guidant ?

— Je m'en souviens.

— Le Diable se terrait ici, Jon, dans ce vaisseau maudit. Il *était* les Pierres et ceux qui les utilisaient. C'étaient eux, les loups de l'ombre qui poussaient Lawrence à leur procurer des âmes pour alimenter les Pierres. Ils ont trouvé la faille dans l'armure de Lawrence, et fait naître et grandir Abaddon. Ils lui ont donné du pouvoir et l'ont gardé en vie pendant des siècles. Quand vous avez court-circuité ce pouvoir, il est redevenu lui-même : un homme mort depuis longtemps.

— Sarento avait un rêve, dit Shannow. Il voulait rebâtir l'ancien monde, recréer les villes, restaurer la civilisation.

— Ce n'était pas un rêve, mais un cauchemar. Croyez-moi ! J'ai vécu dans l'ancien monde, et il y a peu de chose que je voudrais revoir. Pour chaque bénédiction, on trouvait une malédiction. Pour chaque joie, dix chagrins. Les neuf dixièmes des peuples manquaient de nourriture et il y avait partout des guerres, des famines et des épidémies. Ce monde était condamné avant la Chute, mais il a mis longtemps à mourir.

— Qu'allez-vous faire ?

— Retourner au Sanctuaire.

— Selah va bien ?

— Oui. Il est parti, maintenant… Je l'ai envoyé dans le monde, comme mes autres élèves. Il voyage avec Clophas et s'entend bien avec lui.

— Vous serez seule au Sanctuaire ?

— Pendant quelque temps.

— Vous reverrai-je ?

— Je ne crois pas.

Elle se tourna vers l'épave et aperçut une minuscule silhouette qui descendait le flanc de la montagne.

— Puis-je vous demander une dernière faveur, Jon ?

— Bien entendu.

— C'est Amaziga Archer et son fils. Emmenez-les en sécurité.

— Je le ferai. Adieu, Ruth.

— Adieu. Cherchez votre cité et trouvez votre dieu.

Shannow sourit.

— Je n'y manquerai pas.

De retour au Sanctuaire, Ruth s'allongea sur son canapé et invoqua toute la puissance qu'elle avait accumulée au fil des siècles. Son corps devint lumineux, grandit et absorba la totalité du Sanctuaire, plus le pouvoir de toutes les Pierres de Sang à sa portée. Tandis que sa force grandissait, sa douleur en fit autant. Un conflit intérieur la déchira quand la volonté des Pierres de

Sang rencontra l'essence du Sanctuaire. La fureur se déchaîna dans son âme. Tous les moments oubliés de colère, de luxure et d'avidité lui revenaient en mémoire.

L'être qui était autrefois Ruth Welby sortit dans la nuit comme un nuage étincelant, se dispersa dans l'air et voyagea sur les courants des vents nocturnes.

Un moment, elle lutta pour garder conscience de son identité, résistant au pouvoir obscur des Pierres, qui rétablissait l'harmonie dans sa force.

Puis elle arriva au-dessus de l'armée des Enfants de l'Enfer qui se préparait à la charge finale contre les défenseurs de Sweetwater. À ce moment, elle s'abandonna à l'infini, et tomba sur la vallée comme une pluie de lumière dorée.

Pendant que son armée se rassemblait pour l'attaque, le général Abaal était assis sur la crête d'une colline et regardait le col de Sweetwater d'un air morose. Depuis deux jours, la défense faiblissait, car Cade et ses hommes étaient à court de munitions. La veille, les Enfants de l'Enfer avaient presque réussi à passer, mais Cade avait stimulé ses hommes et les guerriers d'Abaal avaient été repoussés après un terrible combat au corps à corps.

Abaal savait que la résistance prendrait fin aujourd'hui. Il inspecta l'entrée du col, où les cadavres boursouflés des hommes et des chevaux gisaient sous le soleil. Près de mille jeunes gens qui ne rentreraient jamais chez eux !

La chaleur du soleil l'obligea à retirer son épais manteau noir. Il se rallongea sur l'herbe, les yeux rivés sur les défenseurs. Les ennemis aussi avaient perdu beaucoup d'hommes. Normalement, ils auraient déjà dû abandonner. Ils étaient en infériorité numérique, sans espoir de gagner.

Pourtant, ils s'acharnaient.

Abaal chercha en lui le réconfort de sa haine, mais il ne le trouva pas.

Comment détester des hommes et des femmes prêts à mourir pour défendre leurs foyers ?

Son aide de camp, Doreval, déboula au sommet de la crête et descendit de sa monture.

— Les hommes sont prêts, général.

— Que pensent-ils de la perte de leur Pierre ?

— Ils connaissent la peur, mais ils sont disciplinés.

Abaal fit signe au jeune homme de s'asseoir à côté de lui.

— J'ai une curieuse sensation, aujourd'hui.

— Laquelle, général ?

— C'est difficile à expliquer. Les haïssez-vous, Doreval ? Les défenseurs ?

— Bien entendu. Ce sont nos ennemis.

— Mais votre haine est-elle aussi forte que d'habitude ?

Le jeune homme détourna le regard. Ses yeux se posèrent sur les cadavres étendus dans la plaine.

— Oui, dit-il enfin.

Abaal comprit que le jeune homme mentait, mais il ne dit rien.

— À quoi pensez-vous ?

— Je me souviens de la mort de mon père... Pendant qu'il agonisait, j'étais assis à côté de lui, pensant à la fortune dont j'hériterais et à ses concubines qui seraient bientôt à moi... Je ne l'ai jamais remercié. Un sentiment étrange.

— Dites-moi la vérité, Doreval. Avez-vous envie de vous battre aujourd'hui ?

— Oui, général. Ce sera un honneur de conduire les hommes à l'attaque.

Abaal regarda le jeune homme et comprit qu'il mentait encore. Il ne pouvait pas lui en vouloir. La veille, il l'aurait tué s'il avait avoué la vérité.

— Dites aux hommes que l'attaque est annulée.

— Oui, général, répondit Doreval en cachant mal son soulagement.

— Et apportez-moi un pichet de vin.

À l'entrée du col, Cade regarda l'armée ennemie mettre pied à terre.

— À quoi jouent-ils, Daniel ? demanda Gambion.

Cade haussa les épaules et observa son revolver. Il lui restait deux balles. Il ferma les yeux. Gambion pensa qu'il priait et recula de quelques pas. Mais Cade essayait seulement de réfléchir. Il ouvrit les yeux et regarda les défenseurs.

Ils s'étaient si bien battus !

Longtemps auparavant, ou ce qui lui *paraissait* longtemps, Lisa lui avait demandé s'il comptait lever une armée avec des agneaux. Il l'avait fait, et ces agneaux-là étaient sacrément courageux. Mais la bravoure avait ses limites. Maintenant, ils mourraient tous. Cade comprit qu'il n'avait pas le courage de regarder les choses en face. Il rengaina son arme et se leva.

— Donne-moi mon bâton, Ephram.

— Où vas-tu ?

— Parler à Dieu.

Gambion lui tendit le bâton sculpté. Daniel boitilla vers l'entrée du col et regarda les cadavres des Enfants de l'Enfer qui pourrissaient sur l'herbe. La puanteur lui retourna l'estomac. Il continua son chemin.

La journée était splendide. Son genou ne le faisait presque plus souffrir.

— Dieu, nous devrions avoir une petite conversation, avant la fin ! Soyons honnêtes : je ne crois pas vraiment en Vous, mais j'imagine que je n'ai rien à perdre à essayer de Vous parler. Si je me parle à moi-même, tant pis. Mais si Vous êtes là, quelque part, peut-être m'écouterez-Vous. Ces gens vont mourir. Je sais, ce n'est pas une grande affaire : les hommes crèvent depuis des milliers d'années. Mais ceux-là se préparent à périr pour Vous. Il faut bien que cela ait un sens ! Si je suis un faux prophète, ce sont de vrais croyants, et j'espère qu'ils ne seront pas damnés à cause de moi. Je n'ai jamais valu grand-chose. Trop paresseux pour devenir fermier, j'ai passé ma vie à piller et à voler. Je n'ai pas d'excuses. Mais regardez Ephram et les autres : ils valent mieux que ça ! Ils se sont vraiment repentis, quel que soit le nom que Vous donniez au phénomène. Je les ai conduits à la mort. Il ne faudrait pas qu'ils arrivent devant les portes du Paradis et qu'on leur dise qu'ils n'y entreront pas. Voilà. C'est tout ce que j'avais à dire, Dieu !

Cade avança vers l'armée des Enfants de l'Enfer. Il tira son revolver de sa ceinture et le jeta dans l'herbe.

Entendant du bruit derrière lui, il se retourna et vit Ephram Gambion avancer vers lui, son crâne chauve luisant de sueur.

— Qu'a-t-il dit, Daniel ?

Cade sourit et tapota l'épaule du géant.

— Il m'a laissé parler cette fois, Ephram. Tu veux faire une petite promenade ?

— Où allons-nous ?

— Voir les Enfants de l'Enfer.

— Pourquoi ?

Cade ignora la question et continua à avancer. Gambion le rattrapa.

— Tu es toujours avec moi, Ephram ?

— En douterais-tu ?

— Non... Regarde ce ciel. Lourd de nuages. Une bonne journée pour mourir...

— C'est cela que nous allons faire ? mourir ?

— Tu n'es pas obligé de me suivre. Je peux le faire seul.

— Je le sais, Daniel. Mais je t'ai suivi jusque-là. Je reste avec toi. Nous nous sommes sacrément bien débrouillés pour un groupe de Brigands et de fermiers !

— C'étaient les meilleurs moments de ma vie, avoua Cade. Mais j'aurais dû dire adieu à Lisa.

Les deux hommes avancèrent en silence sur la plaine, face à l'armée ennemie. Ils furent repérés par un éclaireur qui prévint Doreval. Le jeune homme alla voir Abaal, qui ordonna qu'on lui selle un cheval.

Gambion vit des dizaines de soldats chevaucher vers Cade et lui. Il tira son revolver.

— Jette-le !

— Je ne mourrai pas sans me battre !

— Jette-le !

Gambion jura, et lança l'arme dans l'herbe.

Les Enfants de l'Enfer ralentirent et se placèrent en cercle autour des deux hommes. Cade ignora les armes pointées sur eux et regarda le général aux cheveux gris descendre de cheval.

— Vous êtes Cade ?

— Oui.

— Je suis Abaal, le chef de la 6e division. Pourquoi êtes-vous là ?

— Il était temps que nous nous rencontrions…

— Dans quelle intention ?

— Je pensais que vous aimeriez enterrer vos morts.

— Cette journée est bizarre, dit Abaal. Comme un rêve… Est-ce de la magie ?

— Non. C'est peut-être ce qui arrive quand trop de gens sont tombés pour rien. Peut-être est-ce seulement de la fatigue.

— Que voulez-vous dire, Cade ? Parlez sans crainte.

Cade éclata de rire.

— Sans crainte ? Pourquoi pas ? Que faisons-nous ici à nous entre-tuer ? Pourquoi nous battons-nous ? pour un bout de terre ? quelques champs vides ? Pourquoi ne rentrez-vous pas chez vous, tout simplement ?

— Il se passe quelque chose d'étrange ici, dit Abaal. Je ne comprends pas, mais je sens une profonde vérité dans ce que vous dites. Vous nous autoriserez à donner une sépulture à nos camarades ?

— Oui.

— Alors, je suis d'accord avec vous. La guerre est terminée.

Abaal tendit la main. Cade la regarda, incapable de bouger. Cet homme avait ordonné un massacre, provoqué la mort et la douleur. Levant les yeux vers Abaal, Cade se força à serrer sa main tendue. Quand il le fit, ses derniers vestiges d'amertume le quittèrent et il dut refouler des larmes.

— Vous êtes un grand homme, Cade, dit Abaal. Et je serai exécuté pour vous avoir écouté. Peut-être nous rencontrerons-nous en Enfer.

— Je n'en doute pas…

Abaal sourit, remonta sur son cheval et ramena ses troupes au camp.

— Jésus-Christ ! dit Gambion. Avons-nous gagné, Daniel ?

— Ramène-moi à la maison, Ephram.

Quand ils approchèrent de Sweetwater, les défenseurs, leurs femmes et leurs enfants vinrent à leur rencontre. Cade était incapable de parler, mais Gambion raconta comment la paix avait été conclue. Des hommes hissèrent Cade sur leurs épaules et le ramenèrent dans le col.

Lisa attendait près d'un bosquet d'ormes, les larmes aux yeux. Daniel approcha d'elle. Des chants résonnaient dans la montagne.

— Est-ce vraiment terminé, Dan ?

— Oui.

— Et tu as gagné ! Maintenant, tu voudras devenir roi !

Il l'attira contre lui et l'embrassa.

— C'était un autre homme, à un autre endroit… Tout ce que je désire désormais, c'est fonder une famille avec toi. Je ne veux plus rien avoir à faire avec la guerre, les revolvers ou la mort. Je ferai pousser du blé, j'élèverai du bétail et je serai avec toi. Peu m'importe de devenir roi !

Lisa sourit.

— Maintenant que tu ne le veux plus, tu le deviendras certainement !

Épilogue

Les années qui suivirent la guerre des Enfants de l'Enfer, Daniel Cade fut élu Prester de Rivervale. Son mariage avec Lisa donna lieu à la plus grande fête qu'on ait vue dans la région depuis trente ans. La communauté entière y assista et les cadeaux arrivèrent dans plusieurs chariots.

Cornélius Griffin, Donna et leur fille Tanya revinrent à Rivervale et s'installèrent dans la ferme construite par Tomas le menuisier. Quand Donna eut quitté les Terres Maudites, son pouvoir diminua. Mais on la trouvait souvent dans le pré, assise en silence en compagnie de sa fille. À ces moments, Griffin les laissait seules avec leurs rêves lointains.

Madden épousa une jeune veuve et prit possession de la ferme attenante aux terres de Griffin. Les deux hommes restèrent amis jusqu'à la mort de Jacob, dix-huit ans plus tard.

Batik passa deux ans à chercher Jon Shannow. Il rencontra Amaziga Archer, qui l'envoya vers le nord.

Alors que l'hiver approchait, il entra dans une grande vallée et y trouva une petite ferme de pierre blanche. Dans un coin, il vit trois cadavres couverts d'une bâche. La ferme appartenait à deux femmes, la mère et la fille. Elles lui expliquèrent que les trois hommes étaient des voleurs.

— Que s'est-il passé ? demanda Batik.

— Un étranger est arrivé pendant qu'ils attaquaient la maison. Il les a tués. Comme il était blessé, je lui ai demandé de rester, mais il a refusé. Il est parti vers le Grand Solitaire…

Elle désigna au loin des pics couronnés de neige.

— À quoi ressemblait-il ?

— Un homme de grande taille, avec des cheveux longs et des yeux brûlants.

Alors que Batik s'apprêtait à partir vers le nord, la fille, une blonde d'une quinzaine d'années, courut vers lui.

— Ma mère ne vous a pas dit la vérité, murmura-t-elle. Elle ne lui a pas demandé de rester. Comme elle avait peur de lui, elle lui a crié de partir. Quand je lui ai donné du pain et du fromage, l'homme m'a dit de ne pas m'inquiéter pour lui. À l'en croire, une cité étincelante l'attendait de l'autre côté des montagnes et on s'occuperait de sa blessure. Mais il n'y a pas de cité… C'est une étendue sauvage ! Et le sang coulait sur sa selle…

Batik essaya de suivre la piste. Mais le blizzard se leva et il dut abandonner ses recherches.

La même nuit, Daniel Cade fit un rêve étrange.

Il marchait dans la montagne sous une tempête de neige, mais n'avait pas froid. Il arriva devant un ruisseau gelé et aperçut un petit feu de camp qui brûlait sans chauffer.

À côté, appuyé contre un arbre, il reconnut l'Homme de Jérusalem.

— Bonjour, Daniel, dit-il.

Cade s'approcha.

— Tu es blessé.

— Je ne souffre pas.

— Laisse-moi t'aider, Jonnie.

— J'ai entendu dire que tu es devenu un notable à Rivervale ?

— C'est vrai…

— Papa aurait été fier de toi. *Je* suis fier de toi !

Shannow sourit. La glace qui couvrait sa barbe se fendilla et tomba.

— Je vais faire un vrai feu…

— Inutile. Es-tu heureux, Daniel ?

— Oui, comme jamais…

— Tu as des enfants ?

— Deux. Un garçon et une fille.

— Parfait. Ainsi, le loup et l'agneau habitent ensemble. Aide-moi à monter à cheval, mon frère.

Cade le souleva et vit le sang qui maculait la glace. Il porta Jon jusqu'à sa monture, un étalon noir, et le hissa en selle.

Shannow vacilla, mais il prit les rênes.

— Où vas-tu ? demanda Cade.

— Là, dit Shannow. (Il désigna les pics nichés dans les nuages.) Tu vois les flèches, Daniel ?

— Non, murmura Cade.

— Je rentre chez moi…

CPI
Aubin Imprimeur

Achevé d'imprimer en janvier 2010
N° d'impression L 73462
Dépôt légal, janvier 2010
Imprimé en France
35294372-1